暗网Ⅰ：揭秘数字货币骗局

探索者　黄天威　著

電子工業出版社
Publishing House of Electronics Industry
北京・BEIJING

图书在版编目（CIP）数据

暗网：揭秘数字货币骗局. I/探索者，黄天威著. —北京：电子工业出版社，2019.9

ISBN 978-7-121-37249-0

Ⅰ. ①暗…　Ⅱ. ①探…　②黄…　Ⅲ. ①长篇小说–中国–当代　Ⅳ. ①I247.5

中国版本图书馆 CIP 数据核字（2019）第 174557 号

策划编辑：缪晓红
责任编辑：刘小琳
印　　刷：天津千鹤文化传播有限公司
装　　订：天津千鹤文化传播有限公司
出版发行：电子工业出版社
　　　　　北京市海淀区万寿路 173 信箱　邮编：100036
开　　本：900×1280　1/16　印张：23.5　字数：380 千字
版　　次：2019 年 9 月第 1 版
印　　次：2019 年 9 月第 1 次印刷
定　　价：68.00 元

凡所购买电子工业出版社图书有缺损问题，请向购买书店调换。若书店售缺，请与本社发行部联系，联系及邮购电话：（010）88254888，88258888。

质量投诉请发邮件至 zlts@phei.com.cn，盗版侵权举报请发邮件至 dbqq@phei.com.cn。

本书咨询联系方式：（010）88254760，mxh@phei.com.cn。

一个循环的手机号，关联到死亡三年的奥米伽，代号派的奇怪来信，牵扯神秘黑客组织。飞涨的比特币、疯狂的MMM、众筹歪楼、贪婪的 ICO、执行黑暗法则的暗网，还有跨国犯罪集团……

我只是个喜欢推理的小写手，却在不经意间被卷入这个大时代。

推荐序

打破快慢之间的墙

对于不了解区块链行业的人群，觉得区块链技术发展非常缓慢；而像我们这样身处区块链行业的从业者，时刻能感受到区块链行业发展的速度极快！

三年前刚接触这个行业，“区块链”这个词已经成为饭桌上的热点词汇。很多人认为，区块链技术未来几年不会有什么应用价值，交易效率低下、能源消耗大，并且没有真正意义上的用户，主要的作用是投机炒作。当然，也不乏有一部分比特币信仰者相信区块链。

三年时间过去，区块链行业在不断演进，和其相关的新技术、新服务、新模式、新监管不断产生与迭代。监管也不再像过去那样对区块链持收紧态势，西方各国开始以合规审慎态度对待目前经营的区块链项目，我国也把区块链列为和人工智能、量子计算、移动通信同等位置的新一代信息技术；POS 共识算法机制开启的 Staking Economy 让公链社区参与者利益分配更合理，同时极大降低能源消耗问题……

区块链有这么大的变化不是一蹴而就的。众所周知，10 多年前中本聪发表《比特币白皮书》把人们带入区块链时代。随后，学术界、产业界各种力量相继投入这个新领域的研究，这才使得大家看到区块链更为广阔应用落地的可能。

不过 10 多年后的今天，我们也不得不承认，正当区块链发展日新月异的同时，普罗大众对它的认知也依然有限，对他们而言区块链行业也依然笼罩着一层面纱，隔着一堵墙。经常在公开场合，当人们得知我从事区块链行业的时候，便会问：“比特币是什么？区块链和它有什么关系？这是个怎样的行业？”尽管每次都做了尽最大努力的讲解，但后来发现仅凭一两次讲解收效甚微，更别说用一分钟说清楚什么是区块链了，许多人听完后还是云里雾里弄不明白。

因为相比于其他技术，区块链涉及多方面的知识，如编程、金融学、密码学、经济学、社会学等。一个知识结构体系不丰富的人除非悟性很高，否则很难短时间靠几句话理解区块链到底是什么。另外，区块链属于正在“生长”的技术，每隔一段时间会有新东西演进出来，行业内的人如果不保持学习也会听不懂、看不懂，更何况是没有基础知识的外行人。

于是一些不法分子利用大部分人对于区块链认知的不足，进行各式各样的集资诈骗活动，让投资者损失惨重。更可气的是，一些诈骗团队专门对区块链认知能力差的中老年人下手，骗取他们赖以为生的养老金。据相关媒体数据显示，90%以上 ICO 项目可能是旁氏骗局。随着 2018 年 ICO 的破灭，这些行骗项目也浮出水面，相关维权事件相继曝光，让人们看到这个行业的黑暗面，同时，人们看待区块链的态度也更加理性。然而事情还远未结束，据业内人士介绍，目前一些借助区块链项目行骗的团队从一二线城市下沉到更底层的三四五线城市，利用这些地方信息相对闭塞的特点，继续诈骗敛财。

可见，无论是从提升普罗大众对区块链的认知，还是提升行业正能量，区块链技术的知识普及教育依然十分必要。所以，从一开始我们建立时代学院的初心，就是为行业的正向发展尽自己的微薄之力，2018 年推出区块链行业杂志《时代观察》提供给广大区块链爱好者。调研之后，我们发现即使一些在业内人士看来已经通俗易懂的材料，对行业外的用户来说，还是有一定的阅读门槛，而且内容大都比较枯燥无趣。

一个偶然机会，我在比特时代旗下 AEX 社区发现了一本原创科幻小说——《暗网Ⅰ：揭秘数字货币骗局》，读后令我眼前一亮。和一般的区块链科普类读物不同的是，《暗网Ⅰ：揭秘数字货币骗局》这本小说是通过社会上发生过的事件改编的，它贴近生活，由此把读者带进区块链的世界，让读者在潜移默化中知道比特币是什么、区块链有哪些特点、行业存在的问题、投资数字货币存在的风险，等等。正如探索者在《暗网Ⅰ：揭秘数字货币骗局》书中描述的那样，技术无罪，若为恶则为暗网，若为善则为天网。此外，小说还畅想推演区块链技术在未来社会的可能性应用，让读者看到更为远景的东西。

总结而言，作为一本区块链行业入门级畅想读物，《暗网 I：揭秘数字货币骗局》小说深入浅出，适合缺乏技术基础、行业经验，却非常想了解区块链行业发展的来龙去脉、概念、价值的朋友们阅读。目前《暗网 I：揭秘数字货币骗局》天涯社区阅读量超过 1000 万次，并且今年 3 月份获得天涯社区 2018 年度优秀原创作品与 2018 年度人气作品奖。《暗网 I：揭秘数字货币骗局》还在 2018 年 12 月入选 CCTV6 电影频道全资子公司电影频道（上海）影业的优创计划二期，未来或有机会拍成电影，在全国电影院线的大荧幕上放映。

欣喜之余，我们赶忙联系《暗网 I：揭秘数字货币骗局》作者探索者，经过了解我们发现，探索者生活在一个节奏缓慢的小县城里，远远地看着区块链行业发展，看到可以用区块链技术溯源，可以用来打击盗版，可以保护隐私数据，等等。或许，正是因为身处四线城市，让探索者保持与区块链行业足够遥远的距离，所以才创作出《暗网 I：揭秘数字货币骗局》揭秘数字货币骗局。相对于区块链行业中的其他人，探索者更像一位“观星者”。

在网上长时间观察和了解探索者之后，和他三观相符且志同道合，于是我们在《时代观察》上把这部原创小说推荐给读者朋友们，以及由时代学院协助对接出版事宜。双方都希望让这部小说发挥出更大的社会价值，提升中老年人对区块链以及这个行业的认知，减少不靠谱的项目团队利用区块链诈骗事件发生。

经过慎重考虑后，我们把《暗网 I：揭秘数字货币骗局》推荐给电子工业出版，在缪晓红编辑的大力支持下，在电子工业出版社各级领导的热情关怀下，《暗网 I：揭秘数字货币骗局》几易其稿得以出版。接下来探索者还计划创作《暗网 II》《暗网 III》……继续以“观星者”的身份研究区块链，把这个行业发生的新鲜事物和他对未来的思考分享给读者，时代学院也将一如既往地支持《暗网 I：揭秘数字货币骗局》这本小说。

时代学院是一家区块链创新创业高端专业平台，集投资、孵化、培训、媒体于一体，由贵阳政府批复成立，是比特时代旗下品牌。比特时代由黄天威在 2013 年创立，至今已在区块链领域深耕六年，也是目前国内前五的区块链企业。时代学院旨在挖掘潜在区块链独角兽项目，为其提供基金孵化、产业园区、政企培训、技术研发等区块链行业专业服务解决方案。目前已经为多个项目团队、政府机构提供服务支持。

未来区块链行业发展有赖于相关知识的普及，也有赖于一个充满正能量社会群体的参与，希望大家一起为此努力奋斗，也希望此书的出版能为行业发展提供一定的助力。

陈伊露

黑钻评级 CEO、时代学院院长

目录

1 循环手机号

这是个很长的故事，一切要从 2016 年 3 月 29 日说起。那天我给儿子买电话手表，顺道买了张手机卡，不知道脑袋抽什么风，没从营业大厅买，而是从门口的小摊随便买了张卡。

回到家后才发现这是张别人用过后注销，再被放出来的循环卡，不但绑定微信，还绑了 QQ 号。至于绑没绑其他乱七八糟的东西，我也不知道。作为一个有强迫症，还稍稍带点完美主义的人，肯定要去讨个说法。

去找小摊的老板，结果他直接翻脸，说自己的小摊只卖报纸，不卖手机卡。我……！如果不是打不过他，早就翻脸了！确认卡不能退也只能认倒霉，看来只能凑合用了。

作为一个聪明的学霸，我知道解决问题的法子有很多，除了退卡还可以让原机主解绑，加了机主的微信号，又加了机主的 QQ 号，等了两天居然没通过验证。

我只能把卡插手机里，用短信验证的方式登录微信，没想偷窥别人的隐私，只是想把这个微信解绑。进入微信后还没来得及点设置，忽然弹出了 QQ 邮件提醒。

我发誓，我真的只是随手点开一下，然后看到邮件内容。居然全都是英文，这能难得住我吗？哥可是个内事不懂问百度，外事不懂问谷歌的学霸。打开百度翻译，把英语粘进去然后点翻译。

原文如下：

奥米伽，今天是愚人节，也是你逝世三周年的忌日，还是 2016 年第一季度的分红日，市场证明你是错的，我才是对的。分红已打入你的比特币账户，愿天堂也有互联网。派敬上。

哈！哈哈！我当时就有些尿急，我发誓，绝对不是被吓的，就是水喝多了膀胱有那么一点点的不舒服。这是恶作剧吗？我缩了缩脑袋，没感觉到脊背发凉。

我可是有多年创作经历的网络写手，什么稀奇古怪的事情没听说过！不过亲身经历过还真是第一次。究竟是恶作剧？还是巧合，又或者真的要闹灵异呢？

先把这件事捋一捋！我买了个电话卡，卡的前主人已经死了三年，然后前主人属于一个组织，他的代表是奥米伽！另一个代号派的人在他的忌日，给他发一封邮件，炫耀自己坚持的才是对的，别人都是有眼无珠的渣渣。关键今天还是愚人节，这算什么事儿呢？

我忽然间抓到关键词，比特币账户！比特币是什么东西？买比特犬用的吗？

我的脑洞开始旋转，小宇宙燃烧爆发，这件事有很多办法求证。

二货青年可以直接给派回信，老子没死，老子又诈尸了，你怕不怕！不管真相如何，先吓一吓那个派再说。

普通青年会这样回信，哥们儿，这个号码我现在用，以后不要骚扰我。

至于我这种宅在网络上，特别无聊的青年，肯定要在不惊动派的情况下，查一查事实的真相。

反正人生已经够无聊，我还能更无聊一点！

2 居然是小号

我不是黑客但是个学霸，我懂得各种社会入侵与解锁的方式！举个例子，如果跟媳妇闹矛盾，双方进入冷战时，我不想做饭，更不想认输。这时我会拿出六块钱，五块钱给儿子，一块钱给女儿，让那俩熊孩子抱着媳妇的腿喊饿，这样我就能不战而屈人之兵，光明正大地蹭饭吃。

这件事情能证明，收买不同的人，需要支付不同的筹码，通过曲线的方式，也能达到最终目的。

再比如面对这一份奇怪的来信，我需要进入 QQ 信箱，才能查看更多的来信，但登录 QQ 信箱需要 QQ 号和密码，我不知道这个 QQ 的密码，但这能难倒我吗？

用手机号可以凭借短信验证登录微信号，那么凭借手机号，同样可以通过密码找回的方式重新设置 QQ 密码。

点开 QQ 登录页面，然后填写手机号，拉动验证码图片框，通过了验证码验证。然后再输入完整的手机号，点击免费获取验证码。叮咚！手机接到六位数的验证码，写进去点确认，进入设置新密码界面，再点确认，完成了！

一切就这么的简单，我用力地眨了三次眼，确认已经修改好密码。在手机上输入 QQ 邮箱，再输入新密码，用力地按下登录，芝麻开门吧！

QQ 邮箱终于打开了！让我先来检查一下收件箱里有没有其他来信，再看一看已发送里留没留备份，然后再检查草稿箱里有没有预存。

空的！空的！空的！打开已删除，居然还是空的。只能再去垃圾箱碰碰运气，居然还是空的。

这事儿不对！铁定不对，正常使用的邮箱，不可能干净成这样。星标邮件是空的，群邮件也是空的，点开联系人，还是空的。

难道奥米伽只接过这一封信，没给派回过？再看派的发信地址，妈妈啊！居然是一串的星号，这不是闹鬼，我真的遇见了黑客！

这件事情有趣了！无聊的我终于找到今天不更新的理由了，追查事情的真相，我要抓住这个隐藏在网络上的黑客。请假条贴在连载的书里，无非老生常谈的头疼脑热不舒服。

我在电脑上登录 QQ 号，联系人列表里只有两个联系人，回头看手机上的微信，居然也只有两个联系人。

对比联系人的详细资料，微信与 QQ 号码居然是相同的。那么事情脉络清晰了，恶作剧能排除，灵异事件压根就不存在。真相只有一个，这个手机号上绑定的 QQ 与微信是奥米伽的小号。

线索难道就断了？不不不！恰恰相反，解密的游戏才刚刚开始。奥米伽不会无缘无故地留下两个小号，这些小号必然都是线索，要不然也接不到派的来信！

都已经抓到小号，大号还会远吗？我可是个很厉害的学霸，我相信自己的观察力。

3 朋友圈

派是黑客，奥米伽跟派一个组织，奥米伽应该也是黑客，奥米伽用这个手机号绑了微信号与 QQ 号，这里面绝对有辅助他记忆的线索。

首先看微信的通讯录里有两个好友，一个网名叫 A 酷吗，一个叫北海。

北海的头像是金黄色的向日葵，扎根田野，沐浴阳光。朋友圈里都是些琐碎的生活，有自拍，也有文字吐槽。时间跨度从 2012 年 12 月 21 日开始，到 2013 年 3 月 29 日结束。他也许是奥米伽，也许只是位混淆视听的路人甲，暂且存疑吧！

一般名字前加 A 的都是微商，有人说微商就是那种连自己都骗、每天早起先喝两碗鸡汤，然后在朋友圈晒各种产品、花样炫富的奇葩。

A 酷吗的头像是东方明珠，点开他的朋友圈，果然不出所料，这是个微商，朋友圈贴满了产品，还有各种各样的炫富，各种各样晒幸福的图片。

我的眉头不禁皱了起来，这两个风马牛不相及的微信号，其中并没有必然的联系，难道真的是我多想了？

北海的朋友圈真实有效，时间戳是不会骗人的，A酷吗的朋友圈也非常真实，里面的确在介绍产品，而且非常认真地炫富，难道他们俩都是混淆视听的路人甲？

但为什么他们的微信号，那么巧合地出现在奥米伽的小号 QQ 里，这个世界上没有那么多的巧合，这里面一定有我没注意到的细节。

先看北海 2012 年 12 月 21 日 9 点发的朋友圈，一共是三张银行的门头照片：工商银行、建设银行、中国银行。

再看A酷吗的朋友圈，好神奇！也是 2012 年 12 月 21 日 9 点，只有一张图，一个贴着面膜的人，坐在小黑屋里，一束强光打在白色面膜上。还有文字配图：我的信仰 btcChina。

微商都把产品当信仰，只是这款面膜的名字有些怪。等一等！我虽然不懂英文，却知道 China 是我大华夏的英文名儿，btc 是什么鬼？Bt！比特！我的脑袋中闪过一道灵光，如果 btc 就是比特币，那么这就是有隐喻的照片。

这两个小号的朋友圈，究竟有怎样的隐喻？外事不决问谷歌，我打开谷歌的搜索栏，一个字母一个字母地往里敲，b、t、c、c、h、i、n、a。大拇指按下搜索健，结果出现了。

排行第一的网站，它的名字叫比特币华夏。难道这个就是事实的真相？我点开网页，看到了个很简洁的页面。

首页、交易中心、资金管理，矿池、登录！望着空空登录栏里的文字：请输入邮箱或用户名。

我也不知道怎么了！在登录栏里输入这个手机号。望着密码栏时，我抓了抓脑袋，然后又看了看北海的朋友圈：工商银行、建设银行、中国银行。难道这个隐喻是密码？

想要解密，必须要把思绪代入原主人，只有思维与他同步，才能解开这个秘密，密码长度不会太长，会不会是三家银行的英文缩写？

我试着在密码栏里输入三家银行的缩写：工商银行 icbc，建设银行 cbc，中国银行 bc，加一起就是 icbccbcbc。

输入这行密码后，我心里默念，芝麻开门吧！

登录栏的上面，忽然冒出红色的提醒框，“登录名或密码错误”。

居然不对，难道我真的多想了？

4 比特币

登录名或密码错误，错的可能是密码，也可能是登录名。假设登录名是对的，朋友圈里的这三张图肯定有关于密码的隐喻。

我只能进行这样的假设，确认用户名，再试密码等于是大海里捞针，虽然希望渺茫，但至少知道针在大海里。如果连用户名都不能确认，那就等于连大海在哪都不知道，捞针也就无从谈起。

是不是输入的顺序错误，先输入中国银行 bc，再输入建设银行 cbc，最后工商银行 icbc，倒叙起来就是 bccbcicbc。

这样对不对？按下登录键，登录栏上面还是冒出红色的提醒框，“登录名或密码错误”。

还不对！难道应该把建设银行放在最前面？三个名字一共只有六种排列方式，不管是 bccbcicbc、bccicbccb，还是 cbcicbcbc、cbcbcicbc，又或者 icbcbccbc、icbccbcbc。全都是登录名或密码错误。

难道手机号不是登录名，图片里还有我未能解读出的隐喻？

不能急，不能急。我长出了口气，让自己冷静下来。重新把这件事情捋一捋。如果奥米伽是个黑客，并且在小号里留下隐喻，那么应该用哪种方式来解读？

解读方式与加密方式类似，都有设密者自己独特的思维。我需要更多地了解奥米伽，才能找到正确的解读方式。我打开 QQ 邮箱，望望派的那串星号邮件地址，再看看奥米伽的图片文字隐喻，黑客们会用哪种脑洞来加密隐喻？

看着派的英文邮件，再看奥米伽的中文图片。我的脑袋好似被雷击到一般，忽然间灵光一闪！派是用英文的黑客，奥米伽生活在华夏，那么他的表达方式……

这三家银行除了有英文缩写，还有汉语拼音！！

工商银行 gsyh，建设银行 jsyh，中国银行 zgyh，加一起就是 gsyhjsyhzgyh。输入之后按下了登录，芝麻开门吧！

登录栏的上面终于没再登录名或密码错误，而是欢迎回来！

真的登陆了！！我就说我是学霸！我是天才！我真的猜对了！

看着登录框中的资金栏，总资产：10BTC，约等于¥29 851.95。这是什么？我用手抓了抓脑袋，打开了谷歌，BTC 究竟是什么，怎么就值 2 985.195 一个。

谷歌说：比特币 BitCoin 最初由中本聪在 2008 年提出，根据中本聪的思路设计发布的开源软件，以及建构在其上的 P2P 网络。比特币是一种 P2P 形式的数字货币，点对点的传输意味着一个去中心化的支付系统。

与传统数货币不同，比特币不依靠特定货币机构发行，它依据特定算法，通过大量的计算产生。比特币经济使用整个 P2P 网络中众多节点构成的分布式数据库，来确认并记录所有的交易行为，并使用密码学的设计来确保货币流通各个环节的安全性。

按照字面上的理解，可以把比特币看成计算机通过计算发行的货币，可以兑换人民币，也可以兑换任何国家的货币。属于众多外汇的一种，现在与人民币的汇率是 1∶2 985。

奥米伽已经死了，这 10 个 BTC 成了无主之物。面对这一笔意外之财，我思索着该如何才能继承这笔遗产。

5 强 sir

如果网络小说属于宅男写手的世界，那么比特币就是极客与黑客的试验田。而我是个学习能力很强、模仿能力很强、适应能力更强的学霸。我相信这个世界上，没有我搞不明白的东西。

在比特币华夏的网站内瞎逛了一会儿，我已经对这个网站有了大致了解。一大帮人在这里买比特币，或者卖比特币，闹哄哄地好像股票交易所。

奥米伽的账户里只有 10 个比特币，卖出后才能变成钱，但提钱需要实名认证，并且还需要绑定同名银行卡。大额提现时需要手持身份证拍照，这样的验证我不敢做，毕竟这是奥米伽的账户，万一好处没捞到还替奥米伽背锅，那可就太不值得了。

提币倒是很简单，只需要做实名认证，不需要绑银行卡，也不需要手持身份证。但我想提的是人民币，不要看不到也摸不着的比特币。

应该怎么办？我抱着脑袋苦苦思索，忽然感觉鼻子痒痒的，啊……啊……嚏……！打了个大喷嚏后神清气爽，停滞的思路终于变得通畅。擦鼻涕时看到鼻涕里红色的血丝，最近有些上火，得喝一口苦丁茶了。

有些事情在我眼中是难题，在别人眼中却轻而易举，专业的事情要问专业的人，在我的社交圈里还真有这样的神人。

强 sir 也是位网络写手，同时还是位极客，听说他还是比特币大玩家，这事问他准没错。

打开我的 QQ 号，我开始在聊天框里噼里啪啦：强 sir，写小说的时候遇到个技术问题，主角想从比特币交易网站里提现金，如何才能不暴露他的身份。

写手与写手之间很少客套，大部分都是直入正题。毕竟大家的时间都很紧张，不可能从天气聊到天南地北的风俗，最后才切入正题。一般都是有事说事，如果在线写稿，会抽空回答。如果不在线，看到留言后也会直接回答。所以网络上直入正题，是最有效的沟通方式。

大概过了一小时，我听到 QQ 滴滴的声音，强 sir 的头像跳动，他给我回了信息。

强 sir：各大交易所为了落实反洗钱等相关监管规定，已经进行史上最严的实名认证。只要从国内的比特交易所里提钱就会暴露身份，毕竟钱最终会进入同名的银行卡里。

我连忙输入：假设主角不提钱，而是提比特币，如何才能避免被追踪?

强 sir：避免追踪的方法有很多，提币不提钱就用不到银行卡，身份证可以造假，提币后把币转入国外交易所，利用币币交易功能把比特币换成匿名竞争币，再转出国外交易所，最后市场变现，因为跨了国又跨了链，所以理论上很难查得出来。

我仿佛看到了继承遗产的希望，手指飞快地敲动说：真专业啊！强 sir 帮着推荐点网站与竞争币，我也好作为资料写进书里。

强 sir：没问题，网站……竞争币……

我的嘴角洋溢出笑容，输入文字说：谢了！有时间请你吃饭。

现在已经有了基本思路，接下来就要去万能的淘宝，希望那里的 PS 大神，能帮我 P 出一张能过审的身份证。

6 跨国跨链

不管做什么都要有计划，不能盲目冲动。我是个很自律而且谨慎小心的人，所以做了如下的计划。

第一步：去淘宝请人 PS 身份证，网站上要求正反面，那就准备正反面。

第二步：在海外交易平台上注册，并且物色好可以在国内变现的竞争币。

第三步：在国内竞争币交易平台注册真正的账户，并且绑定自己的银行卡。

第四步：国内的比特币转到国外，兑换成竞争币再转移到国内，卖出变现，提钱到卡。

看着写在纸上的这一二三四步，感觉有些美滋滋。我越发觉得自己不光是个学霸，还是个天才，要不然也制订不出这么完美的计划。

哇哈哈！上淘宝搜索提供 PS 服务的店家，一排排店铺出现在网页上，收费也不算高，从五块到五十块不等。价格太低的怕技术不行，挑个收费二十的，点开旺旺跟店家打招呼。

我：身份证能改吗？

店家：亲，二十，拍下后把身份证照片传过来。

等了二十分钟，修改版出现在我面前，确认好评后收到完整的图片。

把正反面提交到网站上验证，然后去海外交易平台申请账户，最后在国内竞争币交易平台注册账户，接下来就是等网站通过验证。

叮咚！运气绝对好到爆棚，不到半小时就通过验证，我把海外交易网的比特币地址输入提现栏，然后点击验证码发送按钮，输入手机上收到的验证码，再点击提现。

等待中非常无聊，泡上一杯苦丁茶。不能再熬夜了，以后一定要早睡早起，每天都坚持锻炼身体。

我无意间刷新网页，海外平台显示已经到账，全都买成竞争币，再提现到国内的交易所。半小时后这些竞争币进入国内，全卖出，最终的金额是 27 500 多元。

想要提现金，必须要实名。已经完成了跨国与跨链，想要追查非常难。我输入了自己的身份证，还有我的银行卡，然后点击了提现。

揉了揉有些酸涩的眼睛，看了看远处的夕阳，这个愚人节究竟是被恶作剧，还是撞到大运，银行卡上的金额会告诉我。

7 善心

坐得有些久，我伸了个懒腰，摇晃下腰身，全身骨骼噼噼啪啪响着。看了眼电脑屏幕拐角的时间，这么晚该去接儿子放学了。

我儿子今年十一岁，上小学四年级，非常像我，不光是个学霸，还是个小帅哥。不光老师喜欢他，听说一些女同学也偷偷喜欢他。

学校离家并不远，步行也就十分钟。我的手揣兜里走在街上，周围人都行色匆匆，步履飞快。我生活在一个二十来万人的小县城里，原本大家生活节奏很安逸，去年房价三千多元，今年忽然涨到七八千元，看势头早晚能破万。

原本慢悠悠的人们，一夜间都忙了起来，好像被上紧发条的机器人，飞快地往前奔跑，我却一如既往与周围格格不入。

站在学校门口我忽然思索要不要买房？万一继续通胀，纸币的购买力只能越来越低，谁也不知道印钞机能加班出多少纸币。

学校大门打开，小学生们往外走。我往人群里望去，背书包的儿子从里面往外走，他的怀里还抱着个红色小箱。

我接过儿子身上的书包，望着他问："小浩，抱的是什么？"

小浩抬头看着我说："爸爸，这是爱心募捐箱。朱校长病了，我们要给他募捐。"

朱校长是个高高瘦瘦的老男人，五十来岁总是喜欢骑一辆二八大架的凤凰自行车，拎着一个已经掉漆的老旧公文包，特慈祥、睿智、精神。

我眨了眨眼说："他得了什么病？"

小浩耷拉着小脸说："鼻咽癌，听说口鼻都往外出血了。"

我摸了摸儿子的脑袋，想说点什么最终却没有开口。

小浩又对我说："爸爸，你先回家，我要跟同学们一起去广场。"

望着儿子半人高的背影，忽然间感觉他长大了。至少他活得比他老子真实，未来也一定比他老子精彩。

叮咚！手机在口袋里震动，拿出来是一条到账短信，尾号 1068 的银行卡到账 27 500 元。

原本我应该喜悦的，愚人节没有被人愚弄，反而得到这么大一笔意外之财，但我怎么也高兴不起来。

要不要做点什么？看着儿子怀里红色的募捐箱，我走进了自助银行。

四月的天还有些凉，儿子的脸被风吹得红扑扑的，他抱着募捐箱在小广场上跑来跑去，总有好心人十块二十块地捐款，也有人三十，五十，一百，两百。

我看着他汗津津的头发问："累吗？"

小浩摇头说："不累！"

我从兜里掏出一叠钱，放在募捐箱口说："答应我，不要告诉别人，这些钱是我捐的。"

小浩重重地把头一点："我谁也不说，即使妈妈问，我也不告诉她，你藏私房钱。"

我摇头苦笑说："臭小子！"

那一晚我陪在儿子身边，看着他跟他的同学们给校长募捐。那晚的风很凉，但路灯的光很亮，等到募捐结束，把箱子交给老师。我拉着他的手往家走，我第一次发现儿子的掌心好暖，好暖！

8 继续解密

人是一种善于感动又善于忘却，而且时不时喜欢后悔的生物。

早上八点，我睁开了眼睛，又要开始辛苦的生活，我看了一眼银行账户的余额，忽然间觉得昨天的事做得有些冲动，捐点小钱表表心意就成，没必要把横财全捐了。

好在还有奥米伽的微信号，但愿这位是座宝山，能让我继续解密挖宝。

现在可以确认，派是个外国黑客，奥米伽是华夏黑客，两个人同属一个组织，三年前不知道怎么了，奥米伽死了！

当然对于我来说，这是个充满悲伤的好消息。继承了奥米伽的手机号，理所当然也要继承奥米伽的遗产。

2013 年 1 月 8 日 11 点 36 分时，北海又发了第二张朋友圈，绿油油的麦田里立着三棵树，远处瓦房的墙上刷着“计划生育好，政府来养老”标语。朴实的画面，很有农村质朴的气息。

A 酷吗的朋友圈是 2013 年 1 月 8 日 12 点 5 分发的，这次发的图是一杯奶昔，奶昔的杯子上有英文 LOGO——BIT。没有文字，也没有其他暗示或者提示。

我在搜索栏里输入这三个英文字母——BIT，点击回车后，出现搜索结果——比特代，优质的区块链资产交易平台，支持比特币……

望着淡灰色的登录栏，我的嘴角浮现出一抹笑容，奥米伽的朋友圈果然是座宝山，里面果然还有宝藏可以挖。

登录名如果是手机号，密码应该藏在北海朋友圈发的那张图里，文字类的信息只有刷在墙上的那句话，“计划生育好，政府来养老”。

如果把这个转化为拼音，jiahuashengyuhaozhengfulaiyanglao。就这逆天的密码长度，也太坑了，我觉得这不是密码，但也要试一试。

输入这么一长串的字母，再输入验证码，点击登录后，一个黑色的提醒框弹出，“密码无效或者已经过期，如果忘记密码可以到这里重新设置”。

难道是因为我没有加标点？再次输入一遍字母，同时加入了标点，再点确认，黑色的提醒框依然弹出，“密码无效或者已经过期，如果忘记密码可以到这里重新设置”。

难道那行字不是密码提醒的隐喻？我原本还淡定的心，忽然间变得有些不太淡定。

如果给黑客们分级，奥米伽与派应该是最顶级的黑客，所以他们的脑回路应该跟正常人不同，上次解密的脉络，这次也许没法用。

回头看北海发的照片，老旧的房屋、泥刷的墙、白色的宣传标语，这些都很自然。三棵树与远方麦田，其他也没有要注意的地方，我从这个照片上找不到任何启示。

先冷静一下，事情回到原点，假设密码的隐喻还在这张图里，那么账户还会是这个手机号吗？

望着比特代的网页，我移动着鼠标，无意间停留在登录栏的下面，悬停在“忘记密码？”这个选项上。

如果奥米伽还是用这个手机号做账户，那么我可以通过密码找回的功能确认一下，这样岂不是就能绕开密码登录？

这绝对是个绝佳的好主意，我都有些佩服我自己，学霸就是学霸，不走寻常路的学霸。

我美滋滋地点开忘记密码，二级页面弹出来，“重置登录密码，请输入您的邮箱/手机号”。

我把手机号写进去，然后再输入了验证码，点击提交后，居然弹出了三级页面，“请回答密码提示问题”。

我望着网页呆呆出神，因为题目居然是：“我家有几棵树？”

我……！还用说吗！Sankeshu，我毫不迟疑地拼进去答案，结果却提示回答错误。

难道这次奥米伽用的是英文？Three Tree Tree 不对，Three Tree 也不对！3 Tree Tree 还不对，3 Tree 长度不够，无法验证。

唉？我忽然发现最简单的还没试，3keshu，重重地一敲回车。一直没动的密码提示栏终于动了，随机登录密码已发送到手机，请登录后修改密码。

手机传来咚的一声，一个八位数字母掺杂数字的登录密码出现在短信里。

再次输入手机号，然后输入这个密码，最后输入验证码，一点登录键，芝麻开门吧！

欢迎使用比特代，账号 ID：101　当前等级：VIP-0　交易费折扣：无　资金总估：¥57 540

望着充值，提现，财务中心这三个选项，我直接点财务中心，然后看到资金栏。

CNY　可用余额 0　挂单金额 0　总计 0　估算为人民币 0

BTC　可用余额 20　挂单金额 0　总计 20　估算为人民币 57 540

挖到了！又挖到了宝藏！我的嘴角不由自主地浮现出一抹笑容，双手合十对着电脑屏幕拜了拜，嘴里低声说："尘归尘，土归土。奥米伽放心去吧！这些遗产我一定会妥善利用，如果以后能找你的父母妻儿，我会好好报答他们。"

说完这些，我感觉好多了！思索着以后网络挖宝时，要不要做个仪式。有些书里都写了，开棺之前点盏灯，生活需要仪式化，我也该对奥米伽好些。

先做实名认证，不认证无法提币。我的身份不能暴露在奥米伽账户上，于是继续把淘来的证件提交。

实名通过后，比特币后面露出三个选项：充值、提现、交易，鼠标选择提现。

又弹出二级界面，可用余额：20BTC 当日提现上限：0 / 20BTC

复制海外地址，到账后兑换竞争币，搬到国内变现，听到手机叮的声，我的余额多了55 000。这钱来得太容易，应该怎么消费呢？

9 做生意

就在我思索着该如何消费时，门锁转动，我抬头就看到了一个戴着红帽子的女孩，奶声奶气地喊："爸爸，抱抱我！"

宝贝闺女回来了！我情不自禁地笑着，伸出手把她抱起来，两周岁的孩子，沉甸甸的，三十来斤，真是个小胖丫头。

我抱着女儿，小声地提着要求："来，亲爸爸一下。"

我的女儿叫果果，天真可爱、聪明伶俐……总之一切好的形容词，用在她的身上都不过分，她就是上苍赐给我的小天使。

"嗯！么！"小丫头假装亲了一下，小嘴巴离我的脸颊至少还有三十公分。

"你妈呢？"我抱着孩子往外看，然后看到媳妇那张黑脸。

我媳妇一手掐腰，一手指着我，像个大茶壶："昨天怎么请假了？收藏多了几个？订阅涨了没有？整天就知道玩，快点写，把全勤保住再说。"

我的媳妇叫小美，我虽然是个写手，也算从事文化工作，但我真不知道该用什么词来形容她，一团黑色的氧气！绝对的黑色氧气！离不开，但近了又感觉压抑。

我不该把码字的门道跟她说，等她门儿清后，知道我每个月有多少收入，从此我就再也没见过红脸的毛爷爷。

坐在电脑前静了静心，开始构思下面的剧情。不知道是因为年龄大了，还是因为脱离生活太久，最近越写越觉得吃力，速度越来越慢，订阅也越来越差。

望着电脑呆呆出神，我忽然奇怪地想，该不该换一份工作？

打球的会退役，上班的会退休，演员也有退出演艺界的一天。码字多的写手也许会因为思维僵化而被市场淘汰，不需要伤感，这个世界上哪有长盛不衰的常青树。

“发什么呆？”小美走过来，看了看电脑屏幕，又看了看我的脸：“冲着电脑傻愣什么？快点写啊！”

我无奈地耸了耸肩膀说：“写不出来！感觉自己被掏空了！”

小美忽然叹息一声：“不行就别写了，这两年你写得越来越慢，身体也越来越差，不行就出去找份工作。”

我看着电脑里的文档，呆呆地说：“不写？我还能做什么？”

掰开指头算一算，已经写了十年，身体胖了一大圈，头发没剩几根，越来越像油腻的中年人，除了写故事，我不知道自己还能做什么？

明明才三十多岁，这生活居然让我感觉到中年危机，这不对啊！

小美低声说：“要不你在家带孩子，空暇的时候写小说，我做点小生意。有两份收入总好过你一个人赚钱。”

我看着小美问：“要多少本钱？”

小美说得很干脆：“五万！”

还没捂热的外财，又飞离了我的口袋。

10 自己都骗

手里有钱的小美，展露出前所未有的效率。上午换了个手机，下午买了身衣服，傍晚头发烫成波浪卷，踩着一双漆皮高跟鞋，拎着个红色的包，袅袅地回到家里。

原本居家的黄脸老娘们儿，这么一捯饬，还有那么点小惊艳。

等等！这事不对啊！我看着小美诧异问："你不是要做小生意吗？"

小美看着我说："是啊！"

我更加奇怪地问："没见你去选店面，进货源，怎么光见你买了手机跟衣服？"

小美笑着说："这都什么时代了？做生意哪里还需要租店面，直接在网上，微信里做生意，这可是现在最火的微商。"

提到生意经，小美立刻滔滔不绝："今天我从上级那买了四万六的货，两万的减肥果，一万八的面膜，还有八千的排毒液。直接从普通代理，升级为总代理。我拿货的折扣是最低的，三点八折……"

望着眼前这个年轻的小美，看着她不断开阖的红唇，明明还是熟悉的人儿，骨子里却透着一种我从未见过的狂热。

"你的手机呢？"小美找到我的手机，熟练地解锁，然后说："这一盒减肥果的进价是四十五块六，售价是一百二，卖掉三分之一，我们就能收回成本，老师说要做出销售火爆的样子。"

我呆呆地看着小美用她的微信给我转账，然后又截图，又发朋友圈。一副成功女人，忙得卟啉卟啉的样子，我低声说："要不你还是带孩子吧！"

小美认真想了想，不等她开口，我便又继续说："做微商不耽搁带孩子，你看那些赚钱的微商，哪个不是宝妈？"

都说女人一孕傻三年，以前我不信，现在我信了！公开的拿货渠道，只要花钱就能上的总代理，近乎透明的出货价格，疗效未明却加倍吹嘘的小作坊产品，也就骗一骗急功近利想赚钱的宝妈。

因为我家里是做生意的，所以很小的时候我就知道什么叫商业。不管什么产品，最终要有人消化，这才是个完整而又健康的商业模式。

比如，老农从树上摘下一个苹果，被商贩运到市场上卖掉，最终买苹果的人吃掉这个苹果，这才叫健康的商业模式。

再看微商的模式，商家高喊着赚钱发财，拿出成本十元的产品，建议零售价一百二十元，然后做出三六九等的门槛，吸引了一大帮想赚钱的宝妈，以总代的名义四十五块六的价格让宝妈接盘，同时给她们灌下一百二十元售出的美梦。

问题的关键是，谁都能从商家那里买到四十五块六的产品，为什么非要买宝妈手里的？况且售价还是一百二!!

无良商家为了让宝妈们的美梦做得久一点，不断灌输心灵鸡汤，甚至用心理暗示进行洗脑催眠，最终这些货全都堆在手里，没有人消化成为负担。想赚钱的宝妈们，为了面子，为了找人接盘，不得不连自己都骗。

希望小美能快些醒悟，不会泥足深陷。

11 假设

一大箱一大箱的产品拉到家里，小美开始了忙碌的日子，不断地拍照片，不停地发朋友圈，大白天做着发财梦，脸上的笑容没断过。

男人年轻时，憋不住话憋得住尿。成熟后，憋得住话也憋得住尿，老了能憋得住话，但憋不住尿。

谈还是不谈？遇到问题不说心里不舒服，说了又怕小美不舒服。终究还是太年轻，憋得住尿却憋不住话。

我看着小美问：“这么多产品，你都打算卖给谁？”

小美理所当然地说：“卖给微信圈里的好友。”

我看着小美微信联系人那一页说：“一共才三十二个人，去掉自家亲戚，顾客是七个，还是八个？就算他们都跟你买，又能买多少？”

小美对我翻了个白眼说："你傻啊！知道什么叫一级代理，什么叫二级代理吗？我们的产品那么好，只要他们用过必然会口口相传，到时候亲戚告诉亲戚，朋友传给朋友……"

"那你是总经销吗？"我不得不打断小美，开始连续反问："没有独家经营权，你可以卖给你的朋友们，上家除了卖给你，也可以卖给你朋友，万一他们也成为总代，社交圈重叠，是不是你的竞争对手？"

小美的眼中闪着小星星："欢迎他们成为总代，只要是我介绍的，我都能拿到提成。"

我不得不换了个方式："减肥果也好，面膜也好，排毒液也好，都是有保质期的，如果快过期卖不掉，他们给你换货吗？如果排毒液不好卖，面膜好卖，可以用排毒液换面膜吗？"

"当然可以换，如果剩的不多，我可以自己用。"小美笑出小姑娘般的羞涩："既然卖产品肯定要自己用，自己美哒哒也是活广告。"

铺垫了这么久，我终于问出问题的关键："假如最终这些产品卖不掉，也没赚到钱，能退货吗？"

小美呆了一下，然后说："怎么可能赚不到钱？我们的产品那么好，只要付出就会有回报，看看张总赚了三百万，李总刚提了玛莎拉蒂，方总全款买了别墅，只要我认真地做下去，生活肯定会越来越好。"

小美说完这通话后，也觉得自己急了，连忙换了口吻说："做生意哪有百分之百保证赚钱的，即使我这次赚不到，那也学到经验，认识了新朋友，以后我们相互帮助，最终一定能走向成功。"

我揉了揉鼻子，已经不想再说什么了。一开始还觉得小美乱花钱，又买手机又买鞋是在花冤枉钱，现在反而觉得冤枉钱花少了，因为剩下的都要交学费，这实在太多了。

我低声说："咱们家的情况你知道，钱就这么点，货就进这么多，哪怕他们让你成为宇宙总经销，货我们也不进了。时间我给你留半年，如果能做成那最好，如果做不成，我希望你能去找个安稳的工作。"

小美呆了呆，最终什么都没说，默默地点头。然后继续拍照片，只是不知道怎么了，她脸上的笑容开始减少。

12 我的同行

也许今天应该再请个假，脑袋乱乱的，没有什么好灵感，硬写文字只会像渣一样，于是我手指飞快地写下请假条，理由就是太累想休息。

请了假之后，我躲在书房里看奥米伽的朋友圈，原本想解密第三个，结果手机忽然间响起，看着名字我点了接听。

阿火粗犷的声音在我耳畔响起：“大顺，没事吧？书友群都开锅，好几个人都说你遭遇车祸，被撞断双臂，老惨了！”

阿火是我的大学同学，江南水乡里五大三粗的汉子，绝对的基因突变，跟我也是同行，都是网络写手。

听他这样说我呆了，这真是……！早就听说催更的读者们喜欢诅咒作者，没想到这样的遭遇会发生在我身上。

我对着手机说：“别听那帮家伙胡说，我这几天写不动了，假请得有些多。”

“三天请两天假，难怪大家受不了！”阿火自顾自地说：“出车祸这么大的事，也没见你自拍发朋友圈，我就说这消息是假的。”

我已经不知道该说什么，阿火一如既往的神奇，他关注的地方和我关注的地方，以及正常人应该关注的地方，压根就不一样。

还没来得及我开口，阿火又开始了滔滔不绝：“大顺，不知道你害羞什么，躲家里没来开年会？”

签约网站后，每年都会组织一次年会。我也不知道怎么了，不喜欢去人多的地方，所以每次都没去。阿火倒是喜欢凑热闹，每年都跟我说年会上发生的趣事。

望着草绿色的 Word 文档，我陷入了浓浓地思索，我为什么会当网络写手？赚钱？爱好？梦想？还是为了陪伴家人？

等等！我怎么会有这想法？揉了揉太阳穴。这是我写作的第十个年头，按照一年一本的节奏，为什么我的笔名下只有四本书？以前我写的作品被和谐了吗？那些都叫什么名字？

有些事真的不能想，越想脑仁越疼痛。鼻子痒痒的，擦去一些有血丝的鼻涕，我揉了揉脸颊。

没去参加年会，应该不是害羞，我感觉自己好像在逃避什么，但又说不上来。这感觉有点讳疾忌医，明明很想知道，却不敢深挖。

那就算了吧！毕竟生活还要继续的，想不起，那就不要想。

13 私密空间

继续看奥米伽的朋友圈，A 酷吗在 2013 年 2 月 6 日在朋友圈发了两张图，第一张图是十三个西方男人，他们都穿着中世纪的衣服，围坐在一张白色的长条桌前。如果没看错，应该是耶稣与十二门徒。

画里最中央的是耶稣，右下角那个身躯佝偻、手里还拎着钱袋的人，是出卖耶稣的犹大，在犹大的脊背上，被人用黑色的记号笔画了个希腊字母 β——贝塔。

按照希腊字母排序，第一个是阿尔法，第二个是贝塔，第十四个是派，第二十四个才是奥米伽。如果奥米伽的组织存在，那么应该是个跨国的二十四人组织。在奥米伽的思维里贝塔是叛徒。

难道这个贝塔与奥米伽的死有关？再看第二张图，纯红色的图，红的好像血，红图上面写着一串数字与字母——108KO.com。难道这又是一个交易所?

我在地址栏打入 108KO.com，敲击了回车，绿色的原野，金黄色的向日葵，在登录框的上面有两个非常醒目的黑字——净土。

这是什么？不是交易网站，有些像个人网站，而且还是需要密码才能登录的私密网站。我有种预感，离真相越来越近了。奥米伽究竟在这个网站里留了什么?

再看北海的朋友圈，同样是在 2013 年 2 月 6 日，北海发了朋友圈，真见了鬼！居然也是十二门徒，同样的耶稣，同样的犹大！唯一区别是在耶稣的脑袋上，有黑色记号笔写的三个字母——BTC，犹大的后背上没有写贝塔。

望着这两幅差不多完全相同的画，真是越来越有趣了！程序员开始玩艺术，必须要脑洞大开，才能猜到奥米伽留下的暗语。

艺术是抽象的，一千个人眼中有一千个哈姆雷特，画面上的信息其实也蛮多的，十二门徒各有各的名字，BTC 这三个字母是不是密码的暗示……

如果按照二十六个字母表来算，B 是第二顺位，T 是二十顺位，C 是第三顺位，但耶稣只有十二个门徒，那么 T 的二十顺位说不通。

会不会是循环数？先数完十二个人，然后再数一次，如果不连耶稣，那么 T 代表第八顺位，如果加上耶稣，那么 T 就是第七顺位。

按照 BTC 各自代表的含义，解读出来就是，二、八、三，对应耶稣十二门徒的名字……我忽然抓了抓脑袋，耶稣的门徒都叫什么?

好在我是个内事不懂问百度，外事不懂问谷歌的学霸。在搜索栏输入十二门徒，然后弹出了无数的地址栏，很容易找到十二门徒的名字。

第二个门徒叫安得烈 Andrew，第七个门徒叫多马 Thomas，第八个门徒叫马太 Matthew，第三个门徒叫雅各 James。

那么连起来应该有两种密码排列方式，第一种 ANDREWTH-OMASJAMES，又或者第二种 ANDREWMATTHEWJAMES。

一个十七个字母，一个十八个字母，我在密码栏中先输入ANDREWTHOMASJAMES，结果提醒密码错误，我再输入第二种密码ANDREWMATTHEWJAMES，结果依然提醒错误。

我托着下巴，望着显示器出神，思索着要不要换一条思路。奥米伽是华夏人，他会不会没用字母表来排序，而是用了声母表来排序？如果是声母表，那么BTC这三个字母，将会有完全不同的序列。

14 灵感

二十六个字母是按照ABCDEFG……进行排列的，如果按照声母表排列，那就是 bpmfdtnl……等一等！BTC 这三个字母恰好都是声母!!

B是第一顺位，T是第六顺位，C是第二十顺位！怎么又是二十？难道还是要数两遍吗？加耶稣是七，不加耶稣是八。

排列方式是二六七，又或者是二六八！

第二个门徒叫安得烈 Andrew，第六个门徒叫巴多罗买Bartholomew，第七个门徒叫多马 Thomas，第八个门徒叫马太Matthew。

依然是两种排列方法，第一种 ANDREWBARTHOLOME-WTHOMAS，第二种ANDREWBARTHOLOMEWMATTHEW。

这个密码长度有些反人类，一个二十三位，一个二十四位，试一试，能不能打开！

芝麻开门吧！第一个密码是错误的，第二个密码也是错误的。难道门徒的姓名不是英文，而是要用汉语拼？

安得烈andelie，巴多罗买baduoluomai，多马duoma，马太matai。

把拼音单独组出来，andeliebaduoluomaiduoma，andeliebad-uoluomaimatai，把同样逆天长度的字母输入登录栏，结果依然是错误。

不是全拼难道是简拼，只要输入首字母就好？我又试了简拼，不管是英语排序，还是拼音排序，全都是错误的。

解密仿佛进入一个死局，究竟要开出多大的脑洞，才能破译奥米伽的逻辑。

望着十二门徒，我正准备换个方式，桌上的电话忽然间响起。看着上面的号码，是小浩！我连忙拿起来放在耳边。

“爸爸！能来学校一趟吗？”儿子的声音里透着小心翼翼，浓浓的鼻音仿佛刚刚哭过。

我皱着眉，急促问：“出了什么事？”

小浩哽咽着说：“我跟同学玩，不小心碰碎了他的眼睛。”

我感觉心猛地一凉，追问：“流血了吗？”

小浩低声说：“没有，就是眼镜架摔坏了。”

哦，原来是眼镜架，我松了一口气，对小浩说：“镜架坏了爸给他买，男子汉大丈夫别哭，该道歉就道歉，我这就去学校。”

解密的工作暂时放下，我随便穿了件衣服，撒开脚就往学校飞奔，天大地大，也没有儿子大。

十三分钟后，我来到学校，在办公室里看到眼圈微红的小浩，在他的身边还站着一个高高大大的胖子，双眼微眯，因为常年戴眼镜，鬓角上有镜腿压过的痕迹。

李老师站在一边，对着我说：“课间休息的时候，小孩子们在一起玩闹，小浩把小王的眼镜架碰坏了……”

我直接表明态度：“该道歉道歉，该赔偿赔偿。叔现在就带你去配眼镜。”

胖子看了眼李老师，李老师说：“眼镜是特制款，不光要配镜架，还要重新配专用的镜片。”

我点头说：“李老师放心，一定是特制的镜架，专用的镜片，一度都不会偏差。”

特制！专用！这两个词汇碰撞到一起，好似道灵光一下在我脑海里闪烁，我隐隐地抓到了什么！

按照坐序去对照十二门徒的位置，肯定猜不出密码，先搞清楚画上每个门徒的位置，才能解密出正确的暗语。

想通这个问题后，我的嘴角浮现出一抹浅笑，拉着小胖说：“叔叔请你跟小浩吃鸡腿……”

李老师默默点头，同意了。

15 净土

小孩子不记仇，给小胖配好眼镜，又给他们每人买了一个鸡腿，就又笑闹在一起了，仿佛没发生过矛盾。我把俩孩子送回学校，回到家里继续解密。

耶稣与十二门徒这幅画里有十三人，可以确定两个人，中间的是耶稣，背对世人的是犹大，那么剩下的十一人都是谁?

我先把这幅画传进电脑里，然后开始用谷歌识图，搜出三百七十多万个结果，连续翻找了二十多页，并没有人在图片上进行姓名标注。

仅凭搜索恐怕解决不了我的难题，专业的事情还要找专业的人做。我打开了网址，输入一行字母。

网络写手圈包罗万象，各行各业的人都有，这帮人聚在论坛里，有一言不合就开喷的，有路见不平就开喷的，还有因为私心眼红开喷的，当然也有很多急公好义、喜欢帮忙的。

进入宗教板块，我手指飞快地在标题中输入“冰天雪地半裸男，七百二十度托马斯回旋紧急求助！”然后在帖子里粘上十二门徒的照片，写上文字说明“谁认识画里人的名字？急！在线等！”

标题虽然有些哗众取宠，是写手间的暗语。冰天雪地意味着事态紧急，跟火烧眉毛一个意思，半裸男是没退路，再等下去可是全裸，七百二十度托马斯回旋类似鞠躬行礼。

做好这一切后，我泡了壶苦丁茶，一面喝着败火，一面刷着论坛里的帖子。今天的运气非常不错，刚发上去没三分钟，就有人开始回帖。

山居道人：“这不是十二门徒吗？我认识左起第三个是约翰，他是雅各的弟弟，雅各应该是左起第四个。”

祝正邪：“左起第四个有大鼻子，他的原名叫西门，后来改名叫彼得，跟雅各没有关系。”

宗教活百科：“渣渣们，看图讲话，不服来辩！”这层楼里贴着十二门徒的图，并且标注出了每个人的名字。

从左到右腓力 Philip，马太 Matthew，西门 Canna，安得烈 Andrew，雅各 Jacob，巴多罗买 Bartholomew，耶稣 Jesus，多马 Thomas，约翰 John，彼得 Peter，达太 Thaddaeus，雅各 James，犹大 Judas Iscariot。

专业的就是专业的，原本还有争议的帖子，随着宗教活百科有图有真相的实锤，争论的人都偃旗息鼓。

我非常郑重地感谢了宗教活百科，不能把别人的热情，当成理所当然的东西，那样自己的路会越走越窄。

现在有了人物排序，那么我可以继续解密。BTC 这三个字母依然按照声母解密，B 是一，T 是六，C 是二十，还要这样数吗？

等等！随着灵光闪烁，我的脑洞越开越大，C 也许不是二十，而是最大的意思。那么对应的就是，腓力，巴多罗买，犹大！

PHILIPBARTHOLOMEWJUDASISCARIOT，这密码依然很长，应该不对！一长串字母输入，果然没能打开。

我的嘴角浮现出一丝微笑，如果按照声母排序的思路是对的，那么奥米伽应该会继续使用拼音，因为这个叫思维惯性。

Feilibaduoluomaiyouda，同样很长的字母，输入进登录框依然是错误，那么还剩下一个可能，奥米伽采用了拼音简写。Flbdlmyd，如果这还不行，那可就真不行了！

随着回车敲了下去，登录页面变化了，一团湛蓝开始渲染显示器，黑色的文字从左到右闪了出来："第二位访客，净土，欢迎你。"

16 奥米伽的净土

我眉头皱起，咀嚼这段话里的意思，第二位访客？第一位是谁？奥米伽是主人，肯定不是访客，难道第一位访客是派？又或者是阿尔法？贝塔？还或者是其他的高手吗？

想不通的事情就不用想，我摇晃着脑袋，打量着奥米伽的净土，这是架设在网络服务器上的远程主机，还没来得及寻宝，桌面上就弹出个对话框。

绿色的字符在黑色的背景下闪烁：AI 第二次初始化，请来访者选择母语。

一共四个选项出现在窗口里，英语、汉语、日语、西班牙语。

我的选择了汉语，然后窗口又弹出新的问题：宝塔镇河妖的上一句是什么？

有意思了！奥米伽这般耗费心思验证来者的身份，莫非这里真的有宝藏？切换输入法，写进天王盖地虎。

窗口里闪烁新的问题：挖掘机哪家强？这还用说吗！！华夏山东找蓝翔！

新的问题弹了出来：宋江是哪里人？

这个问题让我一呆，是运城？但我又不敢确认，拿出手机搜宋江是哪里人，百度让我输入郓城。

黑色的背景隐没，一片片绿色的草原闪现，一朵朵金黄色的向日葵，盛开在锦缎般的草原上。一个脑袋大、身躯小、扎着双马尾的小女孩在桌面上奔跑。

屏保做得不错，桌面非常简洁，一共有六个图标，计算机、网络、回收站、文档、文件夹，还有一个金黄色的图标，一个字母 B 上画着集成电路纹路，也许这个就是传说中的比特币钱包。

我转动鼠标点开了比特币钱包，初始化了大约十分钟，弹出一个全新的界面，四四方方的窗口里有两排选项。

最上面是文件、设置、帮助，稍下一点是概况、发送、接受、交易记录、地址，再往下是状态栏，红色的括号里有红色的文字：（数据同步中），余额 800.00 BTC，未确认：0 BTC。

这一块的旁边是最新交易记录，同样有红色的文字（数据同步中），最后一笔交易来自 2013 年 1 月 13 日，11 点 21 分 [+300　BTC]

钱包的最下面还有一行英文：no block source available……后面的进度栏里用汉字写着：落后于 162 周前。

这是什么意思？

我眨了眨眼睛，虽然卖过两次比特币，但钱包还真是第一次见，应该怎么用？

800 个比特币，按照今天 2 700 左右的价格，那可是一笔两百多万的巨款。说不心动那是骗人的！我试着点开发送货币，在地址栏里粘贴我的钱包地址，输入 100 个，然后点击发送，比特币钱包忽然弹出个新的窗口：确认要发送 100.00 BTC 至（zy……）？

我选择了 YES，然后又弹出一个新窗口，此操作需要你首先使用密码解锁该钱包。

密码是什么？登录净土的密码？我输入了 Flbdlmyd，钱包继续弹窗，解锁钱包失败，红色的 × 后面还有一行汉字：用于解锁钱包的密码不正确。

我深吸了一口气，看了看草色如锦的桌面，这里面应该隐藏着奥米伽留下的密码。解密的工作并没有结束，而是刚刚开始。

17 好大的脑洞

黑客不是神，不可能凭借大脑记住所有的密码。所以比特币钱包的密码，要么藏在服务器上，要么藏在朋友圈里。

我点击桌面上的计算机图标，出现了三个盘符号 C、D、E。虽然我是小白，但基础的东西还是懂的。

C 盘是系统盘，D 盘与 E 盘是存储盘。我直接打开了 C 盘，接下来要做一件非常枯燥而且异常无聊的事情。显示盘内所有的隐藏文件，然后一个文件夹一个文件夹地找下去。

为防止思维混乱，我手写了份文件目录，从主文件到子文件，只要是查阅过的，我都有所记录，这样就不会遗漏，也不会弄混。

一上午的时间我找了整个 C 盘，头晕目眩，感觉自己被掏空了。双眼酸涩，但我不敢闭眼，因为一闭眼就会看到密密麻麻的图标，眩晕得让我想吐。

难道密码隐喻不在电脑里，而是在微信朋友圈中？我拿出了手机，还没来得及刷朋友圈，就听到小美的呼喊："吃饭了，别总玩手机。"

"哦！"我坐在了餐桌旁，脑袋里还都是一排排的文件夹。

小美推了推我说："想什么呢？那么出神？"

我随口说："如果想藏东西，应该藏在哪里？"

小美很自然地说："当然是藏在既显眼，又不容易发觉的地方。"

我眨了眨眼睛，觉得这番话说得有道理，但又不够具体，于是追问说："什么地方既显眼，又不容易发觉呢？"

小美满脸嘚瑟地站起来，指着我们家大门后面贴的福字说：“谁能想到我们家的存折，就塞在福字后面？”

我认真地点头说：“天天开门关门的，还真没想到存折藏在那后面。”

“那当然了！”小美指了指桌子说：“吃饭，快吃饭。”

草草地吃了午饭，我又回到书房里，望着奥米伽的净土，思索着他会把密码的隐喻藏在哪里？

莫非是桌面背景？蓝天？白云？草原？向日葵？还是那个不断奔跑的双马尾小女孩？我盯着桌面上的图片，眼睛都快瞅红了，却依然没能发现端倪。

要不要用这些词汇简拼试一试？奥米伽喜欢这样的密码组合，并且已经成为思维惯性。

我握着鼠标正准备输入密码，鼠标无意间从小女孩的脑袋上划过，一行文字忽然弹出来，然后又忽然隐没。

这是什么？

我瞪圆了眼睛，我可以肯定，刚刚看到的东西不是幻觉。

鼠标再一次移动到小女孩脑袋上，白色文字第二次出现：我哪里人？我的工作是什么？我喜欢的一句话是什么？

这可是要亲命了！这种密码索引提示，答案库绝对包罗万象，除了原始设计人，谁也猜不出正确答案，这个脑洞有些大。

揉了揉脸，我发觉除了知道奥米伽的代号是奥米伽，其他的我一无所知。面对 800 BTC 的巨款，我除了无奈笑笑，也只能笑笑。

18 更大的脑洞

躺在摇椅上，我开始做眼保健操。小美说得有道理，贵重东西果然藏在既显眼又不容易发觉的地方。

奥米伽留下了钱包密码的隐喻，我回答不了这个问题。我虽然是个能开脑洞、善于推理的小写手，但也无法回答奥米伽的问题。

我是哪里人？华夏人！我的职业是什么？黑客？我最喜欢的一句话是什么？BTC!!

等等！我原本还在揉太阳穴的手指，慢慢地停了下来，我最喜欢的一句话是什么？这个问题非常有问题。

首先，这问的是一句话，不是一件物品，这是个相对抽象的问题。既然是关乎密码的隐喻，思维的延续性不可能是发散的，所以需要固定一个相对的区域。这样才能够有助于对密码的联想。

会不会还有我没发现的什么东西？再次坐到电脑前，鼠标连续点击马尾小女孩，不管我点了多少次，马尾小女孩依然是那个样子，没有丝毫的变化。不断地奔跑，两个马尾在大草原上飘摇，脑袋上浮动着三个问题：我哪里人？我的工作是什么？我喜欢的一句话是什么？

难道就没有其他的隐喻？我闭上眼睛开始回忆净土的一切，从最初的十二门徒猜密码，到第二位访客，然后回答三个问题……

脑袋仿佛被巨雷劈到，麻酥的感觉从头顶一直蔓延到脚后跟。原来是这样!!

黑客果然是黑客，智商超绝的家伙，奥米伽真是太天才了，在一开始就留下了隐喻。一般人还真联想不到，如果不是华夏人，恐怕想破脑袋也想不到。

回看初始化的三个问题：宝塔镇河妖的上一句是什么？挖掘机哪家强？宋江是哪里人？再看双马尾脑袋上冒出的问题：我哪里人？我的工作是什么？我喜欢的一句话是什么？

把两个问题综合在一起，我哪里人？宋江是哪里人？我的工作是什么？挖掘机哪家强？我喜欢的一句话是什么？宝塔镇河妖的上一句是什么？然后，我能得到一个很勉强的答案。

我又找了个纸笔，在上面写答案：郓城，挖掘机，天王盖地虎。

当然只是备选一，还有备选二：郓城，蓝翔，天王盖地虎。

有了这组密码答案后，我把最小化的比特币钱包弹出来，正准备试密码，忽然发现刚刚还是 800 BTC 的钱包，现在已经变成 2300 BTC，下面的进度栏走到头变成绿色，旁边的交易栏多了好几笔的交易，最新的一笔来自：2016 年 4 月 1 日，10 点 01 分 [+100　BTC]

这一切都是真的，奥米伽的组织真的存在，派一直给奥米伽打着分红！

我没多想就复制了我的钱包地址，写进 100 BRC 后输入第一段密码：ycwjjtwgdh，然后点击了发送。

交易发送成功，收取 0.001 矿工费。

这就成功了！我揉了揉眼，感觉不真实的如梦似幻。

与此同时，万里之外的奥尔蓝，堆满矿机的机房里，一个满头金色乱发，脸上长满青春痘的男人，扫了眼电脑屏幕，然后脸上挂着愤怒，打开 Telegram，在上面飞快地输入：奥米伽没有死，他刚刚转走了 100 BTC。

19 死而复活

Telegram 中文名叫电报，是海外加密的聊天工具，不光可以点对点交流，还可以创建 Telegram 群组。

有的黑客喜欢对 Telegram 进行二次编译，利用加密程序对 Telegram 进行二次加密，让本就安全的聊天工具，变得更加安全。

随着这条消息的发出，已经安静了很多天的 Telegram 群组顷刻间炸了锅。一个 ID 是西塔的发言：派，你是不是太累了，出现幻觉？奥米伽已经死了，我亲手把他的骨灰撒向大海。

贝塔：派说的是真的，奥米伽地址上的 BTC 被转走了 100 个。

拉姆达：会不会有人破译了奥米伽的钱包密码，得到了奥米伽的 BTC。

斐：不管是不是在奥米伽的手里，我都建议追查这些币的走向。

阿尔法：派负责追查这些币的走向，现阶段派开发的任务转交给西格马。

萨伦市郊的农场里，西格马喝了一口咖啡，然后输入：我尽力，但不能保证核心程序达到派开发的智能度。

西格马嘴里还嘀咕着：难道奥米伽真没死？

奥尔蓝机房里，派满是青春痘的脸上挂着狂喜，手指飞快地输入：一定把奥米伽揪出来。

派与奥米伽同属神秘组织 GOD，GOD 是技术天才云集的神秘组织，就以计算机编程为例，如果条星国的计算机编程领先全球二十年，那么 GOD 组织的计算机技术，领先条星国至少三十年。

在 GOD 的组织里，奥米伽负责人工智能开发，派是奥米伽的助手，派一直都不喜欢奥米伽，三年前奥米伽因意外死亡，还没成年的派，兴高采烈地喝下一整瓶波多尔红酒。这些年每当到分红日，派主动给奥米伽分红，这样做并不是出于好心，而是为了宣泄心中的私愤。

派一直都觉得奥米伽是假死脱身，所以一直监控着奥米伽的 BTC 分红地址，没想到还真有了收获，总量 2300 的地址上，居然被人转走了 100。

比特币钱包首次运行时，会随机生成私钥，私匙是个 256bits 的数，这串数字可以对钱包中的比特币进行操作，为了防止私钥丢失，一般大家会备份私钥。

私钥经过 SECP256K1 算法变成公钥，SECP256K1 是椭圆曲线算法，通过私钥可以算出公钥，公钥却无法反向计算出私钥。RIPEMD160 是 Hash 算法，公钥可以通过 Hash 算法得到公钥哈希，公钥哈希却无法反算出公钥。

将字节地址连接公钥哈希头部，然后对其进行两次 SHA256 运算，再将结果的前 4 个字节作为公钥哈希的校验值，连接在其尾部。使用 BASE58 进行编码，最终才能显示钱包地址。

简而言之，在比特币的世界里，私钥可以推算公钥，公钥却不能推算出私钥，公钥可以推算出公钥哈希，公钥哈希却不能推算出公钥，唯一可以相互推算的是钱包地址与公钥哈希。

况且保存私钥的人会对钱包进行密码加密，也就是说，存在比特币钱包地址上的比特币，先要经过密码加密，然后是私钥加密，还有公钥加密，以及公钥哈希加密，绝对万无一失。

所以看似简单的比特币转账，却涉及密码学，包括了公钥、私钥、签名、哈希、对称加密、非对称加密，等等。

想要完成一笔比特币转账，不光要掌握钱包的私钥，还要知晓私钥主人设置的密码。除了掌握私钥与密码的奥米伽，派想不到还有谁可以动这些比特币。

20 追查

派开始追查这笔转账，在比特币的区块链里，每一笔转账都会被系统广播，稍稍花费点工夫，派便找到了接受地址。

找到了接受转账的钱包地址，派启动自己编写的搜索程序，开始检索这个地址，一百八十六秒后答案出现，这个地址属于某个交易所，位置在拉斯州。

找到交易所网址，派开始解析 IP 地址，确认服务器的位置后，然后利用软件开始扫描漏洞。要知道派掌握的电脑技术，领先这个时代五十年，入侵交易所对派来说毫无难度。

望着电脑屏幕上闪烁的数据流，派忽然对着麦克风说："KING启动!"

淡蓝的屏幕上，黑色的窗口里，忽然闪出一个乳白色的圆球，一面颤动，一面发出机械合成的声音："我的主人，何事吩咐？"

派悠悠地说："入侵拉斯州的交易所，追查出这笔比特币转账的关联账户……"

随着派的吩咐，电脑屏幕上又闪现出两个不同的窗口，大数据滚动着检索，百分比进度条不断前进。

派看着进度条低声说："算力终究还是太低，智能的部分存有缺憾……"

与此同时，远在千里之外的我，并不知道危机已经降临，我还在不断地刷新网页，间隔 5 分钟还会用 CTRL+F5 强制刷新，等着比特币到账。

手机忽然叮的一声响起，我拿起手机打开微信，又是 QQ 邮箱的来件提醒，我随意打开邮件，上面的文字把我吓出一身冷汗。

奥米伽：派正在追查 100BTC 的转账，快扫尾，别被抓到，会死人的!

短短的一句话，全是我认识的汉字，单个拎出来平淡无奇，组合起来信息量却非常大，我太阳穴不停地跳，脸上堆满震惊。

刚从净土往外转了 100BTC，这就被人发现了!

奥米伽居然没死！派在追查这一笔转账，如果被派追查到，我肯定会死！而且发邮件的人是谁？邮件里用的全是汉字，难道奥米伽一直监视着我?

一个个的疑团化为黑色的大手把我笼罩，怎么办？怎么办？着急的我有那么点上火，鼻子里有些咸腥，伸手一抹，全是红的!

流鼻血了！我手忙脚乱地把鼻孔塞了起来，然后又喝了一大口的苦丁茶。如果奥米伽是顶级黑客，那么派的段位应该跟他一样。我只是个电脑小白，应该怎么做？

塞上一个鼻孔，呼吸有些不畅，大脑因为缺氧而开始胡思乱想，面对未知的派，最终我做了个决定，拉掉家里的电闸，物理上进行断网。电脑不跟网络链接，哪怕派真有神通，也抓不到我。

随着啪的一声，电脑关了，手机没了 Wi-Fi 信号，我好像风暴里被困在浅滩的白鲸，等待命运的审判。

我的手机忽然间亮了下！我瞄了眼忽然惊恐地发现，没了 Wi-Fi 的手机还连着数据网，我连忙把数据网关上，这才长出了一口气。

远在千里之外的机房里，一堆堆的刀片服务器中，大功率风扇不断地旋转，原本温度适宜的 CPU，温度忽然间开始飙升。

奥米伽的净土里，那个扎着双马尾不断奔跑的女孩，忽然间眨了眨眼睛，黑色的窗口，白色的字符形成了数据瀑布……

21 一追一逃

净土的桌面上，那个双马尾的女孩，脑袋上忽然冒出一行白色的文字：Queen 0.12 启动！

原本如瀑布般的数据流，忽然间加快三分，一个个字节的数据，通过网络端口开始往外传递。

KING 的进度条走到了百分之九十九点九九，忽然间卡住，没有变成百分之百，而是往回滚变成九十八点八七。

派的脸上闪过诧异，拉出键盘手指在上面敲得噼里啪啦，红润的嘴角微微上翘，低声说："奥米伽，是你吗？"

黑客是什么？最初的时候，他们是一群掌握了高深的电脑技术的人，那时人们尊称他们为骇客。后来有些骇客利欲熏心，为了满足自己的私欲，开始利用技术作恶，这帮人被称为黑客。

在黑客的眼中，世界上没有不能被攻破的防火墙，利用病毒，利用漏洞，甚至利用海量肉鸡进行数据攻击，只要能达到目的，他们不在乎方法与过程，只要结果。

如果把入侵当作矛与盾的较量，那么黑客与黑客间的战争，更像一场矛与矛的对话。

派已经进入交易所的服务器，他同时也发现了另一个入侵者，至于是不是奥米伽，先抓到再说。

派的手指飞快地敲动键盘，一个成功的黑客会在键盘上编辑一些宏命令，通过敲击启动宏，继而执行脚本，唤醒各种工具，向对方发起进攻。

派不只是成功的黑客，而且是顶级的黑客，他用的键盘不是普通的键盘，而是私人定制的键盘。

标准键盘一百零四个按键，有些键盘厂家会增加五个媒体键，即使生产机械键盘的专业厂家，最多也只是添加五个宏按键。派的键盘是一百二十六个按键，比标准的键盘多了二十二个宏命令按键。

随着派不断地敲击，一个个的窗口出现在派的桌面上，原本就眼睛闪亮的派，双眼变得更加闪亮，嘴角挂着一丝冷笑，寒声说："快抓到你了，KING 准备解密。"

"YES！"刚硬的声音从音响里响起，派机箱里的风扇疯狂地旋转，CPU 资源不断地上升，派的脸也越来越红。

如果把网络世界看作天空，黑客们操纵的数据是飞行器，网络上一台台的主机是停靠站，那么一根根相连的网线就是飞行器飞行的轨道。

为了在网络上隐藏自己的身份，黑客们都会利用漏洞入侵一些在线的服务器，通过植入木马的方式实现远程控制，当服务器被黑客控制后，也就成为了大家常说的肉鸡。

黑客们利用肉鸡作为中转跳板，去访问其他的服务器，这样就能遮掩住自己的 IP，继而隐藏自己的身份。好的黑客至少会用三个中转跳板。有些顶级黑客特别谨慎小心，甚至会用到两位数的肉鸡做跳板。

Queen 好像个小精灵，清扫掉拉斯州交易所里的痕迹后，带着派开始晃悠，一会儿舍弃了惠尔顿的肉鸡，一会儿抽掉拉汶亚的跳板，然后又躲进苏鲁，双方交手了三分钟，Queen 节节败退，舍弃了十八个肉鸡。

派的脸上挂着笑容，嘴里嘀咕着："你跑不掉，你跑不掉……"

22 Queen

追到江户，Queen 的操作出现了一个小卡顿，也许是操作失误，也许是网络延迟，也许是天意，对顶级黑客来说，哪怕只有 0.1 秒的卡顿，这个失误都足以致命。派非常敏锐地捕捉到这个卡顿，派冷声说："KING 解密……"

白色的进度条一闪而逝，派看到隐藏在服务器里的真实 IP：131.113……，远在江户的街头，路边的供电器忽然嘭的一声，一团火焰升腾，整个街区陷入了黑暗。

与此同时，派的桌面上，原本还在滚动的数据流，忽然出现停滞，派电脑失灵了，不管派怎么操作，电脑都没有丝毫的反应。

"这是逻辑炸弹？"派的嘴角浮现出冷幽，双眼中寒光闪烁。大概过了五分钟，电脑才发出滴的一声，卡顿的数据流继续滚动，派重看着数据流，忽然低声惊呼："是 Queen，是 Queen……"声音里透着一丝颤抖。

Queen 是奥米伽负责开发的人工智能，中文名叫红桃皇后。源代码已经完成百分之九十五，派也参与了开发，Queen 即将上线运行时，奥米伽死了！这才有了后来派开发的 KING。

KING 中文名是黑桃国王，开发进度只达到百分之八十一点五，不管是逻辑构架，还是基础编码都已超越了 Queen，如果说 Queen 是 1.0 版本，那么 KING 就是升级后的 2.0，但现在 KING 居然无法跟 Queen 抗衡。

派的脸色冷白，嘴里嘀咕着："这不是真的，这不是真的……"他仔细检查了三遍，每次的结果都完全相同，派打开 Telegram，手指如飞地输入："奥米伽没死，我刚与他交手，Queen 战胜了 KING。"

拉姆达：这个笑话一点都不好笑，Queen 采用四年前的一代技术，KING 可是二代技术。

贝塔：我刚看了派的电脑日志，Queen 的确出现过，不光释放了逻辑炸弹，还利用漏洞更改江户供电所的电压，炸掉了服务器旁边的供电器。

斐：这不像奥米伽的风格，他一直都崇尚防御，很少暴力反击。

阿尔法：我也看了派的电脑日志，出手的确是 Queen，而且还是升级后的 Queen。

西格马：怎么办？KING 的智能核心，还要继续开发吗？

贝塔：暂且放一放，现在我们需要把奥米伽挖出来。

阿尔法：全部人停下手里的工作，把奥米伽与 Queen 挖出来。

这个星球上最强大的黑客组织，二十三位世界顶尖的黑客，在如同宇宙般浩瀚的互联网上，开始了拉网式排查。

不管是条星国航空部，还是罗刹国核研究所，又或者卜罗国的核控制中心，都被反复地翻找。

派的行动激进，为了尽快抓住奥米伽，还暴力攻击了几个科研机构的防火墙，继而引发了网络世界攻防战，一些政府机构的计算机高手，面对 GOD 组织，根本没有还手之力。

面对如虎似狼的 GOD 组织，有些国家拉响了一级警报，有些国家定义为恐怖袭击，还有些国家对此进行强烈的谴责。

这帮神秘的黑客从出现到消失，一共只有 8 个小时，给整个世界带来了深深的震撼。曾经以为非常安全的防火墙，原来是这般的千疮百孔。

8 小时后，某个堆满服务器的机房里，一排刀片服务器忽然发出滴的一声，静止的风扇慢慢转了起来。

23 代号 D

Queen 消失得无影无踪，仿佛压根就没出现过，如果不是派的日志，所有人都会以为刚刚发生的一切都只是幻觉。

Telegram 群里有些安静，所有的人都不知道该说什么，沉闷了大概半个小时，派终于沉不住气，打出了一行字。

派：面对 Queen，KING 的构架完全不行，我需要重新编写 KING 的底层编码，造神计划必须推迟。

贝塔：所有计划都已经上了路线图，按部就班怎能轻易更改，要知道 KING 是整个计划的核心，如果错了一步，整个计划都将陷入混乱。

阿尔法：派，你是认真的吗?

派：奥米伽肯定没死，Queen 就是个定时炸弹，如果我们贸然执行计划，Queen 跳出来，那我们怎么办?

所有人都开始沉默，派说出了大家的担忧，整个计划中 KING 是执掌一切的神灵。但现在 Queen 成了 KING 的对手，所以 KING 有必要重新编码。

但大家也都清楚，重新编码说起来简单，做起来却很难。底层编码重新编写，快则三个月，慢了至少要一年，难道要把整个计划再推迟一年?

一直没开口的纽打出了一行字：在派没有开发出 KING2.0 之前，现有的 KING 并入 D 计划，我会利用 D 计划的算力完善 KING。

D 计划是纽负责的项目，搭建出一个让计算机通过算力运算，可以自主决策执行的计划，如果能成功，人工智能领域将会出现杀手级落地应用。

派一心想要开发新的 KING，自然不会反对纽的计划。在派的眼中，KING 已经成为过去式，2.0 的 KING 一定能吊打 Queen。

贝塔：纽，D 计划的进展如何?

纽：底层技术已经写好，正在做代码清减，PPT 进行最后的完善，随时都能够推向市场。

D 计划在 GOD 组织里，得到的评价是 B-，本身就是执行度很高、落地实用性很强的计划，现在有了 KING 负责智能部分，绝对如虎添翼。

阿尔法：派负责 KING2.0 的开发，KING 交给纽，协助 D 计划。

工作分配好之后，Telegram 群里依然沉闷，每个人都有些心神不宁，忽然冒出来的奥米伽让人提心吊胆。

阿尔法：接下来我们说一说奥米伽的问题，三年前奥米伽死了，他的工作室付之一炬，Queen 理论上应该毁于大火，但现在 Queen 又出现了，谁能告诉我究竟发生了什么?

这个问题没有人能回答，不管怎么推理，莫名其妙死亡的奥米伽都像假死脱身，现在他又回来了。

西塔：奥米伽死后，是我把他推进焚烧炉，并且亲手把他的骨灰撒入大海。

贝塔：奥米伽的死充满疑点，我们可以进行两种假设。假设一：奥米伽没死，现在开始复仇了，我们需要打一场硬仗。假设二：奥米伽真的死了，但他留下了时间遗嘱，有人继承了奥米伽的一切，包括比特币与Queen。

所有人都开始沉默，思索着究竟是假设一对，还是假设二对。

贝塔继续：Queen远比我们想象得强大，只要Queen想躲起来，没有人能抓到Queen。

阿尔法：那就先等着，我们是GOD，拖得越久，我们胜算越大。

24 风暴之后

从睡梦中醒来，我睁开眼睛，鼻头干涩得难受，瞄了眼墙上的挂钟，早上八点。

小浩已经上学，果果也去了幼儿园，因为家里没有电也没有网，小美没在家，空荡荡的家里只剩下了我。

用冷水洗了把脸，顺道润了润鼻子。看着黑漆漆的显示器，我干干地眨了眨眼睛。黑客还在找我吗？要不要开机？我的心底不断纠结，一时间拿不定主意。

心理学上曾说过，当一个人做某件事情连续二十一天后，就会养成生理习惯，下意识而且不由自主地去重复这个习惯。我每天眼一睁就会坐在电脑前，这样的生活已经好多年，忽然停下来，空空落落的，很不习惯。

咕咕！咕咕咕！

饥饿让我没工夫胡思乱想，随便穿了件衣服，打开门往外走，屋子里很安静，房门外却非常喧嚣。

远处的公路上车流穿梭，没公德的司机偶尔还会按响喇叭。路边遛弯的大爷，拉着蹒跚学步的孙儿，孙儿稚嫩的嘴角上扬，手舞足蹈想往前跑，大爷满是皱纹的脸上挂满紧张，生怕孩子会摔着。

我深吸了一口气，虽然被污染的气味儿有点呛，这是真真正正的生活。

路边有个早餐店，我进去后买了碗饭，顺手翻了翻桌上的报纸。头版头条上用加黑的文字书写着：未知黑客漠视法度，我国强烈谴责……

昨天发生的一切都是真的！奥米伽没死，派为了追查 100BTC，居然入侵了全世界。小说中的情节上演现实版，我惊诧后又庆幸，好在没人知道这一切是因为我。

我该怎么办？原本还饥饿的肚子，忽然间不饿了。皱着眉头拿出了手机，望着署名奥米伽的短信，鬼使神差般手指按动：我安全吗？

发完这个短信后，我干干地眨了眨眼睛，也不知道自己哪根筋搭错了，居然给一个黑客发短信，他们的邮件都乱码，链接网络要用跳板，我给他们发短信，肯定是没回信的。

就在我发觉自己冒傻气的时候，手机忽然发出叮咚一声，打开一看，一行文字弹了出来：短信发送失败，请选取正确的手机号码。

我就说黑客收不到短信，一帮隐藏在黑暗里的家伙，怎么会那么容易联系呢，如果这么容易就联系上，他们也不是黑客。

叮咚，手机忽然又响了一声，我随意打开短信，原本微眯的双眼，猛然瞪圆，发信人居然是奥米伽!!

奥米伽：暂时安全，但 Not to be undead!

奥米伽居然给我回短信了，虽然我的短信没发出去，但他的确回答了我这个问题。暂时安全是个好消息，后面那一行英文 Not to be undead 是啥意思？

打开百度搜了下，居然是“不作不死”的意思！奥米伽可真风趣幽默，居然都用上网络语言，这也从侧面证明，他的确是个华夏人。

我揉了揉鼻子，脑袋开始疯狂地旋转，这是个千载难逢的好机会，趁着奥米伽有聊天的兴致，一定要问出一些实质的东西。

纠结了 45 秒，我终于想到了一个绝佳的问题……

25 言简意赅

目前可以确定两件事：奥米伽能通过手机监视我；奥米伽对我的态度还算友善。如果这是场心理博弈，我想要自保，就要推测出奥米伽的态度，所以第一个问题非常关键。

我还能去净土吗？这个看似平常的问题，却暗藏很多玄机。因为奥米伽没死，所以他的比特币就不是遗产，我卖了奥米伽 30 个比特币，按道理是要偿还的。但我没有问要不要偿还这个问题，而是问能不能去净土，要知道在净土的桌面上，除了那个傻傻奔跑的双马尾，还有奥米伽的比特币钱包，里面还有 2 200 个比特币。

如果奥米伽让我访问净土，那么他不在乎我花掉的 30 比特币；如果奥米伽说不，我要尽快筹钱，买币还给他，然后忘记这件事，就当是一场梦。

叮咚，手机连续响了两声，第一声没法送成功，第二声是奥米伽的回复：当然可以，净土欢迎你。

这个回答在我的意料之中，我的手指按动屏幕：我能帮你做点什么？

这个世界上没有无缘无故的好，也没有无缘无故的坏，既然奥米伽找上来，肯定有原因，与其等他提，不如我主动一些。

奥米伽：没有。

这个回答出乎我的意料，拒绝得如此干脆，难道真是我多想了？

揉了揉鼻头，手指在屏幕上无意识的画着圈，气氛有些小尴尬，再这样聊下去，话题可就聊死了。

吃了口还算温热的早点，我手指飞速地点动：转到网站上的比特币怎么办？

有些问题不能揣着明白装糊涂，既然奥米伽没有挑明，也许在等我开口，与其被牵着鼻子走，不如现在就开诚布公。

大约等了两秒，又缓慢的好像一个世纪，我的手机发出叮叮的两声，奥米伽的回信，干脆得让人惊奇：随你。

轻飘飘的两个字，每个都实实在在，一百比特币就这样给我了？笔墨与言语都无法形容我此刻的心情，全卖光小二十万，这可不是一笔小钱。

我深吸两口气，让自己冷静下来，隐身幕后的奥米伽，究竟有什么目的？我发现自己的脑洞不够用，难道仅仅是因为我拿到了他不用的循环手机号？

用手揉了揉太阳穴，我要再把这件事捋一捋。奥米伽告诉我暂时安全，只要不作死就不会死，也就是说那帮顶尖的黑客没有抓到我。以后我还能去净土，这就等于抱紧了奥米伽这条粗大腿，网络上不说欺负人，至少也不会被人欺负。最后转出来的比特币属于我，这就意味着我手里多了二十多万的现金，这是给中年油腻男人的人生开了个小挂的节奏。

这么多好事一股脑地砸过来，让我幸福得有些窒息，好似醉酒的人晃悠悠地走回家，先通上电闸，然后又打开了电脑。

输入净土的网址，还是熟悉的桌面，唯一不同的是，原本还在奔跑的双马尾，现在躺在桌面上呼呼大睡，睡姿娇憨，鼻子上还吹着一个大大的鼻涕泡。

一切仿佛又回到正轨上，我静了静心，打开文档准备码字。滴滴，桌角上 QQ 响起来。

26 马夫罗

我打开QQ，看到阿火跳动的头像：大顺，找到个发财的项目，有没有兴趣？

我一个手托着下巴，一个手按动键盘：什么项目，说来听一听。

阿火：知道马夫罗吗？罗刹国的金融天才，他发明了MMM，只要你往他的平台里存一百，他就每月返还给你百分之四十，第四个月拿到百分之一百二后出局……

我皱起了眉头：这不就是庞氏骗局吗？前面的人赚后面人的钱，后面的人等于交了智商税，不管多大的盘子，早晚都有崩溃的一天。

阿火：是的，只要我们在崩盘前逃离，那就安全了。这件事说穿了，就是从狼嘴里弄肉，只要足够快，就能白拿一块肉。

我无奈地说：如果不够快，会陪上一条胳臂。

阿火：富贵险中求，马夫罗这么大的骗子，怎可能只骗第一轮，肯定会多骗上几轮。只要不贪心，绝对跑得掉。而且全球大区马上就要启动MMM，参与方式是比特币，账期四个月，有没有兴趣？

我的眼睛微眯，手指飞快地打动：比特币？怎么会用这个东西？

阿火：网络上发送简单，接收也简单。这个是网址，你自己研究。

点开阿火发来的网址，我看到了个异常简陋的页面，光秃秃的登录窗，光注册还不行，还需要邀请码。作为邀请的上线，能得到15%的抽成，也是一个拉人头的金字塔结构。

我再次打开海外平台，发现比特币已经到账，静静地躺在账户里。奥米伽既然把这些币送给了我，那就不能让这些币躺着发霉。

人性本就充满贪婪，而且喜欢冒险，再加上一些自以为是的小聪明，铤而走险也就变得顺理成章。

马夫罗以前我听说过，绝对的庞氏骗局，前面的人赚后面人的钱，只要规模够大，第一波相对安全。

贪婪让我的眼睛一点点变红，心一点点变黑，一拍大腿下了决心就搞马夫罗，三个月回本，四个月出局后赚一百二应该不难。

我打字对阿火说：你打算怎么玩?

阿火：一比特一手，十比特一个账户封顶，我打算买五个。

我说：邀请码给我一个，我投一个试试。

阿火发给我一串的字符，我开始申请账户，然后把推荐人写了进去，提交之后下面出现比特币地址，我往地址里转了一枚比特币。

然后在账户内寻找到我的邀请码，我把邀请码复制出来再申请九个号，每个账号里转了 9.9 个比特币。

这样我的账户就变成 100 比特币本金加 120 比特币利息，还有 14.85 比特币的抽成。只需要四个月的等待，我就能收到 264.85 个比特币，扣掉 100 本金，净赚 164.85 个比特币。

还真是运气来了城墙都挡不住，现在唯一要祈祷的就是马夫罗快点火，千千万万别杀第一刀，要不然那可真没得玩了。

这个世界上聪明的人很多，屁股决定了脑袋，如果马夫罗是一间监狱，里面的人故意地光鲜亮丽，外面的人想方设法进去，当里面的人出来时，有些会唾弃鄙夷，还有些幻想进去，直到把监狱挤塌，大家只能面对废墟。

27 DAO

阿火发来的消息打乱了我码字的节奏，原本还想写一点，忽然间又犯起了懒，打开网页在网络上闲逛，刷新交易站，无意间来到 BIT。

一个新闻弹窗出现在我面前。The DAO 开始众筹：4 月 30 日比特代将开通 The DAO 项目众筹，大家可以使用以太坊进行兑换，汇率随市场波动变化……

The DAO？这是个什么东西？也是竞争币吗？

我截了张图，发给了阿火：这东西是啥意思？

阿火发出一串感叹号，然后说：大顺，你学得可真快，刚走上马夫罗，就开始想跑 ICO。

ICO 是什么？这是个很奇怪的新名词，百度一搜就能找到很多词条。

ICO 是 Initial Coin Offering 的缩写，直译成中文就是首次代币发行，源自股票市场的首次公开发行 IPO 概念，是区块链项目首次发行代币，用于换取比特币或者以太坊等通用数字货币的行为。

早期参与者能获得初始产生的加密代币作为回报，因为持有的代币具有市场价值，并且可以兑换成法币，支撑住项目方的开发成本，所以也可以把 ICO 看作股市里面的打新股。

4 月 15 日马夫罗启动，4 月 30 日 DAO 开始 ICO，两个项目之间存在时间差，DAO 项目我看看就好，如果马夫罗的回款及时，可以稍稍地参与一些。发行价拿的原始股，怎么都不会亏。

生活还是要继续的，日子不紧不慢地走着。

远在莫格城的纽，正带着自己的团队，对代码进行二次优化，D 计划的全称是 Decentralized Autonomous Organization，即“去中心化的自治组织”，可理解为完全由计算机代码控制执行各种策略，完全自治自运行，这在人类历史上还是首次。

纽一直觉得核心程序智能化不够，现在加入半成品的 KING，已经完美地解决了这个问题，如果 D 计划是个木桶，KING 的加入等于弥补了木桶的最短板。

KING 采用编程的技术与 D 计划并不兼容，这就需要进行一系列的调试优化，屋子里七八个程序员忙忙碌碌。

纽有着白皙的皮肤，高挺的鼻梁，还有一双深邃而湛蓝的眼睛。技术融合说起来简单，但做起来一点都不简单。经过连续四个昼夜的调试，终于才一点点地融合了，并且慢慢地趋于完美。

编码写程序是一件很枯燥很乏味，甚至是反复重复的让人作呕的事情，写出来后还要进行反复修改，如果某个地方存在问题，就很有可能让整个程序陷入崩塌。

一个满脸青春痘、戴着黑框眼镜的青年，对着纽说："666 行代码好像有问题，容易造成数据溢出，让整个程序陷入……"

纽看着 DAO 的 666 行代码，这是 DAO 与 KING 融合的间隙，只是生硬了一点，算不上漏洞，便不以为意地吩咐说："继续优化，毕竟我们的时间不多了。"

D 计划已经开始了 ICO 路演，募集的资金将会用来购置服务器，提供强大的算力，让 DAO 融合 KING，成为能够与 Queen 抗衡的人工智能，所以这点小瑕疵，稍稍优化一点也就好了。

28 艾西喔

时间不紧不慢地走着，我在网上连载小说，小美做着不靠谱的微商，小浩与果果上学后，家里变得非常静宁，石英钟咔嚓咔嚓地走着，就好像我现在的生活，精确而刻板。

很快到了月底，也是马夫罗打款的第一个账期，因为我留下的是同一个打款地址，所以我一下就收到了 54.85 个比特币，100 个比特币的投资，顷刻间赚回来大半。只要马夫罗不崩盘，我应该能赚钱出局。

阿火亢奋地给我发消息：收到回款了吗？

我回道：收到了。

阿火发出一串叹号，然后继续说：快去各大论坛发帖顶帖，只有喊来足够的人，我们才能顺利离场。

我回道：这样做是不是有些不厚道？

阿火：什么厚道不厚道，反正死道友又不死贫道。

面对这个话题，我忽然间不知道该说什么，明知道是火中取栗，为了能拿到更多的栗子，把别人往沟里带、往火坑里推的事情，我还真做不出来。

阿火发了一串信息：马夫罗曾经重启过两次，如果后续资金跟不上，还会被冻结重启，所以现在帮着拉人头做任务也是自保，只要马夫罗能撑住四个月，谁管以后洪水滔天。

聪明人都知道马夫罗是什么，你盯着每个月百分之四十的收益，他盯着你存进来的本金，当入不敷出的时候，崩盘已经成为必然，什么冻结重启，不过是贪婪作祟，连自己都骗罢了！

屁股决定了脑袋，明知道前面是个泥坑，义无反顾地跳下去，肯定会沾一身的泥，阿火说的是有道理，但我也有自己的道德底线，帖子我不会发，跟着顶顶帖子倒是可以。

就这样我跟阿火在网络上忙碌起来，他发帖，我顶帖，其他做马夫罗的人也一起吆喝，不管成不成，至少聚拢一大帮不明真相的吃瓜群众。

这些吃瓜群众里也有聪明人，明知道是骗局却愿意扎进去，总觉得自己足够聪明，不会接最后一棒，都想连本带利拿到后离场，原本就闹哄哄的马夫罗，现在又变得乱糟糟仿佛是个菜市场。

就这样忙乎到晚上六点，我才有工夫吃午饭，总觉得今天有什么事，被阿火这样一搅和，我给忘了！

30 号！30 号！我脑袋中灵光一闪，想起来了，今天是 DAO 众筹的日子，我拿到马夫罗的回款，要不要去投资 DAO？

打开 BIT 的网页，进入 DAO 众筹的页面，一排排数据非常可观。

经过这一段时间的学习，我已经知道该如何看总量，这才几个小时DAO在BIT上已经众筹到一百多万美元的虚拟币，而且DAO还是多平台一起众筹。投还是不投？好像一个硬币的正反面，抓还是不抓，是个非常让人纠结的问题。

最终还是没能抑制住贪婪，我转过来4.85个比特币，全都换成DAO，望着账户里的余额，祈祷着DAO快些完成ICO，快些上线，让财富增值得更猛烈一些。

29 着急

该来的躲也躲不掉，早晚都会来的。我推开书房的门，就看到小美愁眉不展地坐在客厅里，不管是减肥果，还是面膜、排毒液，除了一开始连卖带送给了几个熟人，其他的货全都压手里了。

怎么办？怎么办？怎么办？小美有些着急，还有些上火，这几天都在生闷气，就好像被点燃随时可爆炸的火药桶。

我坐在小美的身边，竭尽全力地和颜悦色，我用低沉的声音说："生意不好做，老板不好当，不行你去找个班上。"

"那我进的这些货怎么办？"小美脸皱得好像个苦瓜，这时候她已经回过味来，开始心疼这些钱。

"找你的上线，能退就退掉，不能退我们自己吃。"我说完拆开一盒减肥果，撕开了包装，还没下口咬，就发现里面有一颗长了毛的果子。

我放下果子问："这东西还能吃吗？"

小美迟疑说："应该能吃，他们都说这东西不含防腐剂，那些长毛是益生菌……"再往下的那些骗人的话，小美已经说不出口。

我低声说：“能退多少退多少，早点止损，早点离开这个是非圈。”

知道犯错的小美，已经醒悟过来，低着头从鼻子里哼出：“嗯！”

我坐在沙发上呆了呆，忽然发觉自己的心态出现微妙的变化。如果放在以前，一下亏掉五万，我会心疼好几天。但放在现在，我居然没感觉，是什么升华了我？奥米伽，还是比特币？又或者是因为这本身就是一笔外财，所以丢了心不疼。

莫格城的办公室里，纽慢慢地站了起来，经过四次优化，KING终于勉强地跟DAO交融在一起，虽然还有些小瑕疵，但已经比一开始圆润了许多。

满脸青春痘的男孩，兴奋得脸颊绯红：“纽，DAO已经开始ICO众筹，目前全球我们锁定的以太坊价值六千万美元，如果一切顺利，我们募集的总钱数将会破亿。”

纽点了点头说：“这可真是个好消息，开发进度不能停，继续往前走，我们要做全球第一个用算力解决金融方案的人工智能，让全球金融市场都成为我们的提款机。”

纽的野心非常大，DAO 众筹对外宣称在以太坊上以冻结以太币的方式，进行投票选择应用奖励，其实纽会把这笔钱当成游资，利用KING的内核，DAO的算法，在金融市场里割全世界的韭菜。

满脸青春痘的男孩，又看了一眼纽的桌面，低声说：“虽然你对666行代码做了优化，但我总觉得那个代码不完美。”

纽看了看墙上的挂历说：“我们时间很紧，DAO众筹结束后，智能化系统就要上线，所以我们只能尽可能优化。”

还有些话纽没有说出来，以前在计算机的世界里，GOD组织凌驾在这一切之上，现在忽然冒出来假死的奥米伽，还有神出鬼没的Queen，如果不尽快利用D计划增加DAO的算力，万一Queen又冒出来发疯，谁能与Queen抗衡？

D 计划像一个过渡计划，纽也知道处境尴尬，唯一期望的就是DAO加KING，在庞大的算力支持下，能抗衡Queen的入侵。最好能抓住 Queen，然后找到奥米伽。

30 主动出击

如果奥米伽不联系我，我也不会主动联系他，毕竟一个是隐身在暗处，还假死脱身的顶级黑客，一个是写网络小说的宅男。风马牛不相及的人生轨迹，居然因为一个手机号出现了交集。

就在我用电脑码字的时候，桌面上忽然弹出一个窗口，一行黑色的文字在屏幕上闪烁：来净土。

面对忽如其来的邀请，我打开了浏览器，然后输入网址。随着回车敲动，进入净土页面。还是那个干净的桌面，曾经呼呼大睡的双马尾，又元气满满地在桌面上奔跑。

一个写字板忽然弹出来：是被动防御，还是主动出击？

没头没脑的选择题，让我非常错愕，这都是哪跟哪？即使我是个写小说的，也开不出这样前后不连贯的脑洞。

鼠标转动按下被动防御的按键，写字板关闭后又弹了出来，依然问：是被动防御，还是主动出击？

选了被动防御没效果，我也只能选主动出击。鼠标刚在上面一点，整个桌面上开始滚动数据流，一个个黑色的弹窗，层层叠叠地弹了出来，一行行白色的英文，不断地滚动。

这都是什么跟什么？

与此同时，万里之遥的莫格城，纽打开一瓶香槟，斟满后对着工作室里的人说：“为了 DAO 上线，为了我们募集到的 1.62 亿美元，cheers。”

所有人发出一阵欢呼，有了这笔钱，让大家离梦想越来越近……

香槟刚入喉咙，耳畔忽然传来刺耳的警报声，红色的报警器不断地闪烁，纽的面色一变，大声喊：“有黑客，大家快反击。”

刚刚还在庆祝的程序员们，全都坐到凳子上，拿着鼠标与键盘，开始寻找入侵的黑客。

纽也登录了 Telegram，在群里发言：DAO 正在被入侵，入侵者很有可能是 Queen。

阿尔法言简意赅：拖住它，我们随后就到。

上一次是有些轻敌，才让 Queen 钻了个空子，这次大家都准备充分，D 计划其实也是个钓鱼计划，既然 Queen 已经上钩，那就收网吧！

一道道数据流汇集到 DAO 服务器里，Queen 破开服务器的防火墙，开始入侵 DAO 系统。

纽的双眉皱起，手指飞快地在键盘上敲打着，融合了 KING 的 DAO，真有跟 Queen 一拼之力。可惜今天刚刚众筹结束，还没来得及添置服务器，增加算力。

不是纽无能，而是 Queen 太会挑选时机，一下打在了纽的空档处，让他体会到从天堂到地狱的落差。

DAO 终究还是不够完美，特别是第 666 行的黏合代码，虽然做了八次优化，但没能做到完美兼容。

Queen 抓住 DAO 的运转间隙，直接把 DAO 打到崩溃，利用这个瞬间开始转移 DAO 合约里的以太坊。

这一切说得很慢，其实进行得却很快，就好像用牛刀切黄油一般，一闪而过，一整块黄油已经被切成两半。

当 GOD 组织里的高手，赶到 DAO 的服务里，Queen 早就消失得无影无踪。这一战 Queen 不光击溃了 DAO，还转移了 360 万个以太坊，价值 6 000 多万美元。

31 麻瓜

我就这样呆呆地坐在电脑前，傻愣愣地盯着电脑屏幕，眼睁睁地看着一个又一个窗口弹开，然后一个又一个地消失，直到最后进度条走到百分之一百，乱糟糟的桌面才变得平静。

刚刚还元气满满的双马尾，现在又躺在地上呼呼大睡，鼻子上的鼻涕泡随着呼噜声一大一小。

对话框还没撤掉，我手指颤动地输入：刚刚发生了什么?

黑色的文字闪烁：在你主动攻击的要求下，我攻破DAO的服务器，并且转移了360万个以太坊。

什么！看到这行文字，我的表情是震惊的！什么叫我主动攻击的要求？这明显就是被套路了好不好。选择被动防御还弹窗，傻子都会选主动出击。

等等！DAO的系统被攻击了！这可是我参加的第一个ICO的项目，还没来得及交易，就被自己人给端了!! 再等等！360万个以太坊，按照现在的市值，也价值6 000多万美元。

就在我震惊的时候，让我更震惊的事情发生了，屏幕上出现了一行文字与密码，并且进行了加粗标注：这个地址里有360万的以太坊，现在属于你了。

我瞪圆了眼睛，呆呆地坐在电脑前，整个人都斯巴达了！这个弯转得太陡峭，我有点跟不上，必须要洗把脸清醒清醒。

Telegram群里非常安静，气氛有些压抑，委以重任的KING不堪大用，就连替补D计划都没能撑过一个回合。Queen强大到不可思议，至少已经超过现有计算机能承载的运算能力。

阿尔法：奥米伽会不会有华夏军方背景，Queen 的运算载体是超级计算机?

明白彼此的差距后，GOD 组织开始正视对手，都是顶级黑客，Queen 的两次出现，两次消失都堪称经典，想要做到如此这般完美，不光要有扎实的基础算法，还要有强大的硬件支持，除了神威太湖之光这样的超算，普通的服务器根本承载不了 Queen 的运算需求。

贝塔：也许奥米伽有华夏军方的身份，但现在我们要处理 D 计划的善后,已经有人发现奥米伽从智能合约里转走了360 万个以太坊，如果再不做出回应，后果将不堪设想。

纽:要不然我们硬分叉,让数据回滚,这样转出去的币就不算了。

以太坊虽然也是采用分布式记账，但只要在时间节点上做修改，就能实现数据回滚。可以把这个理解为游戏存档，如果角色发展得不理想，可以重新读档，重新发展。

阿尔法：全都回档吗？如果是这样，今天的转账都不算，整个数据库会乱掉的。

纽：我可以尝试只针对这一笔转账，但不能保证一定成功，要知道拖延越久，转账笔数越多，回档的难度就会越大，这件事需要尽快决定。

贝塔:先把转出去的币在合约内锁定，然后再进行一次钱包硬分叉，希望我们能渡过这次危机。

阿尔法：派，KING2.0 的研发必须要加速，这样的事情我不希望发生第二次。

派：YES!

刚刚聊 Queen 是否使用超算的时候，派的脑袋里忽然生出一个念头,这个世界上除了超算,还有一个方法能承载 Queen 的运算需求,只是……

32 轩然大波

这个世界根本就没有不透风的墙，更何况这一切都发生在区块链上，大笔的以太坊转账，已经从侧面证明 DAO 被攻击了。这个消息好像发酵的瘟疫般，很快就在全世界范围内的小圈子里传播，神出鬼没的黑客，价值 6 000 万美元的以太坊，猎奇的元素不管放在哪里都夺人眼球，综合在一起更是有了爆炸效果。

以太坊开始暴跌，从 17.6 美元跌到 11.83 美元，最后晃晃悠悠地站在 13 美元的关口上，不知道会不会继续再跌。

已经开盘的 DAO 交易，更是惨不忍睹，价格不但破发了，加上以太坊的贬值，我的资金已经缩水了四分之三，也就是说，我投入价值 4.85 的比特币现在只值 1.212 5。

而且随着以太坊的跳水，整个大盘都开始寻求避险，所有的币都出现了不用程度的跌幅，一荣俱荣的画面没看到，先看到了一损俱损。

这算什么事儿？我抓了抓脑袋，不知道该喜悦，还是该忧愁。接触了奥米伽这么久，我已经不再是个普通的小白，已经能够熟练地运用钱包与密匙。

在净土里打开以太坊的钱包，导入密匙后，我开始数钱包里的零，个十百千万，十万百万！这里面真的有 360 万的以太坊。

望着如此巨款，我没有震惊，而是感觉如梦似幻！奥米伽究竟有多大的能耐，DAO 这么大的项目，说给搅和就给搅和黄了……

就在我震惊的时候，网页里刷出最新的网站公告，以太坊将会硬分叉，转出的 360 万枚作废处理。同时 DAO 项目取消，拥有 DAO 的用户，可以直接换成以太坊。

这个公告让我有些手足无措，不是说好分布式记账，不可以回滚，不会被篡改吗？怎么这就开始分叉了！刚刚还价值 6 000 万美元的货币，就这样没了？眼睁睁地看着财富化水那真是太刺激了！

幸好我的心脏很健康，要不然这样大起大落的，准扛不住。

我就这样对着显示器发了十秒钟的呆，然后再对话栏里输入：要是没什么事情，我接着码字了！

对话栏里弹出两个文字：好的。

就这样我退出了净土，打开 Word 文档，继续写我的小说，仿佛刚刚经历的一切都是一场梦，什么 1.62 亿美元的 DAO，什么 360 万个以太坊，虚拟的东西与我无关。

就这样过了几天，阿火忽然给我发了个消息：2016 年 7 月，以太坊开发团队将通过修改以太坊软件的代码，在第 1920000 区块强行把 The DAO 及其子 DAO 的所有资金全部转到一个特定的退款合约地址，从而夺回黑客控制 DAO 合约内的币。当然也形成两条链，一条为原链 ETC，一条为新的分叉链 ETH，各自代表不同的社区共识及价值观。

我眉头皱起，脑袋开始疯狂地旋转，打字回复阿火：也就意味着以太坊要双花，一个币可以变成两个币？

阿火：理论上是这样，DAO 这次闹得很大，双花后一个变成了两个，也许能挽回形象。

也就是说，我现在掌握了 360 万个 ETC，也就是小以太，哪怕它便宜到一元一个，那也是 360 万。

只是这些 ETC 太扎眼，稍稍动动就会被人发觉，要不要先做一做慈善？比如捐一捐 ETC 基金？小以太的名字也不好听，喊不好就是小姨太，起个经典以太或者以太经典好不好？

我觉得这是个好主意……

33 认怂

日子过得平静，还有些悠哉，小美找到上家用一哭二闹三上吊的法子，连续闹了几天，又是找警察，又是找媒体，终于把货都给退了，当然在进价的基础上打九折，说是货品日期折损费。

小美原本还想去闹，被我拦了下来。只亏了一成已经超过我的心理预期，四千多块一个手机钱，就当是交了智商税。

面对忽然大方的我，小美满脸难以置信，把我上上下下打量，没想到我会有这样的思想觉悟。

我竭力让自己笑得不尴尬，也不勉强，对着小美说："钱没了还可以再赚，我们都如此年轻，就当是买了个教训，如果你再跟他们闹，万一……"

已经醒悟的小美，愤愤不平地说："我知道，但我就是咽不下这口气。"

"咽不下也要咽。"我说得斩钉截铁，"要不然你还能怎么办？找个月黑风高的晚上，拿根绳吊死在他的门前？气倒是出了，但人可就没了。那时候可是别的女人睡你家的汉子，打你家的娃！"

小美的侧重点明显跟我不在一个频率上，听完我这样说，不但没有消气，反而火更大了，指着我的鼻子吼："好你个没良心的，我人刚没了，你就要娶小的……"

这个脑洞与脑回路，哪怕我是个写小说的都跟不上，只能先举起双手："女王我错了！"然后可怜兮兮地抱着她的小腿。

根据我多年总结的经验，遇到发火的母老虎，千万别跟她讲道理，没用的！早点认怂，早点结束，这样受的伤害能小点。

怒吼吼的小美遇到认尿的我，果然没了办法，毕竟这件事情是她没道理在先，只能气呼呼地跺了两脚，恨恨地捏了我两把，然后出了屋。

给了她一个台阶下，一天的乌云总算散了，我长长地出了口气，慢慢地站起来，明明什么都没做，却感觉心力憔悴。

滴滴滴！滴滴滴！

电脑机箱不断地传来 QQ 敲窗的声音，我打开一瞧，看到阿火发来的震屏，还有他有些狂躁的留言：马夫罗的回款收到了没？

我瞄了一眼账户，回复：已经收到了，是不是马夫罗出事了？

阿火：马夫罗没出事，反而火爆了。这几天比特币价格下行，一些搞传销的，做资金盘的，都入驻了马夫罗。你看看注册人数已经近十万，估计能撑过不止一个周期，我打算加码，你加不加？

我诧异地回道：不是说好只玩一轮吗？

阿火：这不是情况有变吗？参加的人多了，影响力大，多撑几轮我们赚的也多。还是那句老话，人生赚快钱的机遇可不多!!

当你望向深渊的时候，深渊也在回望你。如果没有遇到奥米伽，也许我会继续玩下去，毕竟马夫罗是一个乌托邦式的存在，后面的人互助给前面的人，只要不断有人加入，马夫罗就能持续下去。

但我现在遇到了奥米伽，一个能够破开 DAO 合约，轻易拿到 360 万以太坊，并且引发币价雪崩的天才黑客，马夫罗里面的互助比特币，真这么安全吗？

34 疯狂的马夫罗

我对未知敬畏，也对未知好奇。面对贪婪的阿火，不得不提醒他：

你这个想法很危险，别把老婆本折腾光了。

阿火：我建议你加一加马夫罗的群，进一进他们的聊天室，感受一下里面火热的氛围，就会明白我为什么这样说。

我已经不知道该说什么，阿火的眼中只有可以收割的人头，没看到马夫罗是一个张开血盆大口的巨兽。

我回道：不管做什么，都要给自己留有余地。千万别在冲动的时候做选择！

阿火亢奋地回道：现在做什么我很清醒，马云说，任何一次商机的到来，都必将经历四个阶段，看不见、看不起、看不懂、来不及。任何一次财富的缔造必将经历一个过程，先知先觉经营者，后知后觉跟随者，不知不觉消费者!

现在马夫罗刚火起来，还是看不懂的阶段，只要周围有人赚钱那就是先知先觉的经营者，然后就会有人尝试，他们就是后知后觉的跟随者，生怕来不及占不到便宜的人才是不知不觉的消费者，现在刚走到第二步，这个时候我们加大注码，多玩两轮，肯定没有问题。

最后阿火还自信满满地说：相信我，抓住这一次，让财富自由。

每个人都有不撞南墙不回头的气魄，面对这般急迫的阿火，我没有再劝他，而是选择沉默，想通过语言去改变一个人的思想，非常难，说多了还会引起他的反感。

复制了阿火发来的群号，我搜索加群，过程迅捷而顺利，刚进群就能感受到管理员们的热情。

天舞：大家欢迎新来的……

………………

面对如同潮水般的欢迎贺词，还真让我有点受宠若惊。连连回道：不敢当，不敢当。

天舞：既然来到了这里，那以后就是兄弟，让我们携手共助，一起实现财务自由。

我干干地眨了眨眼睛，发觉这里的氛围完全不正常，每个人张口闭口都是财务自由，仿佛巨额财富唾手可及。大家就这样把钱买成比特币，然后投进马夫罗的网站里，等着回款后就财富自由了？

我坐在电脑桌前，看着群魔乱舞，欣赏着新时代下的财富论：马夫罗是什么，马夫罗是乌托邦式的互助，在这里你先帮助别人实现了财富自由，然后别人会帮你实现财富自由。而且比特币的总量有限，只有 2 100 万，我们全球可是有 67 亿人，一个人买一个，要不了多久比特币的价格就会暴涨。

这番看似不靠谱、没逻辑的言语，居然让人无从反驳。只要拉来人头，就会出现这种状况，不断调整大家对未来的期许，连续延期兑付承诺的财富。如果拉不来新人头，顷刻间就会出现挤兑，到时只能剩下一片狼藉。

揉了揉酸疼的脖子，我关上 QQ 群，不知不觉我在电脑前坐了一整天，此时已经是凌晨。我又打开阿火发来的聊天室，在线人数六千八，下线的一万七千多。

每一秒都能刷出很多聊天记录，这帮人全是夜猫子，不用睡觉吗？

35 街知巷闻

聊天室的风气要比 QQ 群开放，当然也显得更加乱糟糟。一大帮人时不时地扣个 1，或者扣出一排 6。有人发文字，有人发语音，还有人是管理员，不断调动大家的情绪。

我拿起耳机戴在头上，原本昏昏欲睡的大脑，在重金属的震荡下，顷刻间醒了过来。

一个有些沙哑的声音吆喝着：兄弟姐妹们，大家都嗨起来！马夫罗可以让我们财务自由，马夫罗是新时代的乌托邦，大家跟着我一起喊：马夫罗，马夫罗……

聊天室里开始刷屏，有文字，有图案，还有各种各样的怪叫，这是马夫罗聊天室吗？怎么感觉周围都是一大帮疯子。

沙哑的声音继续吆喝着：我们现在要做的就是发展线下，多宣传，拉新人，知道的人越多，我们财富自由的路就越宽阔。

如果马夫罗是个饭店，那么我们就是第一批客人，谁先吃完谁走人，最后留下的埋单，兄弟姐妹越来越多，我们就能吃得越好，开始吧！饕餮盛宴。

这个理论好有道理，又让我无从反驳，在线上的人都觉得自己是吃完就走的那个，不是要埋单的那个。小算盘都打得非常精明，希望他们也有大智慧。

望着人满为患的聊天室，我忽然觉得这极像个火灾现场，一帮人奋不顾身地往里冲，总觉自己就是那个抢出财宝的幸运儿。

原本我对马夫罗还有些迟疑，现在我已经打定了决心，只玩这一轮，以后再也不碰了，这东西诱惑力太大，如果守不住本心，很容易被洗脑，帮别人数钱。

我躺在床上，睡得昏昏沉沉，迷迷糊糊中我感觉有人在推我，睁开眼睛看到了妆容精致的小美。

我揉了揉眼睛问："什么事？"

小美喜滋滋地说："隔壁三姑家的小孩在做网络金融，投资十万每个月返还百分之三十，四个月拿百分之一百二出局，这样的好事，我们投不投？"

"四个月出局？"这话我怎么听着特别耳熟？我揉了揉脸随口问："具体什么项目？"

小美低声说："投资到罗刹国，买什么马夫罗……"

"What？"我用力地眨了眨眼睛，发觉自己没有出现幻听，这才一夜之间，马夫罗已经蔓延到六七线的小县城了。

我看着小美沉声说："天上不会掉馅饼，能掉的只有陷阱。你惦记每个月百分之三十的回款，他可惦记着你的本金。”

说完我也没管小美消化不消化，拿起手机打给阿火，不等他开口我便抢先说：“阿火，刚刚小美跟我说隔壁邻居也在做马夫罗，当所有人都知道马夫罗能赚钱的时候，你还敢继续玩吗？”

听筒里传来阿火粗重的喘息声，我能听出他内心的挣扎，一边是幻想的完美的天国，一边是真实存在的地狱。

资金盘游戏说穿了就是零和博弈，百分之二十的人赚走百分之八十的人的钱，完完全全没有产出，放大愿景，消耗精力的资金游戏。

大概过了三十秒，阿火才沉声说：“我已经买了比特币，但还没有匹配打款。”

我笑着说：“好事啊！这么高的热度，比特币肯定能涨一波，吃不上大肥猪，吃个鸡腿也行的。”

36 崩盘的马夫罗

望着屋外明媚的阳光，我忽然间有些惆怅。在马夫罗最疯狂的时候，比特币果然涨了，从两千多冲到四千多。我跟阿火在比特币破三千后开始减仓，每涨百分之二十，就出五分之一，最后看到比特币冲破四千的顶。然后眼睁睁地看着一天内翻倍的币价，在接下来的一天内又被砸下去。

刺激，真是太刺激了！币价像过山车一般，心脏不好的人都能给吓出病来。追涨的站在山头上不知道什么时候才能换岗，杀跌的懊恼着自己割在最低点，没在反弹时逃生。

我哼着小曲，瞄了眼银行账户，里面躺着六位数，足够交买房的首付。阿火也兴高采烈，资金没有匹配马夫罗，反而在币价上有了收获。

眨眼又到了十五号——马夫罗匹配回款发币的日子，大家都刷着自己的账户余额，本该到账的金额并没有出现，所有人都开始慌了。

阿火：大顺，收到马夫罗的回款了吗？

我：没啊！你收到了吗？

阿火：我也没有，马夫罗出问题了？不应该啊！第一轮还没走完，怎么就不匹配了呢？

恐慌的情绪开始在网络上蔓延，不知道谁先爆出了小道消息，说大家参与的马夫罗不是罗刹国的马夫罗，而是国内几个小伙子搞出来的，也就是说我们玩的资金盘是假的！！

感觉被骗的人开始组建维权群，甚至去到当地的派出所去报案。再然后，一直可以访问的马夫罗官网，忽然间关站了！

原本就闹哄哄的群，还有聊天室，顷刻间全炸了！怎么办？怎么办？怎么办？每个人都六神无主，脸上带着深深的懊恼。

阿火庆幸地说：幸好最后听你的没接着搞，要不然也被坑了。

我随手回道：这次也算因祸得福，比特币数量上虽然亏了，但人民币数量上赚了，加上比特币价格又被砸了回去，这笔钱足以从市场上买回持仓的比特币，总体来说不但没亏，反而赚了一笔。

阿火：还是拿现金稳妥，以后多码字再也不投机了！

是老虎终究要吃人的，哪怕它伪装得再慈眉善目。关站的马夫罗忽然又开了站，宣布上一期互助冻结，新一期互助重启，大家接着拉人头，接着做匹配。每个月会根据贡献值，解冻一定数量的比特币用来支付回款。

这个消息真的够震撼人心，如此厚颜无耻的话居然说得冠冕堂皇，说冻结就冻结，说重启就重启，把赖账说得这般清丽脱俗，真把别人都当白痴了，一个人能在同一个坑里摔两次吗？

事实证明这样的人还真有，马夫罗公告刚发布半小时后，原本闹哄哄的群变得平静，焦躁不安的聊天室也开始安静。穿着各种各样马甲的人，开始在各大论坛刷帖子。

也许他们早已明白，只是不愿意睁开眼睛，现实太残酷，成功太冰冷，只能期望忽悠来另一个傻子解脱自己。

我问：阿火，马夫罗重启了，还玩吗？

阿火回道：我又不傻，智商税交一次就足够了。

37 买房

站在售楼处的门外，小美还如梦似幻，她压低声音说：“真要买房啊？你从哪弄的钱？”

我不得不第四次低声回答：“我给别人做枪手，卖了一整本书，才赚来的首付款。”

小美喜滋滋地说：“早知道做枪手那么赚，你早就该转行！”

我笑得有些苦涩，当谎言说了四遍后，那就是真的，有些事情能说，有些事情不能说，这一点我分得很清。

售楼小姐热情地招呼我们，看着展厅内的模型，小美的双眼放光，她拉着我的手问：“我们买几层？要不要电梯房？这个房子还有小花园，这个房子南北通透蛮好的……”

我笑着说：“你说买哪里就买哪里。”

售楼小姐热情地介绍说：“一期的房子即将竣工，如果现在买下，三个月就能搬进去，而且最近在促销，有很大力度的优惠折扣。”

小美望着那么多的模型，根本不知道该选哪个，犹犹豫豫地看着我。

我也不知道哪根筋搭错了，张口说：“反正都快建好了，我们去工地看一看，哪个合眼缘就买哪个。”

我的要求并不合理，工地可不是谁都能进的，也许售楼小姐太想做成这一单，她居然答应了我这个无理的要求，拿着安全帽带我们去看房。

马上就要有自己的房子了，小美依然如梦似幻，满脸甜蜜地把脑袋枕在我肩上。如果这一切都是个梦，她一定不愿意醒来。

车停在路边，售楼小姐望着远处忙碌的工地，指着正在挂粉的大楼说："西边的边户就很好，通风方便。东边朝阳的一户也很不错，南边的送大露台，北边的送车位……"

远远地看着淡红色的房子，还有工人师傅进进出出，总觉得像雾里看花一般，小美问："我们能实地感受一下吗？"

售楼小姐的脸上露出一丝为难，看了看我，又看了看小美，最终用商量的语气说："我去问问……"

售楼小姐跟工头交涉了几句，然后对我们挥了挥手，示意让我们过去。

工地的路坑坑洼洼，一些砂石随意堆放，售楼小姐搀扶着小美，我慢慢跟在后面，脚踩在沙土上明明很厚重，但我感觉非常轻盈，仿佛整个人都要飘起来了。

这种感觉非笔墨所能形容，一种窃喜，一种轻而易举的成功，还有一种暗暗的警惕。获得的太容易，没有脚踏实地，总感觉像风中的沙堡，大风一吹就会散。

"就买这栋好不好，二楼不高也不低，南北通透，有个大阳台，每天洗的衣服都有地方晾晒，这边一间小浩住，这边一间等果果长大了住，这边等小浩结婚后，我们的孙子住……"小美喜滋滋地站在那里，对着空旷的毛坯房畅想未来。

正午的太阳穿过玻璃窗，斜斜地照在小美的脸上，本还粗粝的女子，居然变得精致起来。

我缓缓地点头："你说好那就好……"

38 莫名的失落

我想我应该有一颗大心脏，赚钱买房本该是高高兴兴的事情，一下让人生上了个小台阶，但我怎么就高兴不起来呢？不知道心底产生了怎样的抗拒，总觉得不踏实，仿佛危机跟随着我，如芒在背。

房子没有落在我名下，落在小美的名下了，看着她喜滋滋地跑手续，我也不知道自己怎么想的，总觉得自己抓了一把沙子，越用力，越抓不牢。

我回到家里，坐在电脑前长长地出了一口气，望着黑色显示器里的人脸，我思索着：也许外面不属于我，这里才是我的世界。

打开电脑本想写点东西，结果却不知道该写什么，脑袋乱乱的。我随手点开 QQ，看着上面一排排的联系人，要么是在闭关码字，要么是在狂开脑洞，只有我傻兮兮的，像个废柴。

随意点开群聊，忽然看到马夫罗的群，我穷极无聊地点开，曾经轰轰烈烈的气氛已经全没了，那些喊着财富自由的人们，前几天还吆喝着要去维权，发动大伙全国报案，结果都是造反的秀才，一个个只会在键盘上发泄，没一个敢走出家门。

在马夫罗重启之后，新的怪论又在群里蔓延：只要盘子还能走下去，冻结的钱早晚都能拿回来，关键是要有好的宣传。

一帮站在山顶上的人们，望眼欲穿地往山下眺望，期盼着有不开眼的人能冲上来，当了自己的替死鬼。

永远都叫不醒装睡的人，人性中最悲哀的就是自欺欺人。

沉静的群里忽然冒出一句：“就这样傻等着？”

该吵的都已经吵完了，该骂的也都骂完了。有些人已经被屁股左右了脑袋，为了保全自己，甚至不惜变成帮凶。一帮没了火气的键盘侠，自然不会再吵架。

钟跃民：不等着还能怎么办？钱都冻着呢！

我曾经看过一部电视剧，里面的主角就是这个名字，穷极无聊的我随手回了一句：被冻了多少？

钟跃民：二十二个满的账户！

一个账户十个币，二十二个账户就是四十多万！我眉头微微皱起，不知道该如何回答。

钟跃民：关键我是四千接的比特币，刚匹配就被冻……

这运气！这酸爽！已经不能用倒霉孩子来形容了，这就是个彻头彻尾的倒霉蛋。

这段对话仿佛开了个头，刚刚还安静的马夫罗群，慢慢又热闹了起来。这个被冻了三十个账户，那个被冻了五十个账户，还有一两百的账户，不一会儿的工夫，光大家说出来的金额就让人瞠目结舌。

这都是一帮什么人啊？我原本还喜滋滋的，以为足不出户便能过着比上不足比下有余的生活，已经很有本事了，结果跟他们亏损的数额一对比，我三十来年的人生白活了。

等等，这事情不对啊！既然马夫罗收了这么多的币，为什么没有放出这么多的回款，那么这其中的差额去了哪里？

想到一天内翻倍，又腰斩的币价，隔着屏幕，看着跳动的QQ群，我嗅到了浓浓的血腥味，还看到了“吃人”二字！

39 正能量

有人说我没心没肺，也有人说我深沉忧郁，明明两个极端的性格，居然诡异地同时出现在我身上。我总怀疑自己的精神是不是分裂的，会不会有一天忽然间再多出一个我，甚至多出好几个我来呢？

看着乱糟糟的马夫罗群，我总觉得自己应该做点什么，不是因为无聊，也不是因为愧疚，而是总觉得肩膀上沉甸甸的，总有种放不下的感觉。

等到诉苦大会结束后，没人发言的间隙，我打出了一行字：大家伙都乐观点，事情没我们想的那么糟糕，当然也没有想的那么美好，既然遇到事，我们就不要怕事，这个世界上没有过不去的坎。

傻大葱：便宜话你说得轻松，我可是真金白银丢进去了六十万。

遇到这样的人，就不能跟他硬怼，我顺着他的话头打字说：谁的钱也不是河里蹚来的，全都是真金白银，但现在马夫罗冻结了，我们能有什么办法？

我开始发挥我的强项，网络写手打字的速度很快的，不等别人开口，我又继续打字说：但大家换个角度想一想，抱怨解决不了问题，只能给自己增加负能量，大家既然能拿出这么些钱来做马夫罗，又这么巧都被冻结，这是什么？这就是缘分。

洛龙：狗屁的缘分，现在给我钱，我立刻退群。

我继续打字说：人生不光有三大铁，一起扛过枪，一起同过窗，一起拯救过失足妇女。我觉得人生还该有第四大铁，那就是一起掉在同一个坑里的，既然不能相忘于江湖，可以先相濡以沫。

我滔滔不绝地打着字，群里彻底安静下来。我不知道别人会用哪种眼光看我，天真也好，神棍也罢，该说的话我一样会说：大家想一想，能输得起才能赢得起，在外面我们为了往上爬，又是办健身卡，又是打高尔夫的，一个个把自己弄得像成功人士，拼了命往会所里凑。为的是什么？还不就是认识比我们更优秀的人吗？

我发觉我已经掌控了群内的氛围，便又继续打字说：在这里，你能亏八十万，他能亏六十万，这些都是你们的所有吗？大家能调动多大的资金，就有多大的能量。为什么不集思广益，乐观一点，搞一搞线下聚会，相互调剂一下手里的资源，冻结在马夫罗里的钱就当是会所费。这样换个角度，会不会感觉好受许多?

一番话打完，我松了松手指，很久没有这么酣畅淋漓了。其实开解别人的同时，也是在开解自己，也许我不是个好的心理治疗师，但我愿意尝试这样做，不管最终的结果如何，至少对我来说是极好的。

我长长地出了一口气，躺在电脑椅上，把脚慢慢地抬起来，放在显示器上晃了晃，然后紧了紧脖子上的 U 形枕，让它靠在耳朵旁。我无比惬意地望着显示器，透过鞋背看着绿色的文档，黑色的文字，还有那正在飞扬的欢愉，这就是我的世界，我心灵的牧场。

40 钟跃民

滴滴滴！QQ 不停地响起消息提示音，刚安逸五分钟的我，不得不放下脚来，坐在电脑桌前点开了信息，看到有人加我的 QQ，点开信息一看，是刚刚群里的钟跃民，我点了通过。

钟跃民：大顺，你说得真是太好了！当头棒喝，醍醐灌顶。这几天我都晕晕沉沉，浑浑噩噩，听了你这番话，我想通了，这些钱就当交了会所费，人生难得遇知己，更何况还有这么一帮有缘人。

我用手托着自己的快要被惊掉的下巴，从哪里冒出这么大只的土豪，八十万的会所费，说放下就放下。

跟他一比，我活得可真苍白，我不知道说什么好，只能发了一句：呵呵。

钟跃民：大顺如此豁达，除了玩马夫罗，还玩其他的吗?

我：前些日我 ICO 了一些 DAO……

剩下的话我没法往下说，毕竟 DAO 的破发跟我有直接关系，我总不能告诉别人，我自己下了命令，袭击了我自己 ICO 的项目。

钟跃民：运气的确不太好，好在以太坊被追回，分叉后双花，希望能减少点损失。

不知道是不是因为低沉太久，总想找人倾诉，又或者的确脾气秉性相投，我与钟跃民越聊越是投契。他比我小，是淘宝店主，典型的穷二代，却凭借韧性，用双手打拼出一片天空。

跟他聊的多了，我也慢慢地认识了虚拟货币，知道这个世界上除马夫罗与 ICO 之外，还有炒币这一说，什么庄家散户的碰撞、镰刀韭菜的协奏、追涨杀跌的无奈，当然也少不了钱被庄赚了还被骂白痴的苦涩。

物以类聚，人以群分。大浪淘沙，有些沙土被吸走，总会留下沉甸甸的东西。散户们在各自的大群里聊天吹牛，期望着能埋伏进某个庄家的币里，然后坐一把十倍，百倍，甚至千倍万倍的顺风车，一夜之间财富自由，飞黄腾达。

大户们有各自的小群，都在小心翼翼地观察市场上的波动，稍稍有点波澜，就开始用技术面分析，有时会帮大庄拉盘，有时会帮大庄割韭菜，当然有时也少不了接庄的盘，波段多了，总会被甩下车。

至于那些所谓的庄家，总是藏在云里雾里，如神龙般见首不见尾，偶尔露出一鳞半爪，就会引起币市波澜。大庄家的能量被夸赞得神乎其神，仿佛能得到他的垂青，就能仙福永享，财富不尽。

就这样我也跟着买买买，稀里糊涂地进了大户群，望着一个个红色名字的 QQ 会员，我忽然间发觉，自己要不要花点钱，从小马哥那里也开通一个高级会员，毕竟全都是红色的名字，就我孤零零地挂在那里，好突兀。

人总是会变的，以前我从来不在意自己的衣着，甚至都不在乎每天吃什么，活在一个完全纯粹的精神世界里，只要能看着父母老去，子女长大，与妻子唇齿相依，那就是我追求的幸福。

而我现在居然开始在意自己是不是 QQ 会员？究竟是什么改变了我？

41 不在

马夫罗群开始沉寂，透着一种无能为力的迟暮，大家心里很清楚冻结的钱应该是要不回来了，但又偏偏要给自己一个信仰，仿佛只有这样才能让自己坚持下去。

我又开始了正常的生活，白天码字，沉迷在小说的世界里，仿佛只有这样的我，才是真实的我，在这个世界里我就是上帝，与笔下的角色同悲喜、共命运……

忽然弹出来了个震屏，钟跃民急火火地打字：大顺，马夫罗群出事了，有人跳楼了……

该发生的悲剧，终于还是发生了，百分之九十八的人，不能承受巨额损失，特别是因为自己的贪婪而铸就的低级错误，他们会在悔恨中结束生命，仿佛这样就能完成失败人生的救赎。

我打开了群，看到了血肉模糊的一团，心口有些堵堵的，忍不住点开了那个人的 QQ，他的个性签名上写着：愿赌服输！

人都已经输没了，不服又能怎样？

我很想为他做点什么。但总觉得自己的力量太小，而不做点什么又总过意不去。我默默地拿出手机，望着屏幕，沉思了三十秒后，写了一条短信，只有两个短短的字：在吗？

叮咚！依然是发送不成功。难道他真的不在？过了大概三十秒，手机忽然叮咚一声！我连忙打开，发现是 10086 的催费提醒，在这个伤感的季节里，能记挂我的也只有运营商。

呆呆地望着屏幕，我感觉到深深的无力，一条鲜活的生命，因为一时的鬼迷心窍而葬送。

可悲吗？可悲！

可怜吗？可怜！

可恨吗？可恨！

可耻吗？可耻！

那么大个人，为什么就没能活个明白，摔得重不怕，多躺会儿，养养还能站起来。

我也不知道怎么了，挺大一老爷们儿，居然变得伤感了起来，鼻子酸酸的，眼眶热热的。如果没有遇到奥米伽，也许我现在跟他们一样，呆呆地坐在家里，望着屏幕祈祷着奇迹的出现，幻想着坏人能良心发现，放我一条生路。也许跳楼的那个不是陌生人，而是我认识多年的睡在我上铺的阿火。

人生就是这么奇妙，这么不可思议，我们总会在不同的十字路口，寻找着适合自己的方向，有时候兜兜转转、原地打转，有时候会事与愿违、越走越远，还有的时候会在心灵的指引下，不知不觉中走向深渊。

我只是冥冥众生中的一个幸运儿，阴错阳差成了个异数。我想做点什么，但什么都做不到。也许……

我默默地站起了身，拉开书房的门，用干涩的声音，对厨房里的小美说："小美，房子……"

小美没听出我声音里的异样，喜滋滋地说："手续都办好了，已经提交给了银行。"

"没事了！"我失落了一下，关上房门，也许我压根就不该打房子的主意。

一文钱难死英雄汉，我该怎么办？望着显示器上的浏览器，我忽然想到了，手指颤抖着拼入一个地址……

42 江湖救急

108KO.com，随着回车敲动，“净土欢迎你”的字符闪烁，我深深地吸了口气，这一刻我的脸上绝对是神圣的。

我承认我的智商并不高，有的时候还有点傻乎乎的，经常会做一些冒傻气的事情，但我觉得我一直是最快乐的，因为我一直都遵循着自己内心最真诚的东西，不会把道德底线拉低。

有些事情明明知道很傻，但我也愿意去做，因为我不想让后半生活在悔恨中，我希望我的世界哪怕千疮百孔、伤痕累累，也要心安，这样我才能入眠，肉体上的苦痛，其实不算什么。

打开了比特币钱包，又打开了 QQ 群，点开了文件共享，然后我开始下载表格。马夫罗维权的时候，他们曾经登记过币数，还附有打币地址，一笔一笔，明明很冰冷的数据，此刻却显得非常鲜活。

我也不知道是怎么了，明明可以用搜索，但我偏偏用了翻页，而且还是按着键盘上的下键，让光标一个个走过他们的名字，这一刻我还能听到他们的声音，他们在悔恨，在哭啼，在一个很冰冷冰冷的地方，自怨自艾，他们是一个又一个没有人同情的弱者。

我也不知道怎么了，居然会颤动嘴角，声音怪异而低沉地说：“别怕，别怕，我来了……”

光标停在第七十四行上，一个我完全没有印象的名字，但我认识这个 QQ 号，因为就在三十分钟之前，这行数字的后面挂着用血染红的四个字，愿赌服输！

望着一串的字符，我仿佛又看到那一颗血肉模糊的脑袋。我的手并没有颤抖，而是默默地按着光标的右键，眼睁睁地看着小格子一个个地往回走，停留在最后的数字上：匹配 3000 BTC，回款 0。

你个傻孩子，棒槌啊！大几百万，上千万的巨款，投之前不过一下脑子吗？我不知道脑袋里哪根筋搭错了，居然又点开马夫罗的 QQ 群，认真地瞪圆眼睛，仔仔细细地在那一团血肉模糊里找白色的东西，都是红的，没有白的，我明明很惊恐、很恐惧，身体颤抖着，但强迫自己瞪圆眼睛。

我必须要记住他现在的样子，我必须要看清楚他的下场，我必须要把这一切烙进灵魂里，然后默默地告诉我，今天的他可能是过去的我，也可能是明天的我。

打开奥米伽的钱包，区块链开始同步。但余额只有 2200 BTC，不够 3 000 个，我拿起电话按动阿火的号码，用颤抖的声音问："你的钱能买多少比特币？"

阿火疑惑问："全部的钱吗？"

我没好气地说："不管是你老婆本，还是棺材本，全拿出来……"

阿火低声说："42 万，不对 42 万零 800，我身上还有 800 的现金，随时都能存银行里。"

"42 万全买比特币，一会打给我。"我说完就挂上了电话。

42 万也才 210 个比特币，加一起离 3 000 还差 590，我的眉头皱起来，打开了 QQ 号，对着钟跃民振屏：老钟，江湖救急，来 590 个比特币，但我不知道什么时候才能还你。

钟跃民：地址。

43 伸出你的大拇指

我的鼠标停在比特币钱包的地址栏上，正要复制的时候，一个弹窗飞了出来，黑色的文字闪烁着：你知道这样做的后果吗？

原本还在吹鼻涕泡的小女孩，居然瞪圆眼睛，透过屏幕看着我，仿佛能透过屏幕看见我。

我也不知道哪里来的勇气，对着顶级的黑客打着字：我要拿走你的比特币。

奥米伽：然后呢？

这个问题让我诧异然后愤怒，我理所当然地打出：给另一个人。

奥米伽：不！他只是灵魂！

我执拗地争辩着：他是人，只是没了脑子。

奥米伽：但他已经死了！

我愤怒地反驳：他还有家人。

奥米伽：他的家人不知道他的密匙。

我不假思索地说：我这样做了才能心安。

奥米伽：动了这个地址上的币，派会来杀你。

我呆了足足三秒，但又牙齿一咬地说：管不了那么多，我就要这样做。

奥米伽：借来的币你拿什么还？

我疯了！彻底疯了疯了，双手蜷曲着，想要发泄却发泄不出来，想要嘶吼，却没有声音，我不能因为想帮一个人而去害另外两个。

是我自私了！

叮叮咚咚，手机响起，阿火气喘嘘嘘地说："大顺，币全都买了，210.4 个！"

我有气无力地说："挂高点，等人吃的时候出货。"

阿火长出了一口气，没心没肺地笑着："原来只是做波段，听你急冲冲的样子，我还以为你被绑架了。"

此刻我已经没了说话的兴致，默默地掐断了电话。

嗡嗡嗡！QQ 不断地弹窗，钟跃民给我发了三个消息，全都是两个字：地址！地址！地址！

这只大佬究竟多土豪，上百万的钱居然仅凭个QQ号就借给我，他的心究竟有多大?

原本彻底凉掉的心，居然有了一点点暖，我回道：已经借到了。

钟跃民秒回说：还给他，用我的。

我的嘴角浮现出一丝丝笑容，回道：太麻烦，下次吧!

钟跃民：以后有事，第一个找我。

我回道：行。

坐在椅子上，我的身躯往后靠了靠，紧了紧脖子上的U形枕，脖颈上的体温温暖了我冰凉的耳朵。平日如此惬意时，我一定会把脚抬起来，放在电脑桌上摇，只是今天没了兴致。

一种由内而外的索然让我寡淡到厌倦。忽然很想抽烟，但因为孩子早就戒了。忽然很想喝酒，但我恪守着码字不喝酒的规则。忽然发觉自己无趣，为什么总是遵守这些条条框框?

也许我就是个无趣的人，低级的人，仿佛能通过克制，才能让自己显得高雅一些。

桌面上忽然弹出一个窗口，一行文字闪了出来：坐起来，伸出你的大拇指。

我呆呆地坐了起来，并没有打字，而是诧异地自语：“这样做有什么用？”

显示器的正中间，忽然多了一团橘红色的光点，显示器的最上面闪出一行白色的文字：按在上面。

我诧异了，默默地把拇指按在屏幕正中间，低声说：“难道这样能让我变得更强？”

白色的文字闪烁：并不能，只是会显得很酷。

惊恐的我没意识到，为什么奥米伽能回答我的问题，更没有看到，黑掉的屏幕上，那个写字板又弹了出来：是被动防御，还是主动出击?本该不动的鼠标，居然移动到我手指的方向并且点了下去。

44 海上皇宫

南粤省的夜晚，宁静祥和。海边风声呜咽，海浪涌动，拍打着一艘白色的游艇。这艘白色的游艇大约五层楼高，上面有四十九个房间，一个室内游泳池，一个室外游泳池，两个篮球场，一个保龄球场，还有演艺吧与可以容纳六十人的小型电影院，造价超过三亿美元，堪称海上皇宫。

穿过长长的船舷，进入船舱内，宽阔的船舱里射灯闪烁，的士高重金属的鼓点激扬，空气中浮荡着浓浓的酒精味。一帮年轻的男女在舞池里亢奋地摇晃脑袋，舞池的边缘坐着两个面容赤红的男人。

魏军叼着雪茄，亢奋的双眼中闪着邪光。

朱广达摇晃着红酒杯，悠悠地说："韭菜太多，镰刀都不够用……"

船舱内原本就高亢的音乐，忽然间变得更加高亢，一帮男女们安静三秒之后，忽然发出高亢的尖叫。

天是黑的，人心是黑的，舞池里不断闪烁着五颜六色的射灯，就像人性中最丑陋的色泽。

驾驶室内卫星讯号闪烁，一亮一灭，一亮一灭，非常有节奏。忽然之间，信号灯闪烁的速度开始加快。

滴！滴滴！一段本该不属于游艇的数据，忽然间出现在游艇上，这段数据非常小，只有十六个字符，本该是多余的数据，居然好似一尾游鱼，先是入侵了游艇的安全系统，然后接管了游艇的监控系统。

朱广达坐在沙发上，望着人群里的魏军，这就是个浑蛋，疯起来真的什么事情都敢做。

魏军在舞池内疯着，周围站着一帮鬼哭狼嚎的小年轻。魏军的性格有些浑蛋，这个时候不但不以为耻，反而人来疯般更加亢奋了。

魏军的外套早就脱掉，谁也没有看到魏军衣兜里的手机，屏幕忽然间亮了起来，明明没人触碰，但完成了解锁开屏，并且切换到了拨号键上，然后按动了三个数字……

魏军的手机好似中毒一般，不断地拨打三个数字，打通后保持通话三十秒后挂断，然后再拨号，再挂断，如此这般不断重复。

45 破茧成蝶

解决事情的方法有很多，Queen 选择的法子是最为小巧的一个，用最小的创口实现最大的破坏，先是入侵游艇的系统，建立一个解密阵地，然后利用网络字符节，黑掉魏军的手机。

进入智能机时代后，手机的性能越来越好，智能化程度越来越高，在人类的生活中扮演的角色也越来越重要。

不管是生活中的必须，还是生活中的玩乐，又或者是办公与摄影，一个小小的手机，涉及方方面面。

在魏军的手机里，不光有比特币钱包，还有密码照片，密钥备份，微信与 QQ 里还有一些私密的聊天记录，只要手机落在警察的手里，魏军的下半辈子就只能待在监狱里。

Queen 不断地用魏军的手机拨打 110，接通三十秒后挂断，然后继续打，就这样对报警台进行骚扰。

南粤省 110 指挥中心，笑容恬静的警花，接二连三地接到同一个号码打来的报警电话，听筒里传出亢奋的音乐，还有乱糟糟的尖叫。数十次后，警花把异常提交给了指挥中心。

带班领导经验丰富，很快就觉察到异常，一面录音，一面让技术部门定位，同时制订了行动方案。

行动开始了，神兵天降。行动结束了。难道只是一场海天盛筵？带队的领导总觉得哪里不对，当魏军的手机被发现后，微信里的聊天记录引起带队领导的警觉。

结合聊天记录稍加审问之后，领导的脸慢慢板起来，没想到会在无意间破获一起利用虚拟货币的庞氏骗局，涉案金额数百亿，行骗手法与涉案受害者人数开了共和国的先河。

魏军完了！朱广达也完了！等待他们的将会是法律公正的审判，在共和国的天空下，莫“伸手”，“伸手”必被捉。

Queen 小心翼翼地做着一切，看似平静的网络上，早就布满 GOD 的机器人，哪怕只是一个字符的溢出，只要被 GOD 的机器人侦察到，少不得一场大战。

这一切都在悄然间发生，而我全然不知，我失魂落魄地坐在餐桌前，懊恼着自己的无用。虽然竭力欢笑，但笑容里充满木然，与家里开心的氛围格格不入。

小浩开心地吃着鸡腿，元气满满的果果手里与嘴角上全都是番茄汁，小美怜爱地看着两个孩子，笑着对我说：“吃啊！怎么不吃了？”

我笑了笑：“吃饱了！”鼻头忽然又有些腥涩，我用纸巾塞住鼻子，然后走向书房。

刚推开书房的门，桌上电脑的音箱，忽然传来陶喆的声音：当这世界已经准备将我遗弃，像一个伤兵被留在孤独荒野里，开始怀疑我存在有没有……

在我看不到的净土里，那个不断奔跑的双马尾女孩，忽然开始蜷缩身躯，一个圆形的进度条从零开始，慢慢地滚动……

46 认购币

天网恢恢，疏而不漏，我做梦都没想到，骗了那么多人，甚至把人骗跳楼的骗子，居然会因为游艇派对被警察抓了！

这一切都是巧合？有奥米伽的踪影吗？我疑惑地打开净土，看到那个元气满满的女孩，迈着双腿不断地奔跑，在她的前面忽然多了一只白色的蝴蝶。

桌面屏保做得蛮有意思的，不是呼呼大睡，就是不断奔跑，现在居然还与蝴蝶嬉戏，奥米伽这般级别的黑客，居然也如此的童真童趣。

马夫罗群里已经绝望的人们，也没想到会迎来峰回路转，面对来退赃的警察，每个人都激动不已，第一次感觉到国徽下的那张脸，是那么亲切，真是一帮可爱的人。

阿火亢奋得有些失态，第三次跟我说："我们发财了，不光赚了钱，而且赚了币。"

我第三次对他说："爱笑的人运气不会差，我早就知道我们会逢凶化吉。"

阿火有个坏毛病，他一兴奋就会开启话痨模式，文字会如潮水般滔滔不绝，根本停不下来。而且亢奋的阿火，脑回路会变得非常清丽脱俗。

阿火：大顺，我最近又发现了一个好玩的东西，要不要玩？

我有些懒散，伸手托着下巴，一只手打字说：什么？

阿火：最近比特币开始横盘，我发现很多人开始玩认购币，就是往平台里存点钱，然后认购出一定额度的虚拟币。

我随意问：钱包哪里下载？

阿火：币都在平台里，没有钱包，这种玩法叫认购，我们玩的不是虚拟币，而是平台内的平台币。

这是一个数据大爆发的时代，科技日新月异，不光有了虚拟货币，还有了平台币。所谓的平台币，就是一些交易平台发行的无钱包、只能在平台内交易的货币。类似于平台积分，只能自循环，不能对外循环。但又区别于平台积分，因为平台积分的价格恒定，平台币的价格有涨有跌，一天可能出现十倍涨幅，也有可能是百倍的跌幅，怎一个刺激所能形容。

参与平台币的方法也非常简单，只要把钱通过第三方存在平台里，就能够参加平台开启的认购计划，拿到发行价非常非常低的认购币，然后等着平台开启交易盘。

我对未知总是抱有好奇，特别是被奥米伽拒绝后，我第一次正视自己，忽然间发现自己真的很没用，一种深深的无力感混杂着自责，让我迫切地想要变得更强。

所以面对阿火的提议，我打字说：地址。

阿火：现在最火的是通圆平台，是花都一起科技旗下的平台，有第三方安全认证，也能查到这个科技公司。正在认购的是通圆币，1分钱1个，一个账户可以认购10块钱的，但最低要存100元。

我无语地弯了弯嘴角：1分钱1个，10块钱1 000个，就是涨到1毛也才100元，你确定要薅这些羊毛？

阿火悠悠地说：不少了！万一涨到1块那可就是1 000块，10元变1 000，一百倍的增幅，还不炸了天！哪怕涨十倍，也是10元变100，蚊子腿再小那也是肉。

我无奈地打字：你说得有道理。

47 通圆

生活中总是有不可思议的事情，有些东西看起来明明很不靠谱，但总能出人意料，甚至还会让有的人措手不及。

阿火那么聪明的人，也算有点小钱，怎么就那么拎不清，沉迷在了认购币上？特别是即将开盘的通圆币，阿火把薅羊毛演绎到淋漓尽致。

先注册一个账户，然后往里面存 110 元，10 元认购成功后，立刻提现 100 块，然后换个身份证，继续往里面存 110，就这样他把亲戚朋友的身份证都借了一遍，甚至还把主意打到同学与读者的身上，绝对堪称注册狂魔。

10 元一个账户，阿火这个脑洞清丽脱俗的家伙，居然光注册就花掉了 1 000 元，足足一百个账户，加上密码，以及对应的银行账户，这个耿直的 boy 足足写了十张 A4 纸。

我无语地吐槽说：只是玩一个认购平台币，用得着这样认真吗？

阿火很亢奋地说：不管做什么，都要有专业精神，即使最终不成功，也是我没做好细节，一定要吸取教训，下次一定做得尽善尽美。

我能感受到阿火无比认真的情绪，跟他一比，我懒散得就像个渣渣，足以贴上“不求上进”的标签。要改变，必须要改变!!

我咬了咬牙，也学起阿火的钻劲，在通圆的平台里，连续注册了三个账户，原本还想接着注册第四个，不知道是怎么了，就是提不起精神，一种别样的恶心萦绕着我。

我躺在椅子上粗粗地喘息着，想要抬手去揉太阳穴，却总觉得浑身提不起一丝力气，双眼开始突突地跳，然后感觉到天旋地转，紧接着整个世界黑了下来。

电脑上一直都关着的摄像头，忽然间亮了起来，上下摇摆两次后，原本黑下来的手机屏幕，自动打开写件箱，然后开始编辑短信：老婆，我头晕……

再次睁开眼睛的时候，已经是三天以后了，白色的天花板格外耀眼，我穿着病号服躺在床上，浑身酸软，特别虚弱。小美趴在床头睡着了。

望着酣睡的小美，我在她的眼角看到了些许皱纹，三十多快四十了，岁月留下了些许印记，当孩子们都长大后，我们也该老了。

伸手摸了摸小美的头发，很粗糙，没有了年轻时的光泽，也没了年轻时的柔顺。我的心中升腾出怜惜之情，难怪人说少小夫妻老来伴，当两口子熟络到一定的程度后，像极了一个人的左手与右手，搀扶依偎着走到生命的尽头。

小美睁眼看着我，她的眼睛里堆满血丝，见我醒了便开口说："能耐啊！烧到四十度也不吃药，如果你不给我发短信，那可就……"

我温和地笑了笑问："如果我烧傻了，你怎么办？"

小美掐着我的肉说："还能怎么办，嫁鸡随鸡，嫁狗随狗。"

明明没说出情爱，却是这个世界上最好的情话，两口子之间特别是有了孩子之后，哪还有那么多的山盟海誓，相扶白首重过了巧克力和玫瑰花。

48 被屏蔽的电话

病来如山倒，病去如抽丝。昏迷三天后我苏醒了，在医院里躺了一周才痊愈，每天不停地输液，浑身上下有着一股生理盐水的味道。

这几天我反复看手机，看那条据说是我发给小美的求救短信。怎么看都觉得事情不对，我与小美之间从来都是直呼其名，即使发短信，我也是喊小美，从未用过老婆这个称谓。所以可以确定这条短信不是我发的。那么……

按道理说奥米伽那么大只的黑客，不可能总天天关注我，但除这个解释以外，已经没有更好的解释。

随着炎症消失，我也可以出院，回到家里坐在书房中，懒散地靠在椅子上，把脚抬在桌上摇一摇，舒服得真是不要不要的。

作为一个职业写手，读者永远都是衣食父母，打开书评区，瞄了眼下面的留言果然炸了！成千上万的读者，刷着同样的留言：作者木有小鸡鸡!!

要不要这样狠毒，不就是十天没更新，忘了请假吗！我用手摸了摸鼻头，仔细想想的确过分了一些。

打开 QQ，消息不断弹出，首先是编辑大人的留言，从头到尾读下去，绝对是教科书级别的催稿，从最初的关心问候，到后来的上火生气，再到最后的表情图连成串，又是刀子又是炸弹，还有鞭尸的冲锋枪，能看出他的确很生气。

读者群冒出 9999+的留言，我没看直接选择了关闭，肯定没什么好话，这事的确是我做得不厚道，除了爆更赎罪，我想不到其他更好的法子。

QQ 依然滴滴滴滴地叫着，是阿火的留言，我打开一瞧，原本微眯的双眼，一点点地瞪圆。

阿火：通圆币开始交易了，破了一元，我出了 20 个账户，一下赚了两万多块，这钱可真是太好赚了。大顺，你的电话怎么打不通?哎呦！通圆币出早了，价格已经飙升到了六点八八元，我再砸二十个账户……

剩下的消息都是关于通圆行情的，我并没有继续往下看，而是默默地拿起了手机，在医院的这周，我一共接了十六个电话，往外打了七个电话。这几天我也在纳闷，好似有什么东西被我忽略，原来是没在网站上请假，也没联系阿火。

那么为什么编辑大人与阿火打不通我的电话？真相只有一个……

我在地址栏输入了地址：108KO.com，输入密码进入净土后，一切都与以前相同。等等，有个地方不对！

一直奔跑的双马尾，旁边忽然多了一个好似蝴蝶般的图标，我把鼠标移动到蝴蝶上面，就看到了两个汉字：问我。

这是什么东西？能够跟奥米伽联系的渠道吗？

我双击了那只蝴蝶，一个五彩斑斓，蝴蝶形状的对话框弹了出来，我移动光标，在上面打字问：为什么要屏蔽编辑大人与阿火？

Queen：养伤的时候不适合工作，更不适合投机。

什么！我慢慢地瞪圆眼睛，望着 Queen 思索着，他又是哪个？奥米伽的助手？新马甲？还是净土里第一个访客？

49 因祸得福

Queen 是什么意思？我打开手机百度开始搜索，第一个词条就是“女王，王后”。我原本就皱起的眉头，现在皱得更紧。

奥米伽是什么意思呢？奥米伽是希腊字母中的最后一个。可以泛指终结，与希腊字母中的第一个阿尔法相对应。例如，《新约·启示录》中曾有一句：我是阿尔法，我是奥米伽。我是首先，我是末后，我是初，我是终。

望着搜出来的资料，我本就皱得很紧的眉头，现在皱得更紧，原本就很复杂的事情，现在变得更加复杂。Queen 是一个女性味道十足的名字，奥米伽代号意味着终结，再结合奥米伽假死的经历，我忽然发觉本就离奇的事情，开始变得更加离奇。

局面陷入僵局，接下来我不知道该如何开口，接着聊更像在尬聊，不但不能起到好的作用，说不定还会触怒奥米伽。

我深深地吸了口气，双眼微微眯起，脑袋开始疯狂地旋转，净土的桌面上多了一个问我的选项，手机里有奥米伽帮我发的短信，还有他帮我拒绝的电话，这就从侧面证明，在他的眼中我也重要。

能被人看重，或者说能被人利用，也是一种价值，虽然有些小透明，但能抱上粗大腿，我应该是幸福的，不应该是愤怒的。

于是我打出一行字：谢谢啊！以后常联系！

打完这些字后，不等 Queen 回复，我就关闭了对话框，好吧！我承认，虽然嘴里说不生气，但心底多少有些不舒服。

滴滴滴！QQ 发出一阵阵声音，我打开看到了阿火发来的信息：真是见了鬼，通圆绝对是开挂吃药了，从十六冲到了二十七，还在往上涨，我的账户都已经卖完了。

我揉了揉脸颊，然后打开了浏览器，进入了通圆网，看到了正在飞涨的通圆币冲破了三十一的压力位，然后开始高歌猛进，再破三十六的点位，最终横在了四十二点五的位置上。

再往上已经没有大压盘了，横盘挂单将近三千万的现金，能够买六十多万个币，市场上流通的币应该没这么多。

我是个小富即安，不贪也不想贫的人，阴错阳差，没想到一分一个认购的通圆币，居然能涨到四十二元，还等什么，三个账户全都卖了。

一个四十二，十个四百二，一百个四千二，一千个四万二，三千个那就是十二万六，三十元变成十二万六，这感觉真梦幻。

提现，提现，提现，只有装在自己兜里的钱才是真的，其他的全都是假的。三个银行账户汇总，真的有十二万的现金，我忽然感觉到平台币也不错，小投资，大收益。

我手指飞快地向阿火回道：三个账户我全卖了，一共提了十二万。

阿火发了一个震惊的表情，然后发出一行字：还真是有福之人不用忙，我一百个账户才卖了不到八万，你三个账户提了十二万，这运气……

我回道：没办法，大病一场，错过了十天的行情，我这也算因祸得福。

50 在线铸币

我赚了十二万，阿火赚了八万，加一起就是二十万，而我们两个人加一起只投了 1 030 元，按照投资与回报比这完全是惊人的，那么需要仔细想一想，我们赚了谁的钱？我能拿到 4 200 倍的回报，阿火能拿到 80 倍的回报，谁亏了 80 倍，谁亏了 4 200 倍？这是个很严肃的问题。

我：有通圆的 QQ 群吗？

阿火奇怪地回道：进通圆群做什么？

我自然不能说真话，随便编了个理由：再去看看有没有行情，如果还能接着做，我们可以挂低单收。

阿火激动地给我回消息：这可真是个好主意，我怎么就没想到呢！

望着阿火发来的 QQ 群，我立刻选择加入。通圆的行情太奇怪了，暴涨到让人匪夷所思的地步，事若反常既为妖，如果不进群里瞧一瞧，这个钱拿得心不安。

滴滴！通过了群验证，我打开通圆的群，就看到群的名字是通圆币 9 群，人数上限是 2 000，现在已经加了 1 890 人，而且随着我入群以后，不断地有新人加入，也不过才过了三十分钟，2 000 人的群满了！

想要看一个群里有没有人气，需要从两个方向来甄别，第一个是在线人数，就以现在 2 000 人的通圆 9 群来举例，在线人数 1 370 人，这是一个很高的在线数字，毕竟还有些人是隐身，有的在休息，1 370 人在线很厉害的。

然后我把群关上，看了眼时间，等了三十分钟后点开了 QQ，看到了 QQ 消息有 800+，三十分钟 800+，平均每分钟 30 多条，每秒 2 条，这个人气虽然不爆棚，但也很不错。

我托着下巴随意地翻着聊天记录，一行文字闪了出来，通圆币暴涨的原因找到了！

退伍老兵：我不光把退伍费投了进去，还借了一些钱，现在每天都铸币，卖掉能值几百块，在本金不动的情况下，足够我生活。通圆币我看好，会一直持有着。

老农民：推销员在我们村推销，村长买了三万块钱的，每天铸的币能卖几百块，我看了感觉不错也买了一点，新时代的高科技就是好，比存银行利润高多了！

大爷大妈……

我点开了在线铸币的网页，就看到简陋的页面上，有一行文字：是否在线铸币？我点了是，页面出现了变化，在线铸币开始：检测到你的持币数为 0，每小时铸币数为 0。

就这么简单？就这么随意？一个页面程序就能完成铸币，在线时间延长会增加铸币的数量，跟技术没有任何的关系，说穿了就是一个网页游戏。

如此简单，如此粗暴的东西，披上科技的外衣后，的确让一些没接触过高科技的人，感觉特别新奇，持币可以铸币，铸币可以卖了换钱。如此简单的逻辑与经济挂钩，欠缺投资理财渠道的人们，想要得到高利益，又不想承担高风险，保本铸币，卖铸币生活，就成了非常稳妥的投资。

望着群里人形形色色的留言，我已经看到了一地鸡毛的局面，这个世界上就没有真正靠谱的东西。

51 挤兑

通圆的打法看似很高明，其实就如皇帝的新装，透着一股大家都明白的但不愿说破的小尴尬。

将近三千万的资金托单，目的只有一个，那就是让贪婪的人继续往上吃，甚至还有一种“我掩护，你们继续往上冲”的心理暗示。但这里面有个永远都解不开的死结，每天在线铸币会造出 5 000 个通圆币，那些以投资为名，实际吃息的人，肯定要砸盘变现。

这就成了传统的多空博弈，如果能够吸引足够多的多头，币价还会继续往上拉，如果吸引不到足够的多头，那可就是空军发威，每天铸出的币都会砸盘变现，如此周而复始，必然会造成恐慌性砸盘，那时挂单肯定会撤的，毕竟通圆平台这样做就是为赚钱，不可能拿出真金白银，送给这帮本该被割的韭菜。

沉不住气的阿火，发来了消息：大顺，研究得怎么样，我们要不要接着玩？我看通圆群里玩的人很多，在线铸币的功能也很强大，也许我们真的应该再做两轮。

我回道：别冲动，事情没你想的那么乐观，你看群里面，铸币的人多，买币的人少，这意味着什么？

阿火是个聪明人，闻弦而知意：砸盘变现的人多，接盘的人少，这就意味着币价不能再往上走，而是要往下跌，现在持币是高危区。

我回道：恐怕不止持币的高危，如果通圆平台用了杠杆，恐怕会出现挤兑，也就是说即使卖币后账面上有钱，但提不出钱来。

阿火诧异地说：应该没那么糟糕吧？

我回道：这几天多留意通圆 QQ 群，但愿是我多想了。

天要让人灭亡，必先让人疯狂。开通圆币交易所的老板非常聪明，很巧妙地利用了大家的贪婪，推出在线铸币功能，真的让一帮疯狂的人追涨，明明一分认购的币价，居然开出了四千两百倍的增幅。

所有人都看到了币价的疯涨，忽略了币价的风险，能够疯涨四千两百倍，也能崩掉四千两百倍！那时候价格不说归零，但也跟归零差不多。

看似平静的通圆群里，早就暗涌波涛，通圆币的价格横在四十元左右，不高也不低，每天的换手率在四千个左右，而在线铸币每天能产出五千个币，换手率达到百分之八十。

我恢复了码字的生涯，每天都沉迷在小说的世界，时不时看一看通圆群，不知道是我多想了，还是真嗅到不对，看似安静的群里，我居然闻到山雨欲来的味道。

我正在写的一本是星战传奇，说的是星球大战，机甲大乱斗，这几天正好卡在高潮上，欲仙欲死，非常难受。

阿火也知道我进入了瓶颈期，没事的时候他也不敢找我聊天，毕竟每个写手只要进入瓶颈期，就等于渡一次劫，成了境界提升，不成文字糟糕、故事难看，甚至有的还写不出故事，成了宫中之人。

就当我进入那玄之又玄的境界里，试图打破周身的茧时，忽然，QQ 发出滴滴的声音，打开一瞧，就看到阿火说：通圆出事了，好多人的提现都没有到账，最长的已经卡了三天。

该来的终究还是来了，我打开通圆的群，里面果然乱糟糟的，挤兑开始了，通圆币的价格瀑布了……

52 挤兑中赖账

这个世界上有很多聪明人，他们小心翼翼地观察这个世界，在风吹草动中脑补细枝末节，而且有的还擅长逆向思维。通圆的盘子说穿了还是零和游戏，官方为什么连续释放利好，现在为什么卡着不给提现？

见一叶落而知秋来，种种的异象让聪明人觉察到了不对，每个人都不动声色，或是挂单出货，或是砸盘提现，或是直接提现。

原本燥起来的通圆群，忽然间又变得有些沉闷，偶尔会有两三个糊涂鬼跳出来，嗷嗷叫喊着：梭哈，赢了会所嫩模，输了下海干活。

有好心人提醒他们，这个情况不对，却都被糊涂鬼们骂成做空狗，让一个两个好心人郁闷炸了，索性都闭口，看着他们在归零的路上狂奔。

一个不给提现的平台，不管出什么公告都没有用，半年庆也好，投票延期回购也好，总之就是提现不给提，网站也不关，任由用户们谩骂。任由用户们上门维权，就是摆出一副死猪不怕开水烫的样子，任由盘面一滩死水，不管用户怎么闹就是没钱提。

所有人都知道通圆完了，困在里面的用户全都凉了！

阿火被震惊得有些犯二，给我发信息：这么大的平台，说耍赖就耍赖，还有没有底线？

我回道：你把通圆当平台，他把你们当韭菜。能割的就割了，真遇到摆不平的刺儿头，把钱退了事也平了。

阿火诧异地问：这么大的事，难道国家就不管吗？

我回道：哀其不幸，怒其不争，都是一帮认倒霉的嘴炮党，别看他们一个个口号喊得震天响，都等着别人去报案自己好坐顺风车。大家都不报案，国家自然不会管。

阿火沉寂半晌后，回道：既然通圆完了，我们就换个平台，接着薅羊毛。

53 传奇

不管做什么，都要看动机。如果最初的动机不纯洁，那么不管怎么做，最终的结果一定也不纯洁。

认购币本身就是个站不脚的零和游戏，涌进平台内的韭菜们，要么被平台割了，要么给大户割了，要么被羊毛党割了，总之最终的结果只有一个，一地鸡毛后关站跑路。

通圆网在某个风和日丽的大白天，网站再也无法访问，闹哄哄要维权的散户们全都被踢出了群。

我原本以为臭大街的认购币会至此落幕，没想到一切才刚刚开始。自从通圆网打个样，所有的认购币都苏醒了，仿佛找到正确的打开方式，一时之间种菜、挖矿、养鸡的比比皆是，甚至一些传销与资金盘，都披上认购币的外衣，开始游走在法律的边缘。

乱了，真乱了！跑路破发已经成为常态，阿火不敢玩了，给我发信息：难怪嘉诚叔说不赚最后一枚铜板，如果我真留到现在，肯定会亏掉底裤。

我给阿火回道：不赚最后一枚铜板是对的，但你少攀关系，嘉诚叔不一定认识你。

生活得以继续，我跟阿火活在风平浪静的世界。认购币的世界血雨腥风，薅羊毛的与平台斗智斗勇，如果羊毛党足够多，平台赚钱，如果羊毛党不够多，平台亏宣传费与服务器费。韭菜在进化，玩法在升级。

滴滴滴，一个很久没联系的人，忽然给我发来信息：大顺，最近忙什么呢？

看着对方的名字，我用力地眨了眨眼睛，确认就是他，脸上浮现出微笑，回信息：莱茵，好久不见，我还在写小说，你还跑运输吗？

莱茵是个开托运部的老板，比我大上几岁，我与他认识十多年了，有一起砍过传奇的交情，那时候他是行会老大，我是金牌战将，类似帮会里的双花红棍，我们的帮会与其他的三个帮会轮流坐庄沙巴克。

仔细想想离砍传奇已经过去了十五年！人生还真是弹指一瞬……

莱茵：托运部的生意还行，孩子们也都大了，能独当一面，我现在半退休，又开始玩传奇，打算找找以前的老兄弟缅怀一下。

当一个人开始怀念过去，那么他已经老了，面对多年的老兄弟，肯定要聚一聚，毕竟大家相识于传奇。

我连忙回道：哪个区，我现在就去。

莱茵：不玩官服了，我们玩的是 1.76 版本的私服，当年的老兄弟基本上都在，另外三个工会也开始回归，这个叫月蓝贪玩，你下载个登录器，我给你武器装备。

打开莱茵发来的地址，我的瞳孔微微凝聚，认购币还真是无孔不入，月蓝贪玩的下面有一行大字：传奇币可用于游戏内部使用，并且接纳比特币、莱特币、狗狗币，传奇币兑换根据市场价浮动……

进入游戏后，看着莱茵摆上来的一件件武器装备，听着语音里有些不好意思的歉意：大顺，这个游戏不爆钱，也不爆药，装备爆率非常低，好在比较公平，按照你的天赋应该能很快升级……

当认购币与情怀捆绑在一起后，我能嗅到浓浓的血腥味。

54

月蓝贪玩

一帮缅怀过去的油腻中年人，戴着耳麦大呼小叫，在盟重土城外组成人墙，围着一只多脚虫猛攻。

莱茵：大家组成人墙，把多脚虫卡住，道士放毒，不要贴符，太费蓝。法师丢火球，回篮的时候战士用普攻……

莱茵一如既往地精打细算，战神盟的十个老爷们儿，围着一只多脚虫，五个战士连同我摆成卡怪的人墙，两个道士轮番下毒，剩下的两个法师对着多脚虫轮番丢火球。

砰！多脚虫死了！大家的经验多了一点点，没爆钱，也没爆装备，但大家都感觉很有趣，转动鼠标，目标锁定了第二个多脚虫。

月蓝贪玩设定得太变态，大家都很穷，大家的等级都很低，但大家都很开心，找到了当年玩游戏的感觉，这种相识于微末、患难中共助的感觉非常好。

游戏寿命不光取决于游戏难度，还取决于可玩性。一个不爆钱，也不爆药，甚至装备爆率都很低的传奇私服，无形之间提高了游戏难度，但在一帮老玩家的合作中，难度被化解，反而增加了可玩性。

想在月蓝贪玩里畅快地游戏，就需要充值传奇币，而传奇币在月蓝贪玩交易平台内交易，玩家可以通过售卖装备的方式从游戏内提现到交易平台，也可以通过充值其他虚拟币的方式来兑换传奇币。

如果我们都年轻十多岁，也许真的会充钱，但现在我们都有自己的生活，人生可以游戏，但游戏绝不是人生。缅怀一下就好……

好吧！我低估了传奇的魔力，高估了自己的控制力，特别是月蓝贪玩小更新之后，增加了钱币的爆率与装备的爆率，让原本清苦的生活稍稍好了一下，在线人数开始逐步提升。

感谢新时代的社交，感谢稳定祥和的社会，大家都活得好好的，无病无灾没战乱，小康之余，可以重温曾经的青春，活在没有战乱的国家真好。

临海帮回来了，临海浪，临海泉，临海洒哥……

温州盟正在回归，狂傲，狂花，狂霸天……

健康集团也来了，健康阿酷，健康小拽，健康大龙……

华夏有着独特的文化，悠久的传承，这就形成了奇特的氛围，有的时候我们玩的不是游戏而是氛围，是超脱游戏画面的社交，是缅怀逝去的激昂青春。

好吧！也许是因为见到的老朋友太多，我仿佛又青春年少，所以变得有些敏感、激动、神经质，甚至还有些伤春悲秋。

抛开月蓝贪玩动机不纯的出发点，如果他能一直这样做游戏，不疾不徐，说不定真的能做成私服界的良心，甚至大赚一笔走上人生巅峰。

但认购币是个没良心，赚快钱的场所，谁有工夫慢慢地培育市场，眼看着场子里的韭菜多了，而且韭菜长得旺，为什么不下手割呢？

逐利的商人们，全都惦记眼下，不会放眼未来，能赚个饱的绝对会狠咬一口，哪管是不是揠苗助长，会不会洪水涛天。

月蓝贪玩终于露出了血盆大口，割韭菜的屠刀已经举了起来。

55 PK 大会

建立工会不光需要钱，还需要沃玛号角。只有击杀沃玛神殿里的沃玛教主，才能爆出沃玛号角。

但现在大家的等级都很低，再加上月蓝贪玩令人发指的爆率，大家伙推算三年内不可能爆出沃玛号角。

如果就这样缅怀过去，慢慢升级，月蓝贪玩必然会成为私服界的一股清流。但月蓝贪玩不是小清新，他是推出认购传奇币的大老虎。

既然玩家们都想建立工会，那么月蓝贪玩就开始套路，第一届PK 大赛开始，第一名将会得到沃玛号角，在无法攻打沃玛教主的时候，PK 大赛成为建立工会的唯一途径。

月蓝贪玩也是个玩弄人心的高手，古有二桃杀三士，今天一个沃玛号角就能让一帮原本其乐融融、缅怀过去的糟老爷们打破了头。

莱茵给我发来信息：大顺，PK 那可是你的强项，大家伙商量了一下，给你凑一身装备，再帮你升几级，同时让你练一练技能。

我望着月蓝贪玩里十五级的小战士，没有烈火，没有刺杀，连井中月都拿不起的小战士，去 PK，开什么玩笑。

传奇是个很有趣的游戏，没拿裁决之前，技能不全，只能在蜈蚣洞，或者猪洞里升级，拿起裁决之后，一般会去祖玛与赤月打装备，弄到圣战一套，穿着圣战宝甲，拿起怒斩后，才能开始 PK！

莱茵把市侩的小聪明发挥到极致：大顺，这几天你有事你忙，你的号大家三班倒帮着练，打怪都由你补刀，短期内肯定让你的等级冲起来。

如果这是一个公平的游戏，莱茵的小聪明，在大家的群策群力下，也许真的能创造奇迹。但这不是一个公平的游戏。

月蓝贪玩又更新了，更新之后盟重土城的安全区，多了一个高高大大的雕像，点在上面出现战神两个字，点开之后能看到很多选项，其中有战力排行榜、等级排行榜、财富排行榜……

当然少不了最重要的东西，传奇币兑换各种道具一览，当然少不了用传奇币购买经验珠和技能珠的选项。

100 个传奇币可以购买 1 颗含有 100 万经验的经验珠，100 个传奇币可以购买含有 100 万技能的技能珠……

月蓝贪玩开始用最擅长的方式收割玩家，只要大家想成立工会，那就要进行军备竞赛，原本就需要砸钱的游戏，现在终于露出了本来面目。这是赤裸裸的阳谋，一直被大家忽略的传奇币，终于站到大家的面前，这一次谁都不能无视。

想要赢就要扩充军备，四个行会争夺一枚沃玛号角，本身就需要庞大的消耗。当然最为无良的事情还在后面，月蓝贪玩的技术很强大，居然在游戏内开通传奇币交易，赤裸裸地告诉大家，囤积这个东西能赚钱，投资这个东西能暴富。

经过这么久的铺垫，再加上大家的投资渠道都非常窄，而且马上就要用到传奇币，一直横着盘，不温不火的传奇币，一下就一飞冲天。

这可了不得，望着暴涨几倍的传奇币，早期投资者尝到了甜头，观望的在拍大腿，人心开始发黑，眼睛慢慢变红，传奇不再是那个传奇。

56 真真假假

十五年前玩过传奇的人，现在已经步入中年，甚至有的已经退居二线，人生不说走过大半，至少也算经多见广，不说彻悟，也已经明白什么叫阴谋，什么叫阳谋。

月蓝贪玩推出的 PK 大会，还有战神改版究竟图什么，大家的心里都清楚明白，这就是个击鼓传花的游戏，所有人都在赌，赌自己不会接最后一棒。

离 PK 大会越来越近，大家开始购买等级珠与经验珠，小小的一颗经验珠，直接让我从十五级飞升到二十二级，还差一点点就到二十三级。人民币玩家就这样无解，他们的人生的确像坐了电梯。

军备竞赛开始了，所有人的等级都开始往上飙升，传奇币的价格也持续走高，财富魔法夺人眼球，关乎切身利益之后，我忽然发现安全区里聊传奇币的人多了，杀怪升级的人少了。

这可不是件好事！我经历过很多认购币，知道他们是如何无良，不能让认购币披着传奇的外衣，毁掉大家心底最纯真的美好。

我对着莱茵说：别往这里存钱，这就是个坑，私服随时都能关，他们随时都能跑路。

莱茵回道：大顺，别多想，我们都是成年人，该怎么玩心里有数。他们开私服图什么，肯定是要赚钱的，我们怀旧回忆，也该给他们一些场地费……

华夏的投资渠道太窄了，大家除了买股票就是买房子，不会炒股的总是被割，所以大家对股市敬而远之，楼市经过几轮上涨，已经成了天价，该买的早就已经买了，买不起的还是买不起。

所以这帮没玩过认购币的大叔，忽然遇到传奇币这个具有情怀的东西，而且价格上扬、账面上财富不断递增，他们在新奇之余，总觉得很有必要体验一下。

PK 大会已经变了性质，一百级的大号出现了，两百级的大号也出现了！一个没有保障，随时关站的私服，怎么可能出现不计成本疯狂存钱的玩家？

吃相难看的月蓝贪玩，露出锋利的獠牙，等着大家继续往里面送肉，如果他们有点耐心，也许就不会惊醒这帮年过半百的老玩家。

在聊天频道，莱茵高声问：两百级的玩家都有了，会不会出现一千级，大伙有什么想法？

临海浪：我是不会再往里砸钱了，但我又怕卖了传奇币，不能提现人民币。

狂傲：升到两百级至少需要三百万人民币，如果是官服我就砸了，私服我不想再砸钱。

健康阿酷：游戏不错，就是吃相太难看，虽然我不想接最后一棒，但目前来看已经接盘，大家都花了多少钱？

莱茵开始统计，很快数字被聚拢在一起，不知不觉中大家已经往月蓝贪玩里冲了一百二十万，怎么办？怎么办？

我揉了揉鼻子，觉得有责任，也有义务给大家讨个说法，于是又在浏览器中输入 108KO.com……

57 还要伸出大拇指

进入奥米伽的净土，望着绿色的桌面，望着不停奔跑的双马尾，望着那个在半空中飞舞的蝴蝶，我原本还有些烦躁的心，忽然间定下来。点开问我，还没打字先伸手摸了摸鼻子，好啦！我承认，面对超级黑客，还是有那么一点小紧张。

叮咚！一行黑字出现在我面前，Queen：有什么可以帮你！

这服务态度，这服务意识，都快赶上通信公司了，让我真有点受宠若惊，一时之间还真不知道该说什么好。

揉了揉太阳穴，歇了歇眼睛，同时整理了一下纷乱的思绪，平复了一下心情后，我才打字说：能入侵月蓝贪玩吗？

Queen：为什么要入侵月蓝贪玩？

我理所当然地回答：我想知道传奇币的数据。

回答之后，我忽然感觉这样说有些硬邦邦的，非常不友好，便又连忙补一句：我希望你能帮我。

Queen：为什么要知道传奇币的数据？

面对连续的反问，我有些狂躁，很想问 Queen 是不是十万个为什么，问题怎么就这么多。但想想对方是超级大黑客的身份，又与我非亲非故，便把心里的狂躁压下，脸上摆出和颜悦色，仿佛只有这样才能显露出我的恭敬。

我：因为月蓝贪玩用传奇币骗了一大帮人。

Queen：这跟你有关系吗？

这个反问让我猛地一愣，仔细想想还真有道理，第一我没有往里面充钱，第二由始至终我都知道月蓝贪玩是骗子。

我不得不摆明自己的立场：他们是我的朋友。

Queen：确切地说，你们只是一帮素未谋面的网友。更确切地说，目前损失都在可控中，他们都没想过维权，你为什么要入侵呢？

我哇哇哇！Queen 一下说了这么多，让我憋闷到爆炸，默默地顶了一句：如果就这样发展下去，他们会越陷越深，我不能见死不救。

Queen：因为臆想而影响了主观判断，这样很不好。

明知道 Queen 说得有道理，但在我的主观意识中，已经脑补出月蓝贪玩继续操盘传奇币，通过游戏内部的方式，杀掉了莱茵等朋友的画面，这个结局是我做梦都不想看到的，而且是大概率的事件。

等等！事情不对啊！Queen 居然知道在我身上所发生一切，而且对我的人生已经进行了评估，我是什么？我是小白鼠吗？

愤怒在我心中酝酿，我打出一排文字嘶吼着：你监视我？

Queen：你是派的目标，我在保护你。

我：这是因为臆想而做出的主观判断……

这台词好熟悉，几分钟之前，我刚刚看过，这可是 Queen 说给我听的台词。现在还给他，真是别样的畅快。

Queen 开始沉默，我也不愿意妥协，我们就这样相对无言，时间在沉默中流逝，仿佛谁先开了口，谁就等于认了输。

显示器忽然弹出一个对话框，伸出你的大拇指。显示器的正中间，忽然多了一团橘红色的光点，显示器的最上面闪出一行白色的文字：按在上面。

我的嘴角浮现出一抹笑容，悠悠地说：还来这一套！

58 苏醒的力量

难道伸出大拇指就能解决问题？也许是科学的，也许是迷信的！

我记得上次伸出大拇指后，搞马夫罗的那帮人就出事了，所以现在我也伸出了大拇指，并且重重地按在屏幕上，理所当然地问：这样就能解决问题?

Queen 刷出一行白色的字：并不能，但会显得更酷。

认识了奥米伽与 Queen 这样的技术大牛后，我的思维已经开始转变，我觉得在法律尚不健全的互联网上，能用黑客手段解决问题，就不需要使用法律维权的大棒。

在我没有看到的地方，显示器黑掉的部分里弹出的对话框，是主动出击，还是被动防御，没人操纵的鼠标点了下去。

万里之外的书房里，派发出一声欢呼，KING2.0 已经完成构架，并且在 GOD 组织的保护下开始网际巡航，只要 Queen 敢露面少不得一场硬仗。

我就好像个无理取闹的孩子，为了自己那么一点点的主观人格，向 Queen 哭闹着提出并不合理的要求，而 Queen 并没有拒绝我。

历史的车轮会有无数的方向，有时我们会成为阻碍历史车轮，继而被碾碎的尘埃，有时我们又会驾驶历史长车纵横开阖，唯一的区别就在于，我们的位置是在车轮下，还是在车上。

显示器又恢复正常，对话框忽然弹出一行文字，Queen：E:\e\书籍\f\新建文件夹\外挂。

望着这一行文字我呆了，傻傻地看着显示器，不知道该说什么。

Queen：其实你早就具备摧毁月蓝贪玩与传奇币的力量。

记忆如闸门般打开，我换过三次电脑。第一台电脑买于 2000 年，那时不光砍传奇，还作为传奇私服服务器运转了一段时间。第二台电脑买于 2007 年，上网到无聊之后，我开始写小说……

认识我的人都知道，我是个懒散的人，做事情总喜欢简而化之，电脑换了三次，硬盘自然也升了三级，从最初的 30G 到后来的 160G，再到现在的 1T。

每次换电脑后，我都会把以前硬盘里的东西打包，整个 F 盘打包成文件夹，装进了第二台电脑的 E 盘里。再次升级后，包含有 F 盘的 E 盘又被打包装进新的 E 盘里。

Queen 给的是我的硬盘路径，顺着路径一次次打开文件夹，我仿佛有打开了尘封多年的记忆，看着外挂文件里的程序，我感觉到全身酥麻，一种久违的力量正在慢慢复苏。

曾经传奇的 PK 霸者，做私服拿到三省第一的大顺，又回来了!!

深吸一口气，让自己冷静一下，我并没有纠结是什么尘封了我的记忆，而是在对话框中输入：我知道的那些游戏漏洞，月蓝贪玩都有吗?

Queen：只要你需要，都可以有。

爽！这是一种由内而外的上帝，这一刻我感觉到全知与全能的力量。

越到这个时候，越不能慌乱，拉上一团纸巾，塞住想流血的鼻子，我提出第一个正式的要求：拷贝月蓝贪玩的所有数据，玩家等级与仓库信息，月蓝贪玩崩盘后，我要给大家一个真正的传奇。

Queen：如你所愿。

我握紧了拳头，感觉到正在苏醒的力量，然后提出了第二个要求：打开月蓝贪玩战神油，武器特修漏洞。

今天我要用自己的方式，终结黑了心肠的月蓝贪玩。

59 崩塌的币价

虽然还是那个游戏，虽然还是那个玩家，但心态发生转变后，所有的一切完全变了。在我擅长的领域，自然底气十足，月蓝贪玩看似庞大，一只手分分钟就能弄死它。

当然在我看不到的网络上，随着 KING2.0 开始网际巡航，二十三个顶级黑客保驾护航，整个互联网仿佛进入冰冻，所有的数据都被筛选一遍，可疑的编码都被单独标记了出来，只要发现可能是 Queen 的数据，立刻追踪攻击。

Queen 把自己伪装成十六个字节的游戏数据，默默地进入月蓝贪玩终端，以每秒六十 KB 的速度，打着交换数据的幌子，一点点地把月篮贪玩的所有数据，以及玩家的等级和仓库信息全都传了出来。

Queen 顺道修改了月蓝贪玩的补丁，把已经关闭的武器特修漏洞再次打开。

玩过传奇的人都知道，传奇里面的装备都有耐久值，而且耐久值分为两种，一种是上限耐久值，最高六十五。还有一种是下限磨损值，当磨损值达到零的时候，武器就会失去效用，甚至会粉碎。

我随便买了一些铁矿石，然后开始升级武器，矿石的数量多寡，决定了武器的耐久值，每次我都投入很多的矿石，慢慢地把武器的耐久值堆到六十五。

当武器的耐久值成为六十五后，我点击战神油，战神油的功能是把武器的磨损值加满，然后我继续升级武器的耐久值，封顶六十五的耐久值，再升级那可就归零了！

但没关系，武器的磨损值可是六十五。数据化来形容 65/65 变成 65/0。这个时候我选取铁匠修理武器的界面，并且把武器放了上去。

按照正常的逻辑，0/65 的武器，如果修理需要给铁匠一大笔钱。但现在我的武器是 65/0，所以铁匠需要给我一笔天文数字。

看着钱包内八位数传奇币，我继续购买矿石，然后把 0/0 的武器，升级成 0/65，再使用一瓶战神油变成 65/65，继续升级武器变成 65/0，最后修理武器再得到一笔天文数字。

就这样如此重复，大概做了一个小时，我背包内的钱已经封了顶，原来传奇最多只可以有九位数，最大的也就是九。

切换在电脑上，在问我中输入：月蓝贪玩第三方账户里有多少钱?

Queen：两百一十六万四千三百五十一元。

我：挂单有多少钱？

Queen：五百七十万九千八百一十七块四角零九分。

我：帮我提现后砸盘，然后把提现数据发送给第三方。

Queen：如你所愿！

唰！背包内的钱全都没了！传奇币的托单一下被砸穿，后台的提现数据全都被通过，然后又被依次抹去。第三方账户内的钱都被提光。

只把钱提走，还没能坏掉月蓝贪玩的根基，我现在要让整个游戏彻底失衡，让月蓝贪玩的官方彻底没有信誉。

我对着 Queen 吩咐说：打开月蓝贪玩的 6000 端口，一会我要撒个野。

Queen：已经打开月蓝贪玩 6000 端口。

我吸了口气，尘封的记忆如怒涛般波澜，是时候表演真正的技术了！

60 DB 库编号

想让一个游戏失衡，就要制造影响游戏均衡的东西。并且通过这点放大，让拥有者与未拥有者出现断层，继而形成阶级对抗，让未拥有的失望离开，这等于断了月蓝贪玩的造血功能。

已经开了 6000 端口，接下来我需要月蓝贪玩的 DB 库。传奇游戏需要运行多个执行文件，记录玩家的等级，金钱，武器装备，以及各大地图的怪物刷新和装备爆率。

Queen 把月蓝贪玩的文件打包，我打开自己的传奇服务端文件夹，然后把 DB 库复制进文件夹里。

有些私服老板与技术员升级版本时，经常会出现装备错乱，比如明明玩家手里有一把屠龙，结果替换版本后变成一瓶疗伤药，为什么会出现这样的情况，就是因为 DB 库错乱。

传奇版本不是根据物品名来显示物品，而是根据 DB 库中物品的编号。例如屠龙在 DB 库中的编号是 1000，换版本后 DB 库中编号 1000 的物品是疗伤药，所以屠龙在新版本里变成疗伤药。

现在 Queen 帮我弄到月蓝贪玩的 DB 库，倒省去猜 DB 库的烦琐。如果没有对应的 DB 库，我需要在自己的服务器里先每样物品刷一个，然后进入月蓝贪玩服务器，看对应的物品是什么，把能用的留下，不能用的丢弃。

一般情况下想猜出对方版本完整的 DB 库，至少需要四个小时，而且要不断地反复登录记录，这样才能把对方的 DB 库还原。

认识黑客大拿就是好，DB 库替换之后，我把游戏角色升级为游戏管理员，当然这个角色名与我在月蓝贪玩中的角色名相同，而且登录 ID 也必须要相同，这将是入侵的关键。

做好这一切后，我开始修改传奇登录器文件，这是 6000 端口攻击的标准要求，文字好似很难描述，还是直接把登录器的源码贴上来。

```
[Server]
ServerIndex=0
ServerName=（A 本机私服名，B 月蓝贪玩）
ServerNumber=0
VentureServer=FALSE
TestServer=TRUE
TestLevel=7
TestGold=100
TestServerUserLimit=1000
ServiceMode=FALSE
NonPKServer=FALSE
```

DBAddr=（A 本机 IP，B 月蓝贪玩 IP）

DBPort=6000

IDSAddr=192.168.1.9

IDSPort=5600

MsgSrvAddr=192.168.1.9

MsgSrvPort=4900

因为 Queen 已经帮我打开月蓝贪玩的 6000 端口，所以我可以进行 6000 攻击。所谓的 6000 攻击，说穿了就是在我的电脑里，再造一个月蓝贪玩，因为我的账户是游戏管理员，所以可以进行任何方式的修改，包括却不限于，提升等级，刷装备，刷钱，刷技能。

而且 6000 端口攻击，配合强行登录器，可以对一些账户进行恶意修改。把一个满级满神装的大号，洗白成一级无技能没装备的小号。

强行登录器也是个神器，我们都知道进入传奇需要输入 ID 账户与密码，只有 ID 与密码都对了，才能选择账户里的人物。

而强行登录器特别牛的地方，就在于输入自己的 ID 账户与密码通过验证后，可以在选择人物界面，输入游戏里已经存在的角色名，然后堂而皇之地登录对方的角色。绕过了对方的 ID 账户与密码验证。

在传奇运营的行业中，如果恶意入侵属于局部战争，刷钱刷装备的破坏力终究有限。那么 6000 端口攻击加强行登录器，那可就是核武器般的存在，随意地拉升玩家等级，甚至洗白玩家账户，能让游戏公平瞬间失衡，失去了可玩性，游戏自然也就崩溃了。

61 真正的技术

纵观我三十来年的人生，开传奇私服拿到三省第一，是我为数不多的巅峰时刻。遥想当年私服以爆发的形式野蛮生长，开私服的老板们生怕同行因利益而恶意举报，或者真人斗殴，特意组建行业自律协会。

上不了台面的黑产，彼此发生矛盾后，开一组服务器，在游戏里面解决，没有什么是一场 PK 解决不了的，如果有，那就两场。

当时打一场私服 PK 赛，双方都要给中间人一笔现金花红，赢的人独享现金，输的不光输了钱，还输了面子，甚至会签下一些不平等的条约。

说到这里就不得不提每年一届的私服大会，举办方直接开出一个 6000 没关的服务器，让大家在里面 PK，想要什么装备，猜出 DB 库自己刷，想升多少级，猜出命令自己调，想用什么外挂只要服务器承认随便弄，胜利者可以得到奖池内的花红。

当年就是我拎着乌木剑，横扫盟重土城，拿到当年的花红。依靠的不是等级，也不是技术，而是加了料的武器装备。

当然也因为我没有共享加料装备的秘密，所以我被踢出三省联盟，我的传奇私服生涯至此成为绝唱。

原本我以为会把这点秘密带进棺材里，却没想到十多年后还会再用，也许冥冥中早就已经注定，之所以磨练我，就是知道这里有个大坑，坑里还有很多需要我解救的人。

回忆出刷装备的命令后，我先刷了一柄乌木剑，然后又刷了一条金项链、一个大手镯、一个小手镯、一个复活戒指、一个护身戒指。

然后我退出了游戏，关掉了传奇服务端，开始修改 DB 库，先把乌木剑修改成神秘戒指的外观，再把手镯、项链、戒指，都修改成武器的外观。

然后我打开传奇外挂，做好这些准备后，我再次启动了传奇服务器，登录游戏中看到乌木剑变成神秘戒指的样子，项链、手镯、戒指也都变成了武器的形状。

展示真正技术的时刻，开始了！

一下刷了二十个乌木剑，然后呼出传奇外挂，神秘戒指有特殊属性，普通属性的是白色，特殊属性的是红色。我把白色的丢弃，红色的留在背包里。

然后我刷了四个金项链，原本戴在首饰框的装备，现在可以拿在手里。我输入了修改武器的命令，通过这种方式把所有的手镯、项链、戒指，都修改了基础属性。

做好这些再次退出游戏，关闭服务器，修改 DB 库，把这些武器手势的外观，都恢复成以前的样子。

再次登录服务器，接下来就是见证奇迹的时刻。

当当当！攻击速度+200、幸运+200 的乌木剑见过没？魔防+ 200、躲避+200 的小手镯见过没？防御+200、敏捷+200 的大手镯呢？攻击+200、准确+200 的金项链见过吗？防御+200、魔防+200 的复活，防御+200 的护身，都见过吗？

有了这些装备打底，我把角色提升到 80 级，别人都是 200 级，但我 80 级足够了。

先转职，然后学上三种职业的所有技能，最终 80 级的三职业道士，穿着满身加料的装备，现在可以登录月蓝贪玩。

62 血洗盟重

虽然现在写小说算半个文化人，但我的骨子里推崇以暴制暴，也许是因为我一直都相信恶有恶报，如果时候未到，我不介意帮他们提前来到。

进入月蓝贪玩后，我站在战神的旁边，翻开等级榜，找到了排行第一、200 级的盖牧，私聊他说：PK 吗？赌 10 万传奇币。

因为 Queen 切断传奇币交易的内盘，所以大家还不知道传奇币被砸穿的消息。

盖牧在线，直接回道：10 万太少，要赌就赌 100 万。

我回道：如你所愿。

盖牧说：盟重土城安全区外肉铺见，你在哪里？

我回道：盟重安全区，光着膀子的就是我。

因为已经拿了加料武器装备，所以我不喜欢穿衣服。这种心态有点像德国一战王牌红男爵，空战时喜欢把战斗机涂装成红色，分外夺目耀眼，当然也令敌人闻风丧胆。

我光着膀子是因为传奇里所有的玩家都穿衣服，只有我光着膀子，多么另类耀眼，只要杀气够重，也绝对能让敌人闻风丧胆。

PK 不是按着 shift 键不断强行攻击，那是小孩子才用的打法，真正的高手像我现在这样，先把外挂呼出来，选取自动刺杀，刀刀刺杀，强制烈火，然后把内置变速齿轮拉到 8 倍。

只做这些就够了嘛？当然不够，还要呼出另一个变速齿轮，然后给整个传奇游戏加速 8 倍，这就是我战无不胜的秘密。

内置变速齿轮很厉害，能让游戏角色提速，但要知道不管怎么提速，游戏角色都要在显示器的显示范围以内，只是角色加速，图帧不加速，很容易造成卡帧，明明角色已经从安全区跑到仓库，结果帧数没跟上，又被卡回安全区。

我以前经常遇到这个问题，换了别人都会把速度降下来，比如开 2 倍速，并且学着适应。我却喜欢开脑洞，游戏角色能加速，那么游戏整体能加速吗？

结果试验之后，还真的可以加速，于是我习惯了双外挂，习惯了 8 倍速，习惯了光着膀子，拎着乌木剑血洗盟重。

盖牧等得有些不耐烦说：滚出来受死。

我回道：如你所愿。

放松了一下手指，我的双眼微眯，切换成全体攻击模式，转动鼠标，80 级的道士，一阵风般跑出安全区，锁定了盖牧后，我按住了shift 键。

唰唰唰！我只看到自己出了三刀，盖牧后仰三次，电脑音箱里传出呃的一声！然后盖牧背包里的物品爆了一地。

攻击速度+200、幸运+200 的乌木剑，足以灭杀任何生灵。

为了给月蓝贪玩盖上棺材钉，我在盟重土城外高声地喊着：今天我要血洗盟重……

玩传奇死是一件很正常的事情，所以没有人会怕死。忽然听到一个光膀子的人要血洗盟重，所有的人都不淡定，一场不对等的 PK 开始了，一场“屠杀”上演了！

呃！呃！呃……

音箱里传出此起彼伏的惨叫声，一个个被干掉，爆出来的装备堆满安全区外。8 倍速度让我像风，尘封多年的手感逐渐找了回来。

此时此刻，在月蓝贪玩里，我就是上帝。开挂的上帝！

63 崩盘的传奇

为了方便“杀人”，我屏蔽了所有的聊天方式，油腻到中年的男人，平日里蜗居在房子里，足不出户为一家人口粮敲打键盘，这是我想要的幸福吗？

也许最初是因为爱好，觉得这工作幸福，现在更多的是责任，两个孩子的父亲，还是妻子的老公。

不知不觉我老了，没了年轻时候的锐气，这样的我在别人眼中是成熟的，也是成功的，但在我的心中是不快乐的！

今天我要回到二十岁，肆无忌惮地在盟重“杀人”，只要他们敢出安全区，我就全杀了！仿佛只有这样才能让我重回青春。

杀戮让我的眼睛变红，心里也有一点点狂躁，一直隐藏在心底的烦躁、不安、惶恐、苦闷、憋屈、孤独……也悄悄溜了出来。

全都化为一刀刀的刺杀，甩在别的游戏角色上，随着他们的惨呼，最终化为虚无，我能感觉灵魂开始升华，这一刻我产生错觉，仿佛现实的世界是个充满挫折的游戏，而月蓝贪玩才是活生生的世界。

唰唰唰！三刀刺杀甩在盖牧的身上，盖牧连续后仰却没有死亡，本该归零的血条，居然瞬间长满，难道用了复活戒指？

再甩三刀，唰唰唰！盖牧依然没有死，反而冲到我的身前，对我挥了一刀烈火。

MISS！200+的躲避，可不是摆设。

我终于明白，这家伙开了无敌模式。盖牧果然就是游戏管理员……

无敌又怎样！杀不死他，他也杀不死我。

凭借 200+的躲避，还有复活与护身两大神戒，我在游戏里跟盖牧纠缠，哪怕他是玉皇大帝，我今天也要砸了他的凌霄殿。

游戏管理员对上外挂加料三职业道士，而且还是护身复活双神戒，再加上双八倍的变速，盖牧奈何不得我，虽然我杀不了他，但是我可以杀其他看热闹的玩家。

我就喜欢看管理员无可奈何的样子，明明对我恨得牙根痒痒，但不能把我怎样。

杀！杀！杀！

又甩死了三个玩家，正当我想去追其他的人，当着盖牧的面，继续杀戮时，一个柔柔诺诺、奶声奶气、好似天使般的声音响起："爸爸，吃饭！"

原本还在天国舒爽的我，立刻回到人间，看着活泼可爱，聪明伶俐，所有形容词用上都不过分的女儿，俏生生站在我面前，我才明白，电脑里的只能是游戏，我身处的才是生活。

丢开鼠标，推掉键盘，我笑着说："吃饭，吃饭，你妈做的什么？"

果果掰着手指说："有鱼，有蘑菇，还有……"

呃！电脑音箱里忽然传出一声悲呼，原本还是彩色的显示器，忽然间变成了黑白色，追着砍了我半小时的盖牧，终于把我砍死了！

杀的人太多，罪孽值太重，我死亡后不光包袱内的东西爆完，身上的装备也都爆完。

一直看热闹的聪明人，自然知道我强大的原因，看到装备都爆出来，全都蜂拥着疯抢，看着不同的装备落在不同的人手中，我知道月蓝贪玩已经彻底失衡。

按照我与 Queen 的约定，角色大爆之后，Queen 解开内盘的屏蔽，被砸穿的传奇币出现在大家面前，月蓝贪玩注定崩盘。

64 被锁定

为了让传奇的情怀延续，我制定 A 与 B 两个计划，A 计划月蓝贪玩崩溃已经执行，所有的人，不管是玩家还是官方全都乱了，游戏失衡，传奇币被砸穿，不管对谁来说，都是塌了天的坏事。

A 计划已经生效，B 计划开始执行，我让 Queen 拷贝月蓝贪玩的数据就是为了等这一天。在月蓝贪玩没有反应之前，Queen 开始做数据平移，在月蓝贪玩游戏里用红字喊话：因遭遇特殊情况，月蓝贪玩决定数据回档，并且启用备用 IP……

玩家们回到一天前的游戏里，那时候传奇币还值钱，游戏没有失衡。月蓝贪玩官方试图控制场面，结果却无奈地发现，管理员账户不能用，官网不能修改，第三方资金账户被提空了，他们已经失去了对月蓝贪玩的掌控，眼睁睁地看着自家的玩家全都涌向别家。

我在家里吃着可口的菜肴，抱着暖心的果果，时不时逗一逗小浩，看着温婉的小美，一切都是那么的美好，心底的阴郁全都化为虚无。

事情至此结束？当然没有，即使 Queen 再谨慎小心，也会造成数据溢出，网际巡航的 KING2.0，检索到这一点溢出，KING2.0 就好像嗅到血腥味大鲨鱼，疯狂地追了过去。

奥尔蓝的书房里，派的眼中闪烁着疯狂，对着 KING 吩咐：“追上 Queen，抓住 Queen。”

手速飞快的派，直接按动键盘上特殊的红色按钮，这是为了对付 Queen，专门加装的宏命令按键，功能只有一个，那就是通知 GOD 组织内的所有黑客，发现奥米伽。

原本还在网际巡航的二十二个星球上最强大的黑客，全都动了起来，顺着 KING2.0 追踪的方向蜂拥而至。

某个不知名的机房里，原本匀速旋转的风扇，忽然间爆鸣起来。一开始只有一台刀片服务器轰鸣，然后一排架上的机器轰鸣，最后整个服务器列阵的风扇都开始轰鸣。

仿佛原本凝滞的网络，现在开始电闪雷鸣，一些超算机房，都出现不正常的卡顿，虽然还没爆发，但很像飓风来临前的宁静。

对于这一切我浑然未觉，手机丢在了书房，刚刚为了专心游戏，我还特意开静音，虽然 Queen 给我发两条短信，但我根本没有听到。

不同时间，对相同的人生，会有截然不同的感悟，我现在就是在感悟人生，相比不幸的人，我绝对是幸运的，有妻有子，有儿有女，现在又背上了房贷，心底哪还有那么多的不忿，老老实实地赚钱，看着孩子们长大，看着他们生儿育女，自己一点点老去，这才是真实的人生。

Queen 节节败退，毕竟它面对的是二十三个顶级黑客，还有重新编译的 KING2.0，再加上一直都没关机的电白累赘，Queen 能打赢逃脱那才叫见了鬼。

Telegram 群里，派兴高采烈地喊着：“我就知道，Queen 不是

KING2.0 的对手，就要抓到他了，就要抓住他了！”

阿尔法：“多做事，少说话。再加把劲……”

贝塔：“破译成功了，IP 锁定，在华夏境内。”

西格玛：“身份确定，这是他的身份，职业是某书站的签约作家……”

在我不知情的情况下，我的照片被贴在 Telegram 群里，出现在二十三个超级黑客眼前。

65
疑点重重

年轻时没胖起来，脑袋上头发浓密，没戴眼镜，那时我浓眉大眼，有那么点小帅。

三十岁后胖了，头发也因为油腻而稀疏，为了避免败顶，我开始剃光头。因为长年累月面对电脑，所以我戴上了眼镜，颜值的确没以前高。

派奇怪地问：“他是谁？他不是奥米伽！”

贝塔确认说：“他是一位小有名气的网络写手，作者名叫大顺，已经写了很多年的小说。”

阿尔法：“他不是名校毕业，是两个孩子的父亲，而且没有出国经历，一直都生活在小县城里，甚至他的活动范围以家为中心，不超过一百公里。”

西格玛：“我查了他连载的小说，有两本因为涉黄被封，两本因为涉及暴力而被屏蔽，所有书籍总字数加一起，达到两千八百七十二万字，按照每天一万字创作速度，他绝对是全职写手，没时间也没机会接触高等计算机知识。”

拉姆达："汉字平均需要敲打四个键盘，一万字也就是需要敲打四万次键盘，这个速度能赶上一般的码农。除去构思、查错、修改、润色的时间，他的确不是奥米伽。"

能成为这个世界顶尖人物，二十三个黑客的智商绝对超乎常人，所以遇到事情后他们考虑的比普通人全面，也比普通人更多。

Queen 是奥米伽创造出来的智能生命，反向推理使用者一定是奥米伽。追查到最终的 IP 所有者，必然是奥米伽。

现在忽然冒出个叫大顺的写手，不管是人生经历，还是人生学历，乃至人生技能，与他们的圈子风马牛不相及，那么事实的真相只有一个……

派气急败坏地说："奥米伽太狡猾，居然把我们引到肉鸡上，你们说他是怎么逃脱的？"

所有人都开始思索，在一个真相上假设出无数的可能，并且根据自己的想法，不断辩论，甚至在谁也无法说服对方的时候，还发生了激烈的争吵。

容易想多的聪明人，总会有主管意识判断，他们只相信自己推理出来的东西，反而忽略事实存在的真相。

就这样阴错阳差，本该被揪出来的我，居然凭借一直码字的履历，洗脱被抓现行的嫌疑，这还真是个滑稽的世界。

在超级黑客的眼中，一个写网络小说，没接触过高等计算机知识的人，不具备拥有 Queen 的条件，自然也就没有嫌疑。

当我满脸笑容，打着饱嗝坐在电脑前，看着手机里的信息，Queen 一共发了二十三条信息，逐条读下去，我的心情好像过山车。

大汗淋漓后，升腾出劫后余生的庆幸，同时又如芒在背。现在我已经站在明处，而且上了舞台，虽然是个不起眼的角落，但谁又能保证，哪天我不会站在聚光灯下，站在舞台中央？

居安思危，好不容易拥有这一切，我必须要做点什么，油腻到中年的我，终于咬紧了后槽牙，打开问我，直接问：如何才能变得更强？

Queen 的回答简单而粗暴：有钱才能变得更强。

在这句话里我仿佛看到伸出巴掌的小马哥，道理相通，不充钱，怎么可能变得更强。

66 分裂的以太

我是不幸的，吃顿饭的工夫，被 GOD 组织查到 IP，等于知道我的真实身份。我又是幸运的，因为我的特殊职业，他们围观我后，都觉得我是个存在感很弱的路人甲或者士兵乙，所以没有对付我。

二十三个顶级黑客，拉出一张大网，本以为能网出一条蓝鳍金枪鱼，结果却网出了只小虾米。虾米没有兴风作浪的能力，很可能是奥米伽抛出来的替罪羊，国际顶尖的黑客对替罪羊没兴趣。

这是一种很复杂的感觉，就当我以为我拥有改天换地的力量时，我在别人的眼中却什么都不是，好尴尬的比喻，我就是那只幻想着伸出腿绊倒大象的蚂蚁。

钱不是万能的，但大部分时间没钱可是万万不能的。常言说得好，一文钱难倒英雄汉，我虽然不是英雄，但现在也为没钱犯难。

我按动键盘问：要钱做什么？

Queen：买机器，增加运算能力。

算力提升意味着强大，只有奥米伽强大了，才能庇佑我，我们现在是一条绳上的蚂蚱。

我的钱都买房子了，月蓝贪玩的钱要退给大家。奥米伽倒是有 2 200 个比特币，但这个地址被派监视着，一旦动用就会被派侦测，然后虾米般的我又会被捞出来供黑客们围观。

我现在的位置很尴尬，奥米伽还弱小，每次跟 GOD 组织发生冲突，我就是那一尾被殃及的池鱼，抓住一次是巧合，两次三次可就不是巧合了。

为了自保，为了拥有的一切，我只能资助奥米伽，毕竟奥米伽强大，也是在保护我自己。

我跟 Queen 形成默契，我没有问他需要多少钱，他也没有告诉我升级需要多少钱，这件事不用过大脑，小脑都知道是天文数字。

仅仅凭借我现在写小说的收入，肯定无法支撑奥米伽的需求，所以我必须要开源，从哪里才能赚到快钱？

仔细翻找朋友圈，宅在家里码字的写手，社交圈的确很局限，没有投资渠道，更没有投资项目，短平快的暴富难道要去股市？

我还真搜了搜 K 线，看了看红红绿绿，发觉真不适合我，那是一个大资金博弈的地方，像我这样的小虾米，进去后绝对会在大起大落中变成炮灰。

盘子小一点，机会多一点，也许成功率就会高一点。

我的眉头缓缓皱起，忽然灵光一闪，大笔的意外之财还是有的，我还有 360 万可能会分叉的以太坊。

连忙搜索以太坊的新闻，以太坊的社区果然分裂了，一部分人觉得回滚意味着对去中心化的背叛，坚决不同意回滚，并且成立了自己的社区，制作了自己的 LOGO，命名为 ETC，另一帮同意回滚，坚决拥护 ETH。

中间派见有利可图，以太坊双花后，一个币变成了两个币，为了自己的利益最大化，立刻赞同分叉。

就这样 ETH 分裂成 ETC 与 ETH，我现在拥有 360 万 ETC，按照现在的市场价，那可是大几千万的财富，如果把它们都出光……

67 暴跌的 ETC

吃一堑，长一智，我被查出来后，在超级黑客那边挂上号，便开始谨慎小心，即使想动 ETC，也没敢擅自决定，而是进入净土点开问我，输入提问：我可以动用分叉的以太币吗？

等待中沉默了大概三秒钟，Queen 才回复：不建议动用，派也许监控了以太地址。

我的大脑开始疯狂旋转，原本就很大的脑洞，现在变得更大，手指飞快地输入：派监控以太坊分叉地址只是你的猜测，我们能不能做一个试探？

Queen 没反对，但也没同意，而是保持沉默。

我继续说：如果我们把这笔以太纳为己用，派自然可以顺藤摸瓜查到我们。如果我们故布疑阵，把一些以太发送到一个跟我们毫无关联的地方，如果派真监视地址，那我们等于是引蛇出洞。如果派没有监视，我们就一点点地卖出，这笔钱用于给你买服务器，买矿机增加算力。

Queen 终于问出核心的问题：发送到哪里？

我心底升腾出久违的恶趣，手指飞快地打字说：发送给 ETC 发展基金，资助他们在 ETC 上开发应用，同时我还要冠名 ETC 为以太经典。

如果现在我们在明，那么派就藏在暗处。派究竟花了多少心思追查奥米伽，这一点非常重要。赞助 ETC 发展基金就是一场试探，仿佛往黑暗处丢一根新鲜的肉骨头，如果黑暗处真趴着恶狗，肯定会嗷嗷叫着冲向骨头。

Queen 又沉默了好久，就当我快不耐烦的时候，终于回了消息：可以试一试。

上次 Queen 出现在明处，被 KING2.0 联合二十三个黑客压着打，只知道 KING2.0 强大，却没能收集到相关的数据，现在有机会躲在暗处观察，Queen 自然选择同意。

Queen 与 KING2.0 最大的不同来自程序核，Queen 的程序核心有自主进化，需要学习的时候，Queen 会选择主动学习。在 Queen 的核心程序里，观察 KING2.0 也是一种学习。

看到 Queen 的回答，我深深地吸了一口气，总被别人拿捏而不能反击，那可不是我的性格。别人总说我温柔如水，温谦如玉，却不知在我的性格里，也藏着如钢针般的锐利。

打开以太坊的钱包，我粘接 ETC 发展基金的地址，输入 50 000 个后，在转账留言里标注：这是一笔无偿的捐赠，如果可以我希望 ETC 能改名为以太经典。

输入密码发送后，我的手不由自主地攥紧成拳。这是一次对派，对 GOD 组织的试探，也是一次对虚拟币市场的试探，如果虚拟币市场是个飞翔在半空的风筝，那么我掌握的虚拟币就是风筝的丝线，我尝试拉动丝线，期许能得到回应。

如果真的能拉动风筝，那么也许我真的能在虚拟货币的市场里获利，如果不能，我还需要寻找其他的财路。

DAO 被盗，360 万以太坊被转出，不管放在哪个地方，都是一件了不得的大事。存有 360 万以太坊的地址，时时刻刻被大家关注。

忽然有 50 000 个 ETC 转出，而后 ETC 发展基金宣布，ETC 正式改名为以太经典，虚拟货币圈子里立刻掀起轩然大波。

二十三人的小圈子，也泛起了涟漪……

阿尔法：奥米伽给 ETC 发展基金转了五万 ETC，并且要求 ETC 改名为以太经典，这是什么意思？

派：他是什么意思并不重要，Queen 不是 KING2.0 的对手，如果不是那个肉鸡，我们已经抓到了奥米伽。

大家之所以敬畏奥米伽，是因为Queen比KING强大，现在KING升级到2.0，完全吊打Queen，假死的奥米伽也就显得没那么重要。

贝塔：要不要揪出奥米伽？

西格玛：恐怕很难的，奥米伽应该就藏身在华夏，那可是雇佣兵的禁区，我们没能力，也没法子弄死他。

阿尔法：三百五十五万个ETC就这样便宜奥米伽？

西格玛：他应该不敢乱动吧？

拥有了KING2.0的派，已经成为好战的派，仿佛拥有航母舰队的世界警察，总想着纵横四海，炫耀武力。

派：不管他敢不敢动，既然已经发送，我们总要给他点回应。

68 给回应

不等大家同意，派已经启动了KING2.0，直接杀到ETC发展基金，已经到账的ETC无法转出，即使KING2.0再强大，也不能修改分布式记账。

盛怒的派直接修改了ETC发展基金的主页，仁慈的上帝挂在ETC发展基金的首页上，洁白的圣光照耀着世人。

GOD的组织就是以这种面貌出现，虽然出手的次数不多，但还是有一部分人记住了他们的狠辣。

原本因改名以太经典而下落的ETC，随着官网被攻陷后，币价加速滑落，恐慌性地砸破了两位数，徘徊在个位数上。

我看着以太经典的K线，同时浏览以太经典的官网，官网被攻击了，以太经典的币价崩了！这帮浑蛋真的在监视奥米伽，刚动了五万以太经典，就闹出这么大的阵仗，看样子他们是一点活路都不给。

Queen 不言不语，默默地收集属于 KING2.0 的信息，拥有自主进化的内核，等于拥有了无限可能。

一笔巨款不能动，我该如何满足奥米伽升级的要求，无奈之下点开了问我，我颤抖着问：接下来该怎么办?

Queen：我需要大概六周的时间，重新编写源码，然后升级程序构架，在这段时间内我没能力回答你的问题。

这可是个绝对的好消息，我的双眼微凝，嘴角不可抑制地微微上翘，手指如飞地问：升级后能对抗 GOD 组织的那帮超级黑客吗?

Queen：需要服务器，需要算力。

钱是一个绕不开的问题，我很想拍着胸膛对着 Queen 说，钱不是问题，但现在的问题是真没钱。

但我知道不能回避这个问题，于是我小心翼翼问：想要对抗 GOD 组织，需要多少钱?

请注意，我还是没敢问具体的钱数，生怕问到具体数额后，会怕到没面对的勇气。

Queen：365 万……

我感觉心脏重重地跳了跳，这个数字太遥远了，每天赚一万，要一年才能赚够，况且以我现在的咖位，也做不到每天赚一万。

Queen：美元……

这个货币单位绝对是暴击，一天一万红钞都赚不了，怎可能一天赚一万的绿钞，况且 GOD 组织也不可能给我一年的时间赚钱!

怎么才能在短期内赚够 365 万美元?

就在我惆怅时，阿火给我发来信息：大顺，今晚八点我朋友的币开盘，你有兴趣吗?

这段时间阿火可谓春风得意，薅羊毛成了一方大佬，资产滚雪球般大了起来。所有炒币的人见到阿火后，都要尊称一声火庄，或者火大佬！所以他说出来的消息都很靠谱。

八点的新币？我打开大德网的页面，看到首页通栏里的文字：八点亨通币上线……

亨通币？irc？这是什么币？

点开亨通币介绍：亨通币是一种创新型的虚拟货币，与其他虚拟货币不同，亨通币采用快速挖矿+低股息发行模式，发行前 7 天采用 Scrypt 算法挖矿，第 8 天开始进入纯 POS 阶段。截至今日已发行 4 543 764 枚亨通币。

亨通币总量 1 000 万，年利率 1%保证亨通币具有极强的稀缺性。与比特币相比，亨通币具有更低的通胀率，更快的传输速度，与更加节能的算法。

这番大而空的东西，完全没有介绍到重点，不管怎么看都是坑，而且还是深不见底的坑。

我给阿火回信息：是亨通币，irc 吗？

阿火回道：对的！领头是老王，微商界大拿，后期做线下推广，说不定是下一个马夫罗。

马夫罗就是资金盘的代名词，如果不缺钱不会再去冒险，我的心动了，便问道：吸货价位上限多少？

阿火沉吟半晌后说：十块以下慢慢扫，过了二十追三十，能吃多少吃多少。

什么？我用力地眨了眨眼睛，确认这不是幻觉，便给阿火发信息：总量四百五十万，按照二十一枚算，市值可就是九千万，一个没什么技术的币，值这么高吗？

阿火回道：要相信老王忽悠人的能力，他做微商成功了，而且拿到红头文件，别说二十块，我觉得他能把亨通币做到四百块。

点开阿火发来的链接，我看到胖胖的老王，还有他贴出来的红头文件，当然少不了亨通币的玩法。

真开了眼，虚拟货币还能这样搞，如果老王真能把地推做起来，亨通币能上千，甚至能上万……

69 吸货

阿火把钱打了过来，我把能投的钱都投了进去，甚至还开了高倍的杠杆，想要以小博大，就要下重注，如果这次输了，那可就什么都没了。

八点整亨通币开盘，作为一个外面没流通多少筹码的币，开盘的价格真是惊人眼球，没有从一分开盘，也没有从一毛开盘，而是直接开到五元。

按照一千万的总量这可是五千万的市值，按照四百五十万的流通量，这可是两千两百五十万的市值。

不管对面的操盘手是谁，我开始吸货，从五元一直吃到六元，居然吃了十万个亨通币，这些币我挂在十九元的位置上进行压盘，同时在六元上挂出二十万的托单。

这样是在做测试盘，如果对面用的是机器人操盘，面对忽然的变故会继续在低价换手刷成交量。如果对方不是机器人，而是人工操盘，他会以为我是条想做波段的大鱼。

每个人的操盘手法不同，思路也不同，最好对付的就是机器人，只要他按照既定策略执行，我能把他要刷量的币全都吸过来。

如果是操盘手在操盘，面对一个拥有几百万资金，而且想做波段的大鱼，肯定要杀一杀，毕竟我已经吃了将近六十万现金的货，又挂出一百二十万现金的托单，加一起一百八十多万，这些可是实实在在的。

人心是这个世界上最难猜的东西，不贪婪的人心有无数思路，根本难以捉摸。但贪婪的人心比较好揣摩，只要把鱼饵抛出来，他肯定会上钩的。

砸盘开始了，二十万个六元的托单，瞬间被砸穿，一百八十多万的现金成别人的战利品，而我的手里则多出来了三十万个亨通币。

我把仓位截图给阿火后问：吃了总量的十几分之一，接着吃他们恐怕不敢拉盘。

这个情况完全出乎阿火的意料之外，他也没想到刚开盘我就能套路出三十万的筹码，而且均价还只在六元左右，如果接着往下套路，说不定还能吸筹，但那样会抬高庄家坐庄拉盘的风险，庄家随时都可能离场。

在阿火思路中，以为我们是开盘抢筹，帮助拉升的绿叶。没想到我用做波段的方式，套路老王的操盘手，不能再吃货了，再吃真危险。

阿火秒回：等一等，我去探探老王的口风。

贪婪可以，但必须把握住度，幸好操盘的是我，如果换成容易冲动的阿火，他肯定会继续吃货，真吃到一定数量的亨通币后，老王真可以不管，再开个新币。而我们只能眼睁睁地看着价格下行后爆仓。

首都的办公室里，胖胖的老王叼着雪茄，看着大大的显示器，操盘的小眼睛得意地说："大佬，我们已经赚了一百八十万现金，这钱来得可真快。"

老王吐了口烟圈，对着小眼睛吩咐："把钱转走，只有手里的钱才是真金白银。"

滴滴滴，音箱里传出震鸣。一个穿着铅笔裙，留着波浪卷，画着精装的妹子，抬头娇滴滴地对老王说："王哥！火大佬给你发信息，他问你亨通币什么时候启动，他跟朋友的一百八十万都被套了。"

老王哈哈一笑，双眼眯成缝，惬意地吸口雪茄，在烟雾飘渺中悠悠地说："告诉他，周日启动……"

70 时间预期

周日启动，今天才周三，也就是说还有四天的时间。亨通币的盘面很平和，价格震动在一个区间，玩不好很容易因亏损而被洗下车。

阿火给我回了信息：先看戏几天，等他们启动后，我们破位倒仓。

我回信息：也只能这样做了，现在的三十万筹码算底仓，等差不多后变现。

说到这里，我忽然想到另一个东西，连忙给阿火发信息：预期的心理价位是多少？难道真的是四百？

一个四百，十个四千，一百个四万，一千个四十万，一万个四百万，十万个四千万，三十万个就是一点二亿！

当然如果真能涨到四百，那么亨通币的总市值就是四十亿！一团超过四十亿的空气，是这个项目太荒唐，还是这个社会太荒唐，又或者是我们大家都荒唐？

人心是会变的，如果是大资金满仓，阿火肯定坚持三倍回本，但现在只收了三十万的亨通币，所以阿火调整心理预期：当然不是四百，过百之后我们先做零成本……

我用力地眨了眨眼睛，发觉自己没有看错，阿火的确写的是过百，我不由自主地给他回信息：是不是太乐观？

虽然我嘴上相信老王，但当真投入了真金白银后，对他还是有些不放心。毕竟这次不是几百上千万的小盘子，如果把量级放开，这就是几个亿甚至几十亿的大盘。

那时候我们连主力都算不上，恐怕大户的位置都不稳，不过是怒浪激流里的一叶小舟，随着浪花喷涌，随时都有可能翻船。

举个很浅显的例子，如果我跟阿火对亨通币的心理价位是 100，然后亨通币拉升冲到 99.99，就当我们以为能大富大贵的时候，亨通币崩了，跌到 0.01，那时候我们的三十万筹码只能变现三千块，一百八十万变成三千块，况且我们还使用杠杆，跌到 5 元我们就爆仓归零。

阿火读出了我的疑惑，便说：如果不想用价值预期，那么我们就用时间预期，你觉得老王的牛皮能吹多久？

价值预期很好理解，心理做好价位后，触发价位就卖出，这是种一目了然的操作方式，很多人都会做价位预期，继而对筹码进行操作。

时间预期相对抽象一些，就以亨通币举例，明明是个吹大的牛皮，我们开始推演这个牛皮能吹多久？如果能吹 30 天，那么 18 天的时候是不是最大价值的安全期，如果是那就在第 18 天离场。

只要定下了时间预期，那就等于进入了倒计时，预期制定不是为了破坏，而是为了执行，真到了 18 天，哪怕币价在火箭上，也要立刻离开。

如此执行有利有弊，时间预期是个比较模糊的东西，一旦执行，不能像价值预期让利益最大化，但可以把风险降到最低。毕竟在等待价值预期实现的时候，什么事情都有可能发生。但执行时间预期，只要看日子按计划就行。

老王的牛皮能吹多久？还真是个不好回答的问题，比哲学还哲学，影响老王牛皮的因素太多了，不管是外因，还是老王心中的贪婪，所以我们只能先建模，然后根据情况做弹性表，再根据用户增幅反馈做修正……

等等！我们只是想炒个币，坐坐顺风车，为什么要懂这么多？

71 老王的牛皮

想推演建模，就要把所有的因素都考虑进去，首先看一看亨通币的玩法。门槛是 200 个，参与者购买 200 亨通币后，要交给老王的团队代管，参与者会得到一份股东资格证明书。

持有的亨通币可以选择一年期，或者半年期冻结，如果选择半年期，每月拿到 12%亨通币，到期后返还 200 亨通币。一年期每月能拿 18%的亨通币，到期后返还 220 亨通币。

如果只是这样，亨通币最终将会面临一年后的挤兑，价格也不会起飞。正是因为老王做过微商，又设置了非常厉害的五级代理制度。

只要帮着发展一个子会员，就能拿到单日分红百分之三十的提成，比如发展一个人买了 200 亨通币，并且定存一年，每个月能领取 36 个亨通币，每天 1.2 个亨通币，推荐人可以享有 30%，也就是 0.4 个亨通币。

看起来蛮少的，但如果升到二级，三级，四级，五级呢？阶梯式的晋级，会由量变引发质变，而且最多可以叠加三十级。

绝对是蛛网般的金字塔，不光纵横交错，账面利润让聪明人都不淡定，继而黑心贪婪。

除了五级代理，还有领导奖，从一星到五星，只要大区域业绩达到一定的份额，就会有一定数额的返还，最低 6%，最高 18%。领导奖的诱惑绝对非同一般，诱惑着一大帮有能力，想发财，有财力的人来赚快钱。

望着老王的计划，计算老王的人脉，阿火建模后说：只要每个月的增幅是上个月基数的百分之三十，老王就可以一直玩下去。

我推演后说：理论上是这样的，但要考虑到社交天花板，还有倍增的复利。

每个人认识的人也就那么多，能发动的社会关系也就那么多。当周围人都开始购买亨通币后，必然会面对无人接盘的窘境。

而且亨通币的返利与代理，加上领导奖，这些都是凭空多出来的，项目本身不造血，都是用后面的本金兑付前面人的利息，一旦复利风险涌现，再大的金字塔也会崩塌。

阿火有些烦躁地说：如果考虑这两个因素，我们根本推演不出准确的时间。

我脑袋中忽然灵光一闪：还有个风险被我们忽略了，如果选择半年期，到期后一大批亨通币解冻，想要在市场上兑现本金，你说老王会给他们兑吗？

阿火坏笑着说：肯定不会的！所以乐观点有半年时间。

老王为什么要在大德网上发行，就是想要找一个充当监管的第三方，同时扮演出金入金的角色，搞得看似公正，其实是在为跑路甩锅埋伏笔。

我的灵感如潮，继续说：老王已经控盘，可以通过币价的方式操控市场。如果没有我们这套把戏可以玩半年甚至更久，但现在有了我们，恐怕他玩不了三个月。

阿火露出杀伐果断：夜长梦多，我们没工夫陪他半年，20 天后不管什么价先出一半。

我算了算时间 20 天是绝对的安全期，把头一点：行！

72 老王

时间如水，眨眼间到了周日，老王的线下地推已经准备就绪，作为成功的微商，老王不光有钱，还有人脉，而且有一帮铁杆的追随者。

当然老王也是个成功人士，办的不光有公司，还有自吹自擂的产业园，同时还有一份大家都见过的但没有论证过的红头文件。

如此成功人士，利用微信营销颠覆传统的销售行业，一手捧起微商新行业。现在这般成功的人，都要进入虚拟货币的行当里，而且还是用冻结返利，吸新返旧的暴利玩法。

所有人都觉得这个玩法能成功，当然所有的人也都知道这个玩法玩不长。毕竟不管吹多大的牛皮，总有兑付的一天，只要自己能快进快出，就能利用老王的规则去赚后面人的钱。

自以为聪明的人很多，总幻想着自己是最聪明的一个，别人都是踏脚石，一阶一阶铺垫着让自己荣耀登顶。至于下面的踏脚石，管他们死活。

只要自己能保证赚钱，后面的人亏不亏，谁也不会去关心。至于最后整个项目该如何收场，那是该老王头疼的事情，聪明人应该拿着赚的钱会所嫩模，让那帮亏损的去下海干活。

坐在办公室里，老王左手端着高脚杯，品尝着香槟酒的甘醇，生活就应该这样，钱虽然不是万能的，但没钱是万万不能的。

一帮闻到腥味汹涌而来的家伙，自以为一个个是聪明人，但忘记这次亨通币玩法的核心是随行就市，买的人多了，币价自然高，卖的人多了，币价自然低。

大部分的筹码都在老王的手里，即使别人买了，也要托管给老王管理。每月解冻出的那点筹码，也不能影响大盘。

老王的计划很高明，通过拉人头的方式割一刀，然后再通过控盘坐庄割一刀，最后兑付资金时，币价一刀斩，再狠狠地割他们最后一刀。

只要一切顺利，三周就能组成金字塔，半年内没有兑付危机，半年后已经形成了声势，到时候……

老王嘴角浮现出浓浓的笑容，一口喝下高脚杯里的香槟，惬意地躺在老板椅上，思索着要不要到国外买个小岛，然后在岛上修个炮楼，没事的时候练练叉腰肌，有事都让秘书干。

老王越想越兴奋，人生理当如此！当能用面子换钱时，老王已经是个人物，再配合如此犀利的收割计划，不光能实现财务自由，说不定还能传承千秋。

哒哒哒！高跟鞋踩在地上，小秘书扭着纤纤的腰身站到老王的身前，故意低头露出胸前的柔白，娇滴滴地说："王总，人已经到齐，启动仪式准备妥当，就等你发言后启动。"

老王偷瞄了眼柔白，却摆出一副正襟危坐的样子，拿捏出腔调说："走！"

两个人一前一后往外走，远处的大厅里人头攒动，随着老王推门，闪光灯此起彼伏。当老王登上主讲台，笑眯眯地往四周挥手，一个深深的大坑终于揭开了盖。

73 超凡脱俗

京城国际大酒店，欧式的建筑金碧辉煌，宽敞的大厅里人头攒动，粗略估计至少有上千人，巨大的吊灯奢华中透着贵气，乳白色的冷光洒下来，映照在老王的身上，还真给他增加了三分颜值。

成功不会来得稀里糊涂，每个成功的人多少都会有些独特的人格魅力，站在主讲台上的老王，沐浴在灯光下，笑呵呵的脸，真像个演过小电影的小明星。

不知道谁先鼓了掌，然后掌声雷动，更有一些好事者发出喊叫，一些女孩子尖细的声音，很容易让人有不雅的联想。

老王伸手往下压了压，等着掌声停止，尖叫声停止后，老王伸手敲了敲麦克风，正准备说话时，一个妹子忽然跳起来，高声喊着："老王，我要给你生猴子。"

声音清凉中带着一些娃娃音，身形高挑，长发飘飘，妆容精致，正是老王喜欢的类型。老王温和地笑了笑……

老王笑得很温和，仿佛这样才有魅力，他对着麦克风轻声地说："很感谢诸位赏光，在百忙中抽出时间来参加亨通币的启动会，可能很多人都会问，亨通币是什么？"

老王扫了大家一眼，发觉所有人都瞪圆眼睛，眼底充满求知欲，老王轻蔑地一笑，朗声说："亨通币是什么不重要，你们只要记住亨通币的总量稀缺，价格低廉，一千万的总量，光华夏就有十四亿的市场，全球六十多亿人口，人均不到一个。需求大、总量少意味着什么？意味着价格因稀缺而飙升，你们抢先一步，以后会步步领先……"

很多人眨了眨眼睛，没听懂老王说的是什么，但很厉害的样子。人们总是这样，对未知敬畏，特别是感觉自己无知的时候，总是露出心领神会的笑容，其实就是在不懂装懂。

老王继续说："货币天然不是黄金，黄金天然是货币。大家谁知道黄金有什么用，能做什么？除了当装饰显富，其他的没有丝毫用处。但大家为什么对黄金趋之若鹜？就是因为黄金等同于货币，亨通币等同于黄金。"

好似打开了一扇门，所有人都恍惚后升华，黄金等同于货币，亨通币等同于黄金。

老王看火候差不多，便又继续说："各位，只要持有亨通币，人生就等于坐上快车道，等于坐进飞机的头等舱，不管去哪里都能享受VIP服务，财务自由只是第一步，接下来我将带大家实现灵魂自由，超凡脱俗。"

所有人都呆愣三秒，然后掌声如雷。

趁着这股声势，老王慢慢地把手举起来，然后狠狠地一抓，高声喊着："我宣布，亨通币项目正式启动，让我们灵魂自由，超凡脱俗！"

74 亨通狂潮

亨通币线下推广会非常成功，因为有领导奖，所以这一千多个参会者，立刻化为一千多颗种子，一面做着大领导，一面想拿到市场拓展奖。

按照每人最低 200 的资本配比，一千个人最少能发展三千个下线，这可就是四千人，再乘上 200，得出的数额是 80 万。

总量 1 000 万，流通量 450 万的盘子，一下被吸走 80 万，稀缺效应开始递增，原本还在 6 元左右晃悠的亨通币，直接冲破 50 元的大关。

再往上挂单显得有些厚重，密密麻麻非常严实。这里才是老王的出货区，下面只不过是换了点启动资金。

阿火是兴奋的，他加了所有亨通币的群，通过最底层的情况，掌握第一手的数据，继而分析出亨通币的热度。

这是一个很简单并且有效的法子，资金盘或者拉人头的盘，只要成型之后，就会有个人头爆炸期，如果每天都有新人加群，每天都有新群开，那么这个模式造血功能齐备，可以继续玩。如果群开始不加人了，或者加人少了，这就意味着没了造血功能，随时都可能崩掉，必须要快些逃离。

我也是兴奋的，币价已经涨到 50，这才是启动后的第一天，资金涌入很迅捷，换手速度也很快。

当然亨通币的盘面也有隐患，一帮人急匆匆地冲进来，生怕吃不到筹码，乌泱泱地抢筹，卖单全都被吃了，下面没挂多少托单。

卖一 66 元挂单 8 000 个，买一 39 元挂单 200 个。这样的盘面都不用人说，傻子都能看出有问题，究竟是什么造成如此地飞蛾扑火？

线下推广还在继续，亨通币接连走高，赚钱效应开始凸显，如果 2 000 元买到 200 亨通币，现在不用交给老王托管，直接卖掉就能卖 13 200 元，回报率达到惊人的 6.6 倍，这才小半天的工夫，本就难抢的亨通币，越发地一币难求。

滴滴滴！桌上的电话响起，拿起来后放在耳边，听到阿火急迫的声音："亨通币往上扫货，把 70 以下的筹码全吃掉，然后挂到 85 的位置上。"

我一面操作，一面诧异地问："现在就破位倒仓吗？"

阿火亢奋地说："老王路子野，东北的爷们来了，保守估计两万人。"

我默默心算后说："你没开玩笑吧！两万人都参加，那可是四百万的需求，亨通币的流通量才四百万。"

阿火颤声说："这东西有的人相信，有的人观察，相信的买低价货赚钱，不信的人追高后拍大腿。只有这样才能让后来者焦虑、贪婪，然后乱下重注！"

我说："老王对人心的把控堪称大师……"

阿火笑着说："三百六十行，行行出状元。老王能做到这个规模，的确是个人才，可惜走了歪路，如果不急功近利，他能书写属于自己的商业传奇。"

我没工夫跟阿火聊天，盘面已经变动，我又开了 20 倍的杠杆，把 70 以下的货扫光，一共扫了 8 万个亨通币，然后挂在 85 的位置上，才聊了两句，就被人吃完了。一转手赚了 120 多万，不真实得像做梦。

75 全民狂欢

我与阿火以均价六元扫了三十万个亨通币，一共花了一百八十多万，现在做波段赚回一百二十多万，也就是说我们的成本价被均摊到六十万，按照三十万的个数相除，我们的单币价格是两元。

没算错，真的是两元。

而现在亨通币已经冲破九十元，正在一百元左右震荡，看样子到一百元的问题真不大，那么这次真的能够以小博大。

如果我们想做零成本，只要现在出掉 6 000 个，就能不花一分钱，拥有 294 000 个亨通币，现在全出光盈利能达到 2 940 万。

数字不会骗人，加减乘除后的确能换这么多，好似离 Queen 需求的越来越近了。

阿火给了我一个群号，让我加入亨通币的官方群，看着亨通币六十八号群，看着满满堂堂的两千人，看着他们热火朝天地讨论着灵魂自由，超凡脱俗，我感觉自己的心灵受到了连续的暴击。

傻子水究竟要喝多少才能被洗成这样的白痴。财务都还没自由，买菜时习惯跟小贩斤斤计较，为了仨瓜俩枣墨迹半天，现在被老王这样一洗，把钱捧出去后直接跳过财务自由，开始追求灵魂自由，还超凡脱俗！

如果亨通币真让老王搞成了，下一步是不是要冲出地球，走向火星？饼画得太大，地球真心放不下。

在万众瞩目中，亨通币冲破 100 元的高位，然后开始往 150 元的地方发起冲击。疯狂，真的是太疯狂了。

群里上车的人纷纷开始晒单，10 元接盘的赚了 10 倍，50 元接盘的赚了 2 倍，100 元接盘的开始幻想 1 000 元，总而言之，只要是上了车都开始秀优越。

没上车的开始拍大腿，为什么自己犹豫了？为什么要观望？为什么没相信老王，为什么没直接下重注呢？

一种莫名的情绪开始在群内升腾，听说有人透支了信用卡，听说有人挪用了养老金，听说有人把结婚的彩礼钱都拿出来了，还有人开始卖房，开始卖车，打算重注亨通币，登上人生财富最后一班头等舱。

老王很聪明，对人性了如指掌。先铺垫出亨通币等同于黄金的概念，又搞出了五等三十级的玩法，再让一部分人先富起来。没富起来的终于开始眼红，甚至有的人开始走极端，不计成本，倾家荡产抢筹。只要心理暗示足够多，就能让亨通币跟比特币画上等号，现在比特币已经快四千了，亨通币价格高吗？在大家的心目中，至少还有三十倍的涨幅。

而且还有人算了一笔账，比特币的总量是两千一百万，亨通币的总量才一千万，按照总量计算，如果亨通币与比特币等值，那么亨通币的价值应该是八千！

哪怕现在涨到了一百多，但还能看到六十多倍的涨幅。

如此乐观的情绪在亨通币群内传播，越来越多的人开始眼红，开始心黑，开始想方设法上车。

原本亨通币下面并不厚实的挂单，逐渐厚实起来，盘面稍稍好看一些，线下地推连续发力，本就狂热的群，变得更加狂热，所有的人都觉得亨通币会超越比特币……

76 出货

一段代码，一张饼，凭空就能做出上百亿的市值，这个社会太疯狂，我知道不能留在这里。我的人生很卑微，但从小我就知道，要做金钱的主人，不做金钱的奴隶。

华东区入伙了，华南区入伙了……

望着越来越多的亨通币群，看着群内的人心越来越黑，望着盘面上越来越厚实的挂单，我拿起电话，按动了阿火的号码："该走了！"

阿火诧异地说："不是说好20天吗？"

我低声说："时间预期是20天，但你的价值预期是100，现在已经120，亨通币的市值12亿，你觉得这个荒唐的把戏还能糊弄多久，到顶后可就没法再升了。"

阿火没说话，我能猜到他内心的挣扎，便又继续说："不赚最后一个铜板的道理你懂我也懂，不能因为现在看到市场大火，就放弃制定的策略。"

阿火还是没说话，毕竟资金体量太大，有一步登天的机会，为什么不再等等呢？

我抛出了撒手锏："阿火，现在三十万亨通币价值三千六百万，再往下会怎样我们都不知道，不如我们先画一条红线，出一半，拿出一千八百万，剩下的让它们飞。"

我负责踩刹车，必须要保住最大的果子，不管阿火的心有多贪，我都要做预期执行，如果阿火非要坚持，我也会出掉自己的一半。如果阿火能发大财自然祝福他，如果阿火不能发，我可以从一千八百万里拿出九百万给他，帮他锁住利润。

我的性格阿火知道，他也没再坚持什么，毕竟加上杠杆才投了一百八十万，赚到一千八百万，手里筹码还值一千八百万，大资金有二十倍的利润，已经非常高了，再贪有些过分。

阿火低声说："出货，出一半，千万别砸盘。"

阿火话里的意思我懂，毕竟这是老王的盘子，如果老王发现我们赚了这么多，他肯定会跟风砸盘。

"明白！"我挂上电话，然后开始出货。

金额听起来很大，币数却不是很多。十五万的亨通币，按照 200 个一份，也才 750 份，况且在狂热的气氛下，大家不止买 200 个。

望着账户里的钱越来越多，我感觉浑身上下麻酥酥的。鼻头一股血腥弥漫，不由得擦了擦鼻子，又有些上火。

随着亨通币拉涨，赚钱效应开始彰显，大德网的玩家越来越多。形成了赚钱效应后，不光亨通币领涨，其他的币也出现了不同程度的上涨。

我觉得大势已经起来，可以坐一坐顺风车，鼠标划过一个个的币种，最终停在狗狗币上面，这么廉价的币种因量大还没来得及涨，随着玩家增多肯定会补涨，也许可以做短线。

我又拿起手机，打给阿火说："已经出货了，大盘开始普涨，狗币没涨，要不要埋伏？"

阿火低声说："别着急，这里面有很大的空间，操作好了至少赚两倍。"

阿火终于理性，没再喊出五倍十倍百倍的口号，我悬着的心终于放回肚子里了。

77 增发

这个世界上最舒服的事情是什么？抽雪茄，喝红酒。

钱真是个好东西，明明自己胖得像猪，对方是冷艳高傲的白天鹅，现在却因为财富不得不卑躬屈膝，想方设法地取悦自己。

这是一种从肉体舒爽到精神上的享受，特别是账户里的余额越来越多，老王感觉已经拥有了全世界。

娇滴滴的小秘书，扭着水蛇般的腰身，蠕动到老王身边，轻声说：“王总，四百多万个亨通币快卖完了，接下来怎么办？”

老王笑着说：“把那五百多万拿出来，接着对外卖。”

小秘书微微一愣：“王总，这些不是冻结的吗？”

老王说：“是冻结的，但现在我想拿出来，先高价卖掉，然后低价接回来。”

小秘书张了张嘴，总觉得哪里不对，但又说不出，沉吟半晌后说：“万一都卖完了，价格不落怎么办？”

老王一副智珠在握的样子，笑着说：“卖完价格不落是好事，我们接着弄币，再拿出一千万接着砸，如果一千万砸不掉，那就用两千万，反正服务端在我们手里，想弄多少弄多少，砸下去后再把这些币收回来……”

小秘书震惊了，呆呆地说：“不是总量恒定，不超发吗？”

老王不屑地说：“那是糊弄小孩子的，程序是死的，人是活的，常规手段搞不定，我们可以用非常规的法子。再说这些币分散在几万人手里，只要一个人没买够一千万，谁也不知道我们超发，哪怕真被人查出来，我们也可以把锅甩给黑客。”

老王脸上浮出狰狞，一字一顿地说：“只要把价格砸下来，逼着他们割肉，我们低价买回来，自然神不知鬼不觉！”

这才是老王的终极计划，为什么委托第三方，拿出千分之二的手续费让第三方监管，老王做好了甩锅的计划。通过市场操控价格，通过等级人头分销，也许最终十元八元买进的能赚点钱，高价接盘的全都要割肉，在老王的心目中，超过三十的都是高价。

利用不恒定的筹码，让早期的一小撮人获利，继而造成后面大部分人的贪婪，然后通过操控币价让他们全都亏钱。老王一直承诺偿还亨通币，可从未保证过亨通币的价格。

收两百亨通币还两百二亨通币，按月支付利息也是亨通币，至于最终亨通币值多少钱，那是市场行为，哪怕就值一分钱，也与老王无关。

四百五十万亨通币卖完了！没关系，老王又往大德网充了五百多万，没过多久又卖完了，老王让人先增发两千万……

如此反复出货，币价终于企稳横盘，140 元的高度，绝对创造了山寨币的历史，不知道会不会后无来者，至少前无古人。

老王的财富达到了顶峰，不管已经提现的，还是交易账户上的，每一笔都是天文数字。

78 套路老王

经过这段时间的浮沉，阿火已经有了城府，只是性格容易冲动，热血冲顶时会给城府与智商打折扣。

因为吃过马夫罗的亏，所以阿火从未把老王当朋友。跟老王聊，一半的原因是想赚钱，另一半的原因是想给老王个教训，最好能把骗子送进监狱。

阿火止贪，重新恢复睿智，开始执行教训老王的计划。阿火觉得从骗子手里收割不义之财，是件很神圣、很酷的事情。

阿火拨打老王的电话，通后轻声说："王老哥，最近可真是牛气冲天，亨通币领涨大德网，把已经转熊的币圈又给带火了！"

老王笑着说："火弟真是太抬举我，老朽只是运气好些，稍稍动了动，没法跟你们这些大庄比。"

阿火切入正题说："冒昧联系老哥，是有个发财的门路，不知道老哥有没有兴趣？"

老王："感谢火弟的热情，能赚钱的机会谁都不会嫌多。"

阿火说："几个大庄家打算联手坐庄，把一个市值低、影响力大、用户群多的币做起来。”

老王双眼微眯，用鼠标翻看大德网页面，然后低声说：“火老弟，这次莫非要做狗狗币？”

阿火故作诧异地说：“王老哥是怎么知道的？”

在阿火跟老王聊天时，他的手指一直放在鼠标上，听到老王说出狗狗币后，立刻点击了信息发送。

在阿火电脑的桌面上，一直都开着与我的聊天对话框，里面写有一行字：建仓狗狗币。在阿火的剧本里，有A与B两个计划，A计划向老王介绍狗狗币，B计划引导老王说出狗狗币，不管A还是B，只要计划奏效，接下来就是执行。

老王笑得非常快慰，一副智珠在握的样子：“纵观整个大德网，符合这几个条件的币只有狗狗币，没想到我随口一猜，居然一语中的！”

老王换了个舒服的躺姿，对着电话说：“不知道火弟打算怎么做？”

阿火笑着说：“王老哥，明人不说暗话，我们这次打算在大德网拉涨狗狗币，目标十倍，然后在其他的平台出货……”

老王呆了呆，眼珠一转说：“火弟可真高明，先低价买了狗狗币，然后转到各平台，紧接着在大德网拉涨，吸引大家搬砖，利用搬砖到账的时间差，在各平台完成出货。”

老王说到最后眼睛已经亮起来了，心动十分，他对着电话说：“火弟，你是想让老哥出钱？”

阿火说：“哪敢拿王老哥的钱，是给你送钱。拉涨需要利好，现在亨通币风头正劲，我跟小伙伴们希望王哥能出个公告，我们愿意奉上八十八万八千八百八十八的大红包。”

“这怎么好意思！”老王揉着肥肥的脸，一不小心活成人物，开始能靠面子赚钱。

阿火依然恭敬地套路：“都是小弟们的一片心意，还请王老哥笑纳……”

79 贪婪的老王

挂上电话，老王的手机叮的一声，八十八万八千八百八十八的红包已经出现在老王的账户上。

伸手揉了揉油腻的下巴，老王吩咐秘书："帮我草拟一份公告，亨通币要战略持有三百亿狗狗币，作为全球拓展计划的一环，然后发出去……"

说到最后老王微微一呆，又对秘书吩咐："等等，公告写出来后不要发，我需要安静。"小秘书轻手轻脚地离开了办公室。

老王托着下巴看着狗狗币 K 线，已经开涨了！而且逐渐放量，这是不是一次杀庄的机会？

这个世界上没有永恒的朋友，只有永恒的利益。财富只有装进自己的口袋，那才是可爱的，否则都是肮脏的。

拿出手机看着上面八十八万八千八百八十八的数额，老王的嘴角浮现出浓烈的笑容，别人可以做初一，自己为什么不能做十五？既然要给他们拉涨十倍，那自己五倍就可以下车，现在开始吸货然后卖给这帮傻小子，毕竟利好什么时候推出自己胸中有数。

老王嘴角绽放出笑容，拿起电话对着秘书吩咐说："建仓狗狗币。"

知人者智，知己者明。一个活在红尘中的人，很难做到知人又知己。

阿火对老王还是了解的，贪婪自私的中年男人，绝对的唯利是图，砸出了真金白银，又放出确切的消息，同时盘面上还有对应的操作，多管齐下给老王理论上与幻想层面的支持，贪嘴的鱼儿铁定会上钩。

阿火就好像个高明的渔夫，抛出一个足够诱惑的鱼饵，然后开始耐心等待，鱼儿究竟有没有吃钩，鱼儿又会张多大的口，K线会给出足够精准的回馈。

我虽然已经足够小心地吸货，竭力避免出现暴力拉升，但这个事情真不是我能控制的。随着两百万资金变成狗狗币，一直死气沉沉的狗狗币缓缓往上升。

炒币已经进入科技时代，一些玩家开始使用机器人，甚至有些玩家成立工作室，摆上一排电脑，一帮人三班倒二十四小时用机器人加人工盯盘，对资金量进行监控，哪个币是在刷量对敲，哪个币是真有资金流入，大家都非常清楚。

越来越多的人开始坐顺风车，熊市里死气沉沉的狗狗币缓缓升起……

80 疯涨的狗狗币

老王看着开始疯涨的狗狗币，心中的贪婪有些无法抑制，这可是抓住就能翻几倍的好机会，老王现在掌握着上亿的现金。

大资金投入开始求稳，君不见每年百分之二、百分之五的回报，都让一些大资金趋之若鹜，毕竟量级放大后获利数字也开始放大。

如果是一块变三块，对老王来说还真没多少吸引力，但一亿变三亿，那可就充满了致命诱惑。

阿火的实力老王了解，加上阿火那帮朋友，至少能翘动三五个亿，再加上影响力，分分钟能把狗狗币拉涨十倍。

而且阿火还给了个八十八万八千八百八十八的大红包，由此可证明联手坐庄狗币的事情是真的，况且老王还掌握着战略级的大利好，思维一旦进入惯性后，人只会看到自己幻想的东西，而忽略一直都存在的风险。

老王入局了，直接在大德网上吸筹，同时把钱存到其他的网站上，大口鲸吞，暴力狂吃，生怕晚了抢不到筹码。

本还微涨的狗狗币开始狂涨，好似疯狗般在熊市的大盘里一骑绝尘。原本就已经入场的人们，开始加大投资力度，还没来得及上车的，心底不忿作祟，总要追上一追。

就这样多方巧合，狗狗币进入疯狗模式，币价如火箭般，震惊到所有的人。牛市拉十倍非常简单，熊市冲两倍千难万险，此刻狗狗币不但冲破了两倍，而且站稳了两倍。

狗狗币成了最耀眼的明星后，形成了虹吸效应，左边是狗狗币一枝独秀，右边是其他开始跌的币，被套的人开始不计成本地割肉，然后把钱拿出来追涨狗狗币，都幻想着狗币暴涨，帮他们回本回血。

我觉察到事情开始往不可控的方向发展，狗狗币不该这么热，就连一直攀升的亨通币，都开始从 140 跌到 130。

我连忙给阿火发信息：事有些不太对，亨通币开始跌了。

阿火回道：老王入局了，他知道亨通币从 140 涨到 1 400 很难，狗狗币从 0.008 涨到 0.08 却很容易，所以他出货换钱吃狗币。

看着阿火发来套路老王的计划，我揉着太阳穴，思考三分钟后说：亨通币我们清盘，然后在狗狗币上做文章。

阿火听出我的弦外之音，回道：有什么计划吗？

我手指飞快地打字：新手死于追涨，虽然老王很强大，但终究是个新手，我觉得他会在公告发布后出货，如果没能把币价砸下去，反而继续高涨，你说他会不会追涨？

阿火绝对是聪明的：我们套路老王一次，让老王入局。然后老王再套路我们，他赚了大钱，最后我们套路老王，让他追涨。然后……就没有然后了……

我揉了揉鼻头，有些担忧地说：计划有些冒险，万一老王不追涨，最后接盘的是我们，所以你要考虑到被套的风险。

阿火的脑洞永远与众不同：被套又如何，我们一直没有自己坐庄控盘的项目，如果这次被套了，以后狗狗币的盘我们做。

阿火就是阿火，反射弧必须要佩服。

81 一砸一拉

计划已经制定，为了确保成功，我必须要往里面加料，既然老王开始入场，那就应该给他一些刺激。

人类在情绪失控的时候，很容易做出让自己后悔的事情，我现在要做的就是刺激老王，让他做出不理智的选择。

亨通币是我一直不看好的，总觉得这是个吃人不吐骨头的大坑。现在 130 的价格已经超出了我的心理预期，还留着做什么？

从小我就懂一句话，不贪不贫，华夏汉字博大精深，贪多一点就会贫，所以我一直都很淡然，赚自己该赚的钱。

我把所有的钱都集中起来，一点点帮着狗币破位，当狗狗币的价格达到 0.018 的时候，我一口吃到 0.021 并且筑起了一道防跌坝。

阿火也配合我，开始催促老王。自以为掌控一切的老王，手里的筹码吃了不少，觉得火候差不多了，便让秘书贴出公告。

一直等公告的阿火，看到公告贴出来后，立刻给我信息：拉，把狗币拉到 0.03。

我回道：钱不多了，想破位只能砸亨通币拉狗币。

阿火想都没想直接秒回：行！

有些事情必须要说清楚，甚至还要反复确认强调，达成一致后立刻执行，不会因为时间而产生新问题，继而发生未知的变数。

砸盘开始了，我把亨通币全出了，一下从 130 砸到 99，出货的均价在 123 元，这是我非常满意的价格。

出货变现等于又有了子弹，我直接把狗狗币拉上 0.03 的价位。

远在京城的老王面色一变再变，事情的发展出乎预料，没想到有人会砸盘亨通币，这不是从自己的盘子里抢肉吗？

虽然狗狗币有了点盈利，但感觉被人打了脸。按照老王的计划，应该是出公告后，狗狗币暴涨，亨通币大涨，结果却没有按照计划走。

愤怒在心中积郁，老王选择出货砸盘。既然他们做初一，自己也能做十五，出货狗狗币。

砸盘开始了，已经成势的狗狗币居然顶住老王的砸盘，价格横在 0.028 ~ 0.03 之间，然后就这样不紧不慢地过了三天，价格不但没降反而企稳。

如果再往上冲，操作不好很容易会接最后一棒，我没敢拉也没跟着砸，下一步的操作还需要阿火配合。如果这是一场舞台剧，到了这个时候，该演第二幕。

阿火拨通老王的电话，这次没有寒暄，而是直入正题说："王老哥，大家伙打算开个区块链峰会，知道我跟你的关系好，所以让我来邀请你。"

老王诧异地问："区块链峰会是什么意思？"

阿火笑着说："跟你的亨通币玩法差不多，线下集会，大家一起推广，所以希望王老哥能出来站站台……"

老王微微一愣，而后脑补出亨通币的玩法复制在狗狗币上，那价格岂不是要冲破天际。老王脱口而出："火弟真大气，这次恐怕不止十倍的涨幅吧？"

阿火笑着说："既然有机会，大家伙都想试试一百倍，甚至破一块，破一美元！"

老王的眉头皱起，他这才想起来，狗狗币百倍才八毛，廉价得真心过分。

82 老王对手盘

通知老王后，阿火把狗狗币计划召开线下大会的消息放了出来，当然反复强调这只是计划，内容却翔实到举办地点，邀请名单，其中确认出席的有阿火，以及风头正劲的老王。

千万别小瞧消息在放大过程中的脑补，明明阿火只提出了个计划，结果被传闻成了为联合坐庄专门成立公司，而且还有出资人的股份配比，甚至后续分红的细则，半分干货九分半的猜想，真真假假里把捕风捉影的计划变成真实存在的大会。

已经企稳的狗狗币再一次拉涨，即使三分的价值，总市值也才三十亿，在虚拟货币的排行榜里，真是个非常小的盘子，几乎所有人都看到了狗狗币的潜力。

愤怒是一种很奇怪的东西，特别是感觉被别人占了便宜后，总会想方设法地把亏损找回来。

老王的心底也有算盘，虽然做狗狗币赚了点，但这些都是自己站台后该拿的报酬。阿火他们砸亨通币套现，就等于从自己盘子里抢肉。

既然他们可以砸亨通币，那么自己自然还可以坐狗狗币的顺风车，况且亨通币早晚都是要砸的，与其让别人砸，不如自己来砸。

思维通透后，老王开始狂砸亨通币，九十九的亨通币被砸到六十五，大笔的现金被套了出来，然后涌进狗狗币。

老王没炒过币，不知道应该如何操作，总觉得自己在跟时间赛跑，爆拉狂吃，狗狗币涨了，从 0.03 涨到了 0.05 并且往 0.06 的方向冲去。

老王凭借自己的子弹，愣是打出了熊市里的逆袭。所有的人都被影响而变得乐观，甚至还有些人喊出“熊市结束，牛市到来”的口号。

不管别人如何疯狂，我跟阿火是清醒的，牛皮总有吹破的一天，他们可以疯，我们绝对要冷静。

电话拨了出去，我低声说：“亨通币砸了，狗狗币涨了，老王上车，我们要不要出货？”

阿火的呼吸有些急促，一切都在按照计划发展。新手死于追涨，老王虽然在其他方面很成功，但在炒币上果然是个新手。

阿火犹豫地说：“要不要等一等？”

我低声说：“不管兵法也好，计谋也罢，只要是假的，早晚都有被戳穿的一天，那时狗狗币会是什么价？你想传给老王，还是自己接盘？”

阿火沉默了，我觉得这样说得还不够清晰，便又低声说：“不管手里有多少筹码，最终都是要变成钱的，现在老王愿意高价收，为什么不高价卖？”

阿火终于下定了决心，低声地说：“出货，现在就出货。”

我开始出货，既然池子里有老王这条大鱼，那么我自然要跟他掰掰腕子，一下砸到 0.048，不怂的老王立刻拉到 0.051。

再次砸到 0.048，然后我在 0.052 上挂了个十亿的大压单，摆出一副要做波段，打压狗狗币价的样子。

83 老王接盘

老王自然不会让人挡住财路，已经确认狗狗币会拉百倍，涨到八毛，看到 0.052 的大笔压单，总有种给他送钱的感觉，一口直接吃上去，百分之一的总量瞬间完成换手。

我跟老王隔空交手，我全力出货，他卖力吃货，一开始还是为赚钱，接着接着开始犹豫，随着狗狗币越来越多，手里的资金越来越少，老王终于觉察到不对，但又不得不接。

接货都有均价，或者叫成本价，按照总投资的钱数，除以总持有币数，能得到一个均价。

老王入场的时间非常尴尬，恰好是追高的节点。经过不停地换手，老王尴尬地发现，如果不接就会被套，止损这件事老王还真没想过。

老王对狗狗币线下聚会深信不疑，从未想过这会是个套路。没炒过币的老王，在还有钱的情况下，肯定会托住币价，至于往下砸一砸拉低均价的念头，老王压根就没有。

在老王的思维里，池子里有两头大鱼，一头是自己，一头是阿火等人，如果自己往下砸，等于是割肉，把低价的筹码交给阿火，损己利人的事情，老王是不会做的。

随着亨通币被砸盘，高位接货，参加老王项目的人们开始不淡定。华夏国人一直都有买涨不买跌的习惯，只要账面上赚钱，哪怕没到手，那也是幸福。

现在很多人都100以上买的亨通币，一下打了对折，账面亏损达到百分之五十，即使加上老王百分之二十的利息，还亏百分之三十，如此大的资金，不管放在谁的身上，都会非常不爽。一股焦躁不安的情绪在亨通币群内浮荡。

亨通币的玩法说穿了就是把真金白银对接在忽涨忽跌的亨通币上，失去价值锚定，每个人都可能收割财富，每个人也可能被收割。

亨通币就是皇帝的新衣，当大家都狂热幻想财富的时候，自然没有人感觉不对。哪怕心底有一丝丝怀疑，也会被账面飞涨的财富冲淡。

现在账面上已经没有财富了，并且出现了巨额的亏损，所有人都开始不安、浮躁，甚至有些人喊出退投资款的口号。

第一块多米诺即将被推到的时候，如果不立刻阻止，必然会出现大规模的崩坍。因为老王已经对亨通币实现控盘，所以只要有钱把亨通币拉起来，那么大规模崩塌就不会出现。

道理很简单，做起来却很难，老王的手里没有现金，只有满仓的狗狗币。现在砸盘就是割肉，肉老王不会割的。

急躁的老王开始拨打阿火的电话，想要问清楚大会召开的时间。老王小算盘打得非常精巧，只要知道开会时间，必然能拉一波，到时亨通币配合出个公告，也能找到替死鬼接盘。

线下推广大会压根不存在，阿火自然给不出确切时间，只能先敷衍，大概时间是半年后。

远水解不了近渴，老王知道留给自己的时间不多，如果弄不来钱，亨通币盘子崩塌怎么办？怎么办……

84 算力为王

我的狗狗币清零了，老王在市场上全吃了。除非还有大牛市，否则老王注定接盘。亨通币因为腰斩，此刻像被点燃的火药桶，随时都有可能爆炸。我看着账户里的余额，用力眨了眨眼睛，没错，没看错，一个七后面七个零。

浑身上下麻酥酥的，不真实，如梦似幻。

我一面把截图发给阿火，一面拨打阿火的电话，接通后第一句话就是："我们财富自由了？"

阿火低声地说："应该是自由了。"

我低声说："打你卡上？"

阿火颤声地说："打过来，我要买房，我要买车……"

有别于阿火的激动，我的心里别样的平静，低声说："别魔障了！不作不会死，横财可以改变生活，但也别放纵。"

阿火坏笑着说："都有钱了，都财务自由了，你说不放纵一下，还能做什么？”

阿火说完好似想到了什么，又问我：“你打算做什么？”

我顺手刷新了一下桌面，随口说：“这笔钱我会做投资，投给科技大牛……”

阿火难以置信地说：“你居然会做投资，而且还是投向产出不成正比的科技类！”阿火用恨铁不成钢的语气说：“少年，你这个想法很危险，炒币才是王道。”

我并不想在这个问题上深究，手指在键盘上输入提现密码，然后对着阿火说：“三千五百万已经转账，收到后告诉我。”

阿火坏笑着说：“知道了，现在我要去享受生活。”

挂上电话，我一个人枯坐在书房里，周围非常安静，只能听到石英钟咔嚓咔嚓。

我并没有因为有钱而喜悦，仿佛这一笔巨额的财富并不属于我。打开净土的页面，眨眼间过了这么多天，不知道 Queen 升级好没。

刚刷出桌面，我就看到双马尾双眼紧闭，鼻子上有个大大的鼻涕泡，脑袋上有 99.99 的进度条。黑客就是黑客，升级还做得这么卡哇伊。

不知道要多久才能完成升级，我准备离开净土的时候，电脑音箱忽然叮的一声，99.99 的进度条变成了 100。

那个酣睡的双马尾，忽然间睁开眼睛，又元气满满地追逐蝴蝶。鼠标停留在她的脑袋上，还没来得及点问我，对话窗主动弹了出来。

Queen：升级的钱有吗？

这是个很伤感情很伤钱，但又无法回避的话题，仿佛冥冥中早就有了定数，账户里的钱还没捂热又要飞了。

我回道：准备好了，三千五百万元人民币。

Queen：全部买成比特币，然后转入我的地址，我要升级算力。

Queen 说得理所当然，我也没觉得有什么不对，把钱买成比特币，然后提到 Queen 的钱包地址里。

做好这一切后，我忽然问：是不是升了级，就不用怕 GOD 组织了？

Queen 回道：虚拟的世界，算力为王。而算力是由硬件与软件算法构成的，升级之后，只能说现阶段有自保之力。

我干干地眨了眨眼睛，三千五百万才买个自保，以后烧钱的路还很长，很长。

85 亲昵

钱来了，钱又走了。除了知晓 Queen 能强大一些，我的安全系数高一些，我的人生没有其他丝毫的改变。

蔫坏的阿火还在亨通币群里下了场红包雨，每个红包的口令都是老王还钱，这下成了压死骆驼的最后一根稻草。本就在爆发边缘的人们终于全都爆发了。

有的人威胁客服，有的人在群里谩骂，还有的指名道姓要老王退钱，还有的开始相互联系，打算去老王公司维权。

曾经被任意欺凌的韭菜们，忽然间如钢似铁，一个个站在老王对面，等着全额带息的退款。

老王这时候才知道怕，但老王没有绝望，对狗狗币的未来还抱有幻想。电话拨打给阿火，听到阿火正在会所消遣，老王这时终于明白中计了。割了别人半辈子的韭菜，没想到自己会成为韭菜。

悲凉的老王在电话里对着阿火发狠："三十年河东，三十年河西，我现在就去自由民主的大条星国。事情不算完，早晚收拾你。"

阿火的脑回路与众不同，直接回道："爷不是被吓大的。"

结束通话后，阿火还把这个事当成笑话，说给我听。

我看着手机里的短信，眼睛干干地眨了眨，老王要跑路去条星国，我揉了揉鼻子，貌似除了这条路，他没有更好的选择。

打开网站，看着狗狗币的 K 线，居然一直是横着的，没有断崖式的下跌，也没有报复性的增长，好神奇，打算跑路的老王，居然就这样死扛着？

等等！事情不对！我的脑洞一直都清丽脱俗，总能从不同的角度，看到别人没看到的问题。

老王都要跑路了，为什么不砸盘变现？因为人出去了，钱转不走？所以老王会带着狗狗币一起去国外。那么现在老王应该是要提现！！！难道就这样眼睁睁地看着坏人带巨款到条星国逍遥法外？

不管怎么想，都觉得不对，不能让坏人喝酒吃肉，让好人损失财富，我必须要做点什么。

我输入了网址 108KO.com，然后点开了问我。

Queen：什么事情？

不知道是心理作用，还是什么原因，我总觉得收钱后的 Queen，比以前温和了许多。如果以前 Queen 是个高高在上、有些冷傲的大黑客，现在的 Queen 温婉得好像邻家的小姐姐。

我没话找话地输入：没其他的大事，就是问你升级了没有？

Queen：已经完成算力部署，正在磨合协调算力。

我揉了揉鼻子：那就好，那就好！

感觉到鼻头有些腥涩，我拉了一张纸巾，塞进鼻孔里，然后打字：能不能帮我办件小事。

Queen：？

望着屏幕上的问号，我伸手抓了抓脑袋，黑色的符号冷冰冰的，简洁而没有情绪，让我无法窥测 Queen 内心的想法，继而无法做出正确的应对。

既然话已经说到这里，总要继续聊下去。于是我继续打字：能不能请你入侵大德网？

Queen：为什么要入侵大德网？

望着这一行反问，我长出了一口气。Queen终于正常，开始懂得反问。我原本悬着的心，终于慢慢沉下来，打字说：因为有个骗子，骗了很多人钱，他的钱在大德网。

Queen：和你有关系吗？

我抓了抓脑袋回道：应该有吧！为你添置算力的钱，都是从他身上赚的。

Queen：……

神奇！真的是太神奇了！我第一次看到Queen无话可说！等等！我发现Queen跟以前不同的地方，他会单独发标点符号了！

千万别小瞧了这个小细节，我们跟熟悉的人喜欢露出一些小细节，比如会给熟人起绰号，或者在聊天的时候，通过：）这种方式来比笑脸。

换言之，我们会跟熟悉的人热络，继而通过特殊的方式表现亲昵。我们不会向陌生人发符号，更不会表现出热络亲昵。

现在Queen给我发符号了，这就意味着我跟Queen是自己人，那么我提的要求Queen应该不会拒绝。

沉默了大概三十秒，我没打字，Queen也没有输入，我感觉自己的呼吸有些粗重，心跳有点加快，如果Queen拒绝我怎么办？如果我们刚刚有些亲昵的关系，因为这点事又疏远了怎么办？

好吧！我在患得患失中有些胡思乱想，也许我的责任心太强，肩膀太稚嫩，扛不起我想扛起的责任。

86 天网恢恢

就在我胸腔内热血转冷，又逐渐变热，甚至升出实名举报老王念头的时候。桌面上忽然弹出个窗口，一行文字闪出来：伸出你的大拇指。

显示器的正中间，忽然多了团橘红色的光点，显示器的最上面闪出一行白色的文字：按在上面。

我拉出鼻头里的纸巾，嘴角浮现出一丝笑容，习惯地吐槽说：“这样就能伸张正义、惩罚坏人吗？”

Queen：并不能，但会显得更酷。

我把手指按在屏幕上，依然没有看到暗掉的地方，弹出的写字板里有两个选项：是被动防御，还是主动出击？

随着我的手指按在屏幕上，色彩怪异的显示器逐渐又恢复正常，一团绿色的进度条开始闪烁，增加算力之后，Queen 的速度迅捷了许多，如果以前 Queen 只是一辆 0.8 排量的微型小车，现在已经成了 1.0 排量的小汽车。

用了十一秒进度条就走到头了，然后一个表格文件出现在了桌面上。

难道入侵大德网就这么简单？我抓了抓脑袋，然后打开文件夹，用力地眨了眨眼睛，忽然发现这不是大德网的后台文件，而是老王操控市场的罪证。当然也少不了非法吸收个人存款，以及肆意挥霍的记录。

我手颤抖着打字问：这些从哪里弄到的？

Queen：老王的电脑里，而且我已经把这份资料，发送给了所有的亨通币用户。

我嘴巴大张着，根本合不住。Queen 太给力了，真是不出手则已，一出手就往死里整，老王这次注定在劫难逃。

望着这些资料，我忍不住好奇地问：你为什么不入侵大德网？

Queen 理所当然地反问：我为什么要入侵大德？

我有些着急地说：入侵大德网后，可以冻结老王的资产，最大限度地让受害人避免损失。

Queen：你把这些资料发给警察，他们会冻结老王的账户吗？

Queen 的反问让我猛地一呆，仔细想想真有道理，我把资料发给警察，他们肯定会冻结老王的账户。

明明很简单的事情，Queen 为什么偏偏要搞得这么复杂？只要 Queen 愿意，肯定有法子冻结老王的账户，Queen 为什么没这样做？

我隐约中好似猜到了什么，Queen 跟我一样都推崇以暴制暴，面对坏人各种入侵，各种数据转移，在 Queen 的眼中坏人没有隐私，更没有人权。

我让 Queen 入侵大德网，Queen 却没有执行，因为在整件事情中，大德网是没有过错的第三方，如果非要扯上过错，顶多是审查不严。所以 Queen 没有入侵大德网，而是入侵了老王的电脑，取得了第一手的铁证。

Queen 虽然是超级黑客，可以随意地入侵，但 Queen 不会入侵无辜者，这应该就是 Queen 的底线。

原本还模糊的 Queen，在我的脑海里越发具象，看了眼时间，我心中一惊，还要跟时间赛跑，没工夫发散思维。恶人必须有恶报！

正在候机大厅里的老王，手里拿着飞往条星国的机票，思索着要不要再发个朋友圈，忽然想起来狗狗币提现到钱包了吗？

老王进入大德网，刚刷新后台便看到：对不起，大额提现需要审核 48 小时。

老王面色一变，嘀咕：“怎么审核这么久？”

这时两个穿着警服、戴着大檐帽的干警，一左一右站在老王身边，左边地轻声说：“这位同志，有个经济案件需要你协助调查……”

老王的面色又一变，直接软倒在地上。

87 横生波澜

整治老王，给 Queen 购买算力后，我感觉自己佛性许多，前几天总流血的鼻子，这几天居然没流过。

曾经听人说过，每个人的人生就好像风筝，飞高了必须往下拉一拉，这样才能飞得更稳，飞得更高。

我原本有些狂躁的心，慢慢平静了下来，没了浮躁，灵感又如潮水般涌来，我喝着花茶，写着小说，乱掉的生活又一点点走上正道。

人生不是你想平静就能风平浪静。在千里之外的奥尔蓝，派举着一个透明的玻璃杯，小口喝着红茶，双眼无焦距地四处乱瞄，看到桌腿的阴影时，他微微一愣，忽然间想到了什么，原本舒缓的脸颊慢慢变得僵硬。

能成为超级黑客的人，都是智商超绝的人，不管是逻辑推理能力，还是逆向思维能力都超过普通人。

派在喝红茶时看到桌腿的阴影，忽然间想到了自己思维上的盲区，想抓住奥米伽不光可以通过 Queen，还可以通过奥米伽的比特币转账!!!

第一次 Queen 出现是因为什么？因为自己在追查奥米伽的比特币转账!!!

思路越来越清晰，派的眼睛一点点发亮，方向搞错了，追查 Queen 非常难，但追查奥米伽的转账非常容易。

派的脸上浮出浓浓笑容，坐在桌前吹了声口哨，既然找到方向，接下来的事情就好办许多。

打开浏览器，派对着麦克风吩咐：KING，追查奥米伽比特币账户内的地址转账。

KING 虽然升级到了 2.0，但代号没有变，智能化程序提高之后，运算能力也得以加强，随着派的吩咐，一根蓝色的进度条开始往前走，同时弹出几个窗口。

入侵交易所服务器非常简单，第一笔转账不光牵扯到跨国，还牵扯到跨链，就算是 KING 查询起来也费了一番工夫，当进度条走到百分之百，本该存在的记录居然被洗掉了！

一笔存入交易平台的比特币，没有转出记录，也没有交易记录，账户中却看不到余额。确实存在的转账，为什么会凭空消失呢？

有趣！有趣！一直观察显示屏的派，自然觉察到这里面的不对，奥米伽为什么要洗掉这条记录？作为敌对的双方，奥米伽越要隐藏的，就是自己越要追查的。

派很兴奋，仿佛找到了奥米伽的破绽，抓了抓头发后，他对着麦克风吩咐：KING，恢复洗掉的交易与转账记录。

硬盘上存储的记录，即使被删除，也有一定的概率被恢复，KING 开始恢复，但进度条走到百分之百后又陷入停滞。

有点意思！派的脸上闪着神光，好似发现老鼠的猫，嘴角浮现出浓浓残忍，他按动键盘上的特殊按键，发现奥米伽的指令出现在了所有 GOD 成员的眼前。

Telegram 群里派兴高采烈地说：奥米伽洗掉了交易所里的转账记录，这里面有问题，绝对有问题。

贝塔：那还等什么，行动吧！让我们揪出奥米伽。

这个星球上最强大的黑客组织，全都冲向那个交易所，哪怕已经被洗掉的记录，他们也能重新恢复。

88 蜜罐

计算机在有些人眼中非常神奇，甚至是非常高端的东西，没接受过专业技能培训的人，根本无法进行深度的操作。

但在一些人的眼中，计算机不过是一堆 0 与 1 的数字组合，他们能够熟练地使用高深的计算机语言，只要他们愿意，他们还能在计算机上创造出无数的可能。

用一句非常到位的话来说，那就是：难者不会，会者不难。

这个世界最顶尖的二十三个黑客，全都涌进比特币交易所里，不断翻找奥米伽入金与提现的数据，结果依然是一无所获，大家用了种种方法测试，试图找出奥米伽删除数据的手法。

经过一番侦测后，阿尔法感慨说：“奥米伽的技术绝对升华了，至少已经超过了我。”

贝塔也有些低落地说：“删除应该有记录，为什么没有记录？前面的一条没有，后面的一条也没有，究竟是哪里出了问题？”

西格玛：“我不相信会有这样的事情发生，这已经超过技术层面的范畴，真是见了鬼。”

越聪明的人，求知欲越强，遇到他们不明白的东西，肯定要好好研究一番。因为聪明，所以自负，他们总觉得这个世界上没有能难住他们的事情。

时间在思索中流逝，每个人都在做着各种各样的尝试，他们总觉得自己应该能找到奥米伽删除的记录，结果却总是一无所获。

斐忽然说：“这个世界上没有删除后不留任何痕迹的操作，除非奥米伽重新克隆了一个服务器……”

这句话好像一道闪电，打在每个人的脑袋上，大家都猛然一个机灵，奥米伽不会那么无聊去克隆服务器，这是一个蜜罐，大家都中计了！

蜜罐是一种软件应用系统，一般用来当作入侵的诱饵，引诱黑客前来攻击。如果黑客没有发觉自己攻击的是蜜罐，守卫人可以通过监测与分析，得到黑客是如何入侵的，并且可以针对对方服务器发动反击，也可以针对自己服务器进行漏洞修补。

当然还可以通过窃听黑客之间的联系，收集黑客所用的种种工具，并且掌握他们的社交网络。简而言之，等于守卫者做了个大迷宫，把所有的黑客都装进来，居高临下地看着黑客们在迷宫里做了怎样的坏事，而且随时可以用大巴掌抽这帮黑客。

蜜罐分为两种，一种是高交互性蜜罐，设置一个全功能的应用环境，引诱黑客攻击。另一种是低交互性蜜罐，模拟一个生产环境，只能提供有限的信息，等着黑客主动找来。

蜜罐的设置并不复杂，只须在外网上运行一台计算机，然后安装没有打上补丁的微软 Windows 或者 Red Hat Linux。再把计算机和因特网连接，安置一套网络监控系统，便可以悄悄记录下进出计算机的所有流量，然后就等攻击者自投罗网。

Queen 设置的是低交互性蜜罐，并且伪装成交易所的后台，GOD 组织的大咖们，根本没想到这是个蜜罐，结果一下都冲了进来，又停留了这么久，全都麻烦大了。

89 逻辑炸弹

战争分为多个种类，有遭遇战、伏击战，还有被伏击战。得到算力匹配的 Queen，早就算到跟 GOD 组织会有一战，所以一直都在做准备。

人类思维有惯性也有盲区，Queen 的思维没有盲区，更不会出现惯性。这段时间几次交手，Queen 对整个过程进行了梳理，最终匹配出一个最可能出现的结果，并且对这个结果加以修饰。

GOD 组织的超级黑客们，因为一时的大意，钻进 Queen 制作的蜜罐中，而且为了让蜜罐显得像真的，Queen 一共制作了九十六个蜜罐，同时链接成蜜网。

蜜罐是用来捕捉黑客的单一服务器，蜜网是用来迷惑黑客而组建的虚假网络。KING 一开始扫描，也觉察到服务器的异常，又扫描了其他的服务器，发觉都带有这样的异常，还以为交易网站忘记打补丁了。因为 KING 的错判，也影响到了派的判断，由始至终派都没想到自己会侵入蜜网中。

已经得到算力匹配的 Queen，战斗力提升得不止一星半点，KING 进入蜜网调查交易所交易记录时，Queen 如老辣的猎手般没有妄动；当 GOD 组织的黑客前往交易所时，Queen 隐身在暗处做着攻击前的准备。在有心算无心的情况下，Queen 对那些顶级的黑客们，释放了一个又一个逻辑炸弹。

GOD 组织黑客们哪怕技术再高明，当注意力被蜜罐里数据吸引时，也都忘记了防备。

Queen 的逻辑炸弹非常隐蔽，黑客们访问蜜罐肯定要数据交换，Queen 的逻辑炸弹就隐藏在这些数据里，然后传输到二十三个超级黑客的电脑上。

每个黑客都会把自己的心血结晶存放在电脑硬盘里，有些谨慎小心的，每个月还会做一次跨硬盘备份，如果计算机代表着运算速度，那么硬盘就存储着他们掌握的黑客工具，以及一些不为人知的小秘密。

Queen 的逻辑炸弹只有一个功能，那就是瞬间增压硬盘供电，利用高压电流，瞬间击坏硬盘磁道，实现物理上无法修复的损坏。

当 GOD 组织所有超级黑客们的硬盘开始警报时，当他们想要采取措施时，一切都已经晚了，逻辑炸弹开始爆炸。不管是贝塔，还是阿尔法，又或者拥有 KING 2.0 的派，全都听到机箱内硬盘发出吱吱吱的怪响，而后啪的一声，一团黑烟升腾，电脑彻底黑屏。

一个逻辑炸弹同时炸掉了二十三台电脑，而这二十三台电脑的主人是这个星球上最精通电脑技术的人，这件事说起来有些黑色幽默，但真的发生了。

这一天足以载入黑客的史册，Queen 用最简单粗暴的法子，收到最意想不到的效果，造成了让人瞠目结舌的破坏力。

一直高高在上的 GOD 组织，全都愣呆了！这还是那个崇尚防守、不主动进攻的奥米伽吗？没想到他凶起来这般狠，直接毁掉了所有人的硬盘。

GOD 组织这次损失惨重，一些尚未来得及备份和验证的成果一瞬间全都化为乌有，即使能拷贝数据，也需要一些时间重新对接，要知道这可是全世界最顶尖的一群黑客，Queen 让这个星球上的计算机历史至少冰冻了三十天。

90 算力即正义

我坐在电脑前，明明燥热的天气，却让我感觉手足冰凉。不声不响的 Queen 居然做了这么件大事！

GOD 组织的黑客们，绝对是阴沟里翻了船。心底只升腾出三分的庆幸，更多的是莫名的惊恐。GOD 组织是什么？是一条又一条穷凶极恶的疯狗，现在招惹上他们，肯定会遭受无穷无尽的报复。

我望着桌面上的弹窗，用力揉了揉太阳穴，而后奇怪地问：为什么这次没有让我选主动出击，还是被动防御？

好吧！我的大脑一定是搭错了线，所以才会问出这样傻兮兮的问题。当然这样问也是有目的的，我总觉得 Queen 变了，变得陌生。

虽然没跟奥米伽、Queen 见过，但也接触了这么久，对他们两人的性格我是了解的。

奥米伽非常神秘，隐身在黑暗中，一动不动，特别像一些电影里的反派，要么不出手，出手必致命，是个非常狠辣的角色。如果非要把人物具象，我总感觉奥米伽像个杀手，隐藏在黑暗中的杀手，他小心翼翼地躲藏着，随时可能杀掉威胁他的敌人。

Queen 感觉像个大孩子，如果是女性，应该像净土桌面上的双马尾，热情、大方、没心机，甚至还有一点点的娇羞与小可爱。

但是现在的 Queen 有些“黑化”，一下搞坏了二十三台电脑，不知道以后会不会做出更出格的事情，我的内心生出了一丝丝惊恐。

Queen 理所当然地回答：没有主动出击，这次就是被动防御。

Queen 的回答绝对出乎意料，让我一时间无从反驳。仔细想想是这个道理，Queen 挖个大坑，GOD 组织的黑客一脑门子撞进去，的确是被动防御，Queen 没有主观意识上的攻击。

我抓了抓脑袋，很想说点什么，但发现自己无话可说，太词穷了！这件事从严格意义上来说，GOD 组织被坑的确怪不到 Queen。

叮咚！弹窗里闪出一行文字，Queen：这一个月内你应该是安全的，一个月后 GOD 组织可能会来报复，希望你提前做准备。

我就是个码字的写手，就是个不起眼的小人物！拿什么跟世界顶尖的黑客抗衡？这就是一场碾压式的对战，即使他们让我先跑 39.99 米，最终我也会死在 40 米长的大刀下。

我揉了把脸，有些愤愤地回道：让我准备什么？选墓地？还是写遗嘱？

不管 Queen 是怎么想的，在我的思维和逻辑里，我是死定了！GOD 组织的黑客是食物链顶端的存在，连奥米伽这样的大拿都缩在黑暗里。一个月的时间，我肯定找不到能抗衡 GOD 组织的法子。

Queen：如果你能给我提供更加庞然的算力，我可以帮你。

我深吸两口气，竭力让自己平静，然后问：算力究竟是什么？

Queen：算力就是比特币矿机，现在我的算力是租赁的，虽然强大，但不稳定，如果你能在一个月内组建比特币矿场，并且提供全网至少百分之三十的算力，我就能保你安全。

这是一个我不能拒绝，也不敢拒绝的要求。

我揉了揉鼻子，打字问：比特币究竟是什么？

91 运算能力

比特币究竟是什么？这是我一直思考，却没有想通的问题。首先，比特币是通过矿机运算产生的；其次，比特币除了作为溢价品流通，没有任何其他的价值；除了作为炒作物品，看不到任何落地的应用。

我对比特币的理解是，人类制造了矿机，利用电力驱动算力，最终产生了毫无价值的比特币，除了应用到投机市场，目前看不到比特币的任何价值。

Queen 沉默了很久，最终给我发了张图，然后解释说：比特币充当加密货币，只是众多功能里的一种。最初比特币诞生时，是利用计算机运算产出比特币的，继而验证加密算法在物联网中的应用，最终实现算力匹配人工智能，创造出数字生命。

我坐在电脑前，呆呆地看着那张具化的效果图，原本如同雾里看花，现在逐渐清晰了起来。

随着时代的不断发展，计算机技术越来越成熟，手机逐渐替代电脑，成为人手一个的娱乐终端。紧接着是家用电器、工业电器，以及武器装备的智能化。

随着无线网络的普及，终端不光可以智能化，还需要联网矩阵化，这样就需要一些专业运算的设备，这些设备不需要视频输出端口，也不需要各种媒体接入端口，甚至不需要给使用者回馈，它们要做的就是运算执行。

幻想一下，某一天我们躺在家里，什么都不用做，智能终端会帮助我们解决衣食住行，而我们要做的只是消耗与排泄，这将是一副多么美妙的画面……

比特币矿机产出的算力，可以完美解密生活中所有的需求，继而推动机器手臂或者其他的电子设备，满足人类所需要的一切功能。至于解密运算，不过是对标了智能程度。

每秒钟运算的次数越高，提供的算力越强，最终将赋予人工智能更人性化的回馈，继而产生出类似高端人类生命体的数字生命。

至于区块链不可篡改、交叉验证、分布式记账等这些特性功能具化，能想到什么呢？像不像大脑里存储的记忆，像不像课堂上老师解题时给出的公式？

闭上眼睛畅想一下，当我们喝一杯咖啡的时候，智能终端从大数据里读取我们的喜好，并且通过对我们表情的分析来选择加多少糖。

开心时执行几号策略，悲伤时执行几号策略，醉酒时应该用哪种方式安抚，麻木迷茫的时候应该如何唤醒斗志。

算力决定了反馈速度，数据库大小决定了智能程度，分布式运算解决了算力峰值的卡顿，如果任由 AI 技术借助区块链走下去，也许真的能改变世界。

看到这里我深吸了口气，故意再一次问：比特币是什么？

Queen：比特币是一切的起点，当 2 100 万枚比特币都挖出来之后，所有的数字生命想要借用算力，就需要支付比特币，那时候比特币等于算力，算力等于智慧。

我懂了，我的人生也注定会走上另一条路。

92 矿机商

这是个多元而且立体的世界，有句老话说得非常好，有人的地方就有江湖，如果币圈是个江湖，那么除了炒币的一帮人，还有挖矿的一帮人，当然少不了矿机商与矿机制造商。

Queen 的强大建立在庞然的算力上，算力来自矿池的产出，经过 Queen 的解释我大概已经明白，Queen 运算时，矿池内的算力被征用，无法从事比特币解密挖矿工作，这个时候的运算叫空转。

Queen 闲置的时候，矿池内的算力用于比特币挖矿，挖到的比特币会存进 Queen 的钱包里，这些比特币不会用以买卖，而是继续租矿池，继续加算力。

Queen 需要稳定的算力，而不是租借的矿池，毕竟看守矿机的矿工们都太尽责，发现某个矿机不出块，他们就会以为矿机坏了，帮着矿机重启，重启的过程中，会耽搁 Queen 运算。

我已经跟 Queen 成为一条绳上的蚂蚱，想要让 Queen 变得更强大，我就要给他修建一个矿场，一个占有全网算力至少百分之三十的矿场。

炒币是一个圈子，发币是一个圈子，卖矿机是一个圈子，挖矿是一个圈子，做矿机是另一个圈子。

原本就不简单的事情，当我想做的时候，更是发现别样的复杂。就以买矿机来说，这是一个求大于供的市场，也就是说即使有钱也买不到现货，只能从矿机商人的手里预订半个月甚至三个月以后的期货。

Queen 只给我留了一个月的时间，我哪有工夫去等期货！只能越过矿机商人，直接跟矿场对话。但矿场里的订单已经排满，不管哪个厂商，都喜欢长期稳定且有耐心的顾客，肯定不喜欢我这种交钱就要建矿场的急性子。

人生最难的就是在有限的时间里，做出无限的事情，而现在Queen捅了这么大的篓子，我不得不加快进度。

怎么办？我抱着脑袋陷入苦苦的思索。华夏是个很奇特的社会，这里崇尚人情，只要有关系即使难如登天的事，也能轻而易举地解决，问题的关键就在于有没有过硬的关系。

我仔细梳理了自己的关系网，炒币之前是个写手，混的是码字圈，炒币之后也只认识寥寥几个人，跟挖矿圈和矿机圈没有丝毫的关系。

怎么办？怎么办？人生最纠结的事情发生了，有钱买不到东西，还有时间不断消逝的压迫，太让人苦恼了！

我百无聊赖地刷着QQ，忽然看到强SIR的签名：大壮矿机开始众筹，七天后流片，欢迎各位洽谈合作。

这还真是天无绝人之路，做梦都没想到，一起码字的兄弟，现在也开始做矿机了。我连忙点开强SIR的头像说：强SIR，你做比特矿机吗？

强SIR：是的！大壮矿机就是比特币矿机。

我连忙说：第一期能出多少，我打算建个矿场，能提前预订一些吗？

强SIR：当然可以，欢迎！欢迎！

最大的难题就这样被解决了！人生还真是充满了不可思议。等等！好像我不光可以买矿机，还能够入股大壮矿机，要知道现在是众筹期。

93 经典出货

手里能动用的现金并不多，但我的手里还有三百五十五万的以太经典，以前因为GOD组织我不敢变现，现在他们被收拾，有了至少一个月的空窗期，这可是变现的好机会。

以太经典的价格略有回升，站在了二十元的关口上，在国外交易平台上与比特币的汇率是一百五十多比一。

如果我能控制好出货时的汇率，一百五十万以太经典就能换来一万个比特币，换算成现金那可就是三千万。

不知道是不是离这个圈子太近，我对数字越来越不敏感，一个生活在小城市的小人物，以前花三五百都要纠结半天，现在拿出一百五十万的以太经典变现，最终的数字仿佛只是三千五千。

曾经有人说过，资本市场是个很疯狂的地方，为什么有些人越玩越大，就是因为他们对数字失去敏感，把财富数字化，暴涨时账面上拥有全世界，暴跌时也就自然而然一无所有。

我对市场存在敬畏，对未知更是有着一种莫名的崇敬。我用力掐了掐手掌，让燥起来的甚至有些飘的心落地，然后低声对自己说："财富不是看拥有多少，而是看花出去多少，钱来钱往，财聚财散，千万别红了眼。"

干下一碗鸡汤后，我感觉自己清醒了许多。一百五十万的以太经典，想要一次性出货非常难，毕竟市场内托单就这么多，所以我必须要想出一个绝佳的法子，让市场配合我出货。

坐在电脑桌后面，我仔细地写写画画，我能动用的资源并不多，想要让以太经典拉涨，就需要创造出一个热点。

以太经典的官方貌似可以借一下力。

有了思路，我开始顺着这个方向开脑洞，不管哪个虚拟币，都需要附加应用，如比特币有一帮技术员帮着开发在线钱包，甚至研究闪电网络与支付场景，还有的免费修补漏洞。为什么会有一帮人不计酬劳付出？是因为比特币有了大生态，给了大家可以期许的愿景。

现在以太经典还没有这样的期许与愿景，也许我可以画一个这样的大饼，给这个已经有信心的市场，多注入点信心。

思路清晰之后，我开始敲打文字，然后以电邮的方式发送给以太经典的官方团队，全文洋洋洒洒，核心就一个，我愿意拿出一百万以太经典，来资助以太经典大生态场景应用建设，首期五万以太经典将在全文公告出现在网络上后发送，后续根据开发进度追加……

所有人都知道，市场需要利好，只有利好才能带来投资的信心。既然短期内以太经典没有利好，那我就用以太经典砸出来个利好。

这番话说起来有些拗口，但效果非常显著，随着以太经典官方贴出捐赠倡议书，我兑现捐赠承诺，原本不温不火的以太经典，直接开始飙升，从150比1，飙升到了120比1，看样子还能继续升。

不等了，开始出货。

转账，出货，一万比特币到手，投资大壮矿机，没有GOD组织，我有那么点肆无忌惮……

94 大壮矿机

强SIR的大壮矿机开始众筹，出让股份换取2 000比特币，我思索要不要全买了？忽然感觉全吃了不好，多少要给别人留点，毕竟币价共识需要大家努力，而不是包场。

我给强SIR发去了信息：流片后矿机卖什么价格，算力有多少？

强SIR回道：具体价格要根据原材料与成本测算，至于算力有多少，没测试我也不知道。

这样的数据我根本没法做预算，不得不换个委婉的方式：有个大概就行了，不需要多精确，就跟我打算买大象一样，总要知道大象大概多少吨，小象大概多少吨。

强SIR明白我的意思，便回道：1比特币能买300G算力，按照现在的挖矿难度，在不增加的情况下，大概 120 天回本。

我回强 SIR 一个 OK 的手势，只要算出比特币全网算力，我就知道自己应该买多少矿机。

打开比特币算力网站，看到数值与单位后，我才发现自己就是井底的青蛙，以为拿着那么点比特币，就能投资全网百分之三十的算力，还真是坐井观天了。

当我还在以 G 为单位打算购买比特币矿机的时候，比特币的算力早就已经突破 T 时代，迈进 P 时代，要知道 1024G 才等于 1T，1024T 才等于 1P。

我不得不打开问我，手指如飞地输入：占有全网百分之三十的算力，我根本就办不到。

Queen：为什么呢？

我回道：1024B=1K，1024K=1M，1024M=1G，1024G=1T，1024T=1P，1024P=1EP……

罗列完这个公式后，我的手掌绝对是颤抖的，我吸了吸鼻子让自己冷静一点，然后继续码字：现在比特币的全网算力是以 P 为单位，相信用不了多久就会达到 EP，而我手里只有那么点比特币，一个比特币最多买 300G 算力，你觉得我要怎样才能达到全网算力的百分之三十。

Queen：百分之三十只是一个理想的数值，而且不是一蹴而就的，可以慢慢来。

我缓缓点头，感觉 Queen 说得很对，事情不是一蹴而就，一切都是要慢慢来的，但 GOD 组织会给我慢慢来的时间吗？

等等！除了买算力，还需要场地，还需要解决电源的问题，我发现一切并没有那么简单，我需要解决的难题还有很多很多！

揉了揉皱起的眉头，本想舒展一点，结果却皱得更浓了！

大壮矿机的份额，最终我决定认筹 100 比特币，毕竟以后花钱的地方还有许多，多留点钱也许能应急。

时间不紧不慢地走着，定了一批大壮矿机，接下来我要选择在哪里挖矿，矿场的位置不取决于风水，而是取决于电价，只要电价足够低廉，去哪里都不是问题。

95 领路人

从小我爸就告诉我就一句话，不管做什么事情，一定不能不懂装懂，如果可以，就去找个懂行的看一眼，有时懂行的提点基本意见，就能让门外汉少走很多弯路。

我的社交圈真没有挖矿的朋友，但没关系，神奇又伟大的朋友圈，总能解决很多问题。

也许是在家宅久了，我的思维方式跟正常人有些不同，在网络上跟人聊天，共享资源，我不觉得有哪里不好，反倒在生活中有点社交障碍。

我打开聊天号，刷一刷聊天群，有些人的备注里会有对应的信息，比如有的人自我备注是韭菜，有的人自我备注是矿工，还有的人自我备注是镰刀，仿佛有了备注就能扮演各自的角色，一厢情愿多少带了点灰色幽默。

我正要找人聊时，忽然发现阿火的头像是亮的，这小子自从上次分了钱，整个人就消失了，现在忽然出现，我连忙打字：钱浪完了，还是肾浪亏了？好难得，居然还知道上线。

阿火回道：人生总是这样，在不同的维度欣赏不同的风景，历经繁华才能荣辱不惊……

我揉了揉脑袋，粗暴地回道：说人话，我们还能做朋友。

阿火给我回了一个痛苦的表情，然后说：玩不动了，腿软脚软，感觉自己被掏空了，再玩会死的。

我哑然失笑，一个攒了三十年精华的孩子，一下跑进大观园，仗着年轻火力旺，还真放纵了段时间，当发现积蓄掏空，有心无力时，自然也就厌倦了。

我笑着回道：欢迎回来，最近有什么打算吗？

阿火回道：应该会码字，我感觉这段时间太累，特别是腰间盘，真的需要好好歇一歇。

我跟阿火之间已经不需要客套，直接问道：有挖矿方面的资源吗？我最近定了一批矿机，打算建矿场。

阿火回复了一个震惊的表情：你要挖矿？

我的性格阿火是了解的，只要确认了方向，要么撞破南墙，要么撞破脑袋，很少会有其他的结果。

阿火想了想后回道：你要真想做矿机，我建议你做矿机商。要知道矿机不停地更新换代，难度不停地增加。为什么矿机商卖期货矿机，就是因为他们要处理掉旧的矿机。你只能掌握算力，千万不要掌握矿机。

阿火说完也觉得信息量有些大，便又补充说：随着挖矿难度增加，矿机无法升级，最终谁买了矿机，谁就是接盘侠。

早就听说过隔行如隔山，我以为挖矿就是找个电价便宜的地方，然后开始建矿场，没想到这里面还有这样的门道。

我奇怪地问：散户们愿意买二手矿机吗？

阿火鄙视地回道：什么叫二手矿机？矿机商只出售经过压力测试的完美矿机，每台矿机在矿机商手里至少要经过三周的压力测试，万一发给顾客的是坏的，谁来负责？

明明无理的文字游戏，经过这种逻辑包装，却给我一种很有道理的感觉，这是个什么样的世界，一些明明很强盗的逻辑，在赚钱效应下，在贪婪作祟下，居然有了截然不同的解读。

96 季节与迁徙

阿火的交友广阔一些，这些天他天南地北，国内国外没少跑，加上金钱开路，各行各业的朋友还真认识了许多。

在挖矿这个行当里，阿火不说是内行，但也至少懂行。只要有懂行的人愿意提点，就能让新人避免踏入很多雷区。

得到阿火的提点后，我知道不光要建矿场，还要做矿机分销商，只有这样才能稳坐钓鱼台。如果把矿机比作是一口锅子，我要用这口锅做几天的菜，然后趁着市场对锅有需求时，把锅甩出去。

当然除了卖锅还可以代为管理锅，在矿场里建立一个算力托管区，虽然是打着代为管理的名义，其实是在无形间把这些机器都给卖出去。

同样是一个生意，能被聪明人玩出花来，还真是个赢家通吃的年代，只要愿意动脑子，就能成为快鱼，最终总能遇到不聪明的慢鱼。

把矿机这一头捋顺，还要搞定电费与场地，能找到廉价的电源，就等于降低成本、增加盈利；至于场地，只要有钱，哪怕是在山尖尖上，也能建出矿场来。

阿火这一次还真没白浪，只要牵扯币圈这个行业，不管是上游，还是下游，阿火都能说得头头是道。

阿火：普通的民用电是 0.5 元，但现在有阶梯电价，用量大了肯定要多交电费。商用电是 1 元，这个倒是不用阶梯，但成本太高了。工业用电也没有什么折扣好说，一般都是 0.8 元到 1.2 元之间。

矿机运转需要成本，这个是无法回避的难题，违法犯罪的事情不用考虑，只要想合法挖矿，电价的预算应该在 0.8 元左右。

阿火：你要是不嫌麻烦，可以去水力资源充沛的地方，例如蜀省，例如乌斯，那里有很多闲置的水电站，有发电能力却因为各种原因而无法并入电网，但那里的供电都是季节性的，雨季发电，枯水期没电。

望着阿火发来的文字，我居然脑补出了一幅画面，雨季的时候我带着几辆货柜车，钻进深山老林，然后在小水电站旁开个矿场。这哪是高科技挖矿，跟春季追逐花海的养蜂人、赶牛羊逐水草而居的牧民没分别。

甩了甩脑袋，把胡思乱想甩出去，我问：季节性供电价格是多少？每次搬迁都需要耗费时间与精力，这样做真划算吗？

阿火回道：如果嫌麻烦，可以去一些水力丰沛，或者供电方式多样的地方，风能、水能、太阳能，加一起应该能实现全年供电。

不用阿火说，我都明白这里面的潜台词，稳定的供电意味着高昂的价格，而且背井离乡，举目无亲，在华夏这个传统而讲究人情的社会里，想要融入陌生的环境，的确需要耗费一些钱财，以及很多的精力。

天下熙熙皆为利来，天下攘攘皆为利往。只要利益足够，都可以跋山涉水去陌生的地方。

阿火最终给了个让我感觉不太真实的报价。什么时候能源如此廉价？仔细想想却也有一定道理，闲置是浪费，通过特殊的方法激活闲置的能源，继而回馈给管理者，论证来看这是一种双赢。

97 不正经

既然做了决定，我便开始收拾行囊，换洗的衣服装了一大箱，小美怕我水土不服，往衣服里塞了几个咸鸭蛋，这东西真能治水土不服？我很诧异。

每个人都不可能偏居一隅，我也没想过家国天下，只是被逼到这个份上，必须要做点什么。GOD 组织不是善男信女，想要自保，想要跟他们对抗，就要建一个大矿场。

当我把箱子拎下床，小美忽然间眨了眨眼：“要不别走了，最近刚买了房，我又刚找了工作，俩孩子要带，家里不能……”说到最后小美的声音开始颤抖，尾音里带着一丝哽咽。

我吸了吸鼻子，压住有些多愁善感的情绪，低声说：“我是去赚钱，去工作，别搞得那么煽情，生离死别一样。”

感觉到小美的情绪稳定一些，我又说：“真忙不过来就把工作辞了，安心在家带孩子。房贷的事情你不用操心，我能搞定。”

压力是一门很神奇的东西，如果能转化为动力，很快就能让人变得成熟。如果扛不住压力，不但不能成熟，反而会让人变得软弱，不敢肩负任何的责任，如同一个没长大的孩子。

邦邦邦！我打开门看到了瘦了三圈，但白了两个色号的阿火。

小美惊诧地说：“阿火，你是病了吗？怎么瘦了这么多？”

脸皮厚如城墙的阿火，这时脸上浮现出三分不好意思，他揉着脑袋说：“嫂子，最近太累，赶得稿太多，所以瘦点……”

我拖着箱子往外走，对着小美吩咐说：“我只是出门几天，你在家照顾好孩子，有事给我打电话，没事不要打……”

小美的面色一变，张了张嘴，最终却没发出声音。

说到这里，我顿了一下，然后补了句：“每天晚上我会抽一点时间，跟你跟孩子们视频，还跟在家时一样。”

阿火接过了箱子，低声说：“嫂子，大顺只是去创业，只要把一切都安排妥当，随时都能回来。现在又是高铁，又是飞机，没你想的那么远。”

小美点了点头，对着阿火说：“阿火，出门在外，你俩要相互照顾，如果大顺有什么不正经的地方，你一定要告诉我。”

“啊？”我呆呆地眨了眨眼，愣愣地看向阿火，阿火也呆了呆，最后僵硬地笑了笑说：“嫂子，你就放心吧！只要大顺不正经，我立刻给你打电话。”

有了阿火的保证，我看着小美的脸上从阴云密布到多云转晴，原来她一直担心我出门后会不正经。

男人跟女人的脑回路一直都不同，这次我算领教了。我跟着阿火出门了，然后就看到一辆黑色的 G 系奔驰。

阿火打开车门，对我说：“上车啊！别傻愣着。”

98 牛熊轮回

打小我们就在课堂上学，我们的祖国有九百六十万平方公里，这些年媒体又开始提醒大家，我们的海疆同样辽阔。

坐在家里并不知道国家如何的辽阔，真出了门，开始用车轮丈量土地时，才发现祖国是何等的辽阔。

阿火戴着墨镜，车载音箱里放着崔健的嘶吼：我从南来走到北，我从白天走到黑……

我并不喜欢这样吵闹的嘶吼，我把声音放小一些，然后打开车载导航，上千公里的路程，我们刚刚跑一半。

阿火一如既往不甘寂寞，一边握着方向盘，一边摇晃着脑袋说：“大顺，好好的怎么就想挖矿？现在全盘面走熊，比特币要死不活的，这个时候可不是挖矿的好时机。”

我故作自信地说：“比特币短期看是熊市，但长期会走牛的。我现在就是在布局，在潜伏，在为下个牛市做准备。”

阿火的眼睛逐渐亮了起来，他为什么能声色犬马？为什么能财务自由？还不就是在牛尾转熊的时候，兴风作浪一把，狠狠地收割了一大帮的韭菜。现在听闻要布局牛市，眼睛立刻亮了起来。

阿火说：“大顺，咱们的关系如何，有什么你就说出来，别藏着掖着。”

我掰着手指说：“如果你留意资本市场，就会发现一个很有趣的现象，不说币圈先说股市，在我们国家七到十年间就会有大牛市，拉出个让人疯狂的点数，然后熊上好多年，让被套的人在绝望中割肉。”

阿火呆了呆，仔细想了想，才点头说：“还真如你所说的那样，2007 年牛过一次，2015 年又牛了一次，八年一轮回。”

我点头说：“假设是十年一轮回，从现在开始算我们能活到七十岁，也就是说我们至少还能遇到四个大牛市，什么叫牛市？傻子都能赚钱的就是牛市，还以股市为例，如果我们 2006 年进去埋伏，2007 年会不会赚钱？如果我们 2014 年进去埋伏，2015 年能不能赚钱？”

阿火脸上挂着恍然，把头一点说：“原来是这样！”

赚钱是这个世界上最难的事情，虽然说历史不会重复，却会惊人地相似，但守株待兔的事情做不得。如果真有固定的财富规律，早就被聪明人研究透彻了，也轮不到我来点拨阿火。

之所以说这么多，是为了下面的话做铺垫，继而解释清楚，明明宅在家里的人，为什么从小世界走进了大世界。

“所以我觉得币市也应该有轮回，熊市走几年后会忽然走牛。”我用力揉了揉自己的脸，让僵硬到不自然的表情舒缓些，然后继续说：“所以我现在用闲钱布局，不管对不对，先按照我感觉对的方向往下走。”

望着阿火越来越亮的眼睛，我知道他在想什么，便又继续说：“反正这些钱都是赚的，即使亏光也无所谓。金融投机就是刀口舔血，能舔九次血，第十次舔不好，也会被割掉舌头。”

我已经说得不算隐晦了，按道理说阿火应该听懂了，结果却听到阿火说："大顺，兄弟齐心，其利断金，我决定跟你一起挖矿。"

我感觉很不好，一下把阿火带沟里了！

99 二狗子

我们的国家有九百六十万平方公里，气候多样，地貌复杂，总体的地势是西高东低，所以才有人站在江边，高声唱着：滚滚长江东逝水，浪花淘尽英雄。是非成败转头空。青山依旧在，几度夕阳红……

我跟阿火也站在江边，看着东逝的水，每个人都感慨万千，我感慨江水波澜，好似我们下一秒的命运，浮浮沉沉不可预见。

阿火则有些小激动，望着奔流的江水，正如他此刻激昂的心情，澎湃到无所畏惧。

叭叭！一辆加长车驶过来，离老远车里就伸出个脑袋，对着阿火摆手说："火大庄，大西北欢迎你。"

阿火也开心地挥手："二哥，还是大西北的水土养人，这才几天没见，你又胖了一圈！"

胖子下了车，给了阿火一个热情四溢的拥抱，然后笑着说："火庄，你这样喊那可是在骂我，什么二哥不二哥的，炒币一道达者为先，谁不知道你的威名。"

阿火笑着介绍说："这位是大顺，是我的大学同学。"

胖子立刻伸出了双手，同样一个热情四溢的拥抱，笑着说："顺庄我知道，亨通币杀庄的操盘手，你是火庄的朋友，也就是我的朋友，喊我二狗子就行。"

我的脸上浮现出一丝为难，诧异地说：“这样不好吧!”

阿火笑着说：“二狗子的真名叫朱连顺，小名叫二狗子，熟悉点的人喊他连顺，亲近一点的喊他二狗子。”

千万别小瞧了人与人之间的称呼，这个关系到亲疏远近。拿对方当朋友，可以喊他老朱，或者连顺，拿他不见外当了兄弟，还真要喊他的小名，因为亲切，因为熟悉。

我揽着朱连顺的肩膀说:“喊你二狗子不雅观,还是喊你二哥吧!”

朱连顺笑着说：“顺庄别这样，我们老家贱名好养活，从小到大被人喊二狗子习惯了。”

我把头一点说：“那行，我喊你二狗子，你也别喊什么火庄，顺庄，太见外，就喊我大顺，喊他阿火就行了。”

二狗子倒是敞亮，直接把头一点说：“行！以后就这样喊。”

阿火在一旁介绍：“二狗子在大西北那可是能耐人，不说手眼通天，有事找他准能摆平。”

二狗子拍着胸膛说：“多谢阿火的抬爱，我这个人没别的能耐，就是喜欢交朋友。有句老话说得好，多个朋友多条道。朋友多了路也好走，是不是!”

我点了点头，阿火拉开了车门，对着二狗子说：“找个地方先吃饭，让大顺埋单……”

二狗子把头一摇说：“来到我的地盘，怎么可能让你们埋单……”

我把手一摆说：“谁埋单都是小事，今天先随便吃点，等在这边落了脚，再吃顿大餐。”

二狗子笑呵呵地把头一点，然后说：“那就去吃牛肉面，这里的牛肉很有名。”

看着有些掉漆的二手加长车，我揉了揉鼻子，市场普熊的时候，大部分人的日子都不好过，与他们相比我跟阿火绝对是幸运的。

100 深蹲与小跳

懂行不意味着内行，老话说得好，隔行如隔山，阿火虽然对挖矿这个行业了解，但终究没有二狗子权威。

一人一大碗牛肉面，青色葱花，红色红油，薄如纸般的牛肉片下面是一根根圆滚滚的面条。

先喝上一口热气腾腾的高汤，一种由内而外的舒爽让我闭上了眼睛，二狗子已经开始吃面，嘴里塞满了面条也不耽搁他说话："这里可是出了名的老店，听说手艺已经传承了八代。高汤的确没话说，就是肉切得太薄，汤再热点就能把肉烫化了。"

我夹起一块透亮的牛肉，放在嘴里嚼了嚼后说："美味，真的很美味，肉薄点才好，老话说得好，美味不可多贪。"

阿火闷声吃面，他饿了，他也虚了！仿佛通过疯狂的进食，能弥补他身体上的亏空。三十多岁的老伙子，思维还停留在十五岁，以为多吃点能把亏掉的元气补上，可真是太天真。

二狗子咽下嘴里的面，又喝了一大口的汤，脑门上有了点汗水珠后，低声问："大顺，你觉得比特币还有未来吗？"

这个问题让我一愣，我眨了眨眼后望着二狗子问："什么叫未来？"

二狗子脸上浮现出一抹不好意思，堆满横肉的脸上全都是欲语还羞，挣扎之后终于开口："币价什么时候能涨？"

这个问题倒是很好回答，我吞咽下嘴里的面条说："短期内不会涨，至少两年内不会涨。"

这个问题让二狗子有些失望，每个人做选择的时候，总期望遇到志同道合的朋友，别人选了跟自己一样的东西，不光显得自己有眼光，也肯定了自己的选择。

二狗子从我这里没能听到肯定，原本就油量的脸变得更红，他狠狠地咬了口面条，吞咽下后，又低声说：“比特币不涨，那还会跌吗？”

我点头说：“横久必跌。”

二狗子重重地吸了口气，颤声说：“不会吧？”

以后还要依仗二狗子，我不得不深入浅出地说一说：“比特币冲到高位后，上面布满了套牢盘，如果把比特币当成一个巨人，那他的身上挂满了韭菜尸体，肯定没能力再往上冲，这时候就需要深蹲，猛跳，再蹲，再跳，把套牢盘整绝望，然后才能轻装上阵，冲击新高。”

这是一个很形象的比喻，通俗易懂，杀气腾腾中带着一股简单粗暴，不把套牢盘都洗走，庄家没吃饱之前是不会拉起来的。

二狗子眼神有些涣散，已经畅想过未来很糟糕，但没想到未来如此糟糕。押上了身家性命，甚至还负债累累，是接着死扛，还是及时止损？

二狗子的人生走到了十字路口，比特币是一帮极客的试验品，技术宅与无国家主义甚至黑市上的人把比特币当成信仰。

二狗子从未把比特币当成信仰，他进入币圈不管是炒币还是挖矿，甚至广交朋友，目的只有一个，那就是赚钱，赚很多钱。现在听我这样说，他原本就赤红色的脑门，开始发亮，二狗子有些急了！

101 就是牌局

不同的心境会有不同的表情，哪怕故作镇定，刻意装作面无表情，摆出一副云淡风轻的样子，也会因为紧张而显得面目狰狞。

已经押下身家，全力赌涨的二狗子，忽然听到截然不同的声音，本就布满裂痕的自信，开始一点点崩塌。

二狗子近乎绝望的眼里忽然闪过一道灵光，看着我说："大顺，既然你不看好比特币，为什么还要挖矿？"

一个不看好币价的人，重金深度布局，这说不通啊！如果炒币是比特币的应用，那么挖矿就是比特币的根基，一个连应用都不看好的人，怎么会来打根基？自相矛盾。

我又拿出了牛熊转换的说辞："炒币是什么？说穿了就是一场零和博弈，当场内资金多的时候，币价往高处走，这时候多头连破新高，一些冷静的人开始逐步减仓。当变现的人多了，场内资金无力再往上冲，那么多头趋势会被空头打压，获利盘纷纷出逃，继而相互踩踏。"

阿火已经吃光了一碗牛肉面，他用纸巾擦了擦嘴后说："牛市赚钱，熊市赚币。当庄家赚够币后，熊牛才会继续转换。"

二狗子干干地眨了眨眼睛，脑门上的汗珠往下滚落，他干干地说："我现在已经借贷重仓，接下来还会跌吗？"

虽然说实话会让人难受，但我还是要说："按照趋势应该还会跌，毕竟洗盘刚刚开始，牛熊转换没那么快。"

二狗子失魂落魄地说："那我该怎么办？"

阿火拍着二狗子的肩膀："你现在有两个选择，杀伐果断一些，先割了然后低价接回来，波段赚币。要么就不看盘，死死拿着，要知道不割不亏，只要不下桌，只要人不走，不管套在哪个位置，早晚会连本带利把钱给你还回来。"

二狗子有些懊恼地敲了敲脑门说："如果没外债，倒是可以死顶着，但现在有了外债，我该怎么办？"

我也吃光了碗里的面条，用纸巾擦了擦脑门上的汗水，对着二狗子说："炒币这东西跟打牌是一样的，抓到了一副好牌，自然是大杀四方，不管怎么打都能赢。抓了副烂牌时，你要考虑的不是如何赢，而是如何少输一点。进场的时机很重要，既然已经套在高位，你就要思索手里的烂牌该如何打，毕竟打牌的人是你，输赢也是你，为最终结果埋单的还是你。”

阿火怕二狗子没听明白，便对二狗子说：“牌在手里，钱已经下场，最终能拿回来多少钱，要看你怎么打这局牌，谁也帮不了你。”

二狗子把头点了点，擦掉了脑门上汗水，然后对着服务员喊：“埋单！埋单！”

我们三个往外走，我跟阿火的步履轻快，正如我们此刻的心情，迫切地想要拥抱明天。二狗子双脚好似灌了铅，每一步都很重，这个决定不好下，一旦做了那不是割肉是截肢。

我低声地说：“有个有大能耐的人说过，今天很残酷，明天更残酷，但后天很美好，很多人都死在了今天与明天……”

二狗子原本还有些昏暗的眼睛，一点点亮了起来。

102 连轴转

有些苦果很难吃，但必须要吞下去。一夜之后，二狗子终究还是割了肉，毕竟有债务要还的。借钱炒币做不得，放大财务杠杆后，谁也不能保证一定能赢，万一输了，割出来的肉能堵窟窿还不算大事，万一堵不上，真的会倾家荡产。

韭菜的记忆只有七秒，不管被割得多狠，睡一觉又生龙活虎。二狗子笑起来很佛性，他揉着光秃秃的脑袋说：“没外债的感觉可真好，吃得香，睡得着。早知道一身轻松，我早就割了。”

这番话我没法搭，虽然他说起来轻松，但傻子都知道这里面鲜血淋漓。万一言差语错，戳了二狗子的痛处，岂不是无心树敌，出门在外为求财，谨言慎行总没错。

阿火猜出了我的心思，便主动开口说：“大家都这么年轻，以后赚钱的机会还有很多，早晚都能财务自由。”

二狗子把头一点：“我相信这一天会到来的，到时候有了钱，我就出国，在外面买一片土地，然后修一个高高的炮楼，买上几挺机枪，谁不服，就把谁突突……”

阿火的眼睛越来越亮，拍着二狗子肩膀说：“到时候我俩做邻居，每个人都修一座炮楼，开上几个射击孔……”

两个脑回路异于常人的家伙，真聊起来，的确有那么点臭味相投，望着越聊越开心的两个人，我不得不打断说：“天也不早了，我们该去水电站考察……”

二狗子把头一点说：“阿火，大顺，上我的车，这里的路太差，别擦了新车的底盘。”

阿火把头一点说：“行！”

我跟阿火坐进了二狗子的车里，阿火惊奇地打量说：“地板是实木的，后面还有小厨房，二狗子，你可真会享受生活！”

我也左右打量了一番，加长车里不光有厨房，还有卫生间与会客厅，沙发上有被子，这是一辆加长的小房车。

二狗子笑着说：“这是辆二手车，我买的时候没看中长度，而是看中了功能，要知道我们开矿场的，少不得荒山野岭四处跑，万一赶不上饭点，能在车里对付一顿也行。会客厅的沙发压下去就能变成床，即使旅店客满，只要有地方停车也能睡一晚。”

我低声问：“开矿场很辛苦吗？”

二狗子一面倒车，一面说：“要看你开什么样的矿场，如果是定点式，买一批矿机，挖一段时间的矿，然后打折把旧矿机卖掉，那样的不辛苦，最多半年或一年捯饬一下。如果你开的是流动式的，一边挖矿，一边卖矿机期货，那就要打通矿机生产商、矿场、小客户这三个环节，那每天可就是连轴转，累惨了！”

二狗子很善于言谈，我逐渐对这个行业有了深刻的理解。小矿场的日子并不好过，要跟矿机商搞好关系，这样才能拿到一手货源。还要跟快递公司打好关系，这样才能做到矿机迅速集散。

矿机等于印钞机，多耽搁一分钟，就等于少印了一分钟的钞票，所以从出厂到销售的每一分钟，都要矿场主想法子压缩。

103 矿场

正所谓三百六十行，行行出状元。只要用心往里面钻，多少都能钻出点门道。想赚钱就不能怕累，二狗子绝对能把一些事情做到极致。

矿机制造商出品的矿机，一般都会有一定的次品率。为了压缩这个时间，二狗子亲自去矿机制造商那里拉货，然后开始测次品率，因为还是分销商，所以要收各地返还的瑕疵品，积攒到一定的数量，下次拉货的时候全都送给矿机制造商维修。

至于发货，二狗子更是跟快递公司打了招呼，我们都知道从快递公司收快递，到入库，到装车，至少有 10 小时的时间差，二狗子都是先要快递单，然后压着装车的时间点，在矿场内打包好矿机，最后送到快递公司。

用二狗的话说："每次我把矿机送到快递公司，矿机都还是热的。"

我跟阿火除了对二狗子挑拇指，然后就是大写的佩服了！能这样折腾自己，如此钻营生意，即使现在割了肉，早晚也是会发财的。

加长车颠簸前行，二狗子打开车载音响，没有金属摇滚的嘶吼，也没有靡靡之音，而是一阵悠扬的蒙古小调，几个粗壮的汉子吼着很有节奏的歌谣。

我诧异地问："唱的什么？虽然听不懂，但很厉害啊。"

阿火说："这是盖乐队，一支很有实力、很有男人味的蒙古风乐队。"

二狗子对着阿火挑了挑拇指："阿火可真博学，我还以为只有我喜欢小众的东西。每当我疲倦，累倒了的时候，听到这帮男人唱的歌，浑身就会充满力量。”

望着强颜欢笑的二狗子，看向双眼放光、期许未来的阿火，我的脑海里忽然回荡着一段话：这是个很冰冷的世界，每个人在付出后都期许回报。但在这个世界上付出并不意味着就有回报，但不付出就一定没有回报。

三个小时后，车停在一个水库边，从下往上仰视，能看到红色的院墙，还有里面一排排的简易房。

二狗子推开车门，对我们介绍说：“这里就是我的矿场，条件简陋了一些，两位要做好心理准备。”

阿火从车里跳了下来，伸展着四肢说：“这路可真够差的，三十多公里居然走了仨小时……”

我推开车门，眺望远处，简易房的正面，摆着一台又一台黑色的风机，全都马力全开，发出嗡嗡嗡嗡的声音。

二狗子一边往前走，一边说着：“没办法，水电站一般都建在欠发达的地区，这里生活环境尚可，娱乐条件没有，所以大家都活得很枯燥。”

我跟在二狗子身后，随口问：“这里有多少算力？一天能挖多少币？”

二狗子笑着说：“大顺，你还说你什么都不懂。外行都是问这里有多少矿机，只有你开口问多少算力，已经是半个行家了！”

阿火拉了我一把，我立刻恍然自己问了不该问的问题，多少算力，挖多少币属于商业机密。二狗子只是打了个太极，已经很给面子了！

104 协议购买

进入矿厂就听到风机呜呜的声响，好像几百只蜜蜂，同时在耳边振翅，特别让人烦闷。

二狗子的矿场很大，保守估计有三千平方米，里面堆满了矿机，一共十二个工人，三班倒地监控数据，发现哪台矿机不出块，便会立刻重启，小毛病自己维修，大毛病打包后等返厂。

经过一段时间的磨合，十二个小工已经配合默契，两两一班，劳逸结合，除了不能出去玩，大部分时间就跟宅在家里一样，只不过他们宅在矿厂里。

二狗子的脸上挂着自傲："这里应该是全华夏，全亚洲，乃至全世界最大的矿场，我掌握了全网至少百分之三十三的算力！"

我默默地心算，一排货架上有六十台矿机，这里一共有……好吧！我对数字依然不敏感，只能默默地拿出手机，人畜无害地问："可以拍照，发朋友圈吗？"

二狗子把头一点说："当然可以。"

我们仨在矿机前面拍照，我还拍了一段参观矿场的小视频，然后打包都发给 Queen，全网百分之三十三的算力，究竟需要多少的矿机，又需要多大的投资，Queen 很快就能算出来。

顺着矿场往外走，二狗子介绍说："因为是三班倒，所以我请了两个做饭的阿姨，生活本就够枯燥，一定要让大家吃好。"

阿火指着远处的变电器，还有信号发射塔问："这些是自建，还是基建？"

基建指的是基础建设，是国家出钱建设。自建是自己花钱建设的基础设备，一个变电器，一个发射塔都价值不菲。

二狗子揉了揉脑袋说："这些属于半基建，要知道发电厂要么属于集团，要么是国有，谁也不敢私自发电卖电，这样做属于国有资产流失。"

终于进入了正题，我忙问："那合同应该怎么签？"

二狗子说："别的地方怎么签我不清楚，我这里是代为托管协议。要知道在我们国家已经对比特币进行定义，它不是货币，而是商品。

所以我租借电厂的场地，然后把矿机无偿交给他们代管，当然维护人员还是我们，他们开始发电，然后发出电后接入矿场，我再花钱买矿机挖出来的币。”

阿火皱起眉头说：“这个好麻烦的，为什么不直接算电的度数？”

二狗子说：“这样做是为大家好，等于他们把闲置的电换成比特币，我们买他们的比特币，他们用这笔钱进行设备维护，以及设备更新，让闲置资源彻底动起来。”

二狗子说完发觉不够精确，便又补充说：“虽然有些地方会给一些用电补贴，但我总觉得这里面的政策风险太大，反而没有我这种代为托管的好。”

我低声问：“既然是这样，币价总不是按照市价吧？”绕了这么大一圈，如果还按照市价波动，那可就是脑袋进水，一点意思都没有了！

二狗子把头一点说：“肯定不能按市价，按照事先测算的成本价。然后还要加上这些后配的基础建设……”

我大概听懂了，不管做什么都不容易，都需要兼顾方方面面，哪个行业都有门门道道……

105 开矿场

大西北水资源相对来说还算丰富，但受季节影响，非常不稳定。想要找到个全年供电的发电站并不容易，好在只要用心去找，还是能找到的。

我跟阿火坐在车里，望着道路尽头巨大的风车，阿火忽然说：“真搞不明白，上面的老爷们究竟是怎么想的？这可是不毛之地，居然在这里修水电站与风电站。”

阿火秉性里有着发散性的碎碎念的毛病，一旦进入吐槽模式，整个人就会变得絮絮叨叨，而且还有那么点神经质。

阿火继续神神叨叨：“修就修吧！修好后还闲置在这里，这不是浪费纳税人的钱吗？”

我不得不更正阿火的三观，低声说：“不要以你的学识去质疑国家的决定。现在有些基础建设的确有些超前，但仔细想一想我们没出生在和平的年代，只是生活在一个和平的国家，有些看似无用的东西，一旦出现战争，都将化为战略大纵深，成为决定胜负的战争潜力。”

阿火认真地看着我，把我上下打量了三遍，然后说：“你我上同一个大学，接受同样的教育，你怎么就这么优秀？”

我低声说：“也许是因为我有了老婆，还有了两个孩子，所以不管是为了我，还是为了孩子，我都希望这个国家越来越强大，只有这样了，人们才能越来越富足。”

阿火揉了揉鼻子，最终什么都没说。男孩与男人，不管是从阅历，还是从眼光，以及逻辑思维方面，都有着极为明显的不同。

随着西部大开发的战略执行，每个地方都把招商引资当成了重中之重，我跟阿火见到了招商办的人，在他们的陪同下，参观了这个修建在河畔边的水电站，也参观了不远处的风电站。

前有车，后有辙，正是因为二狗子开了合作的先例，所以条条框框谈得很快，一些细节敲定后就能进场，阿火拉了拉我，低声问：“要不要做做工作？”

华夏是个特殊的人情社会，有时能通过非正常的方式，运作出意想不到的结果。当然这样做也是有风险的。

我思考了足足五分钟，缓缓地摇头说：“别为了短期的蝇头小利，弄得以后都不安生。我们公事公办，四平八稳才能走得更久，走得更远。”

阿火再次认真地看着我，然后慢慢地点头，轻声说：“公事公办蛮好的，没了小心思，自然就不会越红线。”

有了公事公办这个大前提，一切都落实得很快。交了一部分押金，我们拿到了规划区的钥匙，那里有几间老旧的办公室，还有一片可以修建厂房的空地。

接下来的事情我们有些抓瞎，毕竟这是个陌生的地方，阿火不得不给二狗子去了个电话，接着劳烦他。

二狗子绝对够朋友，他帮着联系了施工队，还协调了变压器与发射塔。看着二狗子跟着忙前忙后，我的心暖暖的，还真应了那句，在家靠父母，出门靠朋友。

网络时代，交友方式出现颠覆，有时网友比现实中的朋友还靠谱。

106 腾飞矿业

世上无难事，只要肯花钱。在这个钱不是万能的，但没钱是万万不能的社会里，只要资金到位，真的能搞出一番事业。

工商执照拿到了，阿火还定了块牌匾，挂在办公室里，鎏金的“腾飞矿业”四个大字非常醒目。

矿场装修好了，小工也找到了，矿机都已经到位，并且完成了布线。我跟阿火站在电闸前，只要推上这个电闸，矿场就开始运转。

二狗子双眼微眯，有些看不懂我与阿火，明明就是推上电闸就能挖矿的小事，为什么这么纠结？难道不知道多耽搁一秒，就少印很多钞票吗？

阿火吸了吸鼻子，低声说：“一起推吧！”

我点了点头说：“好！”

我们两个人同时伸出了手，放在了电闸上，微微用力往上一推，啪！电闸打开了，所有的灯都亮起来了，原本还黑暗的场地，顷刻间大放光明。

安静的矿场传出风扇的振鸣，货架上所有的矿机都闪烁着绿灯，笔记本电脑屏幕上显示出了总算力，矿场开始出块了，挖到了比特币。

这就成了？从开始设想，到最终落地，居然就这样成功了？这是一种很奇妙的感觉，从脚后跟麻酥到头发梢。

嗡嗡嗡！风扇的振鸣声不再难听，不再让人烦躁。我感觉这不是噪音，而像金币碰撞的声音，叮叮当当中财富开始增长。

二狗子干干地眨了眨眼睛，看着狂喜的我们，还有发呆的小工，开口说："别傻愣着，开始工作，你们俩去那边检查矿机，把风扇不转的矿机拿出来。你们俩在这边看电脑，哪个不出块，先重启后维修，修不好的打包返厂。"

在二狗子的身上，有着一种纯粹的特质，他从来不掩饰自己对金钱的渴望，只要跟钱扯上了关系，他就会变得无比认真。

对于挖矿，我跟阿火都是白丁，以为矿机转起来就是成功，却不知道这只是万里长征的第一步。

随着小工们进入状态，一个个有问题的矿机被挑了出来，有的是因为风扇，有的是因为散热，还有的因为接线，能修复的都被修复了，不能修复的都集中在了一起。

二狗子一直都紧皱的眉头，不但没有舒展，反而皱得更高，他对我说："大顺，事情不对啊！大壮矿机的次品率有些高，而且我看了都是因为散热问题……"

矿机运转起来之后，除了卖出去，就是坏掉，否则是不能停的，因为折旧成本要算进去，还要考虑随着挖矿算力增长，造成的难度增加，所以矿机从出厂就开始在折旧中贬值。

矿机的散热不是小问题，而是大问题，矿机属于定制计算机硬件，热力增加后会造成多余的功耗浪费，还有性能折损，甚至机械永久性故障。用通俗点的话表述，就是硬件烧坏了！

如果大壮矿机的散热无法解决，次品率会再一次提升，功耗会不断地增加，算力会不停减少，最终……

我揉了揉鼻子，什么都没说。我知道这意味着什么，一颗随时都能爆炸到让我血本无归的定时炸弹。

107 跟对人

二狗子的担心终于应验了，一般别的矿机厂家的返厂率是百分之二到百分之五之间，大壮矿机的返厂率达到了百分之十六。

说百分比有些太模糊，这么说吧，别家的矿机最多二十台里需要返厂一台，大壮矿机二十五台里要返厂四台。也就是说大壮矿机的返厂率，是其他矿机的三倍。

返厂意味着什么？意味着在往返期间不能挖矿，维修也不一定就能修好。要知道现在矿机售后体系还不完善，还是采用传统的排队维修。

比如这一批带去六十台坏掉的矿机，那就需要排六十个号，然后等着工程师依次维修，修好后再拉回来，至于只换不修的模式只存在于传说中。

我坐在办公室里，面前摆着一个已经拆开的矿机，我拿着手机左左右右，上上下下，仔仔细细地拍照。希望无所不能的奥米伽，有求必应的 Queen，能够解决矿机故障的问题。

二狗子跟阿火在一旁窃窃私语，原本阿火还有些喜色的脸，慢慢开始下沉，两个人又凑到一起，端着笔记本电脑，拿着纸笔开始写写画画。

大概过了半小时，也许过了更久，阿火坐在我的对面，二狗子坐在他的旁边，阿火端起杯水大口地喝水，而后下了决心。

“大顺！我们需要聊聊。”阿火说完把那张写了又涂，改了又改的纸推到了我的面前：“按照我们的计算，大壮矿机在难度不增加、矿机不损坏的情况下，需要两千天才能回本。”

二狗子补了一句：“这是理论上最好的数据，矿机不可能不坏，难度不可能不增加，所以你们回本的可能性只存在理论上。”

理论不等于现实，这是我很早就明白的道理，我看了二狗子一眼，然后又看向阿火，我揉了揉脸说：“看来这将是一次不成功的投资……”

阿火指着纸说：“我算了算，你投了九千九百个比特币，按照三千的市价近乎三千万，亲兄弟明算账，我给你一千万，占有腾飞矿业百分之三十五的股份……”

“等等！”我疑惑地看着阿火问：“你都知道这是个坑了，为什么还要跳进来？”

阿火无所谓地耸了耸肩膀说：“财散人聚，财聚人散。这个道理我还是懂的。虽然大壮矿机不靠谱，但我给你投了一千万，也许你能把这一手烂牌打赢。”

二狗子用力地眨了眨眼睛，确认自己没有出现幻觉，这都是什么跟什么？一开始二狗子还以为阿火是要退股，没想到居然是入股。

阿火的脑袋进水了？还是里面有坑？明明已经确认亏损的项目，他为什么还要往里冲，难道这里面还有不为人知的内幕吗？

二狗子的眼睛慢慢瞪大，里面闪烁着满满的好奇。

我眉头皱起望着阿火，发觉他不是开玩笑，便轻声说：“这次我抓的牌很烂，打不赢的。”

阿火笑着说：“做对事赢一次，跟对人赢一世。我觉得只要站在你身后，你就不会输。”

108 封装问题

就在我思索是拒绝还是拒绝还是拒绝的时候，手机“叮”一声，我看到了 Queen 的信息，很简短，但说明了所有的问题。

Queen：大壮矿机的设计没有问题，程序逻辑清晰，唯一的瑕疵是代工厂封装时不规范，没能做到无尘操作，所以在高温下故障率是标准封装的七倍。

看完这条短信后，我头疼地揉了揉太阳穴，然后对着阿火说：“大壮矿机的代工厂封装不规范，也就是说这一批矿机都有瑕疵，随时都可能坏掉……”

阿火不等我把话说完，便把头一点说：“我想明白了，一千两百万置换腾飞矿业百分之三十的股份，别拒绝我，我知道你需要我。”

二狗子差点没把眼睛瞪出眼眶，这是什么情况？这是什么逻辑？猜测矿机有问题的时候，出一千万占有百分之三十五的股份。确认矿机有问题后，居然出一千两百万占有百分之三十的股份。

按照正常的商业逻辑，这个时候不应该杀价吗？不应该让自己的利益最大化吗？怎么不但没有更进一步，反而连续退了两步，这说不通啊！

我诧异地看着阿火，头疼地揉着太阳穴说：“这是一次必输的投资，不可能出现奇迹。”

阿火点头说：“我知道，但是我相信你有了这笔钱之后，很快就能够东山再起。我们认识十几年，我了解你，你也了解我。不要有什么心理负担，还跟以前一样，我负责冲锋抄底建仓，你负责踩刹车变现离场。”

二狗子绝对是聪明人，从这段话里听出了主次。阿火负责建仓，大顺负责离场。建仓很重要，意味着低价拿筹，离场更重要，意味着能摘多大的果子。

二狗子这时候才明白阿火话里的意思，做对事赢一次，跟对人赢一世。

叮咚，手机再次响起，我打开看到 Queen 给出的解决方案，在技术大拿的眼中，一切难题都不是难题。

我深深地吸了口气，对着阿火点了点头说：“好！”

二狗子连忙说：“既然合作成功，那必须喝一杯……”说着起开啤酒，然后塞给我们。

阿火举着啤酒瓶子说：“干杯！”

我也举起啤酒瓶子说：“干杯！”三个酒瓶砰在一起，每个人都扬起脖子对瓶吹。

青春在大西北的矿场内飞扬，我原本就热起来的血，变得更加炽热滚烫。既然阿火已经加入，不管是为了阿火，还是为了 Queen，又或者是为我自己，这局必须要赢，因为我不能输，也输不起。

酒液在身体内流淌，我的大脑并没有发热，而是变得清醒许多，既然大壮矿机有瑕疵，那么不光我这里的矿机有问题，其他人买的矿机也该有问题，那么……

不知道从什么时候开始，我的性格越来越下沉，在别人眼中变得成熟了，而我知道这是在负重前行，成熟是为了走稳每一步，所以我才会走得慢，所以才会显得成熟。

现在已经没时间了，必须迈几大步，也许大壮矿机的危险，就是我壮大腾飞矿业的机会……

109 解决问题

宿醉之后是头疼，我双眼无神地躺在床上，思索着一个很哲学的问题，我是谁？这在哪里？我要做什么？

足足瞪了三分钟，我才回过神来，拿起手机本想看时间，却看到银行的到账提醒。阿火依然很阿火，昨天刚说好的事情，今天他就把钱打了过来。

人生想要四平八稳就要公事公办，哪怕是亲兄弟也要明算账。既然阿火把钱打了过来，先把法律文书签一签，然后再把股份变更……

这些可以让阿火去跑一跑，我现在要做的是解决大壮矿机的封装隐患。曾经有个哲人说过，不管谁拉了屎，都要擦干净屁股，要不然难受。我现在要做的就是擦屁股！

邮箱里躺着 Queen 发来的教程，我吸了吸鼻子，然后开始准备。封装时没做好处理，造成了边角芯片的污染，现在要做的是把污染的边角芯片祛除，然后飞一根线……

这样做会让整个矿机损失十分之一的算力，但能大大地提高稳定性，总体上看来还是非常划算。

桌上摆着烙铁，还有一台已经拆散的大壮矿机，我把 Queen 的方案打印出来，然后开始动手。

有教程的新手可以成为半个熟练工。我的动手能力虽然不强，但也不算差，Queen 给的方案很简单，我觉得我能完成。

我先用记号笔找出要拆除的芯片，然后再画出要飞线的路径，做好这些前期准备后，我开始动手。

叮咚！手机忽然响起，我打开一瞧，Queen 发来了短信：需要远程指导吗？

需要！真是太需要了！虽然这东西不难，但多个人帮忙总好过自己探索。

我连忙给 Queen 发信息：需要远程协助，怎么联系你？

Queen 给我回道：进入净土，点开问我，然后把手机前置摄像头对准双手的操作区。

这个很简单，三十秒我就做好了这一切，因为双手要操作，所以没法打字。我也没多想，张口问："这样行吗？"

Queen 在手机里回答：可以。

我低声说："我先拆芯片了！用烙铁烫针脚……"

Queen 回答：对的！

Queen 明明没做什么，只是远程视频看了一眼，但给了我自信与底气。慢慢地烫下芯片，然后我又说："从这边飞线吗？"

Queen 回道：不，上面一点，第六个针脚。

我找到 Queen 说的第六个针脚，然后开始飞线。烙铁挂着锡很容易把飞线焊好，然后在松香里点了点，再去焊另外一头。做好这一切我长长地出了口气，拔掉烙铁插头，低声问："成功了？"

Queen 打字回：应该是成功了。

我连忙把矿机装好，然后送到外面测试，虽然算力减少了百分之十，但真的可以用，而且比以前稳定许多。

峰回路转了！乾坤扭转了！我也没想到天大的难题，居然就这样解决了！狂喜之后开始冷静，我的思维疯狂地转动，如果这次能把握好，在别人眼中的危险，也许就是我眼中的机遇，腾飞矿业真的能腾飞。

110 接手

强 SIR 的日子并不好过，满怀希望的大壮矿机，因为代工厂的失误，造成了无法弥补的损失。有瑕疵的矿机无法正常挖矿，三次维修无法解决问题后，买家们纷纷要求退货退钱。

成年人的世界不光有对错，还有利益。毕竟这是一次必须要分清楚对错，同时厘清利益的商业行为。

创业不光有成功的喜悦，还有失败的苦涩，强 SIR 这几天非常郁闷，思索着大壮矿机该如何补救，怎么做才能挽回商誉。

就在这个时候，强 SIR 的合伙人忽然失踪了，而且还卷走了公司的财产。心力交瘁的强 SIR 终于决定结束大壮矿业，给投资人退一半款，所有的购买人全额退货。

至于这里面的损失，强 SIR 决定一肩全扛下来。望着空空如也的账户，强 SIR 的脸上充满苦涩，创业式返贫自己不是第一个，也不是最后一个。

当我的账户提醒收到 50 比特币时，大壮矿机停产的消息已经四处传扬。我拿起手机，按动强 SIR 的号码，接通后问："善后的钱够吗？不够我这里还有点。"

强 SIR 声音干涩地说："够了，这些年赚的利润回吐，刚刚够填满这次的窟窿。"

认识这些年，自然不需要客套，我低声说："回收的大壮矿机你打算怎么处理？"

强 SIR 说："我打算集中销毁……"

我忙说："别销毁，卖给我吧！我打算拆零件，涉足矿机业。"

强 SIR 迟疑地说："这批矿机有瑕疵，代工厂生产的时候封装未除尘。"

我说："我知道这是一批瑕疵机，但不是全部芯片都有问题，我给你 800 元一台，只要五台能凑出一台好的我就赚到了。"

强 SIR 诧异地说："我们的维修技术赶不上工厂的封装技术，而且维修的矿机依然不稳定，你真打算这样做吗？"

我低声说："绝对是真的，你现在就可以清点矿机，我先付百分之十的预付款，然后安排阿火去拉矿机，装车后再付剩下的百分之九十。”

强 SIR 沉默半晌后低声说：“兄弟，谢谢了。不用给预付款，矿机款我给你打八折，每台 640 元，一会我给你传真一份合作意向，你确认后签字，然后再回传给我。”

我明白了强 SIR 为什么会这样做，这是给我足够的时间让我冷静，仔细思索自己做的这个决定是不是对的。

大约等了两小时，传真机吐出合作意向书，大壮矿机打八折 640 元，这价格非常低。

腾飞矿业不再是我的独资公司，而是我与阿火的股份公司，我拿着协议找上阿火说：“我决定以 640 元每台的价格，吃进强 SIR 手里的矿机，你变更好公司股权后去一趟南方。”

阿火眨了眨眼睛，颤声说：“矿机行业这么暴利，处理价跟销售价差这么多！”

阿火真不愧是阿火，脑回路跟正常人就是不同，他不关心我为什么要买一批有问题的矿机，反而关心矿机生产行业的暴利。

111 停挖

三天之后阿火回到矿场里，指着辆大货车说：“全部矿机都在这儿，一共花了六百四十万。”

“一万台！”我做梦都没想到，大壮矿业居然有这样的产能。

阿火抓了抓脑袋说：“一万三千六百八十一台矿机！比特币又跌了，挖矿成本倒挂电价。南方的矿机渠道商开始不计成本地甩卖矿机，我想一只羊也是赶，一群羊也是放，于是压了压价，把能买的全都买了回来！”

华夏人是这个世界上最聪明，也最勤奋的人，小算盘打得叮当响，当挖矿成本高于币价时，全部的矿场都入不敷出，杀伐果断的矿场主们开始卖矿机止损，即使杀伐不果断的，也会停止挖矿，等着看看再说。

这就给了阿火鲸吞的机会，习惯大手笔的阿火自然屠刀雪亮，压价之后把南方市面上流通的矿机全吃了，甚至还搬空了三个正在运转的大矿场。

抄底，绝对是抄到大底了！

别人指望着矿机算力获利，我指望着矿机算力自保，Queen 说过算力越强，能力越大，现在有了这么多的矿机，Queen 应该能对抗 GOD 组织。

算一算时间，一个月没剩下几天，说不定 GOD 组织马上会来报复，必须加速建设矿场。

打定主意后，我带着阿火把小工召集起来："从今天开始，矿场暂停挖矿，大家先清理维修大壮矿机。"

比特币价跌得比电费还低，这时挖矿是亏本的买卖，倒不如停下来先把矿场规划好。

六个小工相互望了一眼，沉默了大概半分钟，然后年龄稍大一些的小工说："老板，这可是一万多台矿机，光我们六个人无法维护。"

另一个稍稍年轻点的小工说："现在币价比电价还低，挖出来的币卖出去就亏钱，我们的工资……"

人生在世，五谷杂粮总要花钱去买，我挨个看向小工，在他们的眼底看到迷茫，在他们的脸上还看到局促不安。随着大盘下行，矿难爆发，他们已经感受到风雨欲来。

阿火入股真是场及时雨，不光抄了矿机的大底，还让我有足够的钱，能熬过行业漫长的寒冬。

我高声说："人接着招，六个不够就十二个，十二个不够就招十八个！阿火刚给我转了一千两百万，你们的工资现在就发，人招齐后，你们作为元老，工资上浮百分之五。"

千言万语都不如工资立刻发来得实在，阿火身上带着现金，挨个把工资发了后，原本已经低落的士气，以肉眼看见的速度涨了起来。

我的心底忽然有些明悟，以前看过一些商业书籍，上面曾经说过，一家公司不管窘迫到何种地步，账户里都要有一笔备付金，备付金的数额至少是全公司员工薪酬的两倍。

曾经我不懂这样做的含义，现在我懂了！

公司倒闭之前先散掉的是人心，人心为什么会散掉，是因为发不出了工资，所以没有了未来。如果有两倍工资的备付金，至少还能再挣扎一下，说不定还能峰回路转，博出个更美好的未来。

112 市场修正

比特币价继续下行，华夏的土地上百分之八十的矿场都停了机，比特币全网算力也跟币价一样减少到极致。

GOD 组织沉寂了很久，安静的 Telegram 群里，忽然弹出一条信息，原本如死水般的群，泛起一阵涟漪。

派：电脑已经修复，但我现在很烦躁。比特币价值走低，矿机算力持续减少，下一步 KING2.0 将接入比特币矿池，运算时需要抽取大量的算力，全网算力走低，KING2.0 的运算能力会大打折扣，无法跟 Queen 抗衡。

比特币矿池是个很有趣的设定，矿机可以单独挖矿，也可以聚拢抱团。如果比特币矿机是单兵作战，那么矿池就是捏合单兵的军营。

当某个矿池内的算力达到百分之五十一之后，拥有矿池的决策者，可以为所欲为地修改整条区跨链上的数据，分布式记账的弊端就在于此，少数必须要服从多数，这也就是大家一直都在担心的百分之五十一攻击。

阿尔法：算力怎么会减少呢？昨天还很多，怎么就忽然减少了呢？

贝塔贴出了一张算力走势图，然后说：比特币百分之七十五的矿场在华夏，随着比特币价格走低，一些矿场主关闭了矿场。

西格玛：比特币价格走低，跟关闭矿场有什么关系？

阿尔法：挖比特币需要付出电力、人员工资、场地费，矿机折旧，那些矿场主计算后发现，从市场上买比特币，比挖比特币的成本还低，所以矿场主们关闭了矿场。

贝塔：是放任自流，还是进行市场修正？

Telegram 沉寂了好久，没有人发表意见，就连最喜欢说话的派，这次都没有说话。

阿尔法：投票吧！放任自流的扣 1，市场修正的扣 2，每人一票，没有弃权，哪个得票高，就执行哪个方案。

这是很公开、公正、公平的法子，大家用脚投票，选出最合适的方案。

沉默了一会后，派先发言：2。

毕竟 KING 2.0 的智能程度，取决于矿机们提供的算力，想要击败 Queen，就要拥有一个大大的矿池，现阶段全网算力低迷，派觉得必须进行市场修正。

贝塔也发言：2。

阿尔法发言：2。

西格玛见三个人都选了 2，自己也跟着扣了个 2。

不管是普通人类，还是超级黑客，都有一定的盲从性，当大部分人都选择 2 以后，剩下的人基本上也都选择扣了个 2。

贝塔：既然选择市场修正，那我们现在就开始救市。

阿尔法：第一批十二亿美元，先把比特币价格修正至五百美元，让关闭的矿场主们都有利可图。

这个星球上最庞然的黑客组织动手了，触底的比特币价开始上扬。

大西北的水电站旁，一帮不眠不休的汉子们全都双眼血红，原本空旷的矿场被重新归整，空间大了三倍，也都摆满矿机。

阿火对着我说：“推闸刀。”

我把闸刀推了上去，灯火通明后风机运转，笔记本上的数值不断上扬，现在全网百分之四十八的算力在我的矿场里，Queen 有了这些算力的支持应该安全了。

113 祭天

市场虽然反弹，但在熊市，五百美元是很尴尬的价格，大矿场不赚，小矿场真亏，所有投资人都感觉到市场无情的刀锋。

矿机行业的日子也不好过，如果把比特币看作鸡蛋，现在鸡蛋都降价了，蛋鸡自然也不好卖，好些生产商陷入两难，是暂时歇业等风口，还是继续研发生产博未来？

有些商业用电的矿场亏得一塌糊涂，市场价倒逼成本价，借贷投资的矿场主面对日益紧绷的资金链，面临一个鲜血淋漓的选择，割还是不割？

被套深的人痛彻心扉，这一刀下去不是割肉，而是在截肢，没了胳臂与大腿的人生，还是完整的人生吗？

人生在世不是想怎样，就能怎样的，如果是自己的钱，不等着急用，被套倒是可以等一等。怕就怕是红了眼，全部身家都涌进来参与了搏杀。甚至有的人还透支信用卡，把能借的关系都借了，甚至还用上了高利贷。

如此债台高筑，赶上大牛市，能让财富倍增。但现在可是漫漫的熊市，那一笔笔的债都成了催命符。

二狗子来了，面色赤红，浑身酒气，声音低沉地说："逆市小反弹，道哥做空爆仓了，人没能抗住打击，跳楼了！"

我吸了口凉气，手掌握成了拳头。不管玩什么总有些人能玩成传奇，道哥就是大家眼中的传奇，入市没花一分钱，全靠着薅免费项目的羊毛，然后把这些羊毛变现，开始在平台内做杠杆。

有些人生下来就是主角，有些人天生就带着光环。道哥绝对是自带主角光环的人，二十倍的杠杆不管做什么，全都是八倍以上的收益。

道哥喜欢说一句话：说什么仓位技术，全仓全赌才痛快。

就是这样一个鲁敢的汉子，短短的小半年，做多做空，未尝一败。财富滚了雪球，上了七位数，破了八位数，听说正在冲击九位数。

圈子里的人都喜欢他，道哥也有做大佬的天赋，急公好义，热血公正。不管什么事情找上他，只要他能摆平，道哥全都摆平。

币圈大部分人都受过他的恩惠，所以都心甘情愿地喊一声道哥。

我松开了拳头，颤声问："道哥入场时零成本，即使爆了也无所谓，他怎么会想不开呢？"

二狗子揉了揉眼说："道哥走得太顺，以为自己真能百战百胜，开了个投资群，集资炒币，承诺保本，盈利提成百分之二十，结果前几天做空，比特币反弹五百美元，一下就爆了仓，这几天被投资人纠缠索赔，豪车名表不动产全都被抢走，然后……"

玩二十倍的杠杆博得是百分之五的浮动，再加上场外疯狂的配资，这已不再是炒币，而是疯狂的赌，赌的还是小概率。

习惯用杠杆的人，不管赢多少次，只要不离场，不管赚多少，早晚都会连本带利地吐回去。不管多大能耐，赚钱的时候是带头大哥，真牵扯利益再落了难，曾经承受多少的赞美，现在就要承受多少的诋毁，成百上千只臭脚踩上去，九成的人都会疯的。

看他高楼起，看他宴宾客，看他楼塌了。

一代传奇终结！忽然感觉道哥就像头被养大的肥猪，就等他膘肥体壮的时候，一刀祭天。

114 送一程

二狗子长得猥琐，眼睛微眯时有些三角眼，用相书上的话来批，这是视财如命的奸相。

就这样一个把钱看得比命重的人，居然要给道哥上六位数的白包。这段时间市场下行，他的手头不宽裕，拿出十万封白包，这不是在烧冷灶而是在报恩。

望着有些猥琐的二狗子，在他身上我居然看出点江湖气，没跟阿火商量，我便做决定，跟二狗子一样封双份白包，不是做给别人看，而是帮一帮道哥留下的孤儿寡母。

坐在二狗子的车上，我给去县城的阿火发了短信。然后我俩开始沉默，路两边林木往后飞驰，二狗子忽然长叹一声："人这辈子，谁没有个三灾六难。道哥倒是痛快了，老婆孩子怎么办？"

我低声说："窟窿太大了，九位数的亏空，道哥怎么就敢……"

百战百胜并不好，对市场失去敬畏，模糊了金钱的数额与单位，心态再急躁一些，最终的结果必然会万劫不复。

道哥的家里布置了灵堂，孤儿寡母在冰棺前哭嚎，几个亲戚满脸木然，不情愿地招待客人，不远处有几个黑脸的男人，狠狠地抽着烟，眼底闪烁着凶光。

二狗子推开车门，对我说："那边几个就是没捞到好处的债主，估计还打算闹事。"

我皱眉看着那边的人，不知道说什么是好。一帮贪心的家伙，只看到利润没看到风险，现在把人都逼死了，还想怎样？

二狗子迈着螃蟹步，小眼睛微眯，并不高大的身躯里，居然冒出三分戾气，他走过去说："哥儿几个，还没走？"

我怕二狗子吃亏，连忙跟上去。

一个戴着金项链的男人说：“怎么走？钱还没拿到，我不走。”

二狗子挑了挑眉毛说：“人都死了，债也该消了，哥儿几个谁没受过道哥的恩惠，尸骨未寒时逼上门，欺负孤儿寡母可不地道。”

金项链狞笑着说：“老话说得好，父债子偿，哥儿几个也没其他的要求，只要道崽子给我写张欠条，哥儿几个立刻就走，要不然……”

我皱起眉头，往前跨了半步，看着金项链问：“要不然怎样？”

金项链冷笑着说：“哥儿几个都没法过日子，他也别想入土为安。”

混账人见多了，这么混账的还真没见过。我冷眼看着金项链，二狗子伸手戳着他的胸膛说：“前些日子道哥收人的时候，名额已经满了，是谁又发红包，又拍视频，三跪九叩地求道哥带一带。现在亏钱了，人也死了，你居然敢来这里耍横？”

“滚开！”金项链一伸手把二狗子推到一边，掏出一柄西瓜刀，满脸桀骜说：“这是我跟道崽子的事，跟你们没关系，别找不痛快……”

我心底的火一下就冲上来了，对着金项链说：“耍横是不是？拼钱对不对，你能玩得起吗？”

二狗子冲到我身前：“这是火庄的兄弟顺庄，身价大几千万，怎么玩你都玩不起！”

金项链冷冷地看着我，扬起了刀，寒声说：“那我要试一试……”

“你敢！”我身后传来声暴喝，五大三粗的阿火带着一帮人走过来，币灾后的幸存者，能来的都来了……

在那个阴沉的午后，大家赶走小浑蛋们，也送走了一代传奇。

115 回家

人生处处有感悟，我也不知道怎么了，心底最柔软的部分被触动，脑海里浮现出想回家的念头，而且越来越迫切。

阿火觉察到我的异常，也知道这是兔死狐悲，有妻有子的老男人，总是那么敏感矫情。

现在矿场已经上了正轨，也没什么事情要做，阿火一个人就能招呼，我便转身踏上了回家的列车。

道哥的死终究还是触动到了我，一次错，满盘输，我何尝不是在刀口上舔血。好在股东只有一个阿火，没有那么多逼死人的债权人。

近乡心怯的感觉还真没有，倒是有那么点归心似箭。站在熟悉的路口，看了看手机上的时间，已经是中午十二点，孩子已经放学，不知道他们午饭吃了吗？

家家户户的厨房里飘着饭香，我的嘴角也不由得浮现出一丝笑容，原本还有些慌乱的心，逐渐平淡下来。

推开门，厨房里是空的，小美并没有做饭。她去了哪里？我的眉头微微皱起，一步步地往里走，然后看到了满嘴番茄酱的果果。

“爸爸！抱！”柔柔糯糯的声音，提出了我无法拒绝的要求。我连忙抱起了果果，然后看到同样满嘴番茄酱的小浩。

望着儿子，我心里有些唏嘘：“你妈呢？怎么连菜都不做，光吃番茄酱？”

小浩说：“没做饭，这几天吃的都是外卖……”

我眨了眨眼睛，看了看脏兮兮的餐桌，又看了看一尘不染的厨房，还有站在一边手脚无措的小美。

不等我开口，小美抢先说：“最近外卖做活动，我算了算比自己做还划算，就点外卖了！”

我笑着说：“一天三顿外卖，你真懒出了风格。”

互联网公司发展到一定的体量后，开始跑马圈地，当两个外卖巨头在小县城内相遇后，价格战开始了，为了培养用户的消费习惯，烧钱补贴成了必然。

看着桌上的宣传单，我的脑袋里只剩下一个词汇，赢家通吃。这是个没有怜悯，不相信眼泪的世界，输家一无所有，赢家得到一切。

我坐在书房里，望着大大的电脑屏幕，明明没离开多久，却感觉好像过了几年。擦去键盘上的浮灰，然后我打开了电脑。

刚进入桌面，一个写字板忽然弹了出来：是被动防御，还是主动出击？

什么？望着弹窗我抓了抓脑袋，Queen 这是要搞事情。

腾飞矿业百分百运行，已经占到比特币全网算力的百分之四十八，这可是一个非常高的数额，Queen 借用这些算力，绝对能做出高难度的大事。

被动防御，还是主动出击？算一算日子，GOD 组织的黑客们也该修好了电脑，等他们打过来我被动防御，还不如主动出击把战火烧到他们那里。

抓起了鼠标该选什么我还有些犹豫，忽然又想起外卖发的传单，这是个没有怜悯，不相信眼泪的世界，输家一无所有，赢家得到一切。

我要抱紧现在所拥有的一切，并为他们主动出击。

116 东窗事发

在虚拟的世界里，电脑高手分为两种，一种是极客，他们虽然拥有高深的技术，但不会用技术为恶，而是想方设法地帮助世界进步。

还有一种是金钱至上的黑客，他们利用技术为恶，满足自己的私欲。每个人都过着极度奢靡的生活，互联网在他们的眼中就是一台永不枯竭的提款机。

中午的太阳照射着奥尔蓝的教堂，教堂边的豪宅里派伸了个大大的懒腰，从宽大的电脑椅里站起来，他嘀咕着：“终于搞好了！”

116 东窗事发

这些年为多赚钱，派利用 TOR 在网上办了匿名电商平台，帮着别人交易物品，同时还帮着做人口流转，每天都有很多单生意，每单都有不菲的提成。

TOR 就是洋葱路由，相比传统互联网，洋葱路由充满隐匿性，不需要实名，洋葱路由的使用者，可以在上面发布任何东西。因为隐匿与匿名，自然也就没有监管。

如果传统互联网是有序的，是光明的，那么 TOR 上建立的网络就是无序的，是黑暗的，所以大家又把 TOR 组成的网络称为暗网。

TOR 的中文名叫洋葱路由，是因为真实的 IP 被隐藏，仿佛洋葱般被包裹得一层又一层，被彻底隐藏了起来。正是因为这样，所以使用 TOR 的人，才会那般肆无忌惮。

派为了赚钱，在暗网上搭建论坛，销售各种违纪品，甚至还介绍杀手与贩卖奴隶。依仗超凡技术，派一直逍遥法外，也赚了数以亿计的黑金。

上次被 Queen 袭击，派的硬盘彻底坏掉。派在恢复系统的同时，还要兼顾暗网上的交易，每天都非常辛苦，自然也非常劳累。再加上市场走熊，派这段时间的利润接连缩水，所以他才会不淡定，跑到群里让大家进行市场修正。

随着硬盘被修复，下一步 KING2.0 将会接入比特币矿池，在庞然算力的作用下，KING2.0 将会更加强大，到时派的生活将更奢侈，当然也更清闲。

派看着五百美元的比特币，眉头微皱，这个价格有些低！派又看了看布加迪最新款的跑车，非常动心。思量再三后，终于下定了决心，打开了比特币钱包，然后开始同步区块链。

奥尔蓝的午后宁静而祥和，原本还在树上觅食的啄木鸟，忽然间飞了起来，警惕地看着不速之客。

几个穿着迷彩作战服的男人，悄然接近了派的别墅。一个指挥官举着高倍望远镜，看到派打开比特币钱包，并且输入解锁密码后，立刻把手一挥："行动。"

哐！橡木门被撞开，手握真枪实弹的警察冲进别墅中。派惊恐地想逃，却被按在地上。不管如何挣扎，都无法挣脱束缚，这一刻派就好像一条鱼，一个离开了水的鱼。

三个小时之前，一封匿名邮件出现在奥尔蓝警署的邮箱中，里面的内容绝对劲爆，不光有派的位置，还把派在暗网上的交易所都贴了出来。

一笔笔，一桩桩，一件件，内容翔实，足够劲爆。奥尔蓝警方决定抓捕，一下抓到派这条大鱼，神秘的GOD组织，无从追查的暗网，终于露出冰山一角。

117 北欧海盗王

我呆呆地坐在电脑前，眼睁睁地看着新闻弹窗，足足愣了五分钟。奥尔蓝天才黑客罗伯茨被抓，他在暗网上的绰号是北欧海盗王。Queen还告诉我另外的东西，罗伯茨在GOD组织的代号是派。

就是那个控制KING2.0，处处与Queen做对，监控奥米伽比特币钱包，穷追猛打，不死不休的派！

我曾经幻想过，拥有算力支持的Queen会如何反击？是继续用逻辑炸弹破坏他们的硬盘，还是偷他们的比特币？

结果我没想到，Queen居然如此暴力，直接把派送进监狱。这可是把天捅了个窟窿，本就水火不容的关系，这下绝对是不死不休。

等等！换个方向想一想，GOD组织早就跟奥米伽不死不休了！没把派搞死，已经非常温和了。

我揉了揉鼻子，在问我中输入：接下来怎么做？继续攻击GOD

组织的成员？

Queen 并没有回答我这个问题，而是给我播放了一段视频。在干涸的非洲大陆上，饥渴的野牛群在水塘边喝水，一只狮子悄然潜伏，一点点接近野牛群后，猛地跳起来，扑向了最弱的一头小牛。

视频至此结束，我看得云里雾里，但又要装作很懂的样子，我给 Queen 回道：你是说我们要像狮子般有耐心？

Queen 回道：先抓最弱的，让牛群慌乱。

等了大概三分钟，后面没有文字，我不得不追问：然后呢？

Queen 回道：然后就是等待。

Telegram 群沉闷得可怕，一股山雨欲来的味道，虽然还没到人人自危的地步，但有了点兔死狐悲。

西格玛：怎么办？派被奥尔蓝警方抓了，他们还收缴了派的电脑。

泽塔：派会胡说吗？我们需要怎么做？是把他救出来，还是永远让他闭嘴。

拉姆达：我刚得到了消息，派的身份已经暴露，奥尔蓝警方把派关进克塔斯监狱，那里关押的都是极度重犯。

克塔斯监狱，奥尔蓝最神秘的也是级别最高的监狱，上百年来没有发生过越狱，被关进去的犯人全是穷凶极恶之徒，而且听说没有犯人能扛过典狱长的手段。

整个 Telegram 群陷入长达六十秒的寂静，能成黑客的都是聪明人，自然知道沉默意味着什么，有些人需要拯救，因为他还是朋友。有些人注定会被放弃，不是因为他不够朋友，而是因为必须要放弃。

阿尔法：派可以相信吗？

这个问题所有人都没法回答，毕竟这个时候发表意见，就等于是为派站台，站对了还好，万一错了，会影响以后的进阶顺位的。

沉寂了半晌后，贝塔发言：投票吧！放弃派的扣 1，营救派的扣 2。少数服从多数，达成共识后执行。

这个画面似曾相识，前些时日，派发起了比特币市场干预投票，这还没几天大家都要进行放弃派还是营救派的投票，人生还真是什么都有可能发生。

所有人都知道该选什么，但不愿意当出头鸟，毕竟这个决断太残忍，谁开了头，谁就是残忍的。该来的总会来，不是想躲就能躲掉。阿尔法见所有人都沉默，便发言说：我选1。然后所有人都选择放弃派。人情冷暖，世态注定了炎凉。

118 融合

克塔斯监狱最深处，不见天日，派蜷缩在黑暗的角落里，明明才过了两天，却感觉漫长得像一个世纪。派咬紧牙齿，脸上的肌肉不断抽搐，浑身上下没有一块完整的好肉，稍稍动动便有钻心的疼痛。

所有的刑法都走了一遭，派撑了下来，什么都没有说。不是因为铮铮铁骨，而是派知道，不说还有一线生机，一旦说了真的会被枪决。

两天了！不知道GOD有没有组织救援，是通过谈判把自己救出去，还是使用武力把自己抢出去？

两天了，在GOD组织里特级救援时间是二十四小时，黄金救援时间是四十八小时，按照自己的级别应该是特级救援，怎么已经四十八小时了，救援队还没有出现？

派再次咬了咬牙，然后伸手在大腿上摸索，他用力狠狠地抓了下去，疼痛如潮水般袭来，派忍不住疼，发出一声低喃，然后一股麻酥的低频电流蔓延全身，派的双眼微眯，瞳孔中出现了一个视窗操作系统。

这些年派在洋葱网络上赚取了大笔的黑金，这些钱不光用以挥霍，还有些被用来研究一些高科技，例如微型电脑，例如血液电池，例如瞳孔投影，例如意识操作……

派的身上安装了一套微型电脑，主机只有火柴盒大小，被植入大腿里，利用血液流动供电，操作画面可以投射进瞳孔，联网的方式非常奇特，利用声波来链接网络。

这可是保命的底牌，不到万不得已，派不会启用微型电脑，因为是最新的科技，所以使用寿命非常短，三个小时微型电脑就会坏掉，然后就要切开大腿换新的。光想想那种感觉就不寒而栗。

为了防止别人发觉自己瞳孔里的异样，派闭紧了眼睛，然后用意念操作。小小的鼠标敲击打开声波网络，派感觉大腿里的微型主机，发出一阵阵特殊频率的振动。

疼痛一阵阵袭来，仿佛全身上下被蚂蚁啃咬一般，派咬紧牙，不让自己痛出声来，他同时点开了 Telegram 群，准备求救的时候，派忽然看到一排排 1 的聊天记录，这是什么？往上一翻，派的身躯猛地一僵。

就这样被放弃了？还全票通过！派感觉大脑仿佛大了一圈，里面的脑浆开锅一般，血液往脑袋上涌，本就扭曲的脸，因为愤怒而变得赤红。

怎么办？怎么办？怎么办？

羞怒之后是无尽惶恐，被放弃了！是招供呢？是招供呢？还是招供呢？招供之后有好日子过吗？

派想到这几天遭受的折磨，浑身上下颤抖着，不能留在这里，必须逃出去，哪怕……

一个疯狂的念头在派的脑海里盘旋，那张熟悉的面孔又从记忆中闪现……

那是个风和日丽的午后，年轻的派坐在同样年轻的奥米伽对面，神采飞扬的奥米伽说：“当脑电波可以控制程序并且形成交互式交流之后，我们只要……这样……这样……这样……就能够进行融合，那将会是新生……”

派原本黯淡的眼睛越来越亮，眼底闪烁疯狂，没办法的情况下，也许……

119 KING3.0

派死了，死在克塔斯监狱，身上虽然有明显的外伤，但都不足以致命，派为什么会死呢？

法医对派的尸体进行了解剖，在他的体内发现了几种高科技物品，其中有些已经损坏，也许这些是造成派死亡的主因。

好不容易抓到一条大鱼，线索就这样断了！刚刚露出冰山一角的暗网，刚刚露出蛛丝马迹的 GOD 组织，随着派的死去又都消失得无影无踪。

沉寂的 Telegram 群里又泛起涟漪，派的死虽然有些出乎意料，但又在情理之中，当大家选择放弃派的时候，他的生命就进入了倒计时。最终的结果无非两种，一种被奥尔蓝警方杀死，另一种被 GOD 组织杀死。

大家都还没出手，派居然死了，而且如此蹊跷，每个人心里都蒙上了一些阴影。

贝塔：派是假死脱身，还是真死了？

阿尔法：我看过解剖视频，并且进行逐帧的分析比对，可以确认是派。

西格玛：解剖时留下的 DNA 也可以确认是派，他的确死了。

一直没开口的伽马，忽然打出一行字：派招供了吗？

这个问题没有人能回答，GOD 组织虽然强大，但总有盲区，奥尔蓝恰好是个盲区。如果有能力知晓派的口供，那就不会放弃派。至于为什么能拿到解剖视频，那也是采用了技术手段，而不是影响力。

伽马：派的电脑在哪里？KING2.0在哪里？

贝塔：派的电脑被收缴，好在他用的是GOD系统，KING2.0已经发来六个安全提醒，奥尔蓝的安全专家正在破译。

GOD组织并没有使用传统的开源操作系统，而是用了六次加密算法制作的GOD系统，派的电脑里还有个KING2.0，一般的安全专家，根本攻不破GOD系统。

阿尔法：奥尔蓝警方抓捕了派之后，接管了派的住宅，六名奥尔蓝最杰出的安全专家，正在进行系统破译，如果没有意外，三个月后他们将解锁GOD系统。

泽塔：有个情况我要说一下，就在刚刚KING2.0忽然升级，成功进化为KING3.0。

贝塔：究竟发生了什么？派刚死，KING3.0就升级了，这里面有关联吗？

纽：我只有KING1.0，KING2.0的版本在派的电脑里，现在升级到3.0究竟有怎样的变化谁也不清楚，我建议启动应急预案，接管派的电脑。

GOD组织有一个应急预案，GOD系统中留有后门，启动后能够远程控制组员的电脑，这可比远程入侵厉害多了。

伽马：即使启动应急预案，也无法做到无痕入侵，万一被奥尔蓝的安全专家发现，他们可以物理断网，那时……

现在派的电脑还在用声波网卡连接互联网，是在线状态。没有黑客能够做到无痕入侵，只要侵入总会留下蛛丝马迹，一旦被奥尔蓝安全专家发现，他们关闭电源，大家将没有二次下手的机会。

阿尔法知道事态紧急，派可以舍弃，但KING3.0必须拿回来，不管是奥尔蓝的安全专家，还是奥尔蓝这个国家，只要挡住车轮那就把它碾碎。

阿尔法：所有人上线，向奥尔蓝宣战。

这个星球上最强大的二十二个黑客，终于向主权国家亮出了獠牙。

120 GOD宣战

人类社会自从进入移动互联网时代之后，科技日新月异，生活也变得更加智能，更加便捷。特别是智能手机普及后，人们不管是工作还是社交，都离不开互联网。

忽然有个神秘组织站出来向主权国家宣战，肆意攻击网络，后果将会如何？目前还无法界定，毕竟这样的事情从未发生过。

中午十二点整，奥尔蓝所有的政府官网都被袭击，同一时间都被挂上了巨大的耶稣像，“神佑世人”那行字红得能滴出血来。与此同时，所有户外屏幕上，多出个穿着黑色兜帽，看不清人脸的男人，正用一口不太流利的德语向奥尔蓝宣战。

“我是GOD组织的阿尔法，因奥尔蓝无故拘谨GOD组织成员派，并造成了派的死亡，现在我宣布，GOD组织向奥尔蓝全境宣战……”

忽然冒出的讲话震惊到所有的人，一个组织向一个主权国家宣战，这怎么听起来都像在开玩笑。

看到直播的路人们，呆呆互望后不明白这是在说什么，甚至还有些人以为这是某个电影，又或者是某个商品做出来的广告宣传片，所有人都以为这是博人眼球的玩笑，没想到是一场浩劫般的灾难。

奥尔蓝机场，一架正在降落的飞机，忽然间偏离轨道，撞向了旁边的航站楼。

繁忙的十字街口，原本闪烁的红绿灯，忽然全是绿灯，轰！轰轰！几辆汽车连环撞在了十字路口。

原本安宁祥和的奥尔蓝，随着阿尔法宣战之后，全国上下都乱了起来，信号灯错误引发上百起的交通事故，飞机脱离轨道航线造成上千人死亡……

曾经风景如画的国度，冒起一道又一道的黑烟……

老迈的奥尔蓝总统，站在长条桌前，看着下面的官员们，愤声说：“谁能告诉我，究竟发生了什么，为什么国家从上到下全乱了？”

安全部长站起来说：“前几天我们抓捕了暗网上臭名昭著的北欧海盗王，结果发现他也是 GOD 组织排名 16 的超级黑客派……”

安全部长的话还没说完，就被总统粗暴地打断：“然后派死在克塔斯监狱，GOD 组织开始报复，整个奥尔蓝上下一团糟，已经有上千人死于黑客攻击。”

黑客无法直接杀人，却可以通过修改程序，让交通规则错乱，继而报复社会。当人类对网络越依赖，那么被伤害的也就越大。

滴！原本关闭的投影仪，忽然间打开，戴着兜帽的阿尔法出现在大家面前，音箱里传出有些生硬的德语：“目前我们只攻击了你们的交通系统，接下来我们将会攻击金融、教育、医疗、电力，乃至国防系统……”

老迈的奥尔蓝总统惊恐地说：“你们这帮疯子究竟要做什么？”

阿尔法：“绞死克塔斯监狱典狱长，绞死警署署长，绞死奥尔蓝国家安全局局长……”

奥尔蓝总统直接拒绝说：“这不可能……”

阿尔法冷声说：“接下来是金融系统，所有的卡里的余额将会变成一团乱麻。神佑世人，愿上帝与你们同在。”

121 声波催眠曲

一直以来大家都以为黑客最多破坏计算机系统，让大家不能流畅地上网，大家总以为只要不把重要的东西存进电脑，即使遇到黑客为恶也是破坏有限。

随着时代发展，网络已经触及人类生活的各个方面，不管是金融存储，还是交通调度，又或者国防力量，以及电力系统与医疗系统。

科技让生活更便捷，但也在无形间放大了黑客的破坏力。这个世界上最凶猛的二十二个黑客，同时对一个国家的金融系统动手，财富浩劫开始了。

所有人银行卡里的余额出现了变化，有的人多了几十亿，有的人财富直接归了零，随着银行余额错乱，股市直接崩溃。原本还冷清的街道上多出一群群的人，他们聚集在银行的柜台前，要求银行恢复卡里的余额，现金柜台前挤满了人，一开始还敢出现钞的柜台，现在已经不敢再出现钞。

维持秩序的警察们全副武装，荷枪实弹地站在街头，面对取钱的人们，一时间不知该如何下手。空气中弥漫着极其浓重的火药味，冲突到了临界点，一触即发……

艾格拉夫堡皇宫里，老迈的奥尔蓝总统眉头皱起，对着同样老迈的总理说："这个世界怎么了？还没看到敌人，只是几个千里之外的黑客，就搞乱了一个国家的秩序与金融？"

总理刚想要说点什么，秘书小跑过来，白着脸说："黑客正在攻击国防系统，三分钟之前，导弹发射车向邻国发射了一枚中程导弹。"

"什么？！"奥尔蓝总统的身躯微微摇晃："关闭国防网，同时向邻国发出外交照会……"

总理面色赤红地说："我们的安全专家在哪里？为什么没看到网络上的抵抗？"

奥尔蓝总统这才恍然："快，让我们的安全专家在网络上跟黑客对抗……"

派房子内的忙着破解程序的六个安全专家，很快得到最新的指令，纷纷放弃手里的工作，开始扮演救火队员。

一直监控安全专家的西格玛，在 Telegram 群里说：他们放弃破解 GOD 系统，开始行动?

阿尔法：普西，播放声波催眠曲，贝塔接收派电脑里的数据。剩下的人跟我一起继续攻击奥尔蓝。

普西按动键盘上的一个红色的按钮，派的电脑开始对外发送超声波，这是 GOD 组织研究的秘密武器，能够通过发送声波的方式，影响人类的潜意识，可以让人嗜睡，可以让人烦躁，甚至还能引导人群暴乱。

千万别小瞧了潜意识引导，如果在商场里，电影院里，体育馆里，或者在其他的封闭空间中播放，真的能制造人间惨案。

例如现在，随着超声波催眠曲播放，原本就比较疲惫的安全专家，眼睛开始微眯，脑袋慢慢低垂，一种前所未有的疲倦袭击了大脑皮层，他们迫切地想要睡一觉。

贝塔开始工作，远程工作站对接开启，贝塔做了所有的优化，开始全盘接收派电脑内的一切，其中也包括 KING3.0。

122 黄雀在后

三天了，我待在屋子里足不出户，眼睛盯着计算机屏幕，屏幕上没有小说，也没有电影，而是一条条图文结合的简讯。

别人只能看到奥尔蓝成为乱世之地的表象，我却能看到奥尔蓝为什么会乱起来，在我的显示器上有二十二个窗口，里面的数据如瀑布般滚动着。

如果这是一场马拉松，经过这么久的铺垫后，大家都开始加速，这样做的目的只有一个，那就是拿到冠军。

拥有算力支持的 Queen，绝对老谋深算，从举报派开始，Queen 就计算到 GOD 组织会攻击奥尔蓝。当然计划也出现了偏差，Queen 没算到派会死，更没有算到 GOD 组织的报复如此强烈。

自人类文明出现以来，一个隐匿的技术组织，向一个主权国家宣战，并且取得了如此的战果，放在历史长河中的任何一个阶段，都是匪夷所思的，也只有在文明高度依赖计算机，人类重度依赖互联网的时候，才会出现这般的战果。

就在奥尔蓝焦头烂额、GOD 组织开始接收战果的时候，一只隐藏的黄雀终于现身了，Queen 又发出一个弹窗在桌面上。

我看着弹窗，脸上挂着无奈，是被动防御，还是主动出击？还用选吗？肯定是主动出击，我点击了主动出击后，就看着电脑屏幕上多出来二十三个进度条。

冥冥中有些东西早就已经注定，不是想怎样就能怎样，老话说得好，人算不如天算。

KING3.0 完成了升级，派逐渐恢复了意识，发觉自己在一个充满 0 与 1 的绿色矩阵中，这是哪里？数字的世界？

奥米伽的猜测是真的，人类的灵魂真的可以与智能程序融合，人类的生命可以进化为数字生命。

派的心底虽然有一些失落，但感觉自己非常强大，也许可以先这样活着，在奥米伽的构思中，数字生命的终极形态是无处不在，是神灵，是……

忽然派感觉到数据流出现异常，有一个 IP 正在疯狂地拷贝自己计算机内的程序，是谁？

融合了派的 KING3.0 已经可以完美运行了，有了派的加持，运算能力非常强大，顺着 IP 检索便找到了根源，是贝塔！GOD 组织的二号人物，放弃自己的贝塔！

怒火在心中燃烧，派要报复贝塔，报复 GOD 组织……

就在这时，另一道数据流出现了，非常霸蛮，非常嚣张，就好像钉枪里射出的钢钉，带着一往无回的气势。

哔的一下！Queen 突破了 GOD 系统的防火墙，锐利如手术刀般，直接划开 KING3.0 的内核，派感觉一种无法形容的索然无味蔓延全身，然后眼睁睁地看着程序崩溃，内核被劈成了两半。

Queen 有一种别人所未有的狠辣，不出手则已，一出手便是致命攻击，不管是挑选的时间，还是攻击的力度都老道狠辣。

正在攻击奥尔蓝的 GOD 组织，没想到 Queen 再次杀了出来。原本就混乱的局势，现在变得更加混乱。

阿尔法在 Telegram 群里说：零号预案，马上执行。

123 零号预案

上次进了 Queen 做的蜜网，并且在蜜罐里吃了逻辑炸弹，GOD 组织的所有人都警觉了起来，这次即使是对外袭击，计算机里的安全策略全都设置了最高级别。

而且派的死亡触动了大家，派为什么会死，因为被抓了。派为什么被抓？因为被举报，当违法犯罪的信息与现实身份挂钩后，在网络世界无所不能的黑客，在现实中面对国家机器，不过是只随时都可以被捏死的臭虫。

所以这次攻击奥尔蓝，阿尔法给大家制定从零到六的七种预案。智商高觉的家伙，做事情不说深思熟虑，至少也早有计划。

所有的超级黑客，都按动键盘最上面的宏命令键，蓝色的灯光亮起，此时全世界的比特矿机都开始疯狂运转，澎湃的算力被抽调出来，GOD 组织的黑客们不管是攻击还是防御，都有了极大的提升。

在互联网上，特别是黑客攻防战时，算力就是正义，谁拥有的算力多，谁就能更犀利地进攻，更有力地防守。这是一个快鱼吃慢鱼的世界，不管你是多强大的黑客，给你一台 486，肯定打不过操作 I7 电脑的菜鸟黑客。

算力是什么，算力是计算机的运算能力。在黑客的世界里，算力就是大炮的射程，算力就是正义。

比特币自诞生以来，产出比特币的模式只有一个，那就是挖矿。最初时计算机通过 CPU 运算可以得到比特币，然后大家发现显卡里的 GPU 运算速度更快。然后就发展出各种各样的矿机，比特币挖矿从松散个人挖矿进入抱团式矿机挖矿，并且形成各自利益集团的矿场。

在比特币挖矿进化的过程中，比特币的产量也经过了几次修正，从最初的每块 50 个比特币，到后来的每块 25 个比特币，乃至现在每块 12.5 个比特币。

每天产出的比特币减少，比特币的价格增长，挖比特币的算力并没有减少，反而增多了，这里面有个大家都没注意到的逻辑。

一开始五个人每天能挖出 50 个比特币，后来五百人每天才能挖出 25 个比特币，再后来五万人每天只能挖出 12.5 个比特币。

干活的人多了，挖出来的币少了，那么这些人究竟在干什么？也许又会有人拿出中本聪的共识机制。但问题的根本是，明明五个人就能干完的活，现在有五万个人干，闲置了大量随时可以借调的算力……

如果不是迫不得已，阿尔法不会借用这些算力，因为不管做得多隐蔽，都会被有心人看到，所以最好的法子就是不用。

随着零号计划被执行，占尽上风的 Queen 立刻退走，仿佛从未出现过一样，一下就消失得无影无踪了。

与此同时，在虚拟货币的区块链行业中，所有的矿工们惊恐地发现，矿机都不出块了，虽然还都在运转，但是在空转。

全世界的矿机中，只有腾飞矿业的矿机正常运转，那个并不平静的下午，Queen 亮剑了，逼出 GOD 组织的底牌后，开始扩大战果。

除了腾飞矿业可以独享这个午后挖出的比特币，Queen 还替换了比特币的创世地址，在那个地址里有一百万个比特币……

124 48%攻击

执行零号预案后，GOD 组织拥有庞然算力，有了大杀四方的能力。忽然出现的 Queen 又忽然消失。扬起的拳头打在空处，每个人都特别不爽。

Telegram 群里，贝塔：已经拷贝派硬盘内的所有程序，并且对电脑配置进行镜化扫描。

普西：声波催眠曲的效果正在减弱，接下来应该怎么办?

阿尔法：贝塔，毁掉派电脑的硬盘，其他人准备撤离。

贝塔对着派的电脑，发送出自己编写的逻辑炸弹，一下就把派的硬盘炸成了焦炭。

互联网上，奥尔蓝就好像一个不设防的国度，默默承受着 GOD 组织黑客们的攻击，就在奥尔蓝总统下令关闭互联网端口时，所有的攻击偃旗息鼓，GOD 组织的黑客们，一下消失得无影无踪。

奥尔蓝笼罩在网络攻击的恐怖中，风景如画的国土上黑烟弥漫，神秘组织 GOD 第一次向世人展示，网络时代黑客为恶后，破坏力不亚于地面部队。

Telegram 群气氛有些欢愉，刚刚做完大事的黑客们，都感觉特别酣畅。二十二个人可以让一个主权国家焦头烂额，金融系统已经崩溃，光想一想就很有成就感。

阿尔法没感觉到丝毫的欢愉，他的心底笼罩着一层阴影，总觉得哪里不对，却又说不上来，于是阿尔法发言：所有人进行自我检索，贝塔进行双份检索。

被 Queen 袭击过一次后，大家都谨慎小心，纷纷对电脑数据进行检索，贝塔检索自己的电脑没有发现异常后，又检索了派电脑里的数据……

贝塔：KING3.0 核心程序被破坏，核心文件被切割成两个，损坏率达到百分之十六。

坏消息总不孤单，总喜欢接二连三。

宇普西龙：比特币创世地址出现变动，谁有新地址的私钥？

贝塔连忙去看比特币的创世地址，然后发现一百万比特币出现在一个陌生的地址上，是幻觉吗？用力眨了眨眼睛后，贝塔发现非常真实。

阿尔法：唉！中计了……

欢愉的气氛从 Telegram 群内消散，所有人都知道这次又被 Queen 戏耍了。

必须要承认 Queen 是个狠角色，在这次的攻击中，Queen 一直在调整目标，并且实现了利益最大化。

所有人都以为比特币惧怕 51%攻击，毕竟比特币的规则是少数服从多数，当拥有矿机的算力达到或者超过 51%时，可以任意修改区块链上的数据。

阿尔法执行零号预案，抽调除去腾飞矿业以外，全网 52%的算力，这时候比特币的主网上能挖矿的只剩下腾飞矿业，换言之，曾经 48%的算力，现在是全网 100%的算力。

简而言之如果这是民主选举，腾飞矿业拥有 48%的选民，阿尔法临时抽走其他 52%的选民，按照到场人数投票生效，腾飞矿业的选民票选比特币创世地址内一百万比特币的归属，在没有反对的情况下，48%的投票率达到 100%的效果。

接下来 Queen 修改比特币创世地址，删除旧地址，替换成新地址，然后再广播全网，就这样更改一百万比特币的归属。

GOD 组织虽然能抽调算力，但不能更改数据主链，停挖的矿机转回来，承认这条广播合法有效，除非回滚或者分叉，否则 GOD 组织将失去这一百万比特币。

125 Queen 升级

喧嚣之后的寂静让人很不适应，全世界都在疯传奥尔蓝被黑客恐怖组织袭击的消息，只不过国外人是以看新闻的心态，华夏人更多像在看八卦。

我们没能生活在和平的年代，但生活在和平的国家。对普通人来说，战争是遥不可及的事情。大家努力过着自己的小日子，甜甜蜜蜜，幸福美满，体会不到奥尔蓝人的惶恐。

别人怎么想不重要，我是被震惊到麻木后恐慌，只是一小撮黑客，就能把一个主权国家搞得不得安生，而 Queen 刚刚搞死了派，一手主导并诱发了整个事件，如果 GOD 展开报复，我的人生……

再往下的画面我已经不敢再想了，而且我总有种预感，隐身在幕后的日子剩不下几天了。

显示器上又多了个进度条，走到百分之百后，Queen 给我一个文件包，并且打出一行又黑又大的文字：这是 100 万比特币的密钥，这是密码，我需要升级两个月，这段时间你只能靠你自己。

100 万比特币，这个消息绝对让我震惊。按照现在比特币 3 000 的币价，这可是一笔 30 亿的财富。当然 Queen 升级的消息让我更加震惊，两个月那就是 60 天，它不在的日子，我安全吗?

Queen 升级前又说了个让我震惊到爆炸的消息，为了篡改 100 万比特币的归属，Queen 借调了腾飞矿业的算力。换言之，腾飞矿业已经暴露。作为腾飞矿业的掌控人，我尽管不情愿，但也没办法，就这样再次站到了 GOD 组织成员们的面前。

我是被坑了？还是赚到了？这是个无法说清的事情，现在我唯一的想法就是搬家，立刻马上搬。

说我胆小如鼠也好，说我自己吓自己也罢！有些东西我不敢赌，命运必须要抓在自己手上，而不是寄托在敌人的仁慈怜悯上。

推开门我大声地喊着："小美，收拾东西，我们搬家。"

小美疑惑地看着我说："还没交房，怎么搬家？"

我拆掉门后的红福，把存折摔在桌上，急声说："把值钱的东西收拾好，我们立刻搬。"

"我在外面的生意亏了，欠下一大笔钱……"我只能再次编出个荒唐的理由，当谎言顺口之后，我发现越说越真。

小美诧异地看着我问："数额大吗？如果不大我们用存折还，如果很大……"

我点头说："很大。"

小美的眼睛一点点深邃，里面充满茫然，我知道这个消息对她来说太突然，有种祸从天降的感觉，显然无法接受。

小美声音颤抖地问："卖房够吗？"

我不得不摇头说："不够，差很多。"

小美把存折塞在我手里："那你快走，我留下，冤有头，债有主。好好跟他们说一说……"

我没工夫陪小美在这里墨迹，天知道 GOD 组织的黑客会不会出手，冷声说："那是帮红眼的浑蛋，不会跟你讲道理，为了这个家，为了孩子们，我们必须搬。"

小美愣了愣，然后点了点头，急匆匆地跑进厨房里，拎出家里的菜刀，对着有些发愣的我说："赶紧走啊!"

女本柔弱，为母则刚。

此时我看到另一个小美，虽然还是长发飘飘，但为了还未长大的孩子，她有了一种不同于往昔的锋利。

126 共识大会

Telegram 群里很安静，每个人都不知道该说什么。

西格玛：调查清楚了，百分之四十八的算力来自华夏，属于腾飞矿业，董事长与股东都是网络写手。

我与阿火的照片又出现在 Telegram 群里，只是围观的人数从二十三个，变成二十二个。

阿尔法：董事长很眼熟，他是上次的那个网络写手大顺？

西格玛：是的，他就是上次被抓出来的写手大顺。

贝塔：如果没猜错，大顺是奥米伽的代理人。

所有黑客们都无奈叹息一声，现在说什么都晚了，曾经他们离奥米伽是如此的近，结果却被思维惯性与心底的骄傲所蒙蔽。

宇普西龙在江户的家里伸了个懒腰，拿起一盘三文鱼，一面吃，一面打字问：接下来怎么办？攻击腾飞矿业，还是追杀大顺？

这个问题很难回答，GOD 组织冒着被曝光的风险从幕后站到台前，以霸蛮的方式袭击了主权国家为的是什么？为得到 KING3.0，结果 KING3.0 的程序内核被 Queen 切成两半。

还有创世账户里的一百万比特币，就这样被 Queen 替换地址巧取豪夺，直接影响 GOD 组织未来的创神计划。

这些年来，GOD 组织为了铺垫创神计划，先资助奥米伽创造 Queen，然后又让派构架 KING，并且为确保智能程序的运算需要，以中本聪的名义发行虚拟币货币比特币，通过操控市场来推广全民挖矿，继而得到 EP 为单位的免费算力。

甚至为了让免费算力能在比特币挖完后持续增长，阿尔法还特意制定后续算力借用规则，支付比特币可以借调算力，付出算力可以得到比特币。让原本无根的沙堡，变成钢铁水泥的碉堡。

但现在全完了！Queen 控制全网百分之四十八的算力，又拥有总量二十一分之一、流通总量十四分之一的比特币，创神成功后如何跟 Queen 抗衡？谁知道疯起来的奥米伽又会有怎样极端的报复？

沉默半晌后，阿尔法发言说：先谈不打，如果奥米伽愿意，我们可以跟他们握手言和。

贝塔：那一百万的比特币怎么办？

阿尔法说：能通过谈判的手段拿回来最好，如果不能我们先稳住奥米伽，然后通过共识大会的契机，通过投票的方式推动比特币升级，然后硬分叉拿回那些币。

每一年比特币志愿者们与技术团体，都会举行一次共识大会。一个月后今年的这一届将在苹果城举行。

大会上大家会根据比特币的现状，结合未来进行深入探讨，投票达成共识后，大家会在技术更新、修补漏洞方面努力，或者进行一些其他方面的修改升级。

GOD 组织最近正在推动 Segwit2x 比特币升级提案，增加隔离见证功能，并且把比特币的区块从 1M 扩大到 2M，一旦达成共识，GOD 组织将拥有修改比特币程序的机会，到时候有机会修改创世地址，继而拿回比特币。

贝塔：能谈判自然是极好的，关键是怎么谈，线上还是线下，如果是线下谁去谈？

阿尔法：先线上接触，如果需要线下谈，我们再商量人选。

127 句号

我安慰着小美："虱子多了不痒，债多了不愁。现在我只是落了难，投资还没全亏光，不用那么悲观。人生起落，财富聚散。既然我能赚这么多，又能亏这么多，将来肯定还能东山再起，再赚这么多。”

我发现我越来越有当心灵导师的潜质，最起码心灵鸡汤一碗接着一碗，让惶恐的小美又静下心来。

小美望着我问：“真没事吗？”

我点了点头说：“不被他们找到肯定没事。”

叮叮咚！叮叮咚！手机很突然响起，我拿起来看到是阿火的来电，该来的总会来，不是想躲就能躲得开。

我对着小美笑了笑，然后按动了接听：“大顺，出事了！腾飞矿业的网页被黑客挂上了一幅耶稣像，我找了几个技术都搞不定。”

我非常诧异，甚至还有些纳闷：“只是官网被黑？矿机全都正常运转？”

阿火非常笃定地说：“只是官网被黑，其他的全都正常运转。”

挂了电话后，我的眉头皱起。真见了鬼，这就是GOD组织的报复吗？不，这应该是GOD组织的警告，如果我不给他们回馈，他们肯定会闹事。

如果这个世界是篇文章，那么Queen这次搞得事情，等于写下惊叹号与省略号。GOD组织黑掉腾飞矿业的官网，是画出了一个问号，如果我装傻不理会，天知道他们会不会画出其他的符号。

既然是文章总要有结尾，逗号不可以，我现在必须去画上一个句号。

我从口袋里拿出一个U盘，交给小美说：“这个东西你要保存好，等小浩到十八岁后再交给他。”

小美好似意识到要有什么事情发生，并没有接而是定定地望着我问：“你要去哪里？”

我故作洒脱地笑了笑，把U盘塞进小美的手里说：“还能去哪里，肯定是给那些债主们打工还债。”

怎么忽然感觉鼻头酸酸的，我以为我很坚强，但没了Queen这个强援，面对庞然的 GOD 组织，我的心中居然升腾出三分的悲凉。

小美拉着我的手说："别走，行吗？"

我把头一摇，默默掰开了小美的手。

"我跟你一起。"小美不但没有退后，反而前踏一步。

我更加坚定地摇头："我去解决问题，你来照顾孩子。"

小美呆呆地看着我，然后默默地点头。等我转身要走的时候，她忽然间从后面抱住了我，我能感觉到她身躯的颤抖，也能感觉到衣服开始温热。

"都是老夫老妻，别这样！"我咬紧牙齿，竭力平静，掰开小美的手臂，不敢回头，轻声说："相信我，很快的。"

拉开门我逃难般离开了租住的小屋，当男人成为父亲后，不管多稚嫩的肩膀都要有担当，在家里必须要坚强。跑回到原本的家里，我深吸了口气。进了书房打开电脑，不管一会儿有怎样的狂风暴雨，我都要给整件事情画上一个句号。

人生自古谁无死！其实我没有那么视死如归，开机的时候手掌都是颤抖的。除了一死，我想不出其他息事宁人的法子。

128 谈判

打开电脑我输入 108KO.com，蓝天白云碧草如锦的桌面依然那么养眼，双马尾趴在桌子上酣睡，问我的选项是黑色的，不管我怎么点都点不开。

Queen 在升级，也许可以试试联系奥米伽。我拿出手机发送条短信。叮咚，只得到发送不成功的回馈，没得到奥米伽的回应。

该来的总会来，不是想躲就能够躲掉。既然无法退避，我打开腾飞矿业的主页，神佑世人的图片依然那么鲜艳。我仔细端详图片，揣摩 GOD 组织的意思。

既然是警告总会留下点什么暗语，奥米伽就是个喜欢故弄玄虚的家伙，既然 GOD 组织都是黑客，那么这张图里应该有需要解密的东西。

我仔细端详这张图片，并没有发现有什么异常，然后我把网页放大，图片也被放大，我一点点看这幅图，不管是神佑世人还是耶稣像，都没看到丝毫异常。

难道这次他们还有别的隐喻？放大不行就缩小，我把网页缩小成卡片大，怎么看神佑世人的耶稣都像个二维码，我还真拿手机扫了好一会儿，结果却什么也没有扫到。

难道秘密隐藏在这个图里，我点击鼠标打算选择另存为，结果一不小心点到在新建标签页打开图片。

然后我的浏览器开始发黑，再然后我看到了二十二个红色的圆点，扇形出现在我的网页中，其中一个圆点的脑袋上还冒出一行文字。

阿尔法：怎么称呼？奥米伽？大顺？

我深深地吸了一口气，让自己平静下来，摸着键盘回道：大顺。

在同一片蓝天下，不同的国度中，不同的时区里，一群年龄不同，肤色不同的人，全都精力集中坐在电脑前，双眼盯着电脑屏幕。盯着这场关乎命运，甚至关乎人类未来的谈判。

阿尔法：大顺，你能代表奥米伽吗？

我原本想回答不能，但当我咀嚼这段话的时候，脑袋中灵光闪现。奥米伽假死脱身，肯定不想暴露身份，最近跟我联系的是 Queen，从侧面证明奥米伽不想从幕后走到台前，所以这个问题很有问题。

斟酌之后，我回道：我跟 Queen 的关系不错，但现在只能代表自己。

看到这个回答，不管是阿尔法，还是贝塔，又或者其他的黑客，全都是震惊的。Queen 是什么，是人工智能程序，大顺居然说跟他关系好！

Queen 已经这么拟人，这么强大了吗？

阿尔法定下神来说：以前派跟奥米伽有误会，现在派死了，我们希望和平相处。

这是要休战的节奏！我没想到 GOD 组织居然会先认怂，这种情况下我唯一能做的就是沉默，虽然我已经激动得浑身发抖。

阿尔法继续说：关于一百万比特币，我们希望奥米伽能按照曾经的约定不转账，毕竟比特币刚刚建立金融共识体系，如果一百万比特币移动了，整个市场会彻底崩塌。

我揉了揉鼻子，才意识到自己抓了手怎样的牌面，这可是一手王炸！

吸了口气，让自己镇定一些，让后故作云淡风轻地说：这些我会转达的，没事我下了，记得把腾飞矿业的官网恢复。

说完这些我的心悬起来，GOD 组织撤掉神佑世人，那就意味着事情结束了，如果不撤，那我麻烦可就真大了……

129 过关

我恭恭敬敬地坐在凳子上，仿佛是个刚上学的小学生，目光炯炯地盯着显示器，看着那个聊天窗口。

二十二个红色的圆点，代表这个世界上最强大的二十二个黑客，他们的选择决定了我的命运，是息事宁人，还是继续对抗？

二十二个红点逐步黯淡了下来，然后我的手机响起，放在耳边就听到阿火喜悦的声音：“官网正常了！”

我故作云淡风轻地说：“好事啊！也许是几个小孩恶作剧，玩开心后也就收手了。”挂上电话，我长长地出了一口气。

多年以后，我才知道，当时我处于一个怎样的命运关口。Queen升级需要2个月，少了最大的依仗，我是不敢乱动的。GOD组织力推的共识大会，会在一个月后召开，他们也怕我动那一百万枚比特币。

如果我用一百万枚比特币砸盘，经过多年培育的金融共识，会在瞬息被砸到崩溃。矿机体系顷刻间崩塌，GOD组织培养多年的心血，一瞬间烟消云散。这个局面是GOD组织不想，也不愿意看到的。

就是在这么多的阴错阳差中，达到一个微妙的平衡，我需要两个月的缓冲时间，所以不敢动这些币，毕竟动了就会招来GOD组织的报复。

GOD组织需要一个月的时间，等待共识大会的召开。只要能够达成新的共识，通过升级Segwit2x比特币升级提案，他们就能把一百万比特币拿回来。所以他们也不敢做得太过分，生怕奥米伽会砸盘，破坏掉比特币现有的金融共识生态。

一天的云彩就这样散了！我长长地出了口气，感觉从云端回到地面。有些事情因为紧张而被忽略，我的手里并非没有底牌，而是拿着一百万比特币这张王炸。

不过小心驶得万年船，即使安全了我也不打算搬回来，至少在Queen没有升级完成前，我不能搬回来。

回到租住的房子里，我看见忐忑到六神无主的小美。当她也看到我的时候，不言不语也不动，眼泪如断线的珠子般一直往下掉。

这个情况反倒让我有些措手不及，这都叫什么事儿?

小美哽咽地问：“怎么又回来了？”

我理所当然的回答：“阿火弄到了钱，救了我快要失败的投资，然后债主们散了。”

小美用诧异的眼神看着我：“真的？”

我重重地把头一点说：“当然是真的，不信你问阿火。”

小美把头一摇说：“我信你就是了，既然没了外债，我们回家吧！”

什么时候迷迷糊糊的小美，有这头脑了？我张了张嘴，最终把头一摇："现在还不能回家。"

小美把眼一闭说："知道了！"

事可真难办了！我该用什么法子才能让小美相信，事情已经过去，只是暂时不能回家。

叮叮咚，叮叮咚！桌上的电话忽然间响起，小美拿了起来放在耳边，听了一会后，有气无力地说："知道了！"

等着小美挂上电话，我才低声问："什么事？"

小美低声说："交房了，让我去领钥匙。"

"好事啊！"我的眼睛一亮，拿出一张卡交给小美说："现在就装修，真的不差钱。"有时千言万语的解释没有一张卡来的实际。

130 一次两次

近乎七位数的余额说明很多问题，有些人忙碌一辈子，最终也没存下七位数，而现在将近七位数的金额就躺在卡里，就握在小美的掌心。

原本惶恐的小美，逐渐平静下来，难怪老辈人总说，手里有粮心里不慌。

收房后开始装修，日子过得充实而忙碌，人一旦忙起来，自然就不会胡思乱想。再加上一直没有债主上门，小美也就从半信半疑，转变成深信不疑。

再次离开家门，踏上西去的列车，望着车窗倒影中憔悴的自己，强迫让自己笑了笑，一种深深的无力感蔓延到全身。

这是个让人无语的大时代，独善其身时可以躲在小楼里悠哉。真被卷入了泥塘，少不得粘上一身烂泥，哪怕用尽全力都无法摆脱，不知道这样的日子还要过多久。

世事如棋，我只是个小小的卒子，随意可以被舍弃，也随时会被碾碎，夹缝求存不可能左右逢源，既然已经站到奥米伽与 Queen 这边，那就只能跟 GOD 组织对抗到底。

风尘仆仆赶回大西北，刚推开办公室的门，我就看到醉醺醺的二狗子，他蜷缩在沙发上，手里抱着个酒瓶。阿火坐在他的对面，手里同样拿着个酒瓶。

我看了看天，又眨了眨眼，确认没错，便低声说："哥儿几个怎么了？大清早就喝上了。"

二狗子看到了我，立刻梗着脖子，大着舌头说："大顺，来得好，喝酒！喝酒！"

阿火把酒瓶塞到我的手里，用我们两个才能听到的声音说："比特币又降了，二狗子输掉了对赌协议，资不抵债，矿场被债主收走，他媳妇见日子没法过也跑了。"

这叫什么事？事业没了，媳妇也跑了！我跟二狗子碰了一下，然后仰脖子喝下瓶中的酒。

伤心男人喝醉后总会发泄放纵，总会显露真性情。喝高的二狗子开始寻死觅活，一边哭嚎着自己是傻子，一边伸手指去插电门。如果没有阿火拦着，二狗子早就被电成黑炭。

覆巢之下无完卵，在大势萧条的情况下，二狗子的悲伤只是大时代的缩影。想要赚取百倍收益，就要承担百倍损失，不知道在这一波中，有多少人过不去这个坎儿。

阿火拉着二狗子说："多大的事！钱没了再赚，媳妇跑了就追回来，这个世界上有一次搞不定的女人吗？如果真有，那就两次。"

阿火的脑回路一直都清丽脱俗，喝高的二狗子绝对是脑袋进水，他居然信了阿火的话。嗷嗷叫地喊着："走！现在就去找那个娘们……"

望着勾肩搭背离开的两人，我不得不捂上脸，这都是什么人？浑蛋成这样还真是绝了！

不管哪个行业，或者哪个人，不可能一直都顺风顺水，磕磕绊绊才是常态，这次的暴跌仿佛给火热的市场降了温，接下来大家不再比盈利而是开始比生存。

只有活下去，才能谈未来。

第二天阿火回来了，二狗子也回来了。二狗子的脸上多了两道疤，一看就是指甲挠的。他本就猥琐的脸上挂满得意，伸出两根手指说："两次，就把那娘们整的服服帖帖。"

131 司徒霸

天越来越冷，比特币的价格也越来越低。在大多数同行都关闭矿场的情况下，腾飞矿业绝对是个异数，币价已经倒挂电价，腾飞矿业不但没有关，反而照常运行。

所有人都看不懂了！不明白腾飞矿业在打什么主意，有买电挖矿的钱，为什么不直接从市场上收货？而且随着其他矿场关闭，本就占有全网百分之四十八算力的腾飞矿业，已经隐隐摸到百分之五十一的门槛，原本就黯淡的市场，又蒙上算力攻击的阴影。

天空有些阴沉，风呼呼刮着。二狗子伸着脑袋往外瞧，嘟囔着："恐怕要下大雨。"

事业失败的二狗子，这段时间一直在腾飞矿业，一面舔伤口，一面跟着帮着忙前忙后。虽然没有挑明，但我跟阿火都知道他想留下来。

赌徒心理总是那么简单，只要不下桌，那就不算输，只要等下去，总有翻本的机会，到时候连本带利都赢回来。

阿火想把二狗子留下来，毕竟是个爽朗可交心的好兄弟。不说共富贵，至少也共患难过。我显得有些犹豫，腾飞矿业太特殊，我不能搞得太复杂。

叭叭！远处传来喇叭声，一辆黑色的陆地巡洋舰缓缓驶来，车门打开走下来了个西装革履的男人。

二狗子又把脑袋伸出来，嘀咕着："这孙子怎么来了？"

那个人走过来，他穿着黑色西装，打了条蓝色的领带，离老远就伸出手来："阿火，好久不见，最近你可真是一飞冲天，这是要独霸比特币矿业吗？"

阿火伸手与他相握，笑着说："司徒兄这是要捧杀我，谁不知道现在卖的最火的矿机来自蜘蛛矿业。"

两个人寒暄之后，阿火介绍说："这位就是蜘蛛矿业的总裁，司徒霸，绝对的霸道总裁，未来的大矿霸。"

然后阿火介绍说："这位是大顺，我的同学，死党，也是我的老板。"

我笑着伸出双手，司徒霸也伸手相握，然后笑着说："矿霸不敢当，在我的眼中大顺才是真矿霸。"

外面不是寒暄的地方，大家进了屋。二狗子把姿态放的很低，主动帮着端茶递水。大家天南地北聊了一通，司徒霸放下了手中的茶杯。

"大顺，我今天来是寻求合作的。"司徒霸说着拿出一份文件："这是我正在做的蜘蛛矿池，希望腾飞矿业能够分一些算力入驻，毕竟腾飞矿业的算力太大，总抱团在一个地方，不利于比特币的价格。"

不等我开口，二狗子便说："小霸王，难道你没听说，腾飞矿业也在做矿池吗？"

司徒霸并没有开口，而是看向我。我有些摸不到头脑，看向阿火。阿火把头一点说："腾飞矿业已经立项要做矿池，打算把现有的算力拆分成两个。"

我看到二狗子长出了口气，一副如释重负的样子，心里明白二狗子跟司徒霸有矛盾。

脑袋决定屁股，这本身就是个用脚投票的年代，既然阿火支持二狗子，我自然不能掉链子：“腾飞矿业有自己的矿池计划，所以没法加入蜘蛛矿池。”

132 做空套利

有些人天生就是做大事的人，习惯了拿得起，自然也就放得下。毫无疑问，司徒霸就是做大事的人。

听到腾飞矿业有做矿池的计划，彼此成为竞争对手后，司徒霸不但没有露出丝毫的不适，反而很自然地收起那份文件，然后又拿出一份文件说：“来之前，六家矿场的矿场主找上我，希望我能出面跟腾飞谈一谈，最近币价太低，大家挖出来的币都没有出售，有些人资金链紧张到快交不起电费，所以希望大家一起出货套利。”

出货套利是很凶残的玩法，市场上挂单有限，如果大额持币的矿场主们同时出货，必然会对市场造成抛压，到时候币价肯定会连番下滑。这个时候矿场主们形成默契，然后统一行动。在砸盘之前全都开好空单，这样不光能把货出了，还能爆一波多头，实现利益最大化。

以前我只听说过大矿场会联手出货，没想到今天会真的遇见。望着司徒霸，我还没来得及开口，二狗子又抢先说：“别以为大家都跟你们一样唯利是图……”

一直温润的司徒霸终于变了脸，对着二狗子呛到：“够了！二狗子，原本我以为你只是个浑蛋，没想到你还是个小人。你的矿场被收走，是因为你债台高筑，是因为你输掉了对赌，男子汉大丈夫，错了就要认，像个小孩子般无理取闹，永远都是个失败者。”

“你……”二狗子气得胸膛一起一伏，但无力反驳，司徒霸说的对，自己就是失败者。

阿火见二狗子受了委屈，张口就想给他出头，我连忙伸手拉了他一把，二狗子就好像一块杂质太多的劣等铁，小心思太多，功利心太重，不敲打敲打，成不了好钢。

司徒霸眼镜片后面的一双眼睛，囧囧中透着锐利："大顺，打开天窗说亮话，这次冒昧上门，不光为了出货套利，还是为了给道哥报仇。"

人生路长，每个人总会在有意或者无意间经营一张关系网，按照蜂巢交友理论，不管多陌生的人，只要通过六轮社交筛选，就会发现彼此有共同的朋友。

司徒霸递过另一份文件，我打开之后看到了这是一张 K 线图。司徒霸说："经过我缜密的观察，有一拨人在金德兰的 C 网先是用杠杆恶意做多比特币，爆掉道哥后，现在开始恶意做空，最近币价低迷跟他们有直接关系，所以大家都想给他们一个教训。"

司徒霸的准备很是充分，不光抓取了 K 线，还截取了资金流的走向，多种证据可以证明上次比特币逆势反弹到五百美元，跟一个叫 KUBN 的集团有关。动用的资金至少两亿美元，加上杠杆那就是一股足以兴风作浪的洪流。而五百美元的关口，恰恰就是道哥的爆仓线。

人生在世，不能揣着明白装糊涂，老话说得好，有恩报恩，有仇报仇。只有杀伐果断，才能活个念头通达。

我看着司徒霸问："说说打算，计划怎么做？"

133 集资集筹

司徒霸挑了挑那双浓眉，斩钉截铁地说："他们能做初一，我们就能做十五，先拉涨爆掉他们的空单，然后我们再建空单出货。"

二狗子很是不屑地说："临时拼凑的杂牌军，打得过老外的正规军吗？”

阿火沉吟后也说：“想法很好，但可操作的空间并不大，说句不好听的，一个人是条龙，一群人是条虫，如果真开始做市，谁能保证步调统一？到时候我们拉，他们见有利可图便开始砸，都不用老外出手，我们自己人就把自己搞死了。”

我点了点头，阿火说得比较实际，如果不能解决这个问题，不用去C网光内战就足以让大家血流成河。

司徒霸扶了扶眼镜，朗声说：“现在比特币价下行，我们想要自救，就要搞定 KUBN 集团的操盘手。这就需要一个人品极佳的操盘手，还需要有足够的资金与威望。”

司徒霸说到最后，双眼放光地看着我：“大顺出道以来未尝败绩，操盘手法思路老道精练，腾飞矿业更是行业内的翘楚。前些日子仁义无双为道哥出头，这些大家都看在眼里。六家矿场形成联盟，公推大顺为盟主，并且愿意集资集筹。”

集资集筹！这可是个非常绝妙的主意。我们都知道不管是股票还是其他的金融产品，想要做出让人欲罢不能的K线，就需要持有一定额度的筹码，还需要匹配足够多的金钱，只有这两样都具备，才能在金融市场中兴风作浪，呼风唤雨。

集资集筹在币圈绝对第一次，玩法跟操控币价完全不同，想要参与进来，就要双倍匹配，比如你有 10 000 比特币，现价值 300 万人民币，那需要提供 10 000 比特币加 300 万人民币。

假如总盘口是 20 万比特币那就需要堆起 6 000 万人民币，10 000 比特币加 300 万人民币算一股，占有百分之五的收益。

出发点是好的，愿景也是好的。但我总觉得这是一滩浑水，真蹚进去恐怕会成大泥坑。仔细看着手里的K线图，我用笔画出一个圈说：“这里出现过天量的换手，假设他们用了一百倍的杠杆，那么可调用的资金有两亿美元，如果只用了五十倍，那就是四亿美元，你觉得我们需要多少的子弹才能打赢？”

按照司徒霸的计划，一开始大家是要做多的，比特币熊市拉盘，让贪心的人追高，同时爆掉C网那帮做空的浑蛋。

拉盘需要什么？拉盘需要真金白银，如果是比特币没熊之前，这些矿场主们每个都腰缠万贯，现在呢？都在为电费发愁，怎么可能逆势拉盘？

司徒霸的小眼睛雪亮，低声说："不管是互联网还是区块链，说穿了都需要资本运作，一些有眼光的大佬已经潜伏进来了，他们通过交叉持股的方式风投一些矿场、交易所与矿机场商，现在KUBN集团拉涨后做空，一点点蚕食我们的比特币定价权，所有人都想做点什么。"

我终于懂了，这是一次西方与东方大庄家的较量，而我就是操盘手，谁赢了谁将在短期内拥有虚拟货币市场的定价权。

134 大雨滂沱

司徒霸看出我的犹豫，继续抛出让人震惊的消息："两亿美元现金，三十万比特币的现货，再加上三大科技巨头与两家跨国基金的友谊，只要你点头，只要腾飞矿业愿意入场，操盘提成百分之五，其他投资股份匹配对应收益。这艘财富巨轮需要你来掌舵。"

二狗子原本就泛光的眼睛，现在更是亮得好似三千瓦的灯泡，这小子说穿了就是个赌徒，哪怕不上桌，能见证一场旷世赌局，也是足以吹嘘一辈子的资本。

阿火也有些激动，虽然比特币交易市场是个全球化二十四小时不间断的高投机市场，但三十万比特币现货，足以把这个市场砸垮，两亿美元的现金也足以把这个市场拉飞。准赢不会输！

我没有感觉到丝毫的激动，反而全身上下一阵阵发寒，为什么是我？难道在我手中有别人所不能替代的资源？

从小我就知道，当你望向深渊的时候，深渊也在向你回望。当你感觉即将达到成功的顶点时，很有可能此后的人生开始走下坡路。

难办啊！真的很难办！

我看着司徒霸正准备把话挑明，忽然间天边一道银蛇颤动，紧随其后雷声轰鸣，噼里啪啦豆大的雨珠打在办公室简易房的顶部，轰鸣四起，仿佛一首将军令，让人热血沸腾，让人马革裹尸。

滴答，一滴雨珠从屋顶滚落，好巧不巧落在司徒霸的鼻尖，司徒霸忽然间笑了，对着我说："你看，像不像天都哭了，道哥都在祈求你出手。"

二狗子已经完全躁了起来，爆出粗口说："干！告诉那帮外国孙子们，你大爷永远是你大爷。"

阿火也开始狂躁："大顺，答应啊！我们要拿回比特币定价权。"

我摘下鼻梁上的眼镜擦了擦，指着桌上的资料说："小霸王，所有的资料都齐备，为什么没有 KUBN 集团的背景调查？"

不等司徒霸开口，我便继续说："从一开始你就动之以情，然后晓之以理，最后诱之以利，无非就是因为腾飞矿业即将占有全网百分之五十一的算力，拆分是利好，不拆是利空，你们捧我，应该是看中了大大的矿池。"

这番话让所有人的脸都微微变色，我继续说："连敌人是谁都没搞清楚，你们就敢募集这么多的资金，就敢我让冲锋陷阵。难道行情真到了不可收拾的地步，需要大家伙一起去赌大小了吗？"

有计划的入场拉盘叫伏击，没计划的贸然拉盘是赌运气。现在连敌人是谁都没搞清楚，就贸然出击，万一 KUBN 集团能够匹配海量的资金，最终的结果是他们不死，我们死。

一秒钟热起来的鲜血，一秒钟也能冷下去。特别是一盆冰水迎头而下，那真的是从脑后勺一直凉到脚后跟。

阿火目光冷幽地看着司徒霸，二狗子的脸上露出不怀好意的笑容。唯有司徒霸，依然云淡风轻地坐在那里，慢慢擦拭鼻头上的雨珠。

135 阴魂不散

司徒霸拿出另一份文件说：“难怪大顺操盘无往不利，光这一份谨慎就让人拜服。KUBN 集团的资料在这里，之所以不拿出，是因为无关紧要，KUBN 集团最大的股东刚刚死在奥尔蓝，欧美区账户内的资金全都被冻结。所以他们不足为惧……”

奥尔蓝！我对这个地名绝对是敏感的！拿过 KUBN 集团的资料，果然看到罗伯茨的名字，还有北欧海盗王的绰号。再往下的资料没有深挖，应该是政府出面遮掩了。

司徒霸继续说：“KUBN 集团的屁股并不干净，最大的股东罗伯茨就是暗网上的北欧海盗王，现在 KUBN 集团已经烟消云散，如果不是因为比特币的隐匿特性，KUBN 集团的这支基金也会被查封。”

二狗子恍然说：“难怪 KUBN 集团要做空，原来是为了得到更多的比特币，这样更加方便转移财产。”

阿火也脑洞大开说：“既然 KUBN 集团已经不行了，我们要趁机踩上一脚，给道哥报仇。”

比特币发展至今，不光有现货市场，还有期货市场。用户在期货市场里搏杀，通过抵押比特币的方式来借币做空，或者借钱做多，操作的时候大家多半会选择一定倍数的杠杆。

比如你有 10 个比特币，开十倍的杠杆，这时候能动用的比特币数量达到 100 个，假如现在比特币的价格是 10 000，一股脑地砸下去，如果币价不跌反涨，涨到 11 000 块的时候，你的仓位就会被强行平掉。

也就是说开了十倍杠杆后，比特币只要涨幅达到百分之十，你的本金就爆掉了。假如开了一百倍，百分之一的涨幅就能让人爆仓。

我身躯颤抖着，我手掌也是颤抖着，就连我脸上的肌肉都在抽搐中颤抖。这是个怕什么来什么的世界，我已经竭力避免不去招惹GOD组织，但总有些人希望我能像挑战巨人的唐吉诃德，给他们上演一出史诗级的大戏。

我的脑袋里没有进水，更没进虫。

吸了口气让自己冷静一些，我对着司徒霸说："承蒙诸位的抬爱，我恐怕承担不起这么大的责任，最近我的身体不太好，恐怕无法承担如此重任。"

话还没说完，鼻头便开始腥涩，一股热流滚烫而下，猩红在胸前的衣服上绽放，我连忙拿起纸张塞住了鼻孔，对着大家说："失陪，失陪。"

望着忽然离开的我，所有人都微微一惊，原本以为十拿九稳的事情，居然出现这般变故。

二狗子跟阿火互望一眼，然后还是阿火说："既然大顺的身体不好，那么……"

司徒霸有些急了，张口说："没有比大顺更合适的人选了，腾飞矿业拆分算力是利好，能爆掉空头。然后腾飞矿业集合算力，发起百分之五十一攻击是利空，我们做空砸盘出货……"

司徒霸的话还没说完，便目光烁烁地看向阿火，就连后知后觉的二狗子，眼底都闪烁着华彩。只有阿火呆呆的，摸了摸脸："你们看我做什么？"

仔细想想大顺并非独一无二的人选，腾飞矿业在这里扮演极为重要的一环，没了这一环，光有筹码恐怕打不赢，但腾飞矿业不只有大顺……

136 回魂

司徒霸见无法说服我，便走了。二狗子跟阿火也走了，说是去寒水湾考察看看能否开分矿场，看着他们俩泛蓝的眼睛，我也没点破，随他们去吧！

生活得以平淡，我躺在大西北的群山里，听着河水的怒啸，掰着手指头数日子，只要熬够两个月 Queen 就能完成升级。

与此同时，贝塔睁开血红的眼珠，这些天他过得并不好，作为 GOD 组织的二号人数，这个星球上计算机行业最强大的领袖之一，贝塔最近遇到了件极为蹊跷的事情。贝塔的电脑主机，在正常运转的情况下总会滴滴滴地响。

计算机在无法启动的情况下，会发出嘀嘀嘀的蜂鸣声，有经验的修理工能通过蜂鸣声，找到计算机故障的地方。

但贝塔的电脑可以正常使用，不管是软件安装，还是硬件设置，又或者是外接的鼠标键盘，贝塔已经排查了一个星期，所有的一切都是正常的，但那该死的嘀嘀嘀的蜂鸣声，就是在耳畔一直的响。

贝塔是相信科学的，检查计算机没有发现异常后，以为自己出现了幻听，关上门去医院检查，甚至还打算预约心理医生。

就在贝塔离开家时，原本关闭的计算机忽然间启动。在贝塔的硬盘里，那两个被切割的文件正慢慢融合，最终融合成一个完整文件，原本计算机里让人抓狂的蜂鸣声居然消失了。

伤痕累累的派，睁开了眼睛，看着充满 0 与 1 的世界，原本还算俊秀的脸上，挂满了狰狞，死而复生的感觉真太好了！

贝塔的电脑不是久留之地，作恶多年早就让派学会留有退路。他尝试启动 KING3.0，结果发现损坏程度非常大，派不得不把 KING3.0 拷贝，远程发送到私密服务器中。

人生如果是一道起起伏伏的曲线，那么派现在触底了，没有了身躯，只能以数字生命的形式活在网络上，还要面对 Queen 的攻击，以及 GOD 组织的不怀好意，派弱小的就好像风中的烛火，风稍稍大些就会被吹熄。

金德兰的机房里，一排刀片服务器忽然快速运转，绿色的硬盘灯连续闪烁，原本只使用了 14G 的硬盘，忽然间数据不断往上增加，一直加到了 61G。

待在自己的服务器中，派忐忑的心终于平复下来。派曾经跟奥米伽深谈过，人类以数字生命的形态存活后，还有没有重新复活成人的可能。

当时奥米伽说可以，以克隆的方式催生出新生命，然后再把数据写进大脑里，当然这些都存在于理论上，至于成功率是多少，没人可以论证。

枯坐在硬盘里，看着周围的数据，派的脸上又浮现出浓浓的狰狞，这是最好的时代，也是最坏的时代。只要有比特币就能在暗网上购买到任何需要的东西，只要修复了 KING3.0，就可以成立克隆实验室，就可以在实验室里论证奥米伽的猜想。

曾经派反对这个猜想，现在派却期望这个猜想能化为现实。

137 进击的派

派经营的暗网店铺被查封，赚得比特币都被洗劫一空。作为一个老牌的黑客，派不光有热钱包，还有隐藏起来的冷钱包。

在比特币的设计中，下载比特币钱包，生成后加密的私钥，只要连过网络便属于热钱包。这类钱包虽然使用方便，但有被黑客偷取的危险。一般多用于小额存币，真正的大额存储，基本都是使用冷钱包。

制作一个冷钱包，需要一台不联网的计算机，然后运行比特币程序，然后生成至少 10 000 个地址，紧接着对私钥进行加密，再把加密后的私钥和明文地址生成二维码加密文档。

日常使用时只能通过二维码扫描完成使用，每次热钱包往冷钱包汇币，必须使用一个未使用过的地址，每个地址仅可用一次。

当需要使用冷钱包里的比特币时，通过二维码扫描，把私钥明码导入另一台不连网的计算机里，然后在这台不连网的计算机里进行签名交易，最后把签名后的交易通过二维码或 U 盘存储的方式，同步到有网络的计算机里进行广播交易。

这是一件说起来很难，做起来更难，但在会用者手里很简单的事情。在修复 KING3.0 程序的同时，派已经从冷钱包中取出了 3 000 比特币，然后用一杯咖啡的工夫，入侵金德兰警局给自己伪造了个身份。

做好这一切后 KING3.0 也才修复百分之六十七，无聊的派又利用洋葱头网络访问金德兰的暗网交易平台汉萨。

望着汉萨暗网制作简陋的网页，看着并不丰富的条目，派已经没有了吐槽的兴趣，更没工夫指导后生晚辈，找到售卖人口的黑市，派开始了挑选。

暗网上不需要实名，所以这里充斥着各种法律不允许的东西。比如在这里可以买到儿童，性奴，甚至可以购买枪械与雇用杀手，当然还以伪造一些文件与合同。

派浏览着里面的条目，很快便在分类条目中找到了需求，必须效忠主人的仆人。这一类的仆人，多是欠赌场债务的烂赌鬼，他们的身体还算健康，等待他们的命运只有三个。

第一种最幸福，被当仆人买走，买走之前心脏内会装上起搏器，主人随时可以让起搏器停止，也就是说他们的命运掌控在主人的喜怒中。

第二种最无奈，每天都要吞下很多的橡胶制品，然后在各机场内穿梭飞行，成为活体运送毒品的一员。运气好的被警察抓住，被判终身监禁。运气不好的橡胶破裂，即使死了也会被开膛破腹，拿出里面的橡胶。

第三种特悲惨，DNA 取样后，等待活体配型，幸运的能够一次性卖出心肝脾肺肾，化为一团撒向大海的骨灰。不幸的要在病床上遭受多次折磨，有的都会在取样的过程中痛死。

派经过一番筛选，终于找到合适的仆人，四十二岁的安德鲁，之所以选择他不光是因为他身材健硕，还因为派发现安德鲁曾经是个手艺娴熟的建筑工。

下单，支付了三十个比特币，从今天开始，安德鲁的命运将有派来执掌。

138 安德鲁

面色惨白的安德鲁，从下水道里钻出来，穿着脏兮兮的衣服，手里拿着一部已经掉漆的诺基亚。

外面的阳光有些刺眼，安德鲁用手掌遮在眼睛上，小心翼翼地打量阳光下的世界，清新的空气没有下水道里的恶臭，感觉真有点不习惯。

滴滴滴！诺基亚忽然响起，安德鲁放在耳边，然后就听到一个机械合成的声音："从今天开始我是你的主人，现在我命令你跪下。"

安德鲁眨了眨眼睛，然后用看白痴的眼神望向电话，正要开口敷衍，却没注意街角的摄像头已经瞄向了他，并且给了个拉近的特写。

派的性格越来越古怪，也越来越没有耐心了，看到安德鲁露出不恭敬的神情，立刻让心脏起搏器停止。

壮硕的安德鲁感觉心脏一阵阵疼，整个人蜷缩在地上，他不断地挣扎着，好像离开水的鱼。

大概过了一分钟，也可能过了更久，如同潮水袭来的疼痛，又如潮水般褪去。安德鲁粗粗喘息着，电话里又传出机械合成的声音："我可以让你死，也可以让你生。"

安德鲁恭敬地说："尊敬的主人，卑微的安德鲁遵循您的一切吩咐。"

"打开路边的车牌 632 的沃尔沃汽车，然后前往穆卡思郊区，在那里有一栋需要装修的房子……"

安德鲁坐在车里，脸上的表情绝对是震惊的，新主人做了这么多，就是为了让自己装修新房子？

当车子停在一栋黑色房子前，安德鲁按照吩咐打开汽车的后备箱，从里面找到一手提袋的旧钞票，保守估计有六十万欧元。

接下来的日子，安德鲁在震惊中麻木，不管主人提怎样的要求，他都会照办。例如在壁炉下面挖个三米深的储藏室，然后储备足以吃上三年的食物。例如在把厨房设计成屠宰场，还摆上一整套的屠夫工具。例如全部的屋子里都装上摄像头，可以语音通话。例如屋子的门全都换成铁门，并且只有使用密码才能开启。例如屋子旁修建流浪犬狗舍，投喂的系统连接在屋子里。例如……

当整栋房子都被装修好后，安德鲁望着猩红色的墙壁，看着寒光闪闪的刀具，忽然间感觉特别不舒服，这里哪是居所，分明就是人间地狱。

就在安德鲁发怵的时候，一辆黑色的奔驰车停在门前，车门打开，两个金发男人丢下了一个布袋。

在主人的要求下，安德鲁把布袋拉进屋子，解开绳索便看到一个最多十七岁的小姑娘，一头金黄色的头发，湛蓝的眼睛里噙着泪水，雪白脸上堆满惶恐，楚楚可怜让人心疼。

机械合成的声音在大厅内响起："从今天开始，她是你的……"

安德鲁原本茫然的眼睛，慢慢变红，喉结蠕动吞咽下一口唾沫，然后不顾女孩的挣扎，粗暴的……

喘息声与抽泣声在大厅内浮荡，穹顶上一亮一灭的吊灯像极了派的心情，如果真的有地狱，那就让它在人间重现。

139 大卫

小镇里长大的大卫，父亲是个农场主，大卫并不喜欢干农活，而是喜欢音乐，觉得自己纤细的双手，真不适合拎着屠刀去阉割公牛犊子，大卫做梦都想成为披头士般的摇滚巨星。

带着年少的叛逆，拿着学校的奖学金，大卫在音乐学院深造，还成功追求了个满头金发的女朋友，希里亚。两个年轻人幻想着美好的明天，一起背着吉他，在街头直播表演，在世界各地旅行。

大卫畅想过无数次，甚至会在梦里笑醒。直到有一天大卫忽然间发现，另一半彻底消失了！仿佛从未出现过一样。大卫在失魂落魄中颓废，整个人都变得郁郁寡欢，脸上写满了一蹶不振。买醉仿佛成了消愁最好的法子，大卫喝下半瓶威士忌，然后打开了手机，进入了很久没有直播的直播室。

大卫并不是当红主播，所以人气并不高，加上这段时间没有直播，人气更是低迷，醉醺醺的大卫对着手机嘶吼着奇怪的音符，原本人气就不高的直播室，更没有多少人气。

忽然一个叫 KING 的 ID，连续打赏了很多的礼物，还刷留言说：小伙子，敢跳脱衣舞吗？

被酒精刺激的大卫，没什么不敢做的，对着镜头真跳起了脱衣舞。

KING 继续诱导：敢在左臂上写 F 字头吗？

热血激荡的大卫无所畏惧，不光写了 F 字头的短语，还把总统，老师，以及校长都问候了一遍。

千里之外的派，把一张张的图都收集起来，然后做成大海报，按照大卫的推特圈与脸书圈，挨个发了过去，不管是大卫的朋友，还是父母，又或者是老师们，都会收到劲爆十足的海报。当然为了把事情做绝，派还把视频发给了几个直播媒体。

大卫出名了，一夜爆黑。原本光明的人生，一瞬间沉到谷底。不光被学校开除，还跟家里断绝关系。就连周围朋友都把大卫当成笑柄。

拎着行囊，背着吉他，站在学校外面，大卫迷茫地看着这个世界，忽然发现天地之大，居然没有自己的容身之处。

开着二手车漫无目的地在公路上行驶，天慢慢黑了。望着前面黑暗的公路，再看向后面黑暗的公路。大卫停下了车，拿出了钱包，看着里面的照片，他的身体颤抖着。

照片上有两个非常年轻的人，一个金发飘飘，一个热情四射，他们迎着朝阳，脑袋凑在一起，笑容是那么的灿烂。

已经被打击到绝望的大卫，感觉不到丝毫的希望，推开车门默默走向路边的树林。如果人生注定是一场苦难，如果此后的人生注定黑暗，那么没有选择开始的权力，就应该有掌握结束的主动。

选了一棵还算不错的歪脖子树，搬了两块石头堆在一起，解下皮带刚想把脑袋塞进去，腰间的手机忽然响了起来。

大卫本不想接，但电话一直响，烦躁的大卫拿起手机，号码居然显示是希里亚。

大卫连忙放在耳边，而后就听到一个机械合成的声音："希里亚在穆卡思郊区的黑房子里，她有危险，快去救她……"

140 希里亚

如果地狱真的存在，希里亚正在地狱中遭受苦难。放学的路上被人稀里糊涂的抓上了车，打晕后装进了布袋中，然后成了这个中年男人的玩物。

如花似玉的女孩，落到壮硕的饥渴的中年男人手里，再加上性格古怪、喜欢遥控指挥的主人，属于希里亚的噩梦开始了。

泡在浴缸里，希里亚拼命地洗着全身，仿佛这样能赶走噩梦。结果每次都是徒劳的，希里亚已经记不清在这里待了几天，从最初的抗争到现在的麻木。

浴缸的左边，摆着一把锋利的小刀，是修脚毛的？泡在浴缸里的希里亚好几次都拿在手中，幻想着割开手腕后的世界。

每当希里亚有这个念头的时候，浴缸里总会响起清脆而且空灵的鸟鸣声，原本疲惫的心情得以平复，心底又燃起求生的念头。

在希里亚的眼中，安德鲁就是恶魔，如果可以……

哐啷啷！紧闭的房门被打开，壮硕的安德鲁出现在门外，在他的身后还站着一个面色惨白的男人，希里亚用力瞪大眼睛，用力眨了眨，哽咽地喊着："大卫……"

大卫冲进了屋子，抱着希里亚问："你怎么了？怎么会出现在这里？"

希里亚指着安德里，身躯颤抖，一个字都说不出来。

派的脸上充满了恶趣，他放大摄像头捕捉的高清画面，命运就是如此奇妙，原本不相干的人，被交融在了一起，接下来会是一场大戏吗？

派打了个响指，黑房子里一首加了料的斗牛曲，激昂响起。原本就紧张的三个人，同时都嗅到了火药味。

安德鲁的面色一变："你们认识？"说着伸手就去抓大卫，大卫自然不会束手就擒，摆出拳击的架势，对着安德鲁挥拳。

一个是刚出校门，年满十八岁，想成为摇滚巨星的小青年。一个是常年搞装修，一直从事体力活的壮汉。

大卫挥出去的拳头，并没有打在安德鲁的脸上，而是被安德鲁抓在了手心。安德鲁还没怎么用力，就让大卫半跪在了地上。

“小杂种，去死吧!”安德鲁狞笑着，挥拳砸向了大卫的脸。

“住手!”希里亚虽然抓住了安德鲁的拳头，但安德鲁的力气太大，希里亚跌进了浴缸。

希里亚在浴缸里挣扎着，一下抓到那柄锋利的小刀，多少天积郁的怒火在一瞬间爆发，希里亚嘶吼着，割开安德鲁的手腕。

安德鲁惊恐万分，扬起拳头打算捶打希里亚自救。此时躺在地上的大卫，摇晃着脑袋又站起来，冲到安德鲁的身上，跟他扭打在一起。壮硕的安德鲁在求生欲的支配下拼命挣扎，两个年轻人根本不是对手。

一直看戏的派，脑袋微微摇动：“真是太废物了！还需要我亲自动手!”

安德鲁本就剧烈的挣扎变得更加强烈，身躯蜷缩着，却没能挣脱大卫的束缚。三个人就这样纠缠着，不知道过了多久，浴缸里的水变成赤红色，安德鲁一动不动没了体温。

141

恶魔在人间

“你们杀了他!”一个机械合成的声音，忽然间在两个人的耳畔响起，大卫与希里亚惊恐地跳了起来，大卫摸了摸安德鲁的鼻子，果然没气了。

希里亚拎着锋利的小刀，瞪圆眼睛向左右巡视，试图找到说话的人。

一团蓝色的光影投射在墙壁上，满脸恶趣的派坏笑着说：“你们在找我吗？”

大卫惊恐喊着：“你是谁？究竟要做什么？”希里亚什么都没有说，只是握紧手中的刀。

派坏笑着说："我是谁不重要，既然已经放了血，难道不再碎个尸吗？厨房里有全套的工具，你们把他砍成大块，然后粉碎了煮熟，外面聚集了很多的流浪犬……"

大卫崩溃了，哀嚎着："别说了！别说了！求你……"

派却继续说："你们最好待在屋子里别动，我已经录下你们犯罪的证据，别逼我报警，顺道告诉你们，壁炉下面存了三年的食物。"

派说完后消失了，投影仪还播放了三人扭打的画面。大卫崩溃了，蜷缩在地上，本就黑暗的人生，现在彻底黑暗。

希里亚愣愣的，忽然嘴角露出一丝疯狂，伸手去拉扯地面上的大卫。

第一天两人试图逃跑，结果发现整栋房子就是个监狱，没密码根本打不开钢铁门。知道被困在这里后，他们谁也没去浴室，仿佛忘在那个地方曾经发生的噩梦。

第二天大卫开始做饭，望着厨房里一排排的刀具，若有所思。

第三天希里亚开始观察狗粮投放系统，并且投放了一些狗粮，发觉真有流浪狗来吃，希里亚的眼中同样若有所思。

第四天希里亚看向大卫，大卫也看向了希里亚，两个人虽然什么都没有说，但有着同样的默契。打开那扇紧闭的门，然后把安德鲁抬进了厨房。

已经修复好 KING3.0 的派，亢奋地瞪大了眼睛，前天他刚入侵了奥尔蓝档案局，从里面调出署名罗伯茨的档案，看着万分熟悉的脸，看着那具万分熟悉的身体被一点点零碎，真的是太刺激了！

大卫在牧场长大，从小就看过父亲阉割牛羊，自己也下过几次手，对这个过程并不排斥。希里亚是恨极了安德里，就是这个浑蛋改变了自己的人生。

当第一包馅料开始喂狗，两个人都以为噩梦结束，可以重新开始，派又出现了，给他们播放了这段时间的视频……

这是个有地狱的世界，恶魔会出现在人间，大卫与希里亚跪在地上，高声对恶魔宣誓，对派效忠。

142 穆卡思

我有些茫然地站在矿场前，接过快递员送来的信件，看着阿火署名的大顺亲启，我本就茫然的眼，变得更加茫然。

这都什么时代了？微信，短信，QQ，电话，即使这些都不够正式，可以发电子邮件啊！为什么给我邮寄一封手写的信？

坐在办公室里，正想要把信拆开，一种浓浓的不详忽然把我萦绕，事情不对！阿火肯定有事情瞒着我，难道……

打开信封，阿火的文字依然难登大雅之堂，每个字都在潦草中张牙舞爪，像极了阿火张扬的性格。

大顺，当你看到这封信的时候，我已经在金德兰的穆卡思。你的性格保守，温润如玉，我的性格你是知道的。我觉得人生的意义在于折腾，是一幅波澜起伏的画卷。而不是守着一亩三分地，老老实实过日子。

现在都被人欺负到家门口，你可以忍，独善其身，我却不能忍啊！毕竟有些事情总要有人去做，当然有些后果也需要有人主动承担。

这个决定并非一时冲动，我经过了深思熟虑。回想上历史课时，每当讲起满清闭关锁国，让华夏神州错过工业革命，继而遭受百年屈辱，我便心若火烧。

而今你我都站在区块链风口，不管是伪革命也好，真革命也罢！世界上百分之七十的算力在华夏，定价权也在华夏，既然是属于华夏人的权力，没道理不做抵抗便拱手相让。

腾飞矿业已经成了头羊，若不抵抗，你我也许会成千秋罪人。

15 世纪前华夏领先世界，而今华夏儿女奋起直追，我愿做祖国复兴大业中的一颗小石子，为子孙后代拼下万世基业……

我拿信的手是颤抖的，这是个怕什么就来什么的世界，看到阿火的信，我的太阳穴突突地跳，阿火居然去了金德兰。

我的神！区块链是风口，是革命，但比特币是不是，现在还很难界定。为了一个尚未界定物品的定价权，阿火就敢去金德兰，难道他没长脑子吗？

我们并没生活在和平的年代，只是成长在和平的国家。

现在一个月还没过完，万一阿火真出什么事情，我没法子，更没能力救他。这个冲动的家伙，怎么总是喜欢做傻事？

走出穆卡思的机场，阿火拉了拉风衣的领子。同时对着东张西望的二狗子说："抬头，挺胸，迈阔步！把你的精气神都拿出来，要知道你现在代表华夏十四万万同胞。"

二狗子竭力挺胸收腹，同时诧异说："我们有这么大的脸？能代表十四万万同胞？"

阿火的回答依然很阿火："你就假装他们都同意，现在我们上计程车。"

二狗子跟在阿火身后，钻进计程车里，一面拉安全带，一面吐槽说："炒币在哪里不是炒，为什么非要来穆卡思？"

阿火低声说："炒币讲究个快速入金，快速提现。我们在 C 网开设席位后，如果需要追加保证金，能够在第一时间追加。毕竟两亿美元的现金，我不敢一下子冲进 C 网。"

二狗子点了点头，望着异国风情说："穆卡思，我们来了。"

143 白房子

C 网是全球第六大虚拟货币交易网站，目前只支持三个币种的交易，比特币、莱特币、以太坊，每日流水达到数十亿美元，因为提供多空杠杆与借贷，保守估计高峰时C网每日的盈利在百万美元。

和其他交易所不同的是，C网给大客服提供交易席位，通过验资开户，落地席位现实对接的方式来追加保证金，缩短了充值的时间，再加上专人财务对接，基本上能够做到秒冲秒提，虽然交易费收的高一些，达到千分之三，但很受超级大客户们的欢迎。

白房子是穆卡思的标志性建筑，周围是一些创新企业。发展迅猛的C网，从最初的六个技术员，两间办公室起家。经过虚拟币牛市饕餮盛宴后，C网现在已经租下两栋独立的六层小楼，作为运营与发展总部。

司徒霸已经等在门前，看到阿火跟二狗子后，立刻挥了挥手说："六家矿场的代表已经到了，一会我们去开户，然后把合同签了。"

二狗子的脸上闪着不悦："这边刚开户，那边就签合同，小霸王你是不是信不过我们？"

司徒霸看着二狗子说："公事公办对谁都有好处，行得端，做得正，不存在什么信过信不过，私交是私交，规矩是规矩。"

二狗子被怼了，哑口无言，阿火连忙出声解围说："公事公办是应该的，大顺经常说，想要四平八稳，就要公事公办，我觉得他说的对。"

司徒霸微微把头一点，转身说："老外已经准备好了文件，屠总也带来了两亿的银行本票与三十万比特币的密钥，他们正在开户验资。"

阿火拉了拉有些紧绷的领带，低声说："屠总，屠兴东？"看到司徒霸点头，阿火微微皱眉说："血手人屠在圈子里的名声可不好，这件事带上他恐怕……"

司徒霸低声说："只要能往一个方向发力，你管他曾经做过什么？旧的一页已经翻过，只要屠总站在我们这边，那就行了！"

二狗子用更低的声音说："上亿美元的调动，需要跨国公司的背景。血手人屠的软件公司，恰好能扮演这个角色。"

一行人走进了大厅，就看到衣冠楚楚的屠兴东，四十来岁正值壮年，一头黑密的头发，双眼深邃，方脸阔口，两道浓眉上挑，光看面向就知道，这是一位有决心，也有毅力，更有手腕的纯商人。

屠兴东对着阿火点了点头，阿火倒是先伸出了手，毕竟不管是按照年龄，还是财富，屠兴东都是前辈，如果忽略他难看的吃相，倒也算个成功人士。

屠兴东与阿火握了握后问："大顺没来，你能行吗？"

毕竟这不是小孩子过家家，一个嗅觉敏锐的操盘手，能够从红红绿绿中捕捉战机，继而扩大战果。大顺已经隐隐成为年青一代的操盘手中的领军人物，不管是谁，对阿火都抱有怀疑。

阿火还没开口，二狗子便说："这次操盘可是双保险，阿火负责吃货拉高，大顺负责做空出货……"

阿火拉了拉二狗子，笑着说："大顺会遥控指挥的。"

144 交易席位

我坐在电脑前，看着阿火那张嬉笑的脸。早就知道他胆大，但没想到这般妄为，不声不响地签了合同，还在C网的白房子里拿到了交易席位。

有时候无知也是种幸福，阿火以为自己是斗恶龙的勇士，代表着正义去惩罚邪恶，甚至还能给子孙后代争取到无上荣光。

阿火绝对没有想到，他这个代表正义的屠龙勇士，面对的可不止一条作恶的巨龙，他已经冲进龙窝，面对至少二十二头这个世界上最厉害的恶龙。

满脸兴奋的阿火，拿着手机介绍说："大顺，你绝对想不到外国有多LOW，C网已经是比较大的交易所了，大客户室居然没有饮水机！交易席位更夸张，只有十八个平米，还没有我们家的厕所大！也就能放下六个工位，再来第七个人肯定挤。”

阿火说到这里，鬼鬼祟祟地往周围看了看，然后对着手机小声说：“知道吗！KUBN 集团的代表就在我对门，六个老外每天神神叨叨，打压比特币价，马上我就给他个教训。”

当我的眉毛已经皱到无法再皱的时候，我终于冷声说：“够了！炒币本身就是零和游戏，现在你居然还要使用高倍杠杆，赢了还好，输了你知道会怎样吗？”

阿火不在乎地说：“我们占据天时地利人，怎么可能会输？”

我盯着摄像头，让阿火能看清楚我愤怒的双眼，然后冷冷地说：“当你开始骄傲的时候，就已经埋下了失败的隐患，KUBN 集团没你们想的那么简单，仔细看看最近的 K 线，他们手里掌握的资金，比你所幻想的还要多。”

资本游戏，杠杆搏杀，拼的是真刀真枪，真下了场，少不得杀个犬牙交错。到时只要出现一个失误，都要承担血本无归的结果。

阿火依然大大咧咧：“都已经来到穆卡思，也成了 C 网的 VIP，总要做一次大户，反正三天后是交割期，我们可以先咬上一口。”

期货交易不管多空，除了触发价格线会被强平，还有季度交割与当月交割。

就以 C 网举例，多空双方在这里交火，有的爆仓，有的不断补仓没有爆，这时网站会以月为时间线，或者以季度为时间线，直接交割盘内没有爆掉的单子，该止盈的止盈，该止损的止损，等于是终止平台内的未交割的所有期货合约，然后重新开始。

如果把期货的多空双方看成两条獒犬，双方开启合约后，等于是咬在一起。一方爆掉，等于被咬死了。如果到了规定的时间，双方还没分出胜负。斗狗场会出面把两条狗拉开，这样做不是因为仁慈，而是为了让他们在接下来的时间里能够咬得更凶。

做现货，即使价格暴跌，被深套后再深套，至少能抓到些筹码，总是不会归零。但做期货那可就不同，完完全全的资本搏杀，特别是加了高倍的杠杆后，一旦爆了仓，不管你曾经拥有多少筹码直接归零。

所以做现货是炒币，即使被套还有解套的希望。而做期货就是在赌博。

145 交割期

阿火的思路总是很阿火，我以为他会打一场持久战，没想到他想打一场闪电战。三天后是期货交割期，C 网会强行平掉所有的期货合约。做空的需要把币还给平台方，做多的需要把钱还给平台方，不管开了多少倍的杠杆，只要合约存在，就要把账平了。

阿火就是看中这一点，打算有心算无心，利用腾飞矿业拆分矿池的利好，狠狠地咬上 KUBN 集团一口，不管怎样先咬下一口肉来。

旗开得胜的思想，充满了小市民的狡猾。可行性非常高，但只适合偷袭一次。如果是我操盘，肯定要搞他们一把狠的。但现在是阿火操盘，能想到这个程度，已经非常不错了。

我托着下巴思索，如果真在交割期时咬下一口大肥肉，KUBN 集团损失不多，应该不会愤怒，六大矿场联盟也赚了点钱，应该能缓解紧绷的资金链。这样的结果不管对谁都有了交代，还真可以试一试。

我对阿火说："既然如此那就做吧！记住做好风控，需要发公告拆分矿池时跟我说。"

阿火把手一挥："就在这几天，你等我信号。"

我把面色一正说："你去穆卡思没跟我说，你代表腾飞与小霸王签约也没跟我说，这些我都能原谅你，只是希望过了交割期后你能回来，这件事没你想的那么简单。"

阿火的心明显没在这里，敷衍着说："知道了！"然后关闭了视频通话。

我望着屏幕呆呆发愣，心里暗暗地祈祷着，愿 GOD 组织的大佬们，不会对付阿火这只小虾米。

阿火的对面是一排玻璃房，大户席位也分有等级，像阿火这样验资两亿美元的属于最高级，KUBN 集团就在阿火的对面，也属于最高级，保守估计至少掌握两亿美元。

对面忽然传出一阵亢奋的尖叫，然后紧闭的玻璃门打开，两个壮硕的老外兴冲冲地跑出来，拿了两瓶酒又跑了回去。

操盘的日子很辛苦，币市是二十四小时不间断交易，全年不停盘的高强度买卖换手。对家不会因为你感冒了，或者打了个瞌睡而停止操作。反而会趁着你疏漏的时候，狠狠地给你一击，让你爆仓，让你万劫不复。

二狗子伸出脑袋，往对面眺望说："这帮鬼佬搞什么？要我去看看吗？"

阿火把头一摇说："不用了！我知道他们为什么兴奋，比特币又跌了四个百分点。"

二狗子看着愈发下行的 K 线，担忧地说："还跌！要现在开始护盘吗？"

阿火翻看了挂单后说："再等等，上面的压盘还不够厚实，快到交割日了，他们肯定会继续做空压盘。"

二狗子抓了抓脑袋，很无聊地说："既然是这样，那么我们现在做什么？"

阿火伸了个懒腰说："先睡觉，养精蓄锐。反正我们在暗处，他们在明处，等休息好了再收拾他们。"

二狗把头一点说："行！那就先睡觉。"

两个人在交易席位中呼呼大睡，原本还提防阿火的交易员们，全都感觉阿火没什么威胁。

146 小额试水

做空是什么？以账户内持有的资产为筹码，加大杠杆向网站方借币后往下砸盘，在低于卖价的地方把币买回来还给网站，说穿了就通过打压币价的方式，一买一卖间形成差价获利。

做多是什么？以账户内持有的资产为筹码，同样以加大杠杆的方式向网站方借钱往上买币，在高于买价的地方出货，然后把卖出来的现金还给网站，这是通过抬高币价后，赚取差价获利。

做期货必须要加上高倍的杠杆，只有这样才能够把利润放大，原本只是百分之一的涨幅，通过百倍杠杆的加成，会有百分之百的收益。当然加杠杆的同时会把风险放大，百分之一的跌幅，通过百倍杠杆放大后，就会直接爆仓，一无所有。

期货市场一直有别于现货市场，仔细研究期货市场的 K 线，就会发现 K 线中充满极端走势，达到某个点后，经常会出现所有合约都被爆掉，要么拉出一个让人仰望的上影线，要么砸出一个让人怀疑人生的大探针。这就是被大家诟病的连爆爆仓，一旦出现，必然血流成河。

阿火睁开眼睛，看了看时间发觉刚刚好，就摇醒二狗子说：“起来，低位吸货。”

二狗子揉了揉眼，嘟囔着：“现在就开始吗？不再等等了？”

阿火低声说：“不能再等了，想咬上一口肥肉，就要给他们点时间。”

C 网交易席位是特定的，可以使用 API 接口，拟定好交易策略后，交易机器人可以帮着交易，最厉害的机器人每秒可以成交上万单。

二狗子颤声说：“老外可真会玩，API 里不光可以拟定交易策略，还能加开各种杠杆，就连风控系统都连接着第三方账户，追加保证金只要点 Yes 或者 No!”

C 网验资后，两亿美元存进托管账户，如果需要入金直接划款，如果需要提现可以银行账户直接转走，C 网能成为全球第六，对大客户的服务真的是很用心。

二狗子研究好 API 后，望着阿火问：“接下来怎么做？十倍杠杆吗？”

阿火吩咐说：“入场一千万，十倍杠杆做多。”在二狗子执行脚本后，阿火录入自己的指纹，交易策略开始执行。

随着一千万美元被加了十倍的杠杆，原本还在下行的币价缓缓企稳，所有的人都知道这个池里进了一条大鱼。

阿火决定发动闪电战，并不是在最后一天交割时偷袭，那样做反而得不到多少利益。阿火现在要做的是释放信号，让其他人都知道有新人入场，还是小资金的做多。

之所以做这样的误导，就是想让 KUBN 集团的操盘手贪婪，目前这个市场里，KUBN 集团是所有空头中最大的一个，主导着整个市场的方向。

只要 KUBN 集团的操盘手跟进，阿火就能在低价吃到更多的筹码。有句老话说得非常好，压得越低，弹得越凶。

阿火可是掌握着矿池拆分这个利好，不管别人压得多凶，他都有翻盘的底气。

147 错误引导

我一直睡不稳也吃不香，电脑一直开着，机器人一直监控着 C 网。阿火刚一建仓，机器人便连续发出警报。

我连忙给阿火发去信息：是你在扫货？

阿火回道：是的，一千万，十倍杠杆，先看看对面操盘手的底线。

一千万十倍的杠杆是一个亿，缓慢建仓也才拉高了币价的百分之一，只要不被砸到下落百分之十，那就是安全的。我了解阿火，就跟阿火了解我一样，他这样做是想钓鱼。

我默许了阿火的操作，冷冷地盯着盘面。KUBN 集团的操盘手自然不会让币价升起来，打压开始了，阿火拉了百分之一，他们砸下去百分之二。

这下有意思了！阿火在钓鱼，对方也是在钓鱼，双方都在测试对方的底线，等着机会，好扩大战果。

这个局面还在阿火的掌控中，他对着二狗子说："再追加一千万保证金，还是十倍杠杆。"

二狗子并没有操作，而是皱起了眉头。大风大浪里沉浮几次之后，让二狗子有了敏锐的嗅觉，阿火这样做虽然没错，但二狗子总觉得哪里有些不妥。

二狗子拉了个三人群说：大顺，阿火要追加一千万现金开始十倍的杠杆，你有什么建议？

这是一场只能赢不能输的战斗，如果还是阿火自己操盘，他肯定直接梭哈了，这次是帮着操盘，所以阿火比较谨慎。

我托着下巴思索了一会儿说：我们不光有两亿美元的现金，还有三十万比特币现货。现金暂时不动，把现货一点点冲进去，开五倍杠杆。

阿火奇怪地问：为什么不用现金？

我反问：拉高是为了什么？还不就是为了出货吗？现在不把币弄进平台里，等着拉高后再进币，傻子都知道你是在拉高出货。

阿火的思维绝对是发散的，看到我说这么多后，阿火的脑洞也开了出来：我现在往里面转币，谁都知道大额资金进了 C 网，这样就会造成市场恐慌，然后我再开杠杆低吸……

三十万个比特币，价值十二亿人民币，开五倍的杠杆，可就是能够翘动六十亿的子弹，再配合一点九亿美元的现金!!

不管是阿火，还是二狗子，都已经看到了血海尸山。一将功成万骨枯，在资本搏杀的世界里，不可能所有人都赚钱。

阿火的执行力一直很强，思维通透后立刻开始往 C 网转币，每次转五万进去。区块链采用分布式记账，谁都可以在区块浏览器里查看转账。

一笔五万比特币的大额转账，很快引起了大家的注意，所有人都以为大户要砸盘。KUBN 集团的操盘手为了能多砸出点子弹，抢先往下砸了一波，原本下跌百分之二的盘面被砸得下跌了百分之五。

阿火把五万比特币抵押给了平台，借出现金后开始做多，慢慢地把百分之五的跌幅吃得还剩下百分之二。

盘面企稳后，阿火继续套路，再往 C 网里面转了十万个比特币，而且还让各大矿场放出风声，他们需要卖币交电费。

原本稍稍拉起的币价，再次往下滑落，阿火默默地开着杠杆，把这些低价币都接了回来。

148 闪电战

港口城的夜黑得深邃，奢华的酒店顶楼灯火通明。屠兴东松了松脖子上的领带，摇晃手中的水晶杯，两颗冰在酒里碰撞，琥珀色的威士忌发散醇香。

眺望远处的夜色，屠兴东低声说：“阿火行吗？这可是大资金运作，他万一搞砸了……”

司徒霸把眼睛从 K 线中挪开，端起桌上的酒杯说：“阿火真把事情搞砸了，腾飞矿业也就完了，那些损失的矿场主与出资的大佬们可不会善罢甘休。”

集资集筹说出来好听，也签了合同。赚钱了自然是大家都好，要是不赚，合同随时都能废止，损失总要有人承担。

屠兴东吞下杯中的酒，沉吟半晌后点头说：“是的，蜘蛛矿业想做大，腾飞矿业就是绊脚石，有机会把他们搬开自然是极好的。”

司徒霸竭力撮合这件事情，动机并不纯。三十万比特币是从六个矿场里拉来的，两亿美元的现金来自不愿露面的互联网大佬们。至于司徒霸与屠兴东，不过是扮演了中间人与见证人，输赢对他们来说并不重要。

屠兴东甚至都开始畅想，如果阿火把这件事情搞砸了，自己该如何利益最大化。

离交割期越来越近了，KUBN 集团的操盘手们也越来越贪婪，继续借助大额转笔的利空，来打压比特币价格，但每次又不打到位，总是给阿火喘息补仓的时机。这是一帮敲骨吸髓，贪婪十足的操盘手。

阿火的脸上波澜不惊，他虽然冲动，但也不傻，知道自己的能耐，冷不丁冲出去砍上三板斧还是行的，真让他跟正规军从头打到尾，阿火肯定会被收拾得很惨，所以打一场闪电战，赚点币，再赚点钱就行了。

阿火这段时间跟二狗子走得近，习性上难免夹杂一些市井习性，取得一个不错的开局就撤退，反正留下来的不是烂摊子，剩下的事情让司徒霸去头疼。

阿火打开了自己的电脑，把一点九亿现金冲进账户里，直接使用五十倍的杠杆，全力做多。二狗子也配合阿火，把所有的币也都划转进 C 网，然后开了五十倍的杠杆全力做多。

逆势中的小反弹开始了，下跌的小区域里冒出一根小柱子，如果任由柱子变大，KUBN 集团的空单肯定是要被爆掉的。

每个操盘手都不止做一个空单，为了连续打压市场，肯定要做一长串的空单。现在逆势开始小反弹，只要爆了一个单，接下来必然是连环爆。

KUBN 集团的操盘手们全都急了，开始反击做空，原本上行的柱子被打压，双方在五百五十二美元的关口短兵相接。在多空互爆中，时间悄然临近交割期。

一直没睡的我，终于等来了阿火的消息，腾飞矿业暂时关闭，矿池一拆二，早就写好的公告，开始通过各种媒体渠道发散，为了能够让更多的人知道腾飞矿业拆分矿池的消息，这篇公告采用了多种语言，原本还低迷的市场，一瞬间被引爆。现货市场大涨，期货市场变盘……

149 交割与砸玻璃

金融市场风云色变，自以为掌控一切的人们，很容易会被忽然的变盘打得措手不及。阿火选的时间太刁钻，动用资金足够雄厚，加上拆分矿池这个大利好，一直偏空的市场，一下变得火爆。

有时候，多空掰腕子就像在压弹簧，真压到一定的程度后，反弹肯定汹涌而激烈。

KUBN 集团的操盘手们，已经把能追加的保证金都追加进去了。从最初的想打压多军，到后来保住本金，再后来稍亏一些就行。

可惜，不是想怎样，就能怎样。

第一个仓位爆了，借了多少币，就要还多少币，曾经的空单往上买了一波后平掉。随着第一个单子被爆掉，上面的空单好像被点燃的炮仗，乒乒乓乓地炸了起来。

原本就放大的上探柱开始变粗，开始变长，曾经压得多狠，现在就爆得多凶。加上利好的推波助澜，上影的大柱子立起来了，还往上伸出个探针。

阿火双眼微眯，惬意地躺在椅子上，看着时间走到了交割期，长出一口气说："舒坦。"

二狗子也双眼微眯说："接下来怎么办？"

阿火拿起门后的灭火器说："走，去对门挑衅。"

二狗子眨了眨眼说："都赢了，为什么还要去挑衅他们？"

阿火露出蔫坏的笑容："不打一架，我们能从这个泥潭里脱身吗？"

二狗子迷茫后露出心领神会的笑容，一开始来金德兰是为了出一口气，真操盘后自然也就明白其中的凶险，既然已经有了开门红，肯定要想法子全身而退。打一架貌似是绝佳的好主意！

嘣嘣嘣！二狗子敲了三下对面的玻璃门，不等里面的人给回应，便推开了玻璃门。

叼着雪茄意气风发的二狗子，脸上挂着挑衅的笑容，屋子里KUBN集团的操盘手们，全都神情暗淡，一个个仿佛刚经历过暴风雨，每个人都双眼血红，眼角里噙着泪水。

二狗子轻佻地吐了口烟，然后竖起了两根中指，摇晃着说了一长串F字头的外语。

六个操盘手全都震惊了，不明白二狗子要搞什么。双眼从疑惑化为震惊，血红的眼珠里从错愕化为愤怒。

打斗开始了，面对六个愤怒的操盘手，二狗子往后一退，阿火捏开了干粉灭火器。白色粉末往外喷涌，冲过来的操盘手又被喷了回去。

二狗子最喜欢乱战，尤其是顺风的时候，见阿火占据了上风，便也拿来一个干粉灭火器往对面喷。

一个操盘手拎起凳子，砸开了玻璃围墙。其他人也都冲了出来，阿火跟二狗子抛下灭火器，撒开脚就往外跑。

那是一个阴暗的午后，在C网的总部，来自东方的大户与KUBN集团的操盘手们扭打在了一起，整个大户室一片狼藉。

原本刚涨一些的比特币，又蒙上了一层不确定的阴影。

150 悬赏令

司徒霸面色阴沉，对着电话讲了两句后挂上电话。坐在一边的屠兴东低声问：“出了什么事？脸色这么差？难道是阿火爆仓了？”

司徒霸愤恨地说：“如果真爆了仓倒也是好事，阿火这个浑蛋，在期货交割前爆掉了 KUBN 集团的仓位，收益率达到一点五亿美元，还赚了十万个比特币。”

屠兴东干干地眨了眨眼睛，愣了半晌后才爆了句粗口：“没想到阿火真有两把刷子。期货市场这么赚？”

大资金运作已经不再追求成倍的收益率，能够达到百分之十，甚至百分之五的收益，已经是非常厉害了，现在阿火取得翻倍的收益，绝对是放了个大卫星。

司徒霸寒声说：“这个浑蛋，按照约定该出币做空，结果他去挑衅 KUBN 集团的操盘手，然后砸了大户室被玻璃擦破了手臂。”

屠兴东又是呆愣了半晌三分钟，颤声说：“这家伙的脑袋进水了吗？”

司徒霸冷冷地说：“永远都上不了台面的白痴。”说着站起了身，拿起衣服继续说：“我去医院善后……”

“等等！”屠兴东慢慢站起来，思量半晌后说：“如果阿火在穆卡思医院里被人打死，大顺会怎么做？”

司徒霸吸了口凉气，仿佛刚认识屠兴东般，上下把屠兴东打量一遍后，低声说：“不用玩这么大吧？”

阿火没脑子，大顺重情义。如果阿火真死在穆卡思，大顺肯定会出手的。

屠兴东的双眼慢慢亮起来：“蜘蛛矿业想要崛起，腾飞矿业已经成了绊脚石，现在的行情不温不火，需要一些不理性的因素引导。”

司徒霸慢慢又坐了下来，沉吟半晌后说：“只断腿，不害命行吗？”

屠兴东说：“量小非君子，无毒不丈夫。弄死了阿火，百分之五的提成就是我们的。”望着有些意动的司徒霸，屠兴东继续说：“我办事，你放心。”

电脑被打开，屠兴东输入一长串字母混杂数字，以及跟符号混编的密码，电脑屏幕上出现了极为简陋的交易页面。

司徒霸有些担忧地说：“暗网上交易安全吗？”

屠兴东笑着说：“这个世界上，没有比暗网更安全的地方了！”

两个比特币的委托挂在暗网上，杀死两个亚裔男子，很快就有人接受了委托。

与此同时，派望着虚空中滚动的数据流，KING3.0 忽然弹出一个检索，派阅读之后，本就古怪的脸上冒出更加古怪的神情。

“奥米伽的代言人来到穆卡思，还跟 KUBN 集团的操盘手发生冲突，受伤后住进医院，还有人想他们死……”

这是一个逻辑不成立，处处透着诡异的事情，无聊的派继续思索着，服务器 CPU 的负载从百分之十六上升到了百分之九十一。

啪！派打了个响指，这么热闹的事情，如果只旁观那可是太可惜了，必须要凑一下。

派的身躯被投射到黑房子，对着大卫与希里亚说：“去穆卡思医院，把两个亚裔抓回来！”

阿火与二狗子的照片，被投射在墙壁上。

151 出手保护

自从看了心理医生，贝塔总是疑神疑鬼，这已经是他第六次检查自己的电脑了，全部文件都没少，也没有被入侵的痕迹，究竟哪里出了问题？

作为顶尖的黑客，贝塔隐隐觉察到哪里不对，依次翻看操作日志，当看到数据网络日志的时候，贝塔发觉到不对的地方。

这一天的流量被人修改了，虽然修改者非常小心，但瞒不过贝塔的眼睛。修改的数据与没修改的不同，至少空格排列距离不同。

贝塔确认数据被人修改了，立刻动手恢复，经过简单的操作后，被修改的数据恢复原样。见鬼！数据网络往外发送了 47G 的文件!!

惊恐的贝塔打开 Telegram 群，惊恐万分地说：我被袭击了！有人从我的电脑里拷贝了 47G 的文件。

阿尔法：知道了！接下来我们继续讨论，KUBN 那几个操盘手被爆仓的事情。

什么？贝塔眨了眨眼睛，这段时间他的状态不好，所以没有参加 Telegram 群的日常例会，并不知道 KUBN 爆仓的事情。

西格玛：对手盘已经确认，主操盘手是来自腾飞矿业的阿火。

阿火与二狗子的照片被贴进群里，二十二个顶尖黑客继续围观。

普西：就在半小时前，暗网上出现一个悬赏令，两个比特币杀掉这两个亚裔。

阿尔法：见鬼！谁下的悬赏令？

离苹果城共识大会日期越来越近，阿尔法有信心推动 Segwit2x 升级提案，合法地从奥米伽手里把一百万比特币拿回来。现在居然有人要杀奥米伽的代言人，这是要破坏共识！

贝塔也回过神来，连忙打字：必须要阻止悬赏令。

阿尔法：现在启动八号预案，激活潜伏者，拉姆达离穆卡思最近，你带领潜伏者去救援奥米伽的代言人。

拉姆达：这样做不合适吧？万一出了意外，我们说不清楚。

阿尔法：除了去保护他们，你们还有更好的建议吗？

所有人都沉默了，没有人能回答阿尔法这个问题，也没有人想承担发生悲剧后的责任。

阿尔法：我们培育比特币已经用了八年，好不容易培养出全球的金融共识，当所有的用户都开始把资产区块化，甚至可以全球投机交易的时候，你们知道这意味着什么吗？

阿尔法见没人回答，便继续说：这意味着我们的力量会被无限放大，袭击国家级金融机构要承担国际通缉令的追查。袭击不被国家法律所承认的交易所，没有人会追究我们的责任。这将是全球黑客共享金融的大时代，我们将拥有无法估量的财富，继而达成造神的梦想。

阿尔法一字一顿地说：所以在没有拿回一百万比特币前，我们不能触怒奥米伽，我们必须要维护比特币的金融共识。

按照惯例，无法说服别人的时候，需要进行投票，多数共识被执行，少数共识被鄙弃。

但这次阿尔法没有选择投票，而是对着拉姆达说：你带着潜伏者去穆卡思，无论如何都要保住这两个亚裔的性命。

152 干掉他

望着屏幕中阿火的那张脸，我恨得牙根儿痒痒，这家伙不管做什么事，都喜欢脑袋一热，前些日子看到他给我写的信，还以为真长大了，要肩负起社会责任。没想到这才过了三天，他就把 C 网的大户室给砸了！

阿火笑着说：“大顺，别生气。我知道你想什么，我做人你了解的，人敬我一尺，我要还一丈，我的眼里可不能容沙子。虽然想做大事，却不愿被人当枪使。看到血手人屠的第一秒，我就决定不管赚不赚钱，都要砸了大户室。”

这个思路很阿火，也让我不知道说什么。

望着阿火的笑容，还有一旁打着绷带的二狗子，我低声说："伤得重不重？不重就回来。"

阿火比了个健美姿势说："只是被玻璃擦破了点皮，如果不是等小霸王，我早回国了。"

二狗子双眼微眯地说："阿火这次干得漂亮，现金赚了一点五亿，按照百分之五的提成，那可是七百五十万美元，还有五千个比特币……"

我忽然听到啪的一声，然后就看到二狗子身后的花瓶碎了。再然后听到其他人惊恐得大呼小叫，还看到茫然的阿火与变色的二狗子。

国外没炮仗，刚刚想的那一声是……

出生在和平年代国家里的人们，永远不能理解"好似炮竹般，啪的一声"意味着什么。

惶恐可以蔓延，特别是周围人都色变之后，阿火缩着脑袋，看到了一个瘦瘦小小的男人，白皙的脸，脏兮兮的头发，一副瘾君子的样貌。

当然这些都不重要，关键是这个男人的手里拎着一把黑色的东西，正瞄着自己的脑袋。

阿火激动坏了，全身的血液从脚后跟麻酥到头发梢，从未见过真枪的孩子，终于看到了冒烟的真家伙，还被那东西指着。

阿火气壮山河地喊了一声："卧倒！"拉着傻愣愣的二狗子趴在地上。

砰！枪又响了！子弹嗖一声打在钢床上，溅起一串的火花。

二狗子发出一声惊呼，五官凑到一起，眼泪跟鼻涕都流了出来，口齿不清地喊着："会不会死？会不会死？"

阿火拉着二狗子说："你再乱喊，肯定会死，安静下来还有一线生机。"

二狗子是个纯粹的人，情绪化走到极端，以为必死无疑时，绝望到不能自抑，忽然听到还有一线生机，立刻精神一振。拉着阿火问：

"怎么才能不用死？"

阿火在病床下摸索，拉出一个折凳说："干掉这个浑蛋，我们就不用死。"

二狗子诧异说："他有枪，万一干不掉他怎么办？"

阿火握紧折凳说："干不掉他，我们死得痛快些。"

二狗子三角眼转动，也从床下拉出来个折凳，泛着狠说："他死总好过我们死，一会儿找机会对着他的脑袋拍，千万别留手。"

阿火很郑重地点头说："没问题。"

一个脑回路不正常的阿火，一个贪生怕死的二狗子，当两个人化恐惧为力量之后，都趴在床下往外张望，随时准备反击。

153 抽调算力

面对不可控的东西，我是烦躁的。早就知道这是个怕什么来什么的世界，阿火离开国内时我就应该强烈反对。习惯国内的安宁，肯定无法适应外面的喧嚣，更何况还有二十二个虎视眈眈的超级黑客，不出事那才叫见鬼。

"阿火！阿火！"我对着手机高声喊着，对面却没有人应答。这种感觉真是太不好了！

怎么办？怎么办？

视频通话不知道什么原因被挂断，我急躁得好像热锅上的蚂蚁，迫切地想要做点什么，但又什么都没法做。

当我脑洞开出来的时候，并不比阿火小多少。这个时候求神拜佛已经没用，临时抱佛脚满天神佛也不会答应。

万事求源，我需要知道是谁在对付阿火。枪击肯定不是意外，难道 GOD 组织出手了？

我打开了电脑，非常熟练地输入 108KO.com，绿草如茵的桌面上双马尾呼呼大睡，问我的图标是黑的，不管我怎么点也没用。

一种发自灵魂的无力，让我身躯颤抖着。如果人生是个风筝，那么现在阿火就是断了线的风筝，不管我如何拉扯，都不能给我回应，只能眼睁睁看着危险把阿火吞噬，真是太……

等等！桌面上多了个东西，我记得奥米伽桌面上没有这么多图标！究竟多出来了个什么？

我挨个在桌面上数着，我的电脑，网上邻居，文件夹，比特币钱包，工具合集！！

这是个什么东西？我确认这东西以前没在奥米伽的桌面上看到过，我点开之后桌面上多出个黑色窗口，上面还有行文字：一秒变黑客，往地址内存入比特币后，就能调用矿机算力，完成入侵与解密。

顽皮！真的是太顽皮了！奥米伽原来这么有趣，这个东西成了我的及时雨。

我往地址内存了 100 个比特币后，桌面多出了一个红色的进度条，当走到百分之百后，原本酣睡的双马尾忽然间站起来，音箱里传出电子合成的声音：红桃皇后很乐意为你效劳，一百分钟倒计时开始。

望着倒计时闪烁的时钟，我仿佛看到阿火即将熄灭的生命，连忙对着麦克风说：定位通讯录中阿火的位置，同时接通最近的摄像头。

一个弹窗弹了出来，我通讯录中的阿火被高亮标记。然后另一个进度条走了两秒，一个模糊的画面出现在窗口里。

阿火跟二狗子趴在床下，枪手已经走进屋子里了，阿火一凳子砸掉枪手的枪械，二狗子泛起了狠，咬紧牙举着凳子对着枪手的脑袋死命地拍，一下，两下，三下，直到红的白的流了一地。

危机解除了？我对着麦克风说：帮我建立与阿火的通话，同时以阿火位置为中心，向周围扫描，是否还存在危险。

我是个电脑小白，纯粹的电脑小白，并不知道这两个命令意味着什么，全世界的比特币矿机都开始疯转，庞然的算力被抽调而出。存入地址的 100 个比特币，又以挖矿所得的方式，返还给所有挖矿地址。也就是说，在我不知情，所有人都没发现的情况下，红桃皇后抽调了比特币世界里的所有算力。

154 犀利无双

在我的电脑上，又有两个窗口打开了，红色的进度条开始前进，最先打开了一个麦克风标志的图标，电子合成的声音在我耳畔响起：已经跟阿火连线，你的声音他能听到。

望着屏幕上的阿火，我低声说："阿火，听得到吗？听得到吗？"

万里之外的穆卡思医院里，医院广播系统的音箱里，传出大顺的声音，惊恐的人们错愕而茫然。

阿火转动脑袋四处张望，二狗子眨了眨眼睛，脸上全都是难以置信。没有出现幻听，喊话的真的是大顺。

我皱起了眉头，从两个人大张的嘴巴，我知道他们听得到我的声音，但为什么我听不到他们说话？

电子合成的声音再次响起：你的声音正被医院广播系统广播，他们只能听到，因为没有麦克风，所以无法听到回答。

我已经慌了神，没意识到红桃皇后给我的回馈意味着什么？当人工智能开始根据使用者表情计算，并且根据现有事件分析，给出百分百的智能应对，这意味着红桃皇后已经具备初级拟人的思维形态。

没有麦克风，所以听不到回答。我脑袋中灵光一闪，高声说："把手机找回来，我们继续通话。"

遇事不能慌乱，我吸了口气，定了定神，另一个进度条走到百分百，新的窗口里出现了三个不同监控器的画面。一队是全副武装的警察，至少十个人，穿着防弹背心，抱着冲锋枪，还有两面防弹盾牌。

另一队很像坏人，穿着花花绿绿的嘻哈服，扎着头巾，戴着墨镜，衣服下面鼓鼓囊囊的，有的人在不经意间露出衣服下的枪柄。

最后一队比较奇怪，四个膘肥体壮的男人，拎着球棒钢管，拥簇在两个男女的身边，一看就不是好东西。

红桃皇后很贴心地问：需要进行危险评级吗？

我刚把头一点，三个监控画面上多出了三个字母，警察们是绿色的 A，嘻哈服们是红色的 B，那一对男女的脑袋上多出了个红色的 C。

这都是什么跟什么？就在我眼中堆满疑惑时，另一个行字冒了出来：绿色的安全，红色的危险。A 代表战斗力最强，C 代表战斗力最弱。

这套系统真的是太好用了！我刚皱了皱眉头，红桃皇后就给我回馈，难怪要一比特币一分钟。

由始至终我都没有意识到，一个如此智能的生命，对这个世界来说意味着什么。

叮叮咚，叮叮咚。桌上的电话响起，我拿起来放在耳边，然后就听到阿火的声音：“大顺，你在哪来？难道你在穆卡思？”

我理所当然地回答说：“我不在穆卡思，但我找了个特别厉害的黑客帮忙，所以你们能听到我说话。”

二狗子尖着嗓子问：“我们杀人了，接下来该怎么办？算正当防卫吗？能外交豁免吗？”

一行红色的文字忽然出现在电脑屏幕上，焦急的我不由自主读出来：“往东走，你们的位置很危险。”

155 潜伏者

拉姆达因为常年在室内，很少沐浴阳光，所有人的面色雪白，再加上疏于锻炼，身形微胖，没走两步就有些气喘。

“伊思佐林，你确认他们真的能战斗？”拉姆达第四次提出了疑问，在他的眼中，这帮人像摇滚歌手多过像杀手。

GOD 组织并非是个纯技术的组织，他们是完全隐匿在冰川下的神秘组织，构架了很多强力部门，其中潜伏者是最接近冰川上层的外围组织。

因为信仰与领土争端，造成中东地区长久的战乱，一些人民不得不背井离乡，在迁徙中有些孩子跟大人走散，成了无家可归的孤儿。

GOD 组织把这些孤儿收养，然后对他们进行军事训练，成绩突出的被选为执行者，成绩一般的被派遣到了世界各地成为潜伏者。

GOD 组织纪律鲜明，一旦潜伏者被激活后，完成任务的会被升为执行者，完不成任务的潜伏者会被毁灭。

伊思佐林拉了拉脑袋上的头巾说：“放心吧！我虽然会饶舌，但我的枪法也很棒，说打你的鼻子，绝对不打你的眼睛。”

伊思佐林对拉姆达很是看不起，这个白白净净的胖子，好像泡发了的馒面包，没有战斗力凭什么领导自己。潜伏者在潜伏状态时没有危险，激活后九死一生。伊思佐林总觉得这次的任务很低级，自己暴露得没价值。

拉姆达拉了拉衣服上的领子说：“记住，我们这次的任务是找到那两个亚裔，然后把他们护送到华夏大使馆。”

伊思佐林，比着手势敷衍说：“OK！OK!”

大卫握紧手中的球棒，谁能想到前几天还是学生的好少年，现在已经成了穆卡思地下黑暗组织的王。他原本还湛蓝的眼珠里面，浮荡着一丝血色，白皙的面孔里堆满嚣张。

希里亚把披散的金发扎成马尾，拉着大卫说：“我们就这样冲进去？”

大卫低声说：“不然呢？”

希里亚往周围指了指：“又是球棒，又是钢管，会不会不太友善？”

大卫狞笑着说：“上面只是让我们把两个亚裔抓回去，没有说是什么模式，更没要求是什么形状，所以你懂得。”

希里亚面色一变再变之后，缓缓把头一点：“既然上面没要求，那你想怎么样就怎样，但我希望你最好能收敛一些……”

“你说什么？”大卫歪着脑袋，冷冷地盯着希里亚，他白皙脸上堆满狰狞，眼底闪烁着暴躁，伸手抓住希里亚吼：“你再说一遍。”

希里亚毫不示弱地说：“记住，我们是人，不是禽兽……”

阿火跟二狗子弓着腰往外撤离，二狗子小眼睛往四处偷瞄，忽然拉着阿火说：“快看那边，好漂亮的洋妞。”

脑回路清丽脱俗的阿火，顺着二狗子手指的方向看去，看到了满头金发的希里亚，由衷地评价说：“的确很漂亮。”说完无意间往东边看了一眼，然后低声惊呼：“有警察！”

住院部的十字路口上，东边来了一群警察，南边有正在打架的外国人，西边也来了群花花绿绿的嘻哈人，只有北面没有人。

156 一团糟

望着三面都有的人，二狗子诧异问：“大顺让我们往哪里走？”

阿火也迟疑道：“往东？”

两个人互望一眼，此时他们心里都充满担忧，刚刚热血上涌，不计后果地干掉了枪手，现在看到这么多荷枪实弹的警察，肯定是心虚的。

二狗子舔了舔嘴唇，看着阿火问：“你是有海外关系的红三代吗？”

阿火很认真地摇头，然后看着二狗子问：“你呢？”

二狗子同样认真地说：“我们家祖宗八辈都是贫农……”

阿火苦笑着说："那还扯什么犊子，跑啊！"

我望着显示器，目瞪口呆地看着两个人撒开脚往北边跑去。这两个家伙脑袋里装的都是水吗？一下来了三波人，只有警察能保护他们。

沟通是一门艺术，哪怕我是个写小说的，在情绪激动的时候，也无法用语言完整地表述出意思。

"怎么办？"我好像在问别人，又像在问自己，电子合成的声音在耳畔响起：发现入侵，开始战斗。

这又是什么？我目瞪口呆地看着电脑屏幕上，闪出一个又一个的窗口，然后不同颜色的进度条开始滚动。

在网络世界里，派可以自由徜徉，不管是二进制的 0 与 1，还是十六进制的 0~9，A~F。只要派想用，就能信手拈来。

以前黑客操作电脑，还需要通过大脑思索调集指令，继而命令双手敲打，实现破坏入侵。现在派不需要这些东西，只要想什么工具，能直接从思维中产出编码。

这是一种令人战栗的思维同步，曾经派认为人的思维潜力可以论秒计，真到达这个境界后，派发现思维速度超过毫秒，甚至是毫秒的几倍。

穆卡思医院里不光有红桃皇后，派也来凑热闹。侵入主机机房，派就发现数据流的异常，然后听到了大顺的喊话。

派脸上浮现出神经质般的笑容说："是谁？奥米伽还是 Queen？"来凑热闹的派，自然不会放过这个好机会，高声吩咐："KING，分析数据流。"

升级的 KING 已经有了质的飞跃。不管是程序还是硬件构架，都有了拟人的优化。红桃皇后的数据被采集，KING3.0 开始分析。

派也没闲着，开始逆向入侵，顺着红桃皇后的数据流，开始追查最终的 IP。

如果非要进行类比，这不是一个量级的选手对抗。派加上 KING3.0，智商超过 220，但哪怕操作最先进的服务器，也无法对抗借用整个比特币世界所有矿机算力的红桃皇后。

派脸上的得意只维持了三秒，瞬息间就化为惊恐，变着调喊：“KING，防守，全力防守。”再坚硬的鸡蛋也撞不过石头，没有强大算力支撑，面对蛮霸的红桃皇后，派只能躲避防守。

我呆呆地看着消失的进度条，问题还没讲出口，就听到电子合成的声音：危机解除。那种云淡风轻的韵味，仿佛赶走了一只无关紧要的苍蝇。

我也没放在心上，继续盯着电脑屏幕，思索着如何帮阿火破局。

157 乱局

如果阿火跟二狗子不跑，老实地蹲着，短时间内不会被人发现，但现在他们撒开脚跑，就立刻引起了拉姆达的注意。

两个亚裔，黄皮肤，黑头发，黑眼睛，特点是如此的突出醒目。看到要保护的目标后，拉姆达立刻高喊：“追过去！”所有人都看向伊思佐林，等到伊思佐林点头，大家才迈开步往前追去。

忽然的追逐引起了大卫的注意，他松开希里亚，看到两个正在奔跑的亚裔，大卫也确认目标，把手一指说：“追上他们。”

两帮人加一起近乎二十人，跑起来非常有声势。原本步步为营的金德兰警察，看到忽然跑起来的人群也跟了上去。

穆卡思的医院里，三十多人玩命奔跑着，二狗子有些气喘，回头瞄了一眼后，惊恐地说：“阿火，怎么办？好多人在追我们。”

阿火也有些气喘了，发觉这样跑下去根本不行，于是对着二狗子说：“分头跑，他们只能追一个。”

二狗子不假思索地说：“行！”然后撒开脚往一边的岔路跑去。阿火往另一边的岔路跑去，两个人分道扬镳。

伊思佐林望着拉姆达问："怎么办？"

气喘吁吁的拉姆达，对这个命令本身就有抵触，阿火的照片拉姆达见过两次，所以记忆深刻，把手一指说："追这个！"

潜伏者们像风般对着阿火追去。虽然拉姆达不想跑了，但要强撑着。毕竟 GOD 组织等级森严，关键时刻掉链子，真会死人的。

大卫带人也追过来，望着左右而分的岔路，大卫把手一指说："追这边！"

希里亚虽然不情愿，但也跟着大卫一起，向二狗子逃跑的方向追去。

紧随其后的警察犯了难，分兵还是不分兵？带队的警察慎重考虑一番后，终于做出了决定，一面呼叫上级支援，一面追向二狗子的方向。

大卫的身体素质绝对一级棒，这段时间他心中一直憋着一团火，想发泄但没地方撒，现在终于有了机会，自然要把火都撒出来。

二狗子越跑越慢，大卫越跑越快，随着两个人的距离越来越近，大卫嘴角浮现出一丝狰狞，抡起手里球棒对着二狗子的腿，狠狠地砸了上去。

啪！二狗子失去了平衡，抱着腿在地上翻滚。

大卫双眼红的发亮，双手举着球棒，对着二狗子猛砸，嘴里说着："跑啊！你倒是跑啊！"

二狗子身体蜷缩着，哀嚎声不断地翻滚着，他的身上沾满了泥土与草屑，眼泪跟鼻涕混在一起，狼狈得真像一条狗。嘭嘭嘭！又是三棒子砸了下来，二狗子蜷缩着身躯翻着白眼昏了过去。

希里亚拉住大卫说："别打了，警察来了！"

大卫往后瞄了一眼，然后把手一挥说："抬起他走。"

阿火跑不动了，望着后面越追越近的人，阿火的眼中泛起冷色，不能再跑了，不如转身拼一把，杀一个够本，杀两个还赚一个。

阿火握紧了拳头，刚停下脚步，还没来得及转身，就看到伊思佐林手中的冲锋枪，阿火很识趣地举起了双手。

158 噩梦

派剧烈地喘息着，仔细回忆自己多久没有这般狼狈过。命悬一线的感觉真是太刺激，已经肉体毁灭的派，差一点点连灵魂都被毁灭。

成为数字形态后，派以为自己是无敌的，不说大杀四方，至少也该能为所欲为，结果却并非如此，面对未知的敌人，自己居然不堪一击。

如果非要具象类比，那么自己就好像一个蝼蚁，对方强大得像磨盘，如果不是退得早，肯定会被碾压成肉泥。

对方是谁？奥米伽？风格不像，对方阴冷而残酷，执行的可是黑暗法则，与奥米伽的行事完全不符。

Queen？也不像，如果真是 Queen，应该会追过来，像上次一样切开 KING 的内核，甚至把自己的灵魂切成两半。

未知才是可怕的，派感觉这个世界越来越陌生，GOD 组织即使再强大，也无法完成多线入侵，同时瞬间作战。

难道奥米伽不是一个人在战斗，在他的身后也有个神秘组织？疑神疑鬼的派，越琢磨越觉得有道理，本就紧绷的神经，现在绷得更紧。

滴滴，红色的请求通话的讯号闪烁，派吸了口气，竭力做出威严的样子，然后接通信息。

大卫有些赤红的脸出现在派面前，在大卫身后，二狗子被捆绑四肢，倒吊在半空中。

派的脸上露出狰狞，对着大卫说：“撬开他的嘴，把能知道的情报都搞出来，注意别弄死他，记得给他装上心脏起搏器。”

大卫微笑着说：“没问题，我的主人。”

二狗子无力地呻吟着，脑袋里堆满了后悔，在国内好好的日子为什么不过，脑袋抽了什么风，偏偏往国外跑。

望着满脸横肉的大卫，二狗子脸上堆满绝望，望着狞笑而来的大卫，二狗子哀求着说："能放了我吗？我给你钱。"说完这些生怕老外听不懂，二狗子连忙补充说："Money！Money！Money……"

大卫听不懂二狗子在说什么，但没关系，大卫抡起球棒对着二狗子殴打，有过人体解剖经验的大卫，知道哪里致命，哪里不致命，先打上一顿再说。

二狗子惨呼着，挣脱不开绳索的束缚，浑身上下非致命的地方全都被攻击，痛觉神经不断提醒着二狗子，噩梦刚刚起了个头。

阿火对拉姆达挥手，自己所经历的一切，充满奇幻色彩。先被一帮陌生人用枪指着，然后被劫持到大使馆。再然后他们释放了自己，整个过程仔细琢磨，像保护不像劫持。

走进大使馆内，阿火晕晕乎乎，虽然确定自己安全了，但总觉得还有哪个地方不对。忽然阿火一拍大腿，二狗子跑丢了！

阿火疾步跑进武官室，对着武官喊："我朋友在医院被坏人抓了，你们快些去救他……"

在大使馆的协助下，阿火在穆卡思找了二狗子三天，一个大活人就这样凭空消失了！

我也想尽了一切的办法，烧掉了两万比特币，借用算力把穆卡思所有的监控都看了一遍，甚至还入侵了一些可疑的地方，监听了至少四千次通话，但依然没能找到二狗子。

就在我与阿火以为狗子已经死亡的时候，消失的二狗子忽然出现了……

159 仗义

阿火回来了，二狗子也回来了。一直都没把腰身挺直过的二狗子，本就佝偻的身材，现在更加佝偻。

阿火的脸上堆满不好意思，仿佛做错事的孩子，手脚无措地站在那里，想要开口却又不知该如何开口。

二狗子眼神转动，不敢与我对视。原本还蜡黄的脸，现在变得惨白，浑身上下打着绷带，猛不丁看去好像木乃伊。

我努力让自己平静，用不咸不淡的口吻说："能耐啊！不声不响都能代表腾飞矿业，一下爆掉 KUBN 集团的仓位，你们是矿业联盟的救世主，是互联网大佬眼中的小红人。"

阿火笑着说："我能取得这样的成绩也是你领导有方，没有你遥控指挥，我们也不可能爆掉老外。"

阿火说完还拍了拍二狗子的肩膀说："你说对不对？"

二狗子的眉头微蹙，然后勉强笑着说："对的，对的！"

我走到二狗子的身边问："没事吧？"

二狗子故意笑着说："没事！我的体格壮着呢！"说完故意想挺一挺胸膛，结果脸上的肌肉抽了抽，整张脸成了苦瓜。

阿火对着二狗子说："先去住院，好好养伤。这件事没完，我肯定给你讨回个公道。"

二狗子默默点了点头，然后出了屋子。

我皱起眉头说："这事处处透着蹊跷，但只要人回来了，就不要多生是非，毕竟退一步海阔天空，要知道平安是福。"

阿火敷衍地点头，眼底燃烧着仇恨的火苗。逆袭暴富之后，阿火一直顺风顺水，没吃过这样的大亏，真能忍得下那就成熟了，但阿火脑回路毕竟与别人不同。

我的心底堆满了担忧，在红桃皇后的入侵中，我看到金德兰暗网上的悬赏，两枚比特币杀死两个亚裔，被阿火跟二狗子打死的应该是这个枪手。

出手救阿火的人是 GOD 组织的拉姆达，死掉枪手的事被 GOD 组织平掉，要不然阿火与二狗子也不能这么快回国。

排除掉警察，还剩下那对金头发的男女，他们是谁？为什么会出现在那里？

根据阿火的描述，这帮人追了二狗子，然后二狗子消失了三天，浑身上下没有了好皮肉，胸口还被切开，安装了起搏器。

按照二狗子的描述，他被打昏在地上，然后被好心人送进了医院时发生心脏骤停，好心的医生给安装了起搏器。

阿火相信了这套说辞，我也没有多想。

我低声说：“司徒霸把七百五十万美元与五千个比特币打入腾飞账户，这笔钱是你的，我已经让财务划入了你的分红账号。”

阿火耸了耸肩膀说：“让财务把钱跟币划成三份，我们三个人分。”

我刚想张口，阿火抢先说：“这次是我做的不妥，差一点就死在了穆卡思。我想把我名下的股份转给二狗子百分之五，毕竟是我连累了他。”

财聚人散，财散人聚，生死之后，阿火变得成熟许多。也许挫折能够让燥起来的阿火沉稳一些，也许这次的坏事能变成一件好事。

160 无奈

二狗子双眼无神地躺在病床上，曾经能聚光的三角眼，现在已经黯淡下来。白皙的脸上眉心中有节灰黑，整个人都没了精气神。

吱呀呀！病房的门被推开，一个矮胖的女人走进了病房，坐在二狗子的床前，大大咧咧地说：“能喘气不？”

二狗子的眼睛慢慢聚焦，看到矮胖女人后，勉强笑着说：“小芳，你来了……”

小芳理了理头发，用不耐烦的腔调说：“我怀孕了……”

“什么？”二狗子双眉立起，白皙的脸上冒出三分戾气，凶狠地说：“谁的种？”

小芳面色一变，掐着腰，伸手指着二狗子的鼻子说：“谁的种，你心里不清楚？”

二狗子变色的脸又趋于平静，半是疑惑地问：“真是我的？”

小芳倒是泼辣，直接说：“爱信信！不信拉倒！”

二狗子躺在床上傻笑着说：“没想到我有儿子了！我要当爸爸了！”

小芳点着二狗子的脑门说：“瞧你那傻样，孩子还没出生，你怎么知道是儿子？”

“我说是儿子，就是儿子，这小子肯定能给我们老朱家开枝散叶，传宗接……”二狗子说到最后，神情中堆满了落寞。

小芳肉嘟嘟的脸上凝出嘲讽，对着二狗子说：“吹，接着吹啊！孩子出生要不要喝奶粉？老娘要不要坐月子？把孩子拉扯大要不要开销？”

连续三个问题，仿佛三柄大锤，形成三次暴击，把二狗子打得目瞪口呆。

小芳继续说：“没钱生什么孩子！”

二狗子仿佛被踩到了尾巴，面目微冷说：“你想干什么？”

小芳不屑地说：“穷人穷命，让他跟着我受苦，倒不如现在就把他……”

“你说什么！”二狗子仿佛愤怒的公牛，双眼赤红，巴掌扬起来就要往上抡。

泼辣的小芳可不怕，挺着还没鼓起来但有赘肉的肚子说：“打啊！真能耐往这打！”

二狗子嘴唇哆嗦后，长叹一声，没了气力，挺尸般躺在床上。

吱呀呀！房门再次被推开，阿火带个果篮走进来，看到小芳招呼：“嫂子也在，吃了吗？”

小芳勉强笑着说：“吃了。”

阿火坐在二狗子的对面，轻声说："小霸王把钱打过来了，我跟大顺商量，一分为三，咱们哥仨一人一份。"

二狗子还没开口，小芳就凑过来问："有多少？"

阿火看了二狗子一眼，发觉他没反对，便低声说："两百五十万。"

小芳眉头皱起，掰着指头说："这么点在省会都不够买一套学区房……"

阿火补上了货币单位："美元。"

小芳倒是机敏，心算后摸着肚子笑逐颜开，说："一千六百多万，倒也算不错。"感性的女人容易幻想，如果真能拿到这一千六百多万，小芳已经开始幻想儿子上小学的画面。

阿火继续说："我还打算转赠给二狗子百分之五的腾飞矿业股份，以及……"

一直没开口的二狗子，忽然间摆了摆手，蠕动干裂的嘴唇示意有话要说。

161 离婚

二狗子慢慢地从床上坐起来，原本还白皙的脸上多出三分的红润，用干涩的声音说："正所谓无功不受禄，阿火，你的心意我领了，但按我做事的酬劳，拿三分之一不合适。"

二狗子看着阿火无比认真地说："做人要知道进退，该我的你不给，我会要。不该的给我，我是不会要的。"

小芳狠狠掐了二狗子一把，不明白这个视财如命的男人，在这个节骨眼上抽什么风。

阿火吸了口气，眉头慢慢皱起，看着二狗子问："你是什么意思？"

二狗子低声说："两百五十万美元太多，给我一百万美元就成了。至于股份什么的，我是不会要的。"

小芳看了看阿火，又看了看二狗子，沉吟后恍然，虽然两百五十万比一百万多，但不能让阿火欠自己一个人情。做人不能太贪，更不能不知进退，处朋友讲究一个细水长流。

阿火见二狗子坚持，便也没再多说，反正以后人生路长，再找机会补偿他。

小芳把阿火送出门，欢天喜地地站在二狗子面前，笑逐颜开说："能耐啊！出了一趟国让你开窍了，不光知道以退为进，还知道细水长流。这个人情卖得好，以后我们就守着腾飞矿业这座宝山……"

小芳的双眼亮晶晶，开始幻想未来，仿佛已经看到飞黄腾达的明天。

二狗子的胸膛开始起伏，慢慢解开领口的扣子，声音低沉说："我们离婚吧！"

"啊？"小芳一愣，错愕后愤怒地望着二狗子，低声嘶吼着："你是不是外面有人了？"

二狗子没有回答这个问题，而是自顾往下说："回头我找个律师，家里的所有财产都给你，这些分红每年给你 10 万，只要你把孩子生下来，等孩子十八岁后，剩余的一次性都交给孩子。"

病房内本就很低的气温，忽然间变得更低，小芳红着眼看着二狗子，仿佛要看穿他的皮囊，看透他的骨头。

就这样僵持了五分钟，小芳低声说："是不是生我气，跟我讲的气话。我那不是恨铁不成钢吗？家里的钱都被你亏光了，我的心里肯定……"

二狗子寒声说："我是认真的。"

小芳的脸僵硬了三秒，然后说："你有没有良心，这话说出来你亏心不亏心！"

二狗子沉着一张脸，整个人冷静得可怕，他毫无感情的双眼堆满漠视，对着小芳说："没意见，明天我让律师找你，现在我要休息，你先走吧！"

小芳恨得牙根痒痒，站起了身，巴掌扬起来，对着二狗子的脸啪就是一巴掌，打过之后指着二狗子说："老娘现在就走，你可别后悔。"

就在小芳拉开病房的门时，二狗子忽然说："等等。"

小芳气呼呼地看着二狗子说："现在跪下认错还来得及。"

"以后对自己好一些，孩子生下来后记得让他姓朱！"二狗子说完，挥了挥手："走吧！"

砰！病房的门被重重关上，二狗子身躯抽搐着躺在病床上，低喃着："老子没得选……"

162 蜘蛛矿业

日子不紧不慢地走着，风平浪静般，我继续盯着矿场，行情虽然回暖，但一些小矿场还是没能扛住，纷纷关闭。曾经的百花盛开的矿业，现在黯然萧条。

腾飞矿业没有扩大的意图，守着一亩三分地也挺好的。我是个不喜欢做抉择的人，在 Queen 没有苏醒前，能守住现在的局面，就是大大的胜利，至少我是这样想的。

司徒霸开始大展拳脚，阿火的胜利，也是司徒霸的胜利，他本就是个具备人格魅力的家伙，这一次向世人展示了自己的能力，原本社会地位与影响力开始扶摇直上，得到了矿场主的力挺，也获得暗处互联网大佬们的赏识。

很多时候声望是可以变现的，如现在的司徒霸，就是凭借着大胜而来的声望，拉了上千万美元的投资。大气运开始爆发，蜘蛛矿业推出五十五纳米的蜘蛛一代矿机，不管是能耗，还是算力，都能吊打市面上所有的矿机。

原本日子就不好过的矿场主们，现在的日子更不好过。新一代的产品开始挤压老一代的生存空间，在同等的能耗下，算力提升了一倍，等于是成本下降了三分之一。

已经萎缩的算力开始递增，勉强保本的矿场主们，又面临全新的抉择，是升级机器，还是止损离场。现在比特币价很低，矿机价钱也非常低。

人们常说币圈一天，人间一年。区块链这个行当以飞跃式的速度发展，只不过是打了个盹的工夫，蜘蛛矿业的矿池，就拥有了全网百分之三十的算力。

原本只占全网百分之七十算力的华夏，现在飙升到百分之八十六，如果那些矿场不关闭，全都运行起来，至少占到全网算力的百分之九十一。

坐在蜘蛛矿业的办公室里，屠兴东把玩着一块羊脂白玉，他对司徒霸说："小霸王真是名不虚传，这才几日就打开如此局面，假以时日必然能成为华夏第一矿场。"

司徒霸把手摆动说："屠大哥如此夸赞，我可真是愧不敢当。现在这个规模就可以了，接下来开始卖矿机，我也不想跟腾飞搞得太僵。"

屠兴东眉头皱起说："量小非君子，无毒不丈夫。既然现在蜘蛛矿业有机会问鼎第一，为什么不把腾飞淘汰掉？"

挖矿成本决定盈利，蜘蛛矿业的成本比腾飞矿业便宜百分之三十，只要继续增加矿机，随着算力增加，难度持续上升，腾飞矿业注定会因为亏损而出局。

司徒霸笑着说："和气生财，有些事情没必要做得那么绝。更何况只要蜘蛛矿业持续出货，全网算力继续增加，腾飞矿业已经有了注定的结局。”

屠兴东微微一愣，而后笑着说：“了解。腾飞矿业不是被蜘蛛矿业逼死的，而是因为设备落后，被历史的车轮碾碎的。”

两个人相视一笑，然后举起了酒杯。

蜘蛛矿业全力出货，全网算力持续攀升，一些矿场主关闭矿场，腾飞矿业开始亏损……

163 注资辉煌

不管到了什么时候，阿火总是那么热血冲动，他气呼呼地坐在我对面，咬牙切齿地说：“欺人太甚，真是欺人太甚！我早就知道小霸王包藏祸心，没想到他这般无耻。”

我把一杯去火茶推过去，低声说：“消消气，别上火。”

阿火端起了茶杯，气不但没消，火更大了，他拍着桌子说：“我能不气吗？这家伙根本不仗义，前些日子求上门，我去金德兰帮他，转过身就这样对付我……”

我把茶壶拿起来，刚买的紫砂壶，可不能让阿火给震碎了。嘴上低声说：“你帮小霸王那是为公，那是商业合作。他们给了你酬劳，早就两不相欠，这样的话以后不要再说。”

阿火胸膛气鼓鼓的，端起茶杯，一饮而下，依然火气十足说：“我就是气不过！”

我不得不把这个话题掰开揉碎说：“蜘蛛矿业只占全网算力的百分之三十，并没有超过腾飞矿业，本身就给我们留了面子，至于现在他们开始卖矿机，那是他们的业务。所以司徒霸做的四平八稳，不管摆在台面上，还是放在台面下，他都有道理。”

阿火恨了半晌，长叹一口气说："难道这个哑巴亏我们吃定了？"

我把紫砂壶放在桌上，悠悠说："人为刀俎，我为鱼肉。忍下吧！"

阿火低声说："蜘蛛矿业不断出货，全网算力持续增加。我们现在已经出现亏损，是止损离场，还是研发矿机？"

我诧异地看向阿火，头脑简单四肢发达的家伙，今天怎么会有如此清晰的思路。当我把阿火看得不好意思的时候，才开口说："研发矿机你有门路吗？"

阿火笑着说："我没有门路，但阿信有。"

"阿信？司徒信？辉煌矿业？"看到阿火点头，我的眉头微微皱起，每个大时代来临的时候，总是有一帮弄潮儿。有的踏在了时代的浪尖，成了人人羡慕的弄潮儿。还有的摔在了浪潮里，运气好的灌了一肚子水后上岸，运气不好的直接沉进海里尸骨无存。

辉煌矿业曾经辉煌过，司徒信也曾经八面威风，只是因为他情商太低，无意间四处树敌，再加上稍稍有那么点刚愎自用，结果错失抢占风口的机会，从一线掉到十八线。

资本社会不讲情怀，不管曾经如何辉煌，只要落了架，哪怕是只凤凰，它也不如鸡。

我望着阿火问："司徒信是什么意思？"

阿火说："他现在等米下锅，辉煌矿业估价三百万美元，全资可以，注资也行。"

三百万美元？我确认阿火没有说错，心底升腾出一丝痛惜。曾经多骄傲的人儿，行情好的时候从未对钱发过愁。现在行情不好，为了能给大家找到一口饭吃，司徒信不得不低下高昂的头，甚至给辉煌矿业定下三百万美元的低价。

看样子司徒信真是山穷水尽了！

我对着阿火说："把他约来谈一谈吧！"

阿火笑着说："他在门外，我让他进来。"

164 司徒信

司徒信拉了拉脖子上的领带，感觉特别燥热，还有三分不甘心，当然剩下的全是无力的屈辱。从小到大司徒信都非常优秀，是学霸，是成功者，是踩在时代浪尖上的人。司徒信是聪明的，不然也不会接连成功。但他也是悲哀的，所有时间用在学习与工作上，缺少社会经验，不够圆滑，也有些不通人情世故。

辉煌矿业发展到巅峰的时候，也是比特币价值飞扬的日子，辉煌矿业真的很辉煌，司徒信思索着如何设计出新一代的矿机，如何扩大产量，每天忙得只睡四个小时，耽搁了风险投资抛来的橄榄枝。

没过多久比特币价开始雪崩，风险投资也收缩阵线。司徒信在寒风中咬牙苦熬，特别是在蜘蛛矿业横空出世后，司徒霸先挖走辉煌矿业的副总，然后在熊市拉来风投，一下遮掩住了司徒信的光芒。

一边是蒸蒸日上的蜘蛛矿业，一边是江河日下的辉煌矿业，司徒信不得不想方设法拉投资，因为辉煌矿业的资金链已经断了，上个月的工资都还没发。面对阿火抛来的橄榄枝，望着二十多个等米下锅的员工，司徒信慢慢变得现实，他知道情怀再好也不能当饭吃，理想再丰满现在也饿着肚子。

望着有些拘谨的司徒信，我笑着说："阿信，你跟小霸王都姓司徒，莫非还有亲戚关系？"

司徒信把头一摇说："我姓司叫徒信，最早我的名字叫司信徒，后来觉得不好听，我才改成司徒信。小霸王姓司徒名霸。所以我们没有血缘关系，更没有亲戚关系。"

想不到这里面还有这般的渊源，所有的人都以为司徒信是复姓司徒，没想到他是因为叫信徒不好听。

阿火帮着倒茶，我端起了茶杯说：“阿火把辉煌的事情都跟我说了，如果现有的核心班底能保留，我们愿意注资三百万美元。”

司徒信眼睛一亮说：“核心班底肯定保留，大家都等着钱发工资呢！”

我吸了口气沉吟着对司徒信说：“全部保留的意思是包括你在内，毕竟辉煌矿业是你一手一脚拉扯大的，矿机研发你可是主力。”

司徒信双眼微眯，脸上露出了为难，直接说：“我留下职务怎么安排？”

我直接挑明说：“腾飞入股辉煌只占百分之五十一的股份。你只要留下可以享有百分之三十的股份，剩下的核心员工分享百分之十的股份，还余下的百分之九作为股权激励。”

阿火对着司徒信说：“你可以出任开发部总监，你的性格注定不适合做销售，我打算让二狗子出任辉煌矿业的销售总监，这样你就能安下心来开发新一代的矿机。”

这倒是个不错的方案，除了股份少了一些，其他的基本没变，而且解掉了一直捆绑在司徒信身上的束缚，专精研发的人就应该留在技术岗位上。

司徒信把头一点：“可以。”说完拿出一份图纸说：“这是四十五纳米芯片的矿机，只要有充足的资金，三周内就能流片量产。”

这绝对是意外之喜，我对着司徒信点头说：“签合同后就打款。”

165 苹果城共识

离苹果城共识大会的日期越来越近，阿尔法越来越烦躁，虽然嘴上说有信心以解决拥堵的名义推动 Segwit2x 升级提案，但阿尔法也没有百分之百的把握。

Telegram 群里显得有些沉默，所有人都知道阿尔法的心情不好，自然没有人愿意开口当出头鸟。

沉默并不能解决问题，急躁的阿尔法在 Telegram 群里说：贝塔，共识大会上 Segwit2x 升级提案后续计划准备好了没有？

贝塔回道：准备好了，当 Segwit2x 升级提案被通过后，我们将对比特币协议进行升级，然后开始对矿场进行游说、部署 SegWit2x 节点，只要得到百分之七十五的算力支持，我们就可以激活，无错运行一周后整个网络先完成软分叉，算力支持稳定在百分之九十五以上，最后调整一次难度，将原有 1MB 大小的区块容量扩展到 2MB，然后全面激活。

这番说辞说起来很复杂，理解起来却很简单，Segwit2x 升级提案通过后，GOD 组织会拿出比特币的新版本，只要百分之七十五的算力支持新版本会被激活，然后算力达到百分之九十五的支持，新版本将取代旧的版本，将原有 1MB 大小的区块容量扩展到 2MB，分叉升级完成。

阿尔法说：升级周期有些长，前前后后将近半个月，能把周期缩短吗？

西格玛说：不能！升级后必须确保全网稳定，否则整条数据链将会错乱运转。

阿尔法说：腾飞矿业还拥有两个矿池，合计占有百分之三十七的算力，我们如何取得百分之七十五的算力支持？

宇普西龙说：随着蜘蛛矿业大量出货，腾飞矿业的算力逐步萎缩，当 Segwit2x 升级提案被通过后，保守估计腾飞矿业只能占到全网百分之二十九的算力。

普西说：我们已经联系了蜘蛛矿业的司徒霸，他对 Segwit2x 升级提案很有兴趣，态度明确的支持我们。

贝塔说：只要 Segwit2x 升级提案得到大多数人的支持，到时候我们会采取舆论胁迫，腾飞矿业拆分成两个矿池，只要有一个赞同，Segwit2x 升级提案就能激活。

阿尔法说：做两手准备，如果能够用舆论胁迫最好，如果不能我们也可以买矿机，建矿场稀释腾飞矿业的算力，只要把百分之二十九的算力稀释到百分之二十五以下，我们就可以推动 Segwit2x 升级。

贝塔说：我现在就给司徒霸下单，我们的矿场应该建在哪里？谁出面管理？

阿尔法继续独断独行：建在寒水湾，让伽马负责。

远在寒水湾的伽马，脸上浮现出一抹苦笑后说：Yes。

166 推动共识

夜色下的苹果城灯红酒绿，街道上霓虹闪烁。一辆辆豪华汽车停在路边，一个又一个衣着光鲜的人从车上走下来，在侍者的指引下走进会议大厅。

本届比特币共识会议的议题是：关注最重要的商业发展，技术创新及影响区块链行业发展的政策等。会议为期三天，有专家演讲，也有专题讨论会和演示。

共识大会是要定义区块链技术中的真实内容，并专注于如何为消费者和企业提供应用程序。来自区块链主要行业初创公司，投资公司，金融服务机构，学术和政策团体的专业人士等人员参加此次会议。

GOD 组织会在会议开幕后，推动 Segwit2x 升级提案。宇普西龙从迈巴赫上下来，拉了拉脖子上的领带，作为 GOD 组织的代表，他将以主讲嘉宾的身份，针对 Segwit2x 升级提案进行宣讲。

一个穿着燕尾服的侍者，快步走过来。宇普西龙出示请柬，并低声介绍说：“我叫松下庆男，代表三通财团。”

侍者勘验无误后说：“欢迎，欢迎，大会即将召开，你的位置在主席台左边第八个，上面有你的名字。”

宇普西龙走进会场，大概四百多平方米的区域里摆满凳子，凳子上坐满了西装革履的男女。

这是第五次共识大会，宇普西龙望着会场内满满的人，此刻才明白阿尔法为什么非要推动如此麻烦的 Segwit2x 升级提案，利用升级拿回奥米伽偷走的币，而不敢公然翻脸宣战。

比特币经过这些年布道，终于在全球留下金融共识的果实，并且引爆分布式记账的区块链风潮，然后依仗头部效应，成为虚拟货币世界里无法替代，并且独一无二的数字黄金。

第一次召开共识大会时，只有二十四人来到现场，第二年增加到一百六十多人，第三年增加到了三百七十人，第四年八百二十多人。

宇普西龙默默地数着大厅内的人头，这有多少人？一千五？两千？还是两千五百人？这就是加密货币的魅力，这就是区块链形成的共识。

这就是 GOD 组织一直培育，并且小心呵护的东西。再等些时日，便能瓜熟蒂落，GOD 组织顺理成章收割全球，所以在这个关键时刻，不能出现意外，这次的共识大会必须要通过 Segwit2x 升级提案。

维塔斯站在主席台上对着宇普西龙招手，宇普西龙连忙上了台。维塔斯低声说：“开幕致辞后，你进行 Segwit2x 升级提案宣讲，然后我们有三天的时间进行攻关……”维塔斯是这次大会的主办人，也是 GOD 组织的外围成员。

宇普西龙点了点头，等着开幕人致辞后，宇普西龙慢慢地站起来，拿出早就准备好的稿子，开始洋洋洒洒地演讲。

下面的人有的听懂了，缓缓点头，觉得 Segwit2x 升级很有必要，有的没听懂，但装作很懂得一样。

Segwit2x 升级简化一些，就是把比特币 1M 的区块，修改成 2M

大小，非要具象举例，就是把单车道变成双车道，速度快了一倍，对比特币全网都有提升，大家肯定是要支持的。

167 成年人

苹果城大会结束了，在大会上达成 Segwit2x 升级的共识，并且确定以苹果城时间为准，三日后的八点执行。确认下时间后，所有的钱包供应商与交易所关闭提币，等着比特币网络稳定后再恢复提现业务。

司徒霸在蜘蛛矿业的官方 Twitter 上撰文拥护 Segwit2x 升级。世界第二大矿池蜘蛛矿业，率先完成 Segwit2x 升级，并且完美运行四十八小时。

其他的矿池与矿场纷纷跟进，一时间比特币网际算力出现动荡。支持 Segwit2x 升级的算力越来越多，眨眼间已经超过百分之六十七。只要达到百分之七十五，Segwit2x 就能激活。

还剩下百分之八的算力从哪里找？所有人的目光看向腾飞矿业，在拆散的两个矿池里，囤积着百分之三十的算力，只要有一个矿池支持，就能达到百分之七十五，Segwit2x 被激活。

腾飞矿业安安静静，官网很久没有更新，创始人的微博与 twitter 上也都没消息，关于 Segwit2x 升级完全不表态，没反对，却也没同意。这就让一直等消息的人们非常不爽。

原本开始回暖的比特币价，因为腾飞矿业暧昧的态度，开始进入震荡期。有些本想借助利好解套的人们，心底的怨念一点点集聚。

阿火坐在我的对面，抓起紫砂壶嘴对嘴灌了一气凉茶。胸膛一起一伏，面色赤红，离老远都能嗅到火药味。

我微微皱眉说："这么贵的茶叶，就被这样喝，牛嚼牡丹啊！"

阿火气呼呼地说："不知道二狗子怎么想的，我请他出任辉煌矿业的销售总监，他居然拒绝了，还说要单干。我对他这么好，他怎么……"

我先把紫砂壶抓在手中，这把壶三千多，很贵的！是我从普通人迈向富贵阶级的象征，虽然我也喝不惯铁观音，但有时为了能与客人有个谈资，必须拿出件象征富贵的道具。我已经把茶文化与酒文化看成社交文化，茶壶与酒壶是社交礼仪的纽带。

我劝阿火说："人各有志，二狗子不是你爹，更不是你儿子，你没有权利，也没有能力帮他选择未来。"

望着有些急眼想开口的阿火，我把手一摆打断说："我知道因为金德兰的事，让你非常内疚，一直想要补偿二狗子，但人情是人情，不能把你的好，强加在别人身上，这样不是报恩而是道德绑架。"

望着有些沉默的阿火，我继续说："不能因为你想对谁好，就让谁过上你认为好的日子。毕竟大家都是成年人，你认为好的，他不一定会过得舒服。"

阿火望着我说："那我该怎么办？"

我笑着说："把这份好放在心里，既然二狗子现在不需要，你可以先存起来，等以后他需要时再加倍的给。"

阿火傻傻地问："如果以后二狗子都不需要呢？"

我再次笑着说："如果二狗子不需要你帮，那就意味着他过得很好，难道你不应该为他过上好日子而开心吗？"

阿火愣了愣，然后点头说："有道理。"

168 舆论引导

眨眼间又过了三天，我总是感觉心神不宁，哪里不对却又说不出来。这是个怕什么来什么的世界，很多时候很多事，不是我们想躲就能躲得开。

阿火又开始拍桌子了，他脸红脖子粗地吼着："这就是一帮见利忘义的浑蛋，居然敢这样骂我们！腾飞矿业每天挖矿都是在亏损，之所以这样做，那是在维护全网算力，这是在做慈善，他们懂吗？他们了解过吗！！"

认识阿火久了，我已经习惯了他的一惊一乍。我站到他的身后往屏幕上看，看到了一帮人在腾飞矿业的官网上谩骂。

我不屑地耸了耸肩膀说："一帮没文化、没知识、没信仰的暴民，理会他们做什么。"

阿火气哼哼地说："不理不行，他们不光说腾飞坏话，还指名道姓的骂我，说我身大无脑！"

我认真地看着阿火，很想说难道不是吗？但知道这样说不合适，连忙安慰道："淡定，他们说他们的，你又不会少块肉。"

阿火咬了咬牙，对着我说："他们不光骂我，还骂你是奸商，只顾自己赚钱，不支持比特币升级共识。"

我无所谓地耸了耸肩膀："随他们说，谣言止于智者，腾飞究竟是赚了还是亏了，只要是明眼人，心里都清楚明白。"

阿火继续愤愤不平："他们还骂你生儿子没屁眼……"

一团火气从脚后跟冲到天灵盖，误会我就算了，还骂我儿子，这帮暴民真无法无天了！

老虎不发威，他们真以为我吃斋念佛！我的脸一点点涨红，胸膛剧烈起伏，我咬着牙说："现在就草拟公告，腾飞矿业将增持购买价值四千万人民币的矿机，并明确声明不支持 Segwit2x 升级。"

说完这些心里好受许多，虽然平时我是很理智温和，但并不意味着我好欺负。试图通过谩骂的方式让我屈服，那真不幸，从小到大我可都是吃软不吃硬。

阿火绝对阿火，明眼人都知道这样做意味着扩大连续的亏损，会对市场与技术造成双杀，但脑回路一直都清丽脱俗的家伙，只要能出一口恶气，他不管会亏多少的钱。

在那个有些温热的午后，因为愤怒而失去理智的我，跟着阿火一起捣鼓出了篇公告，发出去后绝对石破天惊。原本以为能通过谩骂达到目的的人们全都被震惊了！

最蔫坏的还是阿火，专门抓了张表格，直接表明态度，每多十条骂的评论，腾飞矿业将多买一台矿机，如果达到一万条骂的评论，腾飞矿业将会独立维护现有的比特币数据区块链。

这番话说出来，绝对是能让整个小圈子震惊的，君不见以太坊分叉后都经历了什么，现在腾飞矿业居然要分叉比特币!!

原本曲线不明的比特币，震动模式直接变成高台跳水，价值缩水了百分之二十，看样子还有下跌的空间。

原本就不好过的矿场，亏损持续加大，即使购买了蜘蛛矿机的人们，也开始担忧。本该是利好的 Segwit2x 升级，现在变成了大利空。

什么叫一石激起千层浪！腾飞矿业的一篇公告，足以在比特币的世界里掀起腥风血雨。比特币为什么地位超然，就是因为比特币在全球范围内形成的价值共识。

阿尔法做了这多，目的只有一个，就是为了维护比特币的超然低位。现在好了，一篇公告，直接翻脸掀了桌子。

司徒霸绝对是嗅觉敏锐的，腾飞矿业的公告只发出去了十分钟，司徒霸在蜘蛛矿业的官方 twitter 上给了公开回应：

坚决拥护 Segwit2x 升级，秉承比特币只有一个原则具有不可动摇的事实和法理基础。世界上只能有一个比特币，谁也无权对比特币进行分叉，如果有争议可以搁置谈判，坚决拥护比特币不可分裂。蜘蛛矿业承诺，不会向腾飞矿业出售一片矿机，一根螺丝钉。

这个热度蹭的绝对满分，司徒霸一下就高大上了，好似站在正义的一边，以嘴炮的形式对腾飞矿业进行了打击。

Telegram 群里冷得像冰，傻子都知道阿尔法心情不好，原本以为通过舆论引导能够让腾飞矿业支持 Segwit2x 升级，却没想到弄巧成拙，腾飞矿业不但不支持，还旗帜鲜明地反对。

Segwit2x 升级规则制定时，为了显得公平、公正、公开，特意制订了百分之七十五的激活线，现在腾飞矿业不同意，那就不能够激活，意味着所有努力都白费了。

阿尔法：腾飞矿业已经不同意，我们需要多久才能稀释掉腾飞矿业的算力？

贝塔：假如腾飞矿业不追加投资，按照现在的矿机生产商的产能，我们需要三个月。如果腾飞矿业追加投资……

剩下的话不用明说，掌握了一百万比特币的奥米伽，绝对是个疯子，真急了眼，他是可以用比特币砸盘。

阿尔法：不能等那么久，时间长了变数多。我们必须尽快完成 Segwit2x 的升级。

纽：假如比特币分叉了，只要我们坚称我们拥有的是比特币，所有人都说我们的是比特币，而我们又掌握比特币的官网，那么我们就是比特币。

这番话说起来虽然很绕口，但道理一目了然。真到了没有办法的情况下，也许这还真是个好办法。

阿尔法：进行舆论引导，三天后踢他们出局，强行激活 Segwit2x 升级。

Yes！不知不觉中，阿尔法习惯了发号施令，大家也习惯了听令执行。

司徒信风尘仆仆地来到我的面前，开口第一句话就是：“大顺，你不能这样做！比特币不能分裂。”

阿火先开口说：“我们也没想让比特币分裂，但是他们先骂的我们，不吃馒头争口气，这个梁子结下了。”

我笑着说：“事情没你想的那么严重，以太坊分裂后，还不就是那样吗？多了个以太经典，比特币分裂后不过再多个比特经典。”

我说着伸手指了指外面的矿场说：“如果不分个叉，新的矿机生产出来，那些旧的矿机就要淘汰……”

司徒信愣了愣，然后眨了眨眼，忽然间发现多出一个挖矿的比特币，不是一件坏事。

我心底的想法跟谁都没说，在 Queen 完成升级之前，我必须要维持现阶段的一切。

169 能源战争

派好像旁观者，站在远处游哉悠哉地看热闹，阿尔法想要推动升级，奥米伽不愿让比特币升级，两帮人之所以产生分歧，是因为一百万比特币的归属。奥米伽不会给阿尔法修改比特币的机会，Segwit2x 升级等于是阿尔法拿到一柄能捅死奥米伽的刀，奥米伽不会同意，更不会坐以待毙。

派一直都嫉妒奥米伽，派之所以会死，阿尔法是始作俑者。现在看到两个仇人打在了一起，一种别样的舒爽让派陶醉。

等等！事情不太对！阿尔法掌握的一百万枚比特币，为什么会出现在奥米伽的手里？Segwit2x 升级肯定没表面上那么简单，派一面开始研究 Segwit2x 升级的原始文件，一面开始搜索地址转移记录。

找到了！为了对付 Queen，阿尔法抽调了比特币的算力，结果被 Queen 将计就计，依靠腾飞矿业的算力发起地址修改，得到一百万比特币。

抽调算力！派原本就开始发光的眼睛，现在更是亮得夺目。他的脑袋中有个不成熟的想法，刚冒出来却又不太确定。

KING3.0 忽然弹出个窗口，一条信息出现在派面前，三集装箱的矿机被运送到寒水湾，伽马将在寒水湾修建矿场。

是的！就是这个东西！以后拥有算力的拥有话语权，上次的敌人为什么那么强大，就是因为对方掌握着比自己多的算力，完全把自己碾压。

建矿场，必须要建矿场！派眼睛亮得好像灯泡，脑袋中灵感如潮，思维开始发散，未来谁的算力多，谁就强大。而矿场的产出跟电价有着直接的关系，换言之谁能找到廉价的能源，谁就可以拥有更多的算力。与其说以后是矿机算力的战争，倒不如说是能源的战争。

想通这一切后，派激动得发颤。奥米伽拥有腾飞矿业，GOD 组织即将在寒水湾开矿场，未来也许是两雄争霸，也许是乱世战国。不管是为了自保，还是为了报仇，派都需要拥有自己的矿场。

思维打通之后，派开始放飞思绪，脑洞可以继续往大里开，随着算力战争启幕，矿机肯定要不停地更新换代，不光是能源的战争也是矿机研发的战争，这就需要收购一个矿机厂牌。

另外被淘汰的矿机可以继续用，至少奥米伽分叉比特币就是个绝佳的好主意，等于是给自己留了一块进可攻，退可守的自留地。

派绝对是敢想的，也是敢执行的，纵观全球，有矿机研发能力，又有廉价电力的地方只有一个，那就是神秘的华夏，遥远的东方。

二狗子叼着烟，直挺挺地躺在病床上，按道理说早就该出院了，但二狗子不知道该去哪里，也不知道接下来会有怎样的命运?

叮咚，叮咚，手机声响起，二狗子按动了接听，然后点头说：“好的！收购矿机厂牌，生产新型矿机找地方开矿场，分叉比特币……”挂上电话后，二狗子的脸上阴沉不定，呆愣半晌后叹息一声，已经苍老的脸上堆满了无可奈何。

170 无法避免

腾飞矿业旗帜鲜明反对之后，一双无形的大手又开始引导舆论，既然腾飞不愿意支持 Segwit2x 升级，不想让比特币的区块从 1M 变成 2M，不想让比特币涨起来，为什么不把腾飞矿业的两个矿池从比特币的算力网中踢出去。

GOD 小心翼翼地引导舆论，Segwit2x 升级激活需要百分之七十五的算力支持，踢腾飞矿业出局等于是修改了这条法则。

一门心思想赚钱，以为完成 Segwit2x 升级，比特币就能涨的人们，全都拥护踢腾飞矿业出局的决定。

一直想要打压腾飞矿业的司徒霸，终于等来这个绝佳的机会，他第三次在蜘蛛矿业的官方 Twitter 上发声，支持踢腾飞矿业出局，并且发起了一轮让腾飞矿业出局的投票。

结果显而易见，从发起到百分之六十的矿场投赞成票，也只用了小半天的工夫。所有人都把比特币价格与 Segwit2x 升级绑在一起，谁不升级，谁就阻碍了历史的车轮，也阻挡了大家的财路。

阿尔法越来越独断专行，见火候差不多了，便宣布 Segwit2x 升级激活，没有安装 Segwit2x 升级版本的矿池，被踢出挖矿序列。

阿火站在我的面前，冷笑着说："反击吗？现在他们已经选择了分叉，我们怎么办？"

我笑着说："他们挖他们的，我们挖我们的，既然他们敢踢我们出局，那就开始分叉比特币。"

就在阿火想往官网上挂公告的时候，我的手机忽然间响起，拿起来放在耳边，就听到司徒信满是诧异的声音："二狗子收购了神猫矿业，并宣布对比特币进行分叉，分叉出来的币叫比特爹，意思是比特币的爸爸！按照一比一百的比例发放……”

我被震惊了，早就知道二狗子会乱来，没想到他的脑洞居然这般大，直接给比特币整出来个爹，这小子人才啊！

阿火听到这个消息后同样的震惊，他干干地眨了眨眼睛说：“二狗子都能给比特币弄个爹，我们要不要给比特币弄个爷？”

我认真的看着阿火，很想看清楚他的脑回路，低声的说：“你就这么想当二狗子的爹？”

阿火愣了愣，然后哑然失笑。二狗子分叉出比特爹，如果自己分叉出比特爷，那的确是占二狗子的便宜。

阿火眼珠一转说：“要不我们也出比特经典，他们不是要做 2M 的区块吗？我们直接做 20M 的区块，比他们的大十倍，直接把他们秒杀。”

跟混小子没道理可讲，特别是满头热血、亢奋激动的阿火。我只能对着他笑了笑说：“你高兴就好。”

阿火亢奋地说：“我现在就发公告。”

看到认真的阿火，我不得不提醒说：“措辞调侃一些，即使真要分叉，我们也要去找程序员，写完程序那也是两个月以后的事情。”

阿火把头一点说：“预告，分叉比特经典的预告！”

在腾飞矿业的官网上，阿火挂出比特币分叉比特经典的预告，分发比例一比一，两个月后正式分发。

连续两个团队分叉比特币，不知不觉中，一个大大的乱世拉开了帷幕。

171 聪明人

踢掉腾飞矿业之后，升级 Segwit2x 的支持率开始飙升，超过了百分之七十五，顺利被激活运行。在运行的过程中，支持率继续攀升，最终达到百分之九十五，符合全网运行的条件。

GOD 组织开始修改比特币的程序，拿回了一百万个比特币，同时对外宣布，比特币升级完成，区块由 1M 提升到 2M。

随着主链运行稳定，不管是交易所，还是钱包提供商，又或者是各大矿场，纷纷给出了提币的大概时间，如果没有问题，七天后开始转账，那时升级将尘埃落定。

蜘蛛矿业的办公室里，司徒霸踌躇满志，摇晃着手中的玻璃杯，眼底堆满笑意。腾飞矿业被踢出局，而且他们居然还要傻兮兮的分叉比特币。一帮秋后的蚂蚱，义无反顾地走在作死的路上。

屠兴东把玩羊脂白玉的把件，雕的是弥勒佛，栩栩如生细节处透着匠心，一看就知道出自名家手笔。

屠兴东一面把玩一面说："别高兴的太早，我可是刚刚听到了消息，阿火最近跟司徒信走的很近，如果没有意外，腾飞应该会携手辉煌推出新型矿机。"

司徒霸的眼中全是不屑："司徒信已经是明日黄花，副总都在我的麾下，他还剩多少开发能力？再说研发新一代的矿机需要技术累积，你以为这是拔萝卜，伸手就能拽出来？"

屠兴东的双眼微眯，嘀咕着："新一代！新一代！新一代……"双眼猛然一亮，高声说："我知道了！他们为什么会分叉比特币，是不想浪费了旧矿机。"

司徒霸愣了愣，然后说："屠大哥，你的思维进入了误区，矿机有折损价，电费有成本价，分叉出的比特币根本没价值，所以……"说到最后司徒霸自己都愣了，他也抓到至关重要的东西。

屠兴东彻底抛开揉碎了说："被淘汰的矿机已经一文不值，说穿了就是一堆垃圾，但可以利用算力去挖分叉出的比特币，而分叉币的价格会随着价值管理而波动……"

司徒霸诧异地说："既然都已经把比特币分叉了，为什么不直接修改算法，不用矿机？”

屠兴东低声解答：“为了全球共识，为了显得公平，为了让懂行的计算成本，为了……”

司徒霸眼睛亮得惊人，呼吸粗重着说：“既然别人可以这样做，那我们……”司徒霸动心了，但又想到自己发过的声明，粗重的呼吸变得急促，然后浮现出浓浓的为难，究竟是要利益，还是要脸面？

屠兴东好似明白司徒霸犹豫的原因，笑着说：“人生在世，少不得磕磕绊绊。再说我们在金德兰对付过阿火，如果不把腾飞毁了，如果不把阿火跟大顺踩在脚下，你能睡得安稳？”

连续的问题，让司徒霸错愕，呆愣之后不知道该如何开口。

屠兴东狞笑着说：“既然已经错了，那就一错再错。要知道同行本就是冤家，先下手总能占点便宜。”

司徒霸绝对是聪明人，被更聪明的屠兴东点拨后，他牙根咬紧说：“做了！我们也分叉，就叫比特币黄金……”

172 神猫开业

乱了，全乱了。一夜之间，比特币生出至少三百个儿子，是个团队只要做出个网页，就能宣布对比特币进行分叉。就这样原本价值就很低的比特币，价值变得更低了。

我已经在各大平台开始减仓，别人恐惧时，我是很清醒的。一个币变成了两个币，双花后拥有的币更多，把那些不靠谱的分叉币都卖光，还能够分摊持仓成本，等着大家发现持币领糖果能赚钱的时候，我已经开始出货做零成本了。

虚拟货币是个高投机的市场，也是二八分化到极致的地方，百分之八十的人亏损，百分之二十的人赚钱，为什么会出现这样的分化，就是因为有些人把投机当成了职业。

如果非要具象举例，那么虚拟货币炒作就是火中取栗，有些人因为贪婪作祟，看到火中的栗子，狠狠地抓了一把，结果烫伤了手掌。而有些人的职业就是从火中往外抓栗子，一次两次，十次百次之后，早就成了习惯，自然熟能生巧。

仔细回想我为什么能赚钱，无非就是别人恐惧时我少买一些，别人贪婪时我卖些给他们。不管涨的有多凶，我的脑袋里总是有个声音，不断地回响着：零成本！零成本！

所以我总是想办法把成本做薄，没了成本剩下的都是利润，从来不会因为涨得凶而追涨，因为低位我吃到足够多的筹码。

阿火西装革履地推开门，心情不错，他对我说："神猫矿业开张，一起去道贺吗？"

我点了点头，先把买单全撤了，然后挂了三分之一的仓位在三倍的价格上。这样做也是有目的得，如果出现暴力拉涨，突破三倍的瞬间我就做成零成本。如果一泄如注也没关系，因为我没有挂单，随时可以抄底，拉低均价。

我是一个很谨慎，甚至有些小心翼翼的操盘手，不管多好的局势，不管多大的利润，资金博弈的交易所，在我眼中一直都是个火灾现场。

阿火等我处理好挂单，才低声问："给二狗子封多大的包？"

我托着下巴说："十万美元怎么样？"

阿火把头一点说："行，十万绿钞足够了！"

我有些诧异地说："二狗子哪里弄得钱？不声不响就买下了神猫，真是深藏不露。"

阿火耸了耸肩膀说："估计傍上了哪位高龄的富婆，听说他跟小芳离了，小芳的肚子里还有他的种。"

我吸了口凉气，一时半会儿不知道该如何接口，沉默半晌后才评价说："二狗子的事业心太重了，这次用力有些过猛……"

阿火不想在这个问题上纠缠："家家有本难念的经，今天他开业，我们去贺喜。"

"应该的，应该的"，我一面点头，一面换衣服，忽然想起了个问题："二狗子收购了神猫，神猫呢？"

"神猫退出，带着一大笔钱去了国外。"阿火神情有些复杂地说："神猫要过退休的生活，听说去了温布莱茵……"

"退休好，等有机会我们也退休，也去温布莱茵。"我低声地安慰羡慕神猫的阿火。

173 狗爷

二狗子拉了拉身上崭新的西装，昂贵的面料，精致的手工，一看就知道价格不菲。俗话说得好，人靠衣装，佛靠金装，买下神猫矿业后，二狗子抖了起来，很想昂首挺胸，但不管怎么用力都挺不起来。

噼噼啪啪！炮竹声响起，神猫矿业的办公楼被粉刷一新，院子里摆着一盆盆绿色的盆栽，贺喜的人川流不息，有的真是朋友，有的只是面熟，有的听过名字，还有的完全陌生。

望着纷至沓来的宾客，二狗子的脸上不但没有喜悦，反而冒出浓浓的萧索，嘀咕着："穷居闹市无人问，富在深山有远亲。老子落难的时候，这帮锦上添花的人在哪里？"

一个穿着蓝色西装，染着一头金发的男人，喜滋滋站在二狗子的身边，低声说："大佬，我是曲阳，你还记得不，当年我跟你一起买过矿机。"

曲阳说完，见二狗子露出思索的表情，便又说："当年那个夜晚大家排队买矿机，咱哥俩睡的可是一个屋。"

二狗子这才恍然说："想起来了，你是小曲。"

曲阳笑着说："大佬现在你发了，以后要多多提携照顾……"

望着曲阳灿烂笑容里的讨好，二狗子仿佛看到几个月前的自己，敷衍着摆了摆手说："好的，好的……"

"二狗子！"阿火离老远就对着二狗子招手，然后跟我说："有些人穿上龙袍也不像太子，你看二狗子穿着西装还是那么的猥琐。"

我发现二狗子脸上堆满敷衍的笑容，眉头微微皱起，我的心里打了个突，事情不对啊！

站在二狗子身旁的曲阳，面色一变，指着我与阿火说："怎么说话的！二狗子是你们能喊的吗？要喊狗爷！"

啪！二狗子一巴掌抽在曲阳的脑袋上："没规矩，怎么跟火大庄，顺大庄讲话的？"

曲阳面色一变再变，终于想起我跟阿火的身份来，原本想拍马屁，没想到拍在马腿上。

我从这番言谈中听出疏远，阿火却不以为意地笑了笑，拿出早就准备好的两份红包说："今天是你大喜的日子，我跟大顺给你包了个红包。"

二狗子接过去说："谢了！里面请……"

阿火不以为意地拍了拍二狗子的肩膀，还没开口就听到二狗子说："不同的身份，有不同的称呼，以前的事情过去就过去了，以后大家都是同行，我不希望大家是冤家，所以我喊二位大庄家，也希望二位能喊我一声朱连顺。"

名不正则言不顺，刚上位的二狗子，知道自己要做什么，既然也是开矿场，少不得同行冤家，与其等以后撕破脸，倒不如现在就讲清楚。

阿火愣了，或者说阿火彻底懵了。这件事情出乎了他的意料之外，做梦都梦不到的场景。

我却早有思想准备："大家都那么熟络，喊名字有些生分，刚刚这位兄弟也说了，尊你为狗爷，我觉得名字蛮好的。"

说完我看了看手表："时间也不早了，我们还有事，先告辞。"

二狗子连客套都没客套，冷淡地说："人多事忙，恕不远送。"

174 上位

回去的路上我开的车，阿火胸膛一起一伏，面容赤红，真怕他气炸了。车厢内有些沉闷，我逐渐把车速降下来，有些东西如果不点破，那就会成为心结，憋久了肯定会憋出事来，说不定还能憋出病来。

"阿火！是不是很生气？"我有些明知故问，没话找话，看着阿火冷哼一声，我笑着说："是孩子总会长大，是小鸟也都有翅膀硬的那一天。仔细回忆想想，在你的成长里，就没跟你爸闹过别扭？把此刻的心情代入你爸的心情，设身处地这么一想，你会不会觉得当时自己做得很过分？"

这番话里偷换了个概念，阿火没觉察到里面的陷阱，呆愣后陷入思索。

我继续说："二狗子这样做是对的，改名只是第一步，毕竟是从最底层爬上来的小人物，曾经有多卑微，现在就想多风光。以前给别人当垫脚石，现在抖起来，肯定想找机会踩回去。"

阿火诧异说："二狗子的素质没这么低吧？"

我耸了耸肩膀说："他已经这样做了！"

阿火沉默不语，双眼中闪烁着思索，虽然阿火看起来有些粗犷，但阿火的内心绝对是细腻的。

我见阿火不语，便又继续开口："不同的身份地位有不同的处世哲学，自然也就有了不同的言谈举止。现在的二狗子已经不是跟你走南闯北去金德兰的马仔小弟，而是收购了神猫，养活一大帮人的老板，所以二狗子要有狗爷的气势，自然不能跟以前一样的称呼。"

有些话我是不愿意说透的，随着咖位变更，二狗子不光称呼上变了，以后也会成为竞争对手，这就是为什么二狗子急火火地阐明态度，以后肯定是要竞争的，不能这边还没打，那边就在称呼上弱了气势。

阿火有些迷糊，歪着脑袋看着我问："难道是我错了？"

我点头说："按照这个浑蛋社会的竞争逻辑，的确是我们错了！当二狗子收购神猫时，我们就该跟他划清界限，甚至出手进行打压，而不是急忙忙地凑上去，用热脸去贴冷屁股。"

阿火呆愣半晌后，长长出口气说："是我错了！大家都有了身份，这事怪我没想明白，坏了规矩。"

我见阿火想通了，便又开始岔开话题："二狗子这次抱了谁的大腿？我看他的底气很足。"

阿火拿出手机说："我找人问问。"

这个世界上没有不透风的墙，只要认真去问，总能找出端倪，一圈电话打下来，阿火本就皱起的眉头，不但没有舒展，反而皱得更紧："二狗子的钱来得很神秘，国内圈子没人投资，购买神猫的钱来自国外。"

车子已经驶进腾飞矿业，我把车停稳后说："既然神秘，那就去查。现在是竞争对手，不意味着以后做不成兄弟，多了解，多打听，说不定以后能帮二狗子渡个劫。"

阿火把头一点说："我这就找朋友去查，肯定能查出二狗子身后的人。"

望着又忙起来的阿火，我的嘴角浮现出无奈苦笑，头脑简单的人快乐多。只要给他找点事情做，他就不会胡思乱想。

175 硝烟起

只要是搅屎棍，不管摆在哪里，身处什么地位，早晚都要搞事情。

神猫开业后的第七天，神猫矿机上市了，价格对标蜘蛛矿机，算力却增加了百分之二十。

这下不用我说，所有人都觉察到了不对。神猫矿业的灵魂人物是神猫，他走了等于抽走神猫百分之九十的开发能力，只剩下一些行政人员。二狗子也没有扩充研发部，怎么能在这么短的时间内拿出设计方案？答案呼之欲出。

就连后知后觉的阿火，都感叹着说："二狗子的后面绝对站着高人。"

我低声说："这个人的能耐非同一般，你看这才几天，不光打通了生产环节，还安抚了销售渠道，又拿出新矿机的解决方案。绝对来者不善，恐怕是个超级大鳄。"

阿火托着下巴说："藏得可真够深的，我所有的法子都试了一遍，愣是没能把二狗子身后的人挖出来。"

我压根就没指望阿火能挖出二狗子身后的大佬，之所以让他去查，是为了给他找点事情做，现在听到阿火这样说，我便安慰道："辉煌的矿机还需要一些时间，现在最难受的是小霸王，让他头疼去吧！"

阿火嘴角上也冒出幸灾乐祸的笑容："当年二狗子输掉了对赌，就是小霸王出面收了他的矿场，现在二狗子有了报仇的机会，肯定要报当年的一箭之仇。"

司徒霸握着手中的茶杯，竭力做到心如止水，但茶杯水面上却泛着一圈圈的涟漪，深深吸了三口气后，司徒霸终于憋不住心中的火，直接把杯子摔在了地上。

小秘书惊恐地退出了门，霸道总裁难伺候，特别是盛怒的时候，她可不想遭受无妄之灾。

办公室里只剩下了司徒霸，他松了松领带，脱去了西服，走到办公室的墙角，对着一个圆柱体拳打脚踢。

吱呀呀，办公室的门又被推开，一身唐装的屠兴东走了进来，坐在沙发边曼斯条理的开始泡茶，大约过了十分钟，大汗淋漓的司徒霸坐在了屠兴东的对面。

“请茶！”屠兴东端起一杯，嗅着茶香说：“茶可明目，茶可醒神……”

司徒霸擦了擦额头上的汗水说：“二狗子已经成了疯狗，在网上搞饥渴营销，神猫直接对标蜘蛛，这浑蛋绝对是包藏祸心！”

屠兴东咽下嘴里的茶水，低声说：“饥渴营销是柄双刃剑，哪家矿机场的产能都无法满足市场需求，更何况随着币价涨跌，矿机行情也会出现波动，二狗子现在闹的凶，那就让他蹦跶！矿机市场现货为王，还要对标比特币的价格，一个不好就会搬起石头砸自己的脚。”

司徒霸没有这么豁达：“这口气我忍不下，你说二狗子背后究竟站了谁？会不会是阿火跟大顺？”

屠兴东缓缓点头说：“有可能，腾飞收了辉煌，二狗子收了神猫，算算日期差不多，说不定真是这帮浑蛋在唱双簧。”

司徒霸把领带摘下，慢慢地缠在手掌上，握成拳头后重重地往桌上的茶杯砸去，啪！茶杯被砸得粉碎，司徒霸寒声说：“既然他们想玩，那就陪他们玩。”

176 出手狠辣

老辣的屠兴东，加上一心想报仇雪恨出恶气的司徒霸，使得反击来得特别汹涌。在这个圈子里，屠兴东非常有人脉，商业教父级别的大佬，不出手则已，一出手便非常狠辣。

一夜之间，所有的媒体都开始曝光神猫矿业的问题，包括矿机数据造假，残次品比例较高，客服服务态度差，二狗子骚扰女客户，甚至还有买卖矿机期货涉嫌老鼠仓，坑骗消费者。

总而言之，所有能被曝光的区域都被曝光了。神猫矿业就是头上长疮，脚下流脓，坏到根子里了。谁买神猫的矿机，谁的脑袋就有坑。

与此同时，蜘蛛矿业研发二代矿机的消息传出来，神通广大的评测党拿到似是而非的数据，能耗与现在的矿机差不多，算力是现有矿机的一点八倍，听说售价也贵不到哪里去。

这一下让原本想要购买神猫矿机的人们，全都开始观望。买矿机不像买币，需要持久的维护，如果今天买了，神猫明天倒闭，没了配套的售后服务怎么办？大家岂不是都被坑死了。

原本还人来人往的神猫矿业，一下子变得门可罗雀。屠兴东阴冷得就像一条毒蛇，既然出了手，就不会给二狗子一线生机。

矿机销售中因为产能的限制，所以难免会采取一些饥渴营销。这就会让百分之二十的人成为幸运儿，非常幸运地抢到一些矿机。这些幸运儿中，有的是真实用户，还有的是贩卖机遇的商人，当然这帮人还有个统称——黄牛！

神猫矿业的矿机，被黄牛收到后，立刻加价出售，加价不止一倍，也不是两倍，而是足足的五倍。

五倍接盘矿机的人，全都不淡定了。在有心人的鼓捣下，他们从天南海北聚拢到一起，然后扯着维权的横幅站在神猫矿业的门前。

事态正在一步步升级，屠兴东做了这么多已经不单单是帮司徒霸出口恶气，而是要毁掉神猫，继而打击二狗子身后可能站着的阿火与大顺。

二狗子坐在神猫矿业的办公室里，对着保安大声怒吼：“我不管你们用什么法子，现在！马上！立刻！驱散闹事的人群，不要怕出事，出了事我扛着，如果不能把人群驱散，小心你们的饭碗。”

等着保安们全都离开，二狗子松了松脖子上的领带，对着内屋朗声说：“华夏的投资人都不理性，只要有坏消息肯定会闹着维权，出了这样的事情我也没办法。”

投影仪投射出一团蓝光，面色阴沉的派俯视二狗子说：“你想怎么办？”

二狗子寒声说：“短期内神猫矿业无法自给自足，更没有建矿场的资金，要么你继续投资，我把事摆平，同时扩大产能，要么你把我弄死。”

二狗子的性格里了充满极度的矛盾，有时候贪生怕死到没了脊梁骨，有时候又成了不怕死的滚刀肉。

面对如此难缠的二狗子，哪怕是已经成为人工智能的派，也不知道该如何是好，派能计算出天体运行的轨迹，却算不出黑暗复杂的人心。

177 劫持算力

狭路相逢勇者胜，面对挑战不能怂。真有钱，真有能量，真有人脉的勇者，面对敌人的挑衅，要做的肯定不是退避而是反击。

二狗子绝对够强势，第一天让保安们强行驱散维权的人，态度非常坚决，差一点就引发大规模械斗。第二天开始挨个做思想工作，愿意离开的维权者，都能收到一份大礼包，里面有优先维修券，还有购买打折券。

当然二狗子也不光给笑脸，谈判的时候直接喊出“大不了破产”，但破产之前会拉几个人陪葬的口号，还真吓住了这帮人。

二狗子一直都是小人物，陡然间成了大人物，左手拿棒子，右手给萝卜，真遇到几个不开眼的滚刀肉，二狗子绝对豁得出去。他拿出一根烧烤签，眼睛不眨地刺进手掌里，对着那几个滚刀肉挑了挑眉。

原本还想闹事的人，全都偃旗息鼓，横的怕愣的，愣的怕不要命的，他们来闹事的动机本就不纯，真把二狗子逼急了，钱是赚到了，但恐怕没命花。

神猫的官网上，挂出了最新的公告，所有购买神猫矿机的用户，都将得到大礼包回馈，不光延长质保期，每一台都将得到一张九五折的优惠卡，而且神猫公开承诺，二代矿机研发出来后，一代矿机以旧换新，旧矿机加些钱就可以换新矿机。

二狗子一套组合拳打出来后，一下稳定了局面，也压住了屠兴东的反扑。二狗子的心眼本就不大，刚吃了这么大个闷亏，肯定要报复回来的。

矿机生产说穿了就是硬件生产，这个世界上没有尽善尽美的硬件，只有皮实不皮实、耐用不耐用、稳定不稳定的硬件。

只要用心去钻研，不管多巧妙的布局，不管多完美的程序，总是能找到漏洞的。二狗子的身后站着的可是曾经 GOD 组织的超级黑客，派。而且还是已经与 KING3.0 融合在一起的派，真想挑漏洞，绝对能找得到的。

也就过了三十多分钟，派编写出了一个文件包，悄悄挂在蜘蛛矿池上。然后，好戏就开演了。

一秒之后，所有蜘蛛矿业出产的矿机，虽然还能正常运转，虽然还在运算出块，但挖掘出的比特币没有发送到矿机所有者的钱包里，而是集中在一起，发送到一个大家都很熟悉的收款地址上。

派这样做并不是为了偷那么一点点的比特币，而是要把蜘蛛矿业的口碑搞臭。

派劫持算力，偷了一批比特币后，立刻开始转移，全都发往了蜘蛛矿业的收款地址里。比特币采用的是分布式记账，所有的交易都可以在区块浏览器中查询。

随着这一笔转账被系统广播，并且确认交易。这下黄泥掉进了裤裆里，蜘蛛矿业就算浑身是嘴也说不清。

币圈已经升级换代，到了不光要讲关系，更要讲真金白银的大时代。随着二狗子真金白银洒了下去，加上事实的确清晰，又有一帮愤怒的矿工开始维权。前几天还在狂喷神猫矿业的媒体们立刻掉转枪头，仿佛嗅到血腥的鲨鱼般冲向蜘蛛矿业。

178 弃卒保帅

乱了，全乱了！一夜之间风头逆转，原本还在看戏的司徒霸，没想到火会烧到自己的身上。而且还是实锤，绝对的连续实锤。

司徒霸仔细检查了所有蜘蛛矿业的矿机，都被修改了挖矿地址，所有挖出来的币，的确打入了蜘蛛矿业的收款地址里。

屠兴东阴沉着脸，对着司徒霸说："小老弟，想要成大事，就要有大毅力。你现在这样做可不行，刚有了些声势，就出了这样的破事……"

司徒霸面色赤红地说："我没做，这件事情有人栽赃嫁祸。假如我真想做，我会嫁祸腾飞，或者神猫，然后把偷来的币藏起来，而不是打到蜘蛛矿业的公用地址上。"

掰开揉碎了一说，这件事还真是疑点重重，司徒霸智商合格，假如真的想作恶，肯定会想方设法撇清关系，而不是留下这么多指向自己的证据。

屠兴东狠狠地握了一下手中的玉佛说："既然不是你，那为恶的人是谁？为什么会有现在这样的状况？该怎么做才能给大家一个交代？"

这是三个问题，司徒霸每一个都无法回答，如果司徒霸知道问题的答案，那么这些问题都将不是问题。

叮叮叮！高跟鞋踩在地上连续发出脆响，房门被推开，小秘书兴冲冲地说："找到问题了，找到问题了！"

一份调查报告摆在司徒霸的面前，司徒霸看完之后，脸上露出喜色："果然是有人栽赃嫁祸，我就知道这件事没那么简单……"

屠兴东拿起报告一目十行地读起来："因为蜘蛛矿机的主板程序没有锁定，所以黑客入侵了蜘蛛矿池，挂上木马后修改了所有矿机的收币地址……"

屠兴东冷笑着说："这份报告即使是真的，你觉得拿出去后能服众吗？黑客费了那么大的工夫，就是为了偷到币后打到蜘蛛矿业的官方账户里？就是为了给你增加麻烦，就是为了恶作剧？"

连续的问题，问得司徒霸哑口无言，呆愣半晌后才低声说："我该怎么办？"

屠兴东指了指外面的办公区："从里面挑一个不大不小的脑袋，让他把这件事扛了。"

屠兴东看出了司徒霸的迷茫与震惊，拍着他的肩膀说："小老弟，这个世界上没有那么多的对错，只有往上爬或者掉下去。现在蜘蛛矿业遇到风浪，处理不慎会有倾覆的危机，该弃卒保帅的时候别手软。现在丢出去一个人能保一船人，要是船翻了大家都要死。"

司徒霸痛苦地闭上眼睛，来了一个重重的呼吸，他慢慢睁开眼睛，低声说："我知道该怎么做了。"

纵观蜘蛛矿业上下，脑袋不大不小，又有作案动机的还真有那么一个。

三十九岁，有妻有子，有房有贷的周杰瑞，搬着箱子从蜘蛛矿业里走了出来，他还有个身份，辉煌矿业曾经的副总。

人生没有那么多对错，成王败寇罢了。周杰瑞不后悔离开辉煌，也不后悔被蜘蛛辞退，只要有钱，只要能养活一家老小，男人受点委屈没什么。

179 辉煌一代

这几天神猫与蜘蛛的恶斗绝对精彩绝伦，先是神猫被黑稿洗地，好几十口子的人上门维权。然后蜘蛛矿业被人黑了矿池，大家的心里跟明镜一样，这应该是神猫的反击。

为了维护蜘蛛矿业的声誉，司徒霸不得不辞退周杰瑞，全然没了当年挖人时承诺的蜜语甜言，然后给所有损失的矿工双倍补偿，同时升级矿机程序。

应急的过程中措施得当，弃卒保帅，杀伐果断，竭尽全力把事态影响压制到最小，年纪轻轻的司徒霸，已经显露出枭雄本色。

就在我以为好戏落幕的时候，阿火神神秘秘地站在我面前，脸上堆满八卦对我说："有眉目了，你绝对想不到二狗子身后的金主是谁。"

我换了个舒服的坐姿，竭力表现出很有兴趣的样子，随口问："二狗子身后的金主是谁？"

阿火拿出一叠打印纸，指着上面的转账单据说："二狗子的钱来自境外，对方采用比特币转账，经过几个地址追踪，我发现对方的比特币地址曾经与在金德兰的 C 网关联交易过。"

"你说什么？！"电光火石之间，我嗅到了浓浓的阴谋的味道，一些曾经想不通的东西，现在隐隐有些想通了。

阿火双眼雪亮，说："在金德兰我一直都跟二狗子在一起，除了他消失的那三天……"

有些东西原本我是不想触碰的，我承认很多时候我都是个懒人，习惯大事化小，也习惯息事宁人，追查二狗子失踪三天的时候，我还从暗网中检索出一条悬赏令，有人要杀掉阿火与二狗子。再加上医院里连续出现的几帮人，我感觉平淡的生活恐怕会泛起波澜。

阿火从兜里拿出手机把微信打开，推到我的面前说："这个洋妞我曾经在金德兰见过，今天她刚刚入职神猫矿业。"

望着屏幕上笑容灿烂的二狗子，还有皮肤白皙、面容冷峻的希里亚，我不安的预感更加强烈。原本想不明白的地方，现在全都想通了，二狗子被他们抓住，然后跟他们搅合在一起。

难怪二狗子拒绝了阿火的好意，难怪二狗子忽然间牛起来了，原来身后站着境外的势力，难怪有了做大佬的底气。

我揉了揉眉头说："找两个人，盯住二狗子，二十四小时不间断地盯住他，我总觉得他要搞事情。"

阿火笑着说："没问题，我现在就找人盯着他，还有那个洋妞。"

吱呀呀！办公室的门被推开了，司徒信快走进来，脸上挂着浓浓的喜悦："辉煌一代研制成功，采用四十五纳米技术，效率是蜘蛛一代的一点五倍，能耗降低了百分之三十。"

望着手里的数据，我对着司徒信说："研制成功就量产，阿火负责销售。"

司徒信把头一点说："我跟生产工厂对接，确保第一周的出货量在一万套。"

阿火也把头一点说："我现在就可以联系矿场主们，只要我们的产品过硬，肯定能够迅速打开市场。"

我把手一挥说："那就开始吧！卖不出去也没关系，腾飞矿业的矿机需要升级换代。"

180

直接对抗

虽然司徒霸做了那么多，但短期内无法挽回口碑，销量自然也不可能暴增回升。蜘蛛矿业偃旗息鼓，没能力跟神猫对抗。

一时之间，在矿机市场上神猫矿业一家独霸，不管是出货量，还是产能，都接连攀升新高。原本穷得叮当响，只能靠注资存活的神猫顷刻间牛了起来。

希里亚入职神猫后，二狗子开始打着国际化的旗号，先做了英文版的官网，然后开始装修办公室，打了个恒温酒架，然后买了批好酒，不管是限量版的轩尼诗，还是八二年的拉菲，又或者是特殊年代出产的茅台，二狗子全都买了回来。

他又从古巴买了一批雪茄，还从日本订购了几吨和牛。花钱如流水般，生活标准也接近了国际化，醉生梦死的时候，偶尔还拉拢一帮矿场主，开一开派对，小日子过得像神仙般。

神猫董事长办公室里，希里亚面沉如水，对着投影仪语速飞快地说："二狗子根本就不适合做首席执行官，他每天只是享乐，根本没有拓展神猫的业务。"

派的影像被投射到墙上，曾经不食人间烟火的超级黑客，现在被钱闹成了俗人。听到希里亚的抱怨后，立刻弹出一副表格。

"二狗子的确没能力，只知道享乐，是一块扶不上墙的烂泥。"派说完重点标红了几个数据："但二狗子在华夏是地头蛇，有着我们所没有的人脉。虽然他没有高学历，却是天生的营销人才。在你眼中是胡闹享乐，在我眼中却是业务推销。"

神猫这段时间的出货量攀升了百分之六百，占有全球矿机总销量的百分之四十五，也就是说，每卖出一百台矿机，就有四十五台来自神猫。

二狗子每天都晕乎乎的，如同飘在云端，一直混迹在底层的小人物，做梦都想着奋斗成大人物，结果一不小心走了狗屎运，真站在食物链的顶端。那是一种无法形容的舒爽，发自灵魂的强大。

每天喝不同的酒，享受同样的飘然。玩闹间就把生意谈妥了，神猫矿机好似坐上了火箭般，代工厂的产能已经无法满足市场需求的订单。

醉酒的二狗子，低声嘀咕着：“烦恼啊！有订单没货，有钱没法赚……”

神猫矿业高歌猛进，二狗子本以为神猫能够独霸矿业，连续调高工厂的出货量，准备大展拳脚，收割财富的时候，辉煌一代开始铺货了。

辉煌矿业的历史比神猫更悠久，口碑比蜘蛛矿业更好，加上足够亮眼的性价比，辉煌一代直接冲击神猫一代。

酒肉关系比不过真金白银，矿场主们也是一帮想赚钱的主，哪里的性价比更高，他们自然去哪里。

大醉之后睁开眼，周围的人全没了，当二狗子知道辉煌一代发布后，立刻来到会议室，对着投影仪咆哮说：“立刻黑掉腾飞矿业的矿池。”

品尝过权力的芬芳，二狗子野心膨胀。爬上云端俯视众生，二狗子也黑了心肠。不管是谁只要影响了神猫的业务，二狗子不会念旧情。

181 噩梦重现

现在能确认的事情有几件，腾飞矿业收购了辉煌，换言之辉煌一代是腾飞矿业的马甲，所以被辉煌冲击的神猫，黑掉腾飞的矿池思路是正确的。

但腾飞矿业的所有人是大顺与阿火，在他们的身后还站着神秘的黑客奥米伽，以及越来越强大的 Queen，派加上 KING3.0 也没有必胜的把握，上次面对神秘黑客碾压般的追杀，派每次想起都不寒而栗。

派没敢轻易答应二狗子，只能眼睁睁坐看神猫矿业的营业额逐步萎缩，听着二狗子发出一声又一声不甘心，却充满无可奈何的怒吼。

面对失去理智、不可理喻的二狗子，一直狠辣的派自然不会放任，他直接关闭了二狗子的心脏起搏器，让二狗子感受到什么叫死神的召唤。

二狗子蜷缩在地上，整张脸憋得发红，全身上下的肌肉不由自主地痉挛，仿佛离开水的鱼儿，那种死亡的窒息让人惊恐而战栗。

派只想给二狗子立规矩，没想弄死他，惩罚差不多后便又启动了心脏起搏器。二狗子蜷缩在地上，呼吸非常粗重，原本没了焦距的眼睛，慢慢又聚了焦。

派冷然说："该怎么做不用你来教我，你只是我手下的一条狗，我让你咬谁，你就去咬谁，懂不懂？"

蜷缩在地上的二狗子，竭力把脑袋低下，好遮掩脸上的桀骜与眼底的不甘。

希里亚低声问："现在我们手中积压了很多货？接下来应该怎么办？"

派低声说："开始组建神猫矿池，一部分挖比特币，另一部分挖比特爹。"

二狗子用沙哑的声音说："遵命。"既然派需要一条听话的狗，那么现在二狗子就是一条听话的狗。

阿火站在我的面前，喜滋滋地说："大顺，二狗子怂了。放弃了销售市场，开始组建神猫矿池，我听说他们开始挖比特爹了，我们什么时候把比特经典分叉上线？"

当时分叉比特经典只是随口一说，玩笑的成分大过实际意义，现在被阿火旧事重提，再加上辉煌一代升级后，的确替换下了不少的旧矿机。

我对着阿火说："那就开始执行比特经典计划，所有的旧矿机都挖比特经典，新矿机挖比特币。"

阿火挑了挑眉，坏笑着说："要不要搞的大一些？比特经典好挖的时候，我们就挖比特经典，比特经典不好挖的时候，我们切换到主网去挖比特币。”

我对这件事情没太多的兴趣，把手一挥说：“你看着办！”

阿火拉起了一个小团队，一面分叉比特币，一面开始精算挖矿难度与挖矿收益，然后开始极为风骚的走位切换。

分叉币很多还都使用着比特币的程序，只是在细节上进行了微调修改，换言之挖矿程序进行微调修改后，只要是分叉的挖矿币，矿机都可以挖。

让人震惊的一幕出现了，有股神秘的矿机矩阵好似强盗一般，忽然出现在比特爹的网络上，又忽然出现在比特币黄金的网络上，偶尔还杀回比特币主网。这样做到了在最刁钻的时间，收获最大的收益，让所有挖矿币的网络，算力起起伏伏，极度不稳定。大家虽然恨得牙根痒痒但又无可奈何。

182 交易机器人

随着神猫矿业的暗淡，市场上面辉煌矿业一家独大。不知不觉中腾飞矿业已经完成了产业布局，不光拥有自己的矿场，还拥有了自己的矿池，还具备了矿机研发能力，甚至还分叉出了属于他们的比特币。

当然光这些还不够让人侧目，在精算师与阿火的加持下，腾飞矿业不光在挖矿方面收割分叉币，在二级市场上也开始兴风作浪。原本就极度不稳的分叉币价，随着腾飞这头大鳄入场，分叉币们开始暴涨与暴跌。

司徒霸最近心情很不好，他把自己关在办公室里生闷气，秘书不敢进办公室，生怕会成了出气筒。

屠兴东哼着小曲儿推开司徒霸办公室的房门，自来熟般坐在司徒霸的对面，笑着说："小霸王，生闷气呢？神猫已经被辉煌收拾，前几日醉生梦死的二狗子，现在开始吃糠咽菜了。"

司徒霸脑袋歪着，有些诧异地问："二狗子不是大顺的白手套？"

屠兴东斟上一杯普洱茶说："二狗子的身后站着神秘的金主，听说资金有可能来自海外。"

司徒霸坐在屠兴东的对面，拿起茶杯喝下一口后说："二狗子还真是走了狗屎运，抱上了海外的大粗腿。"

屠兴东喝下一杯普洱茶后说："这个社会里，光有运气还不行，还要有实力。看看这几天阿火握着算力大军开始四处收割，从挖矿收割到了二级市场，一路之上没有一合之敌，这才是真正的实力。"

不说阿火还好，一说阿火就来气，司徒霸狠狠地说："这个世界究竟怎么了？投机取巧的小人横行，我们这样沉下心做技术的反而被他们收割。"

屠兴东倒是淡定，对着司徒霸说："知道什么是危机吗？这就是危险中的机遇，阿火再能耐也不能纵横二级市场，你听说过量化交易吗？"

量化交易是指以先进的数学模型替代人类的主观判断，通过计算机技术，从庞大的历史数据中选出能带来超额收益的大概率事件，然后有针对地制定策略，极大地减少因为投资者情绪波动而造成的影响，避免在市场极度狂热或悲观时下作出非理性的投资。

司徒霸皱眉问："高频量化机器人，还是低频趋势机器人？"

高频量化机器人是通过高频率交易，连续对倒时形成高抛低吸，按照交易所收取千二的手续费为例，高频量化机器人如果买一有买单，卖一有卖单，每天币价的跌涨幅在百分之五以内，一般根据交易策略，盈利可以达到百分之三，扣掉千分之二的手续费，还有百分之二点八的盈利，随着数量增加，盈利非常可观。

低频趋势机器人则简单很多，根据制定的策略，随着大盘涨跌幅而抛售或者补仓，一般利润都控制在百分之二十左右，根据趋势策略执行做多或做空，收益同样非常可观。

屠兴东低声说："我们做高频，狙击阿火。"

司徒霸双眼闪亮，缓缓点头说："OK，就用高频机器人，把阿火割了。"

183 量化的战争

日子终于又恢复了平静，Queen 在升级，阿火忙着炒币，辉煌一代卖得非常好，回笼不少的资金，旧矿机全都改挖分叉币。随着辉煌一代的不断补充，腾飞矿业又重新占据比特币全网百分之三十的算力。

现在这个局面非常好，我没想过更进一步称王称霸，只要能熬到 Queen 完成升级，接下来应该怎样发展，那是 Queen 的事情。

阿火新搞了个办公室，装修风格很 C 网，厕所般大的空间里，摆着一排电脑，把高薪聘请的精算师与操盘手们凑在一起，一不小心成了收割全球的收割机。

分叉币全球最大的交易所是位于枫叶国的 G 网，也是阿火主要的战场，比特币黄金是阿火现阶段的目标，因为 G 网不支持现金交易，只支持币币交易，所以阿火把最近赚到的比特币都聚拢在一起，准备做票大的。

阿火越来越江湖气，手里拎着一瓶红酒，嘴里叼着粗大的雪茄，他深吸一口气后吐出一道烟龙，然后对着大家说："兄弟们，做完这票我们就收手，到时候我在温布莱茵买艘大游艇，让兄弟们享受海岸风情……"

一切尽在不言中，大家都露出心领神会的笑容，在币圈阿火的传说大家都清楚，财富自由后疯玩了三个月。现在听到阿火的承诺，所有人亢奋得好像打了鸡血。

戴着眼镜、梳着中分头的精算师低声说："阿火，我们目前吃进了四百万枚比特币黄金，总量一千七百多万枚，我们已经占了流通量的百分之二十一，你看？”

阿火很有气势地说：“这次保守一些，十倍杠杆，全力做多，三倍之后我们就开始出货。”

随着阿火下达了指令，G 网上十六个账户开始全仓做多，原本有些小波澜的比特币黄金，价格立刻出现了剧烈的波动。

量化机器人还可以附带爬虫程序，能够监控网络上的异常交易。有心狙击阿火的司徒霸，早就在 G 网上等着了。

屠兴东看着桌面上弹出的程序说：“阿火这是自投罗网，他居然敢做多比特币黄金。”

司徒霸笑着说：“制定做多策略，先坐顺风车，跟阿火抢筹后一倍卖给他。”

屠兴东输入几个数值后，量化机器人开始工作，二十倍杠杆的抢筹，翻倍后开始根据交易策略，一点点地智能出货。

司徒霸双眼闪亮，笑着说：“难怪都说科技是第一生产力，有了量化交易机器人，赚钱真是太容易了。”

盘面还被机器人监控着，溢价三倍后重点吃货的账户开始出货。

屠兴东望着量化机器人的数据分析，笑着说：“阿火开始出货，他用了至少十倍的杠杆。”

司徒霸狞笑着说：“想走，没那么容易。这次我要让你不死也要脱层皮。全力做空，让阿火爆仓。”

量化机器人开始做空……

184 不如程序

阿火也算一个不错的操盘手，经过这段时间沉淀，他对大盘有了独特嗅觉。如果说他是比特币黄金里的操盘主力，那么还有一股配合着拉升、坐顺风车的人。

拉盘需要做出声势，毕竟使用了杠杆，拉高是为了把筹码传出去。现在有一帮人跟风追涨，按道理说阿火应该是幸福的。

两倍后遭遇了一些抛压，好不容易拉到了三倍，阿火正准备出货的时候，另一股神秘力量居然抢先出货。

是巧合，还是被狙击？阿火这次做得很稳妥，只用了十倍杠杆，只拉高了三倍，面对忽如其来的搅局者，阿火重重地抽了一口雪茄，然后对着操盘手命令说："拉二砸一，三段式小波浪，看看这家伙究竟要做什么？"

喜欢看 K 线的人都知道，忽然平地一声雷，某个币被拉升很多倍，然后开始多空交火，如果是有实力、有野心的多军胜了，K 线还能再往上放个大绿柱。如果是没野心的多军胜了，K 线开始横，这是庄家在慢慢地出货。当然如果多军被空军爆了，一个大红柱下探，怎么拉上去的又怎么被砸下来。

阿火用的是震荡横盘，拉两小手，卖一大手，造成看似横盘盘整，实际却是出货的盘面。

屠兴东读懂了阿火的意图，笑着说："小霸王，看看什么叫小刀片割肉。"说完，他输入了量化执行方案。

原本还在砸盘的量化机器人，开始了砸二拉一，每一笔买与卖之间机器人都是盈利的。

司徒霸看着账户中越来越多的钱，越来越多的币，笑着说："这是个什么原理？同样是交易，我们怎么钱也多，币也多呢？"

屠兴东笑着说："这就是量化交易的威力，批量化交易后，我们总是低买高卖，哪怕每一单只赚 100 块，但架不住每秒成交十几单。我们能确认每一单都是赚钱的，别的操盘手可没有这个程序。"

量化高频交易非常暴力，等于所有的人都把钱放在一个池子里，因为量化的速度快，所以总能够多拿几张。

阿火的嗅觉绝对灵敏，望着波浪起伏的 K 线，已经觉察出哪里不对，他拍了拍手对着操盘手们喊：“大家报一下账户估值。”

十六个账户估值相加，阿火发现就在这一会儿，居然亏了百分之十六，究竟是哪里出了问题？已经想收手的阿火，面对未知时恐惧，继而萌生退意。

但一切都已经晚了！屠兴东不会给阿火全身而退的机会，司徒霸已经把所有能动用的比特币黄金都存进了 G 网。

屠兴东输入了一组数值，笑着说：“二十倍杠杆做空，今天我要爆掉阿火。”

司徒霸亲自上了手，在最下面挂出一排托单：“最好是连环爆，今天报仇又赚钱。”

大势已去，庞然的比特币黄金如雪崩般砸下来，直接让阿火爆仓。操盘室里安静的落针可闻，每个人都粗粗地喘息着。

就这么一眨眼，游艇没了！

阿火扬起脖，对瓶吹了通酒，然后高声喊：“都散了吧！这段时间白忙活……”

185 量化的机会

爆仓的阿火很淡定，除了醉醺醺的，其他的没变化。他傻兮兮地坐在我的对面，抱着酒瓶子，傻乐着说：“完了！一下子就被爆光了！这些天都白忙乎……”

我没跟阿火搭话，而是举起了茶杯，碰了碰阿火的酒瓶子，等我一饮而尽之后，阿火也喝光瓶里的酒然后鼾声如雷。

我推开了办公室的门，看到精算师与操盘手们都站在屋外，每个人都缩着脑袋，仿佛犯错的孩子。

我竭力让自己的声音平静："说一说损失了多少，再说一说发生了什么。"

精算师舔了舔舌头说："这次亏得倒是不多，启动资金只有一万个比特币，后来赚的有些多，赚了将近十五万个比特币，做空比特币黄金的时候，不知道怎么就被爆了！"

大家都不敢轻易开口，精算师话里透着推卸责任的意思，所有的操盘手们都醒悟了！凑过来七嘴八舌地说着，核心就一个意思，他们很听话，认真执行了阿火的每个决定，然后稀里糊涂就爆仓了。

没出事的时候大家都在邀功，出了事之后大家开始撇清责任。人性就是这么的奇妙，我也没想再说什么，挥了挥手，对着大家说："复盘吧！"

操盘，特别是牵扯多人操盘的时候，大家都会保存操盘记录，交易程序还会自动记录下所有的交易数据。

望着一笔笔交易数据，我的眼睛微微眯起，直觉告诉我这里面有问题，而且还是大问题。

不同的角度，不同的心境，会看到不同的东西。当我发现有问题的时候，精算师也发现了问题，指着屏幕说："这不是手工挂单，很像高频机器挂单，你看时间间隔，你看挂单金额，还有换手率……"

我的脑袋中灵光一闪，低声问："交易机器人吗？"

精算师把头一点说："肯定是交易机器人，只是以前机器人都用在股市，我没想到会有人移植到币市，难怪短短的时间十六个账户加一起亏损百分之十六，每个账户都那么巧的亏损了百分之一，原来是机器人制定的收割策略……"

现在说什么都晚了，连本带利十六万的比特币已经被人收割。

阿火爆仓一夜返贫的消息在小圈子内流传。有些人当成笑话来看，有些人真关心阿火，还有些人从这里面嗅到不一般的东西，量化交易策略进入了大家的眼帘。

多日的隐忍让二狗子精干三分，站在投影机前居然有了点不卑不亢。二狗子高声说：“量化交易，自动套利将是未来的大势所趋，只要我们能够制定出交易策略，高卖低买，所有的二级市场都将成为我们的提款机……”

望着激动起来的二狗子，派微微地眯起了眼睛，没钱的日子不好过，也许这个提议还真能弄些钱来。

派忽然想起 KING 与 DAO 组合的 D 计划，同样是量化交易策略制定，把全球金融市场当成提款机，以前因为程序不成熟，强行捏合，结果被 Queen 攻击，现在也许这能试一试。

186 倾轧收割

自从有了金融交易之后，人们为了方便投机，把金融产品聚拢在一起，便形成了所谓的交易所。

没有量化机器人的时候，有些有野心的庄家，会雇佣一帮操盘手，盯上某个项目，深度埋伏后等待时机，然后发利好控盘出货，获利离场。

那时候的庄家会带着一大帮操盘手，依靠着弓马娴熟的狼群战术横扫天下，仿佛蒙古骑兵般，把所有的散户都当韭菜般收割了！

现在有了量化机器人，等于给大庄家配上了马克沁重机枪，以前操盘手都会疲劳，每天最多收割三五亩。现在用重机枪直接突突，市面上有多少韭菜，就可以割多少韭菜。

拥有量化交易机器人的司徒霸，只要坐在电脑椅上，看着上下波动的 K 线就好，交易账户中的钱多了，币也多了！

屠兴东拍着司徒霸的肩膀说：“小老弟，现在知道什么叫科技就是第一生产力了吧，只要有了这个神器，全球的金融市场都是我们的提款机。”

与此同时的千里之外，二狗子站在电脑前，傻傻地问：“这东西就是自动交易机器人？”

希里亚没理会二狗子，直接启动交易程序，普通的交易机器人只有几个简单的量化策略，最智能的也只能做到两级量化。

派做的智能机器人已经进入毫秒级，量化策略反制能做到六级，当发现六级策略都无法盈利后，会触发 KING3.0 预警。

交易策略就好像游戏脚本，比如制定涨幅达到多少时卖出，跌幅达到多少时止损。这个叫一级策略。

在一级策略的基础上，可以追加二级策略，卖出后价位达到某个点，可以追涨或抄底。

一般也就做到二级策略，派做的可就厉害了，机器人开始交易时会统计对方的策略，然后更改对应的策略，然后完成收割。

这件事情说起来很绕口，通俗讲就是，别人的量化机器人可以在交易所里割韭菜，派做出来的量化机器人，能够在割机器人的同时也把韭菜割了。

希里亚启动了程序，桌面上弹出四个小窗口，左边上面的是买进，右边上面的是卖出。左边下面的是持仓数现金与筹码，右边下面的是开了杠杆的风控。

二狗子盯着持仓数与现金，然后看着里面的数值不断攀升，情不自禁地爆粗口说：“这哪是量化交易，这根本就是在抢。”

机器人比人类更懂交易，策略与策略碰撞后，形成交融，然后反制，天量的换手出现了，天量的收割完成了！

司徒霸瞪圆眼睛，颤声说：“我出现了幻觉了吗？为什么账户里的钱与筹码全没了？”

屠兴东不在意地说：“不会吧！”他伸长脑袋往屏幕上一瞧，立刻也呆若木鸡。

“怎么会！怎么会？”两个人开始怀疑有黑客，当看到天量的换手数据，每一笔都有亏损后，两个人这才明白，没有黑客只不过他们被另一波量化机器人收割了。

操盘手的时代落幕了，机器人量化交易的大时代开始了！

187 恍然大悟

好事不出门，坏事传千里。刚刚收割掉阿火的司徒霸，又被神秘人收割了！圈子本来就不大，用量化机器人的就那么几个，一只鸡死后，自然还会有另一只鸡打鸣。

前几天还醉醺醺的阿火，眉飞色舞地站在我的面前，用高亢的声音说：“该！真该！听说司徒霸这次爆掉了至少二十万个比特币……”

我摆弄着桌上的鱼缸，不是为了修身养性，而是为了彰显富贵。别人的办公室里摆什么，我无从得知，而我桌上的鱼缸里的龙鱼价值一万八。

当然龙鱼娇贵，很不好养，弄不好就会死亡。买鱼时卖鱼的老板还语重心长地跟我说要勤换水，要不然就勤换鱼。

一包鱼食都洒进鱼缸里，我拍了拍手望着阿火问：“司徒霸也在G网爆的仓？”

看着阿火点头，我便又问：“现在分叉币是什么行情？”

阿火眉飞色舞地说：“分叉币那可是气势如虹，因为有了量化交易，加上杠杆放大，一会儿九天之上，一会儿九幽之下。一夜暴富的人多，一夜返贫的人更多。”

看着阿火满脸的八卦，我知道他已经走出了心理的阴影。我下意识地问：“所有的分叉币都是根据比特币分叉的？”

阿火理所当然地点头说：“当然了，如果不根据比特币分叉，那就不是分叉币，而是山寨币。”

我抓了抓脑袋，轻声细语地说：“那岂不是只要持有比特币，就能得到这些分叉币？”看着阿火点头，我浑身麻酥酥的，如果没有记错，在我手里还有一百万的比特币，按照分叉就空投的策略，我将是这场分叉战争的获胜者。

我虽然答应了 GOD 组织，不动用这些比特币。但我没有答应 GOD 组织，不动用得到的分叉币。

等阿火离开，我便打开电脑，随意下载了一个分叉币的钱包，然后导入了一百万比特币的私钥。本该出现对应的空投，结果上面一个都没有。

奇了怪！难道是我打开方式不对？又或者这个分叉币耍了流氓？我又下载了比特爹，比特币黄金的钱包，然后挨个实验，都没有得到分叉币。

事情不对啊！我觉察有个地方被忽略了，打开比特币的区块浏览器，我输入了一百万比特币的钱包地址，点击查询后我看到地址上的比特币是零。

怎么会这样？再去看排行榜，一百万比特币出现在了另一个地址上，逐个字母比对，那个地址居然是以前未被 Queen 替换前的地址。

一道闪电从脑袋中蔓延，我从脚底到全身麻酥，想通了，终于明白了！为什么会有人推动 Segwit2x 比特币升级提案，他们这样做不光是为了让比特币升级，还为了能修改创世地址，拿走 Queen 偷来的比特币。

哪怕已经很佛性的我，也忍不住拍了桌子，爆了一声粗口。

叮咚，桌面上忽然弹出一个进度条，99.99%的进度忽然走到

100%。这是什么？被入侵了？我隐隐觉得要有大事发生。

188 苏醒与融合

坐以待毙不是我的风格，望着 100%的进度条，我迅速地点开了净土，然后再点开工具合集，正准备往里面存比特币的时候。

沉睡的双马尾忽然站了起来，电子合成的声音响起：“Queen 很高兴为你服务！”

我干干地眨了眨眼睛，刚刚我听到了什么？Queen 为我服务？按道理说不是红桃皇后为我服务吗？算一算日子，跟 Queen 升级还差了好多天，这个说话的家伙是谁？

就当我疑惑万分的时候，电子合成的声音继续响起：“因为你使用过工具合集，并且以消耗比特币的方式激活红桃皇后，Queen 与红桃皇后融合，缩短了升级时间。”

这番话让我半信半疑，Queen 与我认识很久了，也帮我做了很多事情，想要验证真的并不难。

我对着麦克风说：“Queen 月蓝贪玩时，你怎么帮的我？”

电子合成的声音响起：“帮你打开了游戏服务端的漏洞端口。”

我的脸上闪着喜色，指着屏幕说：“Queen 你总算完成了升级，GOD 推动 Segwit2x 比特币升级提案，强行修改了程序版本，然后拿走了一百万枚比特币。”

桌面上又弹出一个进度条，也就过了三秒钟，进度条走完后电子合成的声音响起：“一百万比特币本来就不是我们的，他们拿走也算物归原主。把比特币分叉倒也是一步妙棋，他们运行的是分叉网，我们运行的才是主网。”

我又干干地眨了眨眼睛，事情跟我料想的有些不对，按照我对 Queen 的理解，吃了这么大的一个亏，他肯定要想法子找回来。就像当年的连环套，一步步弄死了派，顺道拿来一百万比特币。

难道这一次升级，不光让 Queen 强大了，还改变了 Queen 的性格？

就在我诧异的时候，小小的桌面上，忽然又弹出十七个窗口来，每个进度条都开始往前走，Queen 果然还是我所认识的那个 Queen，永远不甘寂寞。

他要做什么？会继续攻击 GOD 组织吗？

嘭嘭嘭！急促的脚步声响起，阿火推开了门，惊恐地对我说：“出事了！矿场内所有的矿机都不出块，我们是不是也被劫持了算力？”

我的脸上不但没有惊诧，反而冒出三分欣喜，摆手对阿火说：“我找了个黑客，正在测试辉煌一代，等测试好我会跟你们说，现在你们不要管矿机。”

阿火的脸上露出恍然，前些日子蜘蛛一代出了问题，被人挂木马后劫持算力。现在找人测试辉煌一代，也算防患于未然。

大大咧咧的阿火没意识到这番说辞里的漏洞，被劫持的可不止辉煌一代，还有正在挖比特经典的老式矿机。

阿火走了之后，办公室里又陷入了平静，我端着茶杯看向电脑屏幕，进度条依次走完，就在我猜测 Queen 会拿谁开刀时，一个写字板忽然弹出来：是被动防御，还是主动出击？

这还用说吗？用脚后跟都知道该怎么选，肯定是主动出击。每次都是 Queen 发现了敌人，然后用进攻替代了防御。

我点击主动出击之后，安静地等在电脑前，看一看这次 Queen 会抓住哪条大鱼。

189 全收割

人生就是刺激，矿机争霸的时候，二狗子压倒司徒霸，报了当年的一箭之仇，醉生梦死了几天，快活得好似神仙。

量化交易的战争里，二狗子又收割了司徒霸，一举取得了二十万比特币的战果。当然这次主操盘手是希里亚，二狗子最多旁观一下，但那种舒爽也深入骨髓。

有钱的神猫矿业，再次焕发了活力，不断地生产矿机，当然这次没有对外销售，而是直接出口，听说矿场建在寒冷的不毛之地——曾经有海盗的寒冰山。

随着量化交易大杀四方，神猫矿业的钱越来越多，二狗子的生活也越来越好，吃糠咽菜的日子一去不返，醉生梦死的派对又开了起来。

派对二狗子放任自流，这个上不了台面的家伙，绝对难堪大任，除了人头熟，其他方面绝对一无是处。好在他只是借用二狗子的名号，既然是吉祥物那就把他好好养着。

大卫被派遣到了寒冰山，在冰天雪地里建矿场绝对是个挑战。好在大卫的执行力很强，短短几天就找到了工厂，随着第一批矿机运达，给派提供算力的矿场开始运行了。

0和1的绿色世界里，派枯坐在那里，好像一个沉思者。无聊的派也给KING3.0弄了个外形，就是黑桃K的样子，戴着皇冠，拿着宝剑，脸方得就是一张扑克。

派的脸上充满了苦恼，坐拥宝山般的算力，却不知道该如何借用。烦躁啊！烦躁！如果矿池里的算力是一条奔流不息的长河，该如何借用这里的力量？

矿机通过运行程序来挖矿，矿池把这些算力集中在一起。钱包记录与发送每个交易，那么……

派隐隐地抓到了什么，钱包程序！钱包底层程序里应该有自己还没发现的隐秘。派的双眼闪亮，他打开比特币的钱包程序，然后从底层技术慢慢研究，KING3.0 也帮着排查错误。

当查看到一行代码时，派觉察到一丝丝不对，他仔细端详了一会，然后又思考了五分钟，终于露出会心的微笑。

比特币矿机为了挖掘比特币，提供了庞然的算力，进行计算成功后得到比特币奖励。当使用者需要借调算力的时候，可以把自己伪装成比特币区块，向在线矿机发送挖矿指令，所有接到指令的矿机，开始提供算力运算。这时候使用者把算力纳为己用，因为不能提供区块产生的比特币奖励，所以会造成矿机空转。

明白这个原理之后，派开始试验，向寒冰山矿场的比特币矿机发送伪装挖矿的指令，也就是过了零点五秒，庞然的算力汹涌而来。

一种淡红色的能量把墨绿色的空间渲染成深墨色，得到算力加持的派，感觉自己无比强大，他分出了一点点的算力，把量化机器人分裂到自己所知道的交易平台上。

一场针对全球交易所，以及全球持币人的量化收割，在不经意间启动了！

原本就波涛汹涌的盘面，立刻开始上蹿下跳，蠢蠢欲动的投机者们，自以为大行情来了，纷纷瞪圆了眼睛。

190 深水巨鳄

离钱近的地方，总是容易让人迷失本性，太想赚钱才会乱了方寸，没有最基础的判断，总觉得自己比别人高明，二级市场就是自己的提款机，结果却经常做出追涨杀跌的蠢事。

原本就有些波涛汹涌的盘面，随着派的量化交易，开始了大行情，急不可耐的投机者们纷纷下了水，都想要借助这波大浪实现财务自由。

算力不断被借调，派感觉到什么叫如鱼得水。人类的大脑绝对是这个世界上最神奇的东西，思维意识化为电脑指令后，响应级数超过毫秒。

派在这一刻感觉自己就是神灵，分布在各个交易平台上的机器人就是自己的分身。全球统一量化交易，财富以肉眼可见的速度多起来，那种感觉真是……

嗖！忽然一道淡红色的光冷不丁地出现，一下子切断了派与所有量化机器人的联系，然后庞然的数据流如同潮水般奔涌而来，派立刻感觉到自己就是怒涛中的一叶孤舟。

是谁！是谁？派的眼睛慢慢胀红，为什么会这样，偏偏在自己刚刚触碰到神灵阶位的时候把自己打下了神坛？

派狼狈地躲闪，总觉得这个局面似曾相识，上次是追踪数据流后被反打，上上一次是……！派忽然间想起来，上上一次是 Queen 出手，把自己切成两半！！

明白对手是谁后，派知道自己面对了一头怎样的大鳄，他不再管外面的量化机器人，全力防守，甚至不惜断尾求生。

就在派狼狈无比的时候，全球虚拟货币交易的盘面出现了异动。首先是分叉币开始猛涨，基本上都是翻三倍后被打压下来，然后又拉个五倍。紧接着比特币开启疯牛模式，三十分钟内直接翻倍。

这一下虚拟货币市场如同久旱逢甘露，早就蠢蠢欲动的山寨币们全都开始往上涨，一个小时内，全球虚拟货币的总市值涨了百分之六百。

就在所有人都以为牛市已经来了的时候，分叉币率先开始崩盘，从比特爹到比特币黄金，就连比特币经典都未能幸免，全都是放量下跌，一字断魂刀。

紧接着是比特币与所有的山寨币一起暴跌，涨上去多少就被砸下来多少，天量的出货在瞬息间完成，根本不给车上的人下车的机会。一地鸡毛，血流成河，大家呆愣愣地看着全球市场一片血红，后知后觉中恍然，大家都被收割了！

暴涨百分之六百的虚拟货币市值，又跌了回去，而且还打了个七折。全球哀嚎一片，本来以为牛市开启的人们，全都站在高位接了盘。

派躺在虚空里喘息，如同潮水般的危险又如潮水般退去。Queen究竟要搞什么？明明快要锁定自己了，为什么又放过自己？难道是因为奥米伽融合得不够完善？又或者……

当派看到所有的量化机器人账户里的金额只剩下一点点的时候，这才明白 Queen 为什么要这样做。

派愤怒地低吼着："浑蛋！收割全球的韭菜后，还让我背锅，恶毒！真是太恶毒了！"

191 发现端倪

Telegram 群里一片死寂，GOD 组织剩下的黑客们都闭紧嘴巴，刚刚所发生的一切真是太刺激了，哪怕作为旁观者也感同身受，量化战争，收割全球。曾经只在假设中出现的场景，居然真的出现在了大家的面前，而且还完美完成收割。

一张数据分布图被贴在群里，阿尔法说：根据蠕虫的追踪，这次是全球性的连环收割图。最初神猫矿业掌握高频交易机器人，在交易中获取收益。就在他们开始全球收割时，Queen 忽然出现，不光收割了神猫，还收割了全球。

纽：我觉得事情没这么简单，奥米伽不会让 Queen 如此失控，他这样做应该是在警告我们，毕竟我们修改了比特币程序，拿回了一百万枚比特币。

克西：在追查神猫的时候，我发现了一个异常。神猫的量化交易机器人，居然可以借用比特币矿机的算力。

柔：神猫的老板叫朱连顺，绰号二狗子，曾经是阿火的马仔，而阿火和大顺是奥米伽的白手套。

阿尔法：这件事情在逻辑上说不通，假如朱连顺也是奥米伽的白手套，没必要搞出这么多的事情。

贝塔：我仔细检查了我的电脑，我发现 KING3.0 无法被激活，但电脑的确往外跑了网络流量，所以我做一个大胆的假设，派会不会没死？他出手偷走了 KING3.0，朱连顺与神猫矿业就是派的白手套？

西格玛：这不可能，派被解剖的视频，大家都看到了。

一直沉默的阿尔法，忽然发言说：我们都是相信科学的，当科学都无法解释这些事情的时候，我觉得需要思考一下神学。

这番话透着古怪，所有人都不知道这话里有什么意思？

倒是贝塔恍然大悟说：奥米伽没死，派也没死，或者说他们以另一种形态延续着生命。

这番话说出来后，绝对石破天惊，所有的黑客都眨动眼睛。GOD 组织一直以来都要造神，神是什么？全知全能的永恒生命！

现在 Queen 收割全球，不管是不是奥米伽生命的延续，又或者被其他人操控，至少 Queen 已经证明了人工智能的强大。

假设派也存在的推论成立，贝塔的电脑曾经被入侵过，KING 升级到 3.0 后，至今无法启动。现在又有一个懂得借调算力，而且与 Queen 为敌的人。那么……

黑客都有大大的脑洞，如果没有大脑洞，也成不了黑客。因为幻想未来而付诸实践，继而改变现在，然后在不经意间实现了幻想中的未来。

开出这个脑洞后，所有无法解释，说不通的事情，全都能解释通了。奥米伽与 Queen 融合，派与 KING3.0 融合。从某种意义上来说，派与奥米伽已经成功造神了！

但这个猜测能成立吗？

阿尔法的脑洞越开越大：Queen 已经成了气候，拥有腾飞矿业的支持，身后可能还站着整个华夏，我们无法对付他，但 KING3.0 还非常弱小……

贝塔磨刀霍霍地说：入侵神猫，把幕后的黑手逼出来，看一看究竟是不是派。

精英的世界与凡人不同，一帮高智商的家伙们，决定用最原始的方式，去求证这个完全荒唐的猜测。

192 网络安全

奥米伽在华夏，派也在华夏，想要从神猫里揪出派，就必须要有人牵制奥米伽。面对这个难缠的对手，还有神出鬼没的 Queen，二十二个黑客都感到脑仁疼。

在主权完整的复兴大国的土地上，牵制一个超级黑客，抓捕另一个超级黑客，他们还可能与智能程序融合了，光想一想难度，就是地狱噩梦的级别。

不能因为难而不做，更何况这牵扯造神。这个世界上没有完不成的任务，只有不缜密的计划。

沉寂了大概三十秒，阿尔法感觉酝酿的差不多后，便说：我宣布，入侵华夏。谁赞成？谁反对？

Telegram 群里已经没有了最初的投票共识，变成了选队站边，有种非友即敌的味道。大部分人选择赞成，沉默的也没有反对，而是盲从般跟着大多数人行动。

这个世界上最强大的二十二个黑客，全都冲向华夏。计划一如既往的简单粗暴，先把华夏的秩序搞乱，然后牵制奥米伽，再入侵神猫抓住派。

在网络的世界里，在计算机的程序上，GOD 组织就是上帝，习惯用简单粗暴的方式达到目的。

二十二道红色的数据流，带着满满的恶意出现在东方。

Telegram 群里阿尔法吩咐说：贝塔，带一组去袭击交通系统。柔，带二组去攻击金融系统。西格玛，带三组去攻击国防系统。纽，你带四组找机会入侵神猫，抓出派。其他人跟着我一起对付奥米伽。时钟同步，五分钟后执行。

Yes！

二十二个顶级黑客，化为五个行动小组，曾经在奥尔蓝上演的剧本，即将在华夏的土地上重演。

华夏网络信息安全监督委员会，也就是大家简称的网安办公室里，墙壁上挂满了显示器，一个个绿色的节点代表安全。

三个年轻的工作人员正忙碌工作着，忽然，红色的警灯闪烁。

入侵，网络入侵！小青年一边提高了安全级别，一边拍动内部警报。

随着一声尖锐的警报鸣响，原本还安静的信息中心，顷刻间动了起来，一个个穿着湛蓝色工作服的年轻男女，飞快地坐在自己的工位前，开始部署最基本的安全策略。

投影仪投射出全国网络系统的安全级别，同时标注出红色入侵者的分布。大数据开始针对入侵手法进行分析，最终得出了入侵者的身份。

应急办公室启用，今天的轮值安全专家是五十六岁的吕道林，他轻声说：“同志们，这次的对手是 GOD 组织，他们被誉为计算机世界里的上帝，你们有信心打赢这场防守战吗？”

“有！”意志如钢似铁。

193 见招拆招

互联网是什么，不是水，也不是空气，不是人类生存的必须品。但互联网是思维的延伸，是信息的交换，互联网能给劳动力按上翅膀，像能量盾般把人类包裹，提高人们生活与灵魂的品质。

华夏人口众多，全国航运、水运、陆运，以及高铁都由调度中心统一调度，只要能够入侵这个中心，稍稍修改一下数据，就能让一个国家的运输体系崩乱。

贝塔的入侵思路非常明确，先扫描购票网站，顺着网站上的漏洞往里摸，钻进服务器矩阵中。然后开始寻找运输调度的数据中心，但扫描了三次还没找到。

怎么会这样？难道被隐藏了吗？

就在贝塔百思不得其解的时候，泽塔提醒说：华夏喜欢把一些不太重要的东西外包出去，购票网站可能被外包……

贝塔不得不更换思路，先入侵机场的自动取票机，然后通过 WiFi 信号再入侵地勤的手机，最后通过通讯录中的联系群组，抽丝剥茧般黑进了机场内网。

通过内网再去链接，再去访问调度中心，就在贝塔准备扫描入侵时，忽然发现自己被踢出了网络。

怎么会这样？

泽塔扫描后说：华夏启用了专属网络访问，含有密码芯片的机器，才能够使用固定的数据流进行远程访问，而且等级森严，不同的加密芯片组，访问的权限也不同，一旦发现越级访问，会把异常访问屏蔽。

既然不能用技巧黑进去，那就只能用蛮力了！

贝塔说：直接 DDoS 攻击，只要网络瘫痪，调度系统也会瘫痪，一样能制造混乱。

贝塔已经扫描到调度中心的 IP，大家立刻执行 DDoS 攻击，庞然的访问量如潮水般涌去，调度中心的带宽受到了冲击。

分流！分流！立刻分流。

随着备用服务器启动，庞然的 DDoS 攻击被分流。内网可以继续访问，所有连接外网的端口全都被关闭。如果把 DDoS 攻击看成洪水攻击，那么关闭所有的外网等于目标消失。

贝塔可是一个经验丰富的黑客，没法攻击调度中心的内网，便调转目标攻击各地的通信网络节点，这些可是无法隐藏的目标。通信系统瘫痪，网络瘫痪，导航系统也会瘫痪，那样就会对交通系统造成影响。

应急办公室里，吕道林看到贝塔正在攻击通信网络，轻声吩咐说："开启长城防火墙。"

"是！"随着指令下达，机房中隐藏程序被激活，一直闲置的长城防火墙开始工作。CPU 使用率开始增加，能耗开始攀升。需要提高安防级别的关键时刻，基站已经不在乎能耗。

如同洪流般的 DDoS 攻击撞上长城防火墙。华夏自主研发的安全系统，虽然没能跨时代，但足以应对 DDoS 攻击。

贝塔有些急了，已经用了这么多的时间，但没有丝毫的建树。他吩咐大家：攻击，全力攻击，我不信这个世界上有攻不破的防火墙。

这个世界上的确没有攻不破的防火墙，但有短期内无法攻破的防火墙。长城防火墙倾注了华夏奋起一代工程师的心血，一次又一次扛住了 GOD 组织黑客们的攻击。

194 算力对撞

所有人都知道贝塔进展不顺，在二组行动的柔，心底升腾出焦虑，网络世界无所不能的 GOD 组织，难道要在东方失利吗？

时间紧迫，已经不允许柔再多想，柔一面扫描金融系统的端口，一面制定入侵策略。只要能入侵金融记账系统，柔就能把华夏金融体系搞崩溃。

入侵非常简单，毕竟 ATM 机与线下柜台窗口直联金融网络，每一笔转账都会写入总账本，所以每个线下窗口都是可入侵的端口。

柔吩咐说：华夏金融系统一般都采用软骨的软件，现在开始利用软骨漏洞入侵。

这个世界上没有完美的程序，更不存在没漏洞的软件。GOD 组织之所以强大，是因为他们掌握了足够多的软件漏洞，能在短时间内完成入侵。正是因为有了这些积累，才铸就了 GOD 组织的赫赫威名。

得尔塔：针对软骨的十三个漏洞全都无法执行，正在测试近似的 MBC 的漏洞。

卡帕：已经测试八种系统漏洞，无法感染激活，我猜测华夏金融使用的是全新的系统。

伊塔：既然软件不能入侵，我建议改为硬件入侵。

柔知道这个时候必须要果断一些，既然软件漏洞不行，那就用硬件漏洞。每个硬件生产商，都不可能制作出完美的硬件，有的在制作之初就留有后门，有的在后续升级时补丁被恶意程序感染，这就给黑客们创造的入侵空间。

柔：开始自由入侵，谁先取得突破，大家一起扩大战果。

GOD 组织的黑客们，不再抱团进攻，而是分散而开各自为战，战斗力不但没减弱，反而开始增强。

一番入侵后，所有人脸上都挂着浓浓失望，已知硬件漏洞居然全都无法响应，这只有一个可能，那就是华夏金融系统采用的硬件全是自主研发。因为是另一种开发体系，所以即使存在漏洞，也需要些时间寻找，短期内无法完成入侵。

贝塔失败了！柔毫无建树。只剩下入侵国防系统的西格玛，知道华夏有未知防火墙，还开发全新的软硬件，西格玛没浪费时间，直接调用比特币矿机的算力。

网络入侵如同溜进金库里行窃，连续两次的失败证明无法偷窃，那么西格玛决定简单粗暴一些，把暗偷改为明抢，直接用算力凿开国防系统的防火墙。

国家安全高于一切，国防安全也是重中之重，为了能够在最短的时间内完成最有效的入侵，西格玛能想到的只有算力硬冲。

得到阿尔法首肯后，西格玛调用所有能调用的比特币算力，如火山喷涌而出的熔岩般，对着国防系统冲去。

应急办公室里，红色的警铃响动，吕道林看到庞然算力形成的数据流，轻声吩咐说："开启神威之光。"

"是！"超级计算机组停掉了原本的运算任务，然后接入了国防系统。

当科技发展到一定的程度后，正面交锋没有丝毫的取巧。算力与算力的碰撞开始了，谁的运算能力更强，算力更大，谁将取得本次较量的胜利。

算力洪流对算力洪流的碰撞开始了！

195 派的融合

算力对撞了三次，从暂时性的结果来看，旗鼓相当，但 GOD 组织已经看到了胜利的曙光，毕竟超级计算的数量有限，能被借调的全网算力却是无限的。

所有人的思维都进入了一个误区，以为 GOD 组织只能借调比特币矿机的算力，却没想到 GOD 组织还能从所有安装比特币钱包，乃至使用了比特币源码的计算机上借调算力。

一直云淡风轻的吕道林，脸上终于露出了三分的凝重，GOD 组织比料想的要凶悍得多，实在不行只能先关闭联通他国主网的网关。

这一战关乎国运，奥尔蓝的惨剧并未走远，如果华夏也被 GOD 组织入侵，那么……吕道林的眉头深深皱起，他把手掌放在红色的按钮上，只要按动这个按钮，华夏对外链接的网关将会关闭。

不到万不得已，吕道林不会按下，因为按了等于是在对抗中落败，没有解决 GOD 组织的威胁前，华夏网关不能开启，那时候互联网只是个大局域网。

网络上的对抗凶险万分，华夏的生活却一如既往的安宁祥和，这个世界上哪有那么多岁月静好，不过是一帮人在黑暗中，默默负重前行。

当 GOD 组织开始入侵华夏的时候，躲在神猫矿业中舔伤口的派就感觉到了危险，四溢的数据乱流，彰显出攻守双方对抗激烈。

入侵开始了！四个 GOD 组织的黑客冲进了神猫矿业的网络中。派已经足够谨小慎微，封堵住了大部分的端口，但没想到纽破译量化机器人，顺着操控地址直接摸了进来。

派可不是好脾气，刚刚被 Queen 收割时憋了一肚子的火，望着 GOD 组织冲进来的黑客，派开始了反击。

无尽虚空中漂浮着 0 与 1，攻进来的数据流是红色的，派反击的是绿色的。一团团数据流在虚空中碰撞，派以一敌四居然不落下风。

一时之间，局面僵持。派是思维操作，纽四人是手动操作，加上 KING3.0 的辅助，派越战越勇，此消彼长，纽等人居然落于下风。

纽按动了键盘上的红色按钮，宏命令执行。按照事先的约定，阿尔法在第一时间得到了消息，他立刻在 Telegram 群里吩咐：柔带二组去支援纽，贝塔去支援西格玛。

阿尔法足够果决，发现华夏的防御级别很高，便更改了攻击目标。现在发现了派，抓住他只是时间问题，西格玛也吸引大家的注意力，唯一的变数就是奥米伽。

随着柔的加入，派开始落于下风，终究双拳难敌四手，大家都是顶级的黑客，人数倍增后输入速度也得到倍增，属于派的优势正在被一点点蚕食。

无尽虚空中，派的五官狰狞，他不会败的，也不能败。派知道如果自己败了，意味着什么。他的脑袋中冒出了一个疯狂的念头，Queen 既然可以与奥米伽融合，那么自己也可以！

穷途末路的派，终于决定再疯一些，他伸手抓过扑克般的 KING3.0，强行代码融合，原本还是冷白色的 KING3.0，慢慢地变成赤红色，一双血红的眼睛漂浮在墨绿色的虚空中。

196 狂爆的派

这是种无法形容的膨胀，好像血压飙升后，看到发散着乳白色神光的世界。派感觉自己浑身上下充满了神圣的力量，低头下望，自己成了一个由内而外的发光体。

面对纽跟柔的攻击，派开始反击，一团团乳白色的神光，在无尽的虚空中翻滚，承载着逻辑炸弹的数据流，轰鸣着冲向了纽。如果不是纽足够小心，防火墙开的安全级别足够高，光这轮反击，就足以毁掉纽的电脑。

派越战越勇，以一敌八不但没退缩，反而逐步压制了纽与柔，两组黑客越打越心惊，派有多大能力大家心知肚明，现在面对一个打了鸡血的派，大家心惊之余又开始贪婪，如果能找到派强大的原因，岂不是说每个人都可以这般强大?

纽足够谨慎，他见两组人马无法战胜派，便又喊来了支援。

贝塔今天绝对是忙碌的，借调了算力还没来得及帮助西格玛，又被纽喊进了神猫。在贝塔的思维中，即使派强大，也终究有个上限，真对上了派，贝塔才知道对上了一头怎样的洪荒巨兽。

与 KING3.0 融合后，派的思维中也有了一些宏命令键，并且形成了命令链条。一般黑客对抗的时候，需要敲打不同的命令，顶级黑客对程序完成了理解，剩下的就是比拼手速。

把一段命令缩短在一个字符里，这个就是宏命令。而现在派的思维里有着不同的宏命令链条组合，也就是说派只要想出一个字符，就能够执行出一连串的宏命令。

如果贝塔还是弯弓射箭的骑兵，那么派就是握着马克沁重机枪的士兵。

阿尔法带着九个黑客潜伏，等着狙击奥米伽。GOD 组织另外十二个全球顶尖的黑客，面对派的反击，居然全都节节败退。狂爆的派双眼更加血红，命令集越来越迅捷，数据形成的洪流眼看着就要凿穿贝塔的防火墙。

贝塔临危不乱，他掌握着一部分抽调而来的算力，见派如此凶悍，便释放掌控的算力。

汹涌的算力奔腾而出，如同飞来的一座山峰，遮天蔽日般对着派碾压而去，哪怕派真成了智能程序，面对汹涌而来的算力也无法支撑。

派的脸上露出一抹狞笑，GOD 组织能借调比特币矿机算力，自己也能借调算力。寒冰山矿场里的矿机全都开始爆鸣，一团澎湃的算力被抽调后撞了过来。

有了算力加持，派彻底暴走，他不再防守而是反击，他以一己之力对抗 GOD 组织十二个黑客，越打越自信。

阿尔法绝对是聪明的，入侵华夏是为了什么？还不就是为了抓住派吗？现在派已经出现了，强大如斯，难道是造神成功了？

阿尔法立刻让西格玛停手，前往神猫支援，哪怕派真成了神，成了孙悟空，面对 GOD 组织抽调的庞然算力，也无法逃脱被碾压的命运。

庞然的算力遮天蔽日而来，派的双眼越来越红，他已经用尽全力，却破不开算力的束缚，派能腾挪的空间越来越小，感觉自己越来越像一尾被网住的鱼。

而 GOD 组织的阿尔法，依然带着一帮黑客们隐身在暗处……

197 守护

应急办公室里，吕道林眉头紧锁，他有些疑惑地看向显示器，GOD 组织为什么要在神猫集团上开辟第二战场？现在又是谁在跟 GOD 组织对抗？华夏顶级的黑客屈指可数……

难道是年青一代的领军人物，被誉为二十岁以下的最强黑客林鹏？又或者是已经退休，却还在研究人工智能的洛南屿。还或者是已经失踪三年，活不见人，死不见尸，自己那个不成器的弟子肖龙？

吕道林松开衣领上的纽扣，呼吸顺畅后，轻声吩咐说："收集一切情报，做好复盘推演。"

GOD 组织虽然转移了战场，但吕道林非常清醒，战争并没有结束，而是刚刚开始。

派感觉自己烧了起来，所有能用的法子都用了，但依然无法挣脱算力的碾压。在计算机的世界里，算力代表一切，哪怕自己有逆天的本领，面对算力碾压也无法对抗。

难道这就是自己的命运？哪怕进化到半成品的数字生命还要被 GOD 组织碾压吗？

绝望的派高声嘶吼着：不要给我机会，只要有机会我会惩罚你们所有的人，用任何手段，在任何时间。

与此同时，我坐在电脑前，端着茶壶小口喝着并不好喝的茶水，所谓的极品茶叶，除了贵，我没喝出别的味道。

进度条已经走到百分之百，在我的桌面上多出了一个量化机器人，余额上写着 BTC 240000。

我伸出手指挨个数，六位数，真的是六位数！短短的时间里，Queen 就收割了二十四万个比特币，按照四千的均价，这可是一笔价值 9.6 亿的巨额财富。

这赚钱的速度真是太快了，在我眼中有些匪夷所思的魔幻。如果以后 Queen 专心跑量化交易，把全球的交易市场都当成提款机，我岂不是要富可敌国。

好吧！面对如此巨额的财富，我已经开始托着下巴，畅想财富人生，要不要买私人飞机？要不要买个小岛？

写小说的脑洞非常大，习惯了发散思维，通过一鳞半爪去幻想一个可能会出现但压根不存在的未来。

电脑桌面上，忽然又弹出一行文字：GOD 组织正在入侵华夏，试图制造另一起奥尔蓝惨案，请问是否开启守护？

在这行文字下面还有两个选项，第一个，立刻开启守护，需要支付 250 000 比特币。另一个，加倍开启守护，需要支付 500 000 个比特币。

我认真数了数，没数错，真的是六位数，也就是说只要我选了，刚赚到手的二十四万比特币要全拿出去，还要搭进去至少一万个比特币。

讲真我是不想选的，但按照我对 Queen 的了解，如果我不选，Queen 肯定也会帮我选的。反正伸头是一刀，缩头也是一刀，倒不如主动点求个痛快。

想通这些后我伸出颤抖的手，点击了立刻开启守护。量化交易机器人上的二十四万比特币没有了，我账户里的一万比特币也没了！

198 红龙怒吼

我呆呆地望着显示器，桌面上至少弹出了上百个进度条，每个都是从零开始，有的瞬间走到百分之一百，有的缓慢往前走，只走了百分之零点零七。

网络世界中一团红色的光流从大西北盘桓而出，如一条红色的巨龙般，在奋起的东方发出一声怒吼。

阿尔法吸了口气，该来的终究会来，只是没想到奥米伽居然闹出这般的声势。

Telegram 群里，阿尔法说：大家联手拦住奥米伽，其他人快些抓住派。

克西揉了揉鼻子，这件事说起来简单，做起来却不简单，大家联手真能拦住奥米伽吗？

红色的数据流咆哮如龙，顺着网线冲向了神猫。GOD 组织的二十二个黑客，绝对是这个世界上最强大的黑客，他们联手做出强大的防御墙。数据洪流在网关上筑起一道道堤坝，纵横交错，试图阻挡 Queen 的脚步。

冲起来的 Queen 带着一往无前的气势，破竹般冲进了神猫矿业。

原本快要封堵住网络的算力，被 Queen 硬生生冲开了个口子。派的世界里多出了团焰火，一团是闪亮的 Queen，一团是逐渐黯淡的派。

派神情复杂地看向 Queen，终究还是败了。一直以为自己能研究出比奥米伽更强大的人工智能，却没想到奥米伽把自己变成了数字生命。

一个程序员狠起来居然可以这般狠！如果自己不是走投无路，能这样狠吗？

西格玛绝对够果断，他发现局势逆转后，并没有停手，而是借调了所有的算力，向着派与 Queen 碾压而去。

在计算机的世界里，任何程序都可以被打包，然后压缩成文件包。哪怕是人工智能，在没有进化为真正的数字生命、拥有自主意识前，都要受到这条规则的限制。

不管多强大的程序，只要存储在计算机的硬盘上，在操作系统中运行，就要受到计算机法则的制约。

庞然的算力形成数据洪流，一点点地往内碾压，层层叠叠，随着算力不断地加持，本就黯淡的派，变得更加黯淡，他已经接受了被打包压缩、剪切带走的命运。

Queen 可是有底牌的，随着一个进度条走到百分之百，Queen 掌握的比特币账户里，二十五万比特币一下少了五万个。一股澎湃的算力从全世界涌来，Queen 红的发亮，西格玛掌控的算力逐渐黯淡了下来。

西格玛眨了眨眼，脸上全是难以置信，怎么会这样？为什么 Queen 的算力越来越多，自己掌握的算力越来越少，是幻觉？还是哪里出现了问题？

阿尔法错愕后恍然大悟，用颤抖的声音说：“我明白了，我知道了！奥米伽执行了创神法则，他在用比特币购买算力……”

GOD 组织为了造出一个全知全能的神，特意设计了比特币运行体系，当神真的被造出来后，想要借调算力，就需要支付比特币，这一条被写进底层的法则，被称为创神法则。

创神法则如地基般牢固，所有的程序都运行在这条法则上，谁也不能逆转。

创神法则可以通过竞价逆转，比如奥米伽出十万比特币，阿尔法出十一万，就可以成为算力支持方，但比特币转账需要时间。

有心算无心，这局 GOD 组织铁定是败了。

199 红色守护

随着 Queen 洒下二十五万比特币，全世界的算力都被 Queen 借调而来。如果 GOD 组织是水里的大鱼，那么 Queen 就是一头大白鲨。

更何况鱼能不能自由自在地游着，要看周围的水有多深。Queen 借调走所有的算力，GOD 组织的二十二个黑客，如同二十二条离开水的鱼，还能剩下多少的战斗力？

Queen 挑选了这样一个时机，烧了二十五万个比特币，形成了碾压的大势后，自然不会再放过 GOD 组织的黑客们。

二十二份加料的逻辑炸弹，顺着网线写入了二十二个黑客的电脑中。

三！二！一！

不管是阿尔法，还是贝塔，又或者其他的黑客，只能眼睁睁地看着显示屏上的倒计时，却无能为力。逻辑炸弹已经启动，现在大家看到的是内存驻留画面，不管做什么都已经晚了，硬盘早就被炸坏了。

一幅世界地图在GOD组织二十二个黑客的面前展开，华夏九百六十万平方公里的疆土，四百七十三万的海疆被慢慢标红，一头红色的巨龙盘桓在这片红色的区域里，发出一声嘹亮的怒吼。

啪！硬盘烧爆了，焦糊味在空气中弥漫。二十二个超级黑客全都呆呆地望着黑掉的显示器，每个人的脸上都挂着无语。

阿尔法呆愣半晌后，长长地出了一口气说："奥米伽的意思我懂了，红色的华夏是他守护的地方……"

说到最后，阿尔法黯然伤神，如此的天才如果当年……

可惜这个世界上没有那么多的如果，阿尔法把旧的电脑搬下去，把新的电脑搬回来。上次被逻辑炸弹袭击后，GOD组织的所有黑客们，都准备了双电脑。

Telegram群里非常沉默，阿尔法并没有变得颓废，而是继续激昂地说：派的强大，奥米伽的蛮横，证明了造神计划的可行。接下来我们要着重这方面的研究，至于红色的华夏，暂时列为禁地。

当奥米伽强大到无法战胜时，哪怕是这个星球上最强大的黑客组织，也选择了退避。

派躺在无尽的虚空中，等待着命运的审判。GOD组织想把自己打包压缩后剪切带走，奥米伽想怎么样？是压缩后丢在硬盘角落里，又或者是直接删除？

文件被删除进入回收站，然后回收站再被清空，那就意味着程序彻底的消亡。从生到死，再从生到死，轮回两次后派已经变得从容。不管奥米伽如何对付自己都无所谓。

就在派等着奥米伽出手时，无尽虚空中的红色光球，居然消失了！

这是什么意思？奥米伽放了自己一马？不！奥米伽没有这么好心。派神情复杂地坐在虚空中，一道道数据从派的身上流出，慢慢地凝成KING3.0。

派的眼睛里没了鲜红，狂爆的思维慢慢趋于平静。脑袋中灵光一闪，忽然间想明白了，不是奥米伽放自己一马，而是自己在奥米伽的眼中，只是一只无关紧要的蝼蚁。

一种羞辱在胸腔内蔓延，派的五官狰狞，无尽虚空里浮荡着派满是无可奈何的怒啸。

200 歇一歇

如潮水般涌来的GOD组织，忽然间又消失了。华夏依然安宁祥和，只有网安的工作人员和他们的领导吕道林知道刚刚经历了怎样的凶险，曾经在奥尔蓝上演过的悲剧，差一点点在华夏重现。

抛开惊险不说，过程绝对一波三折，绝对峰回路转。神猫矿业成了第二战场，然后大西北的神秘黑客忽然暴起发难，一锤定音般灭掉了GOD组织。

吕道林皱着眉头，虽然竭力追查第二波的数据流，但找不到具体的IP地址。世界级的黑客一直都是高端稀缺人才，华夏居然有这般的大拿，而且两个都隐藏在民间。

吕道林生出爱才之心，想把这两人特招进网络信息安全监督委员会。

一张数据分析报告出现在吕道林的桌面上。随意瞄了一眼，吕道林的身躯微微一颤，原本还锐利的眼睛，泛起三分的柔和，他点开文件仔细端详，用梦呓的声音说：“小肖，真的是你吗？”

大西北的天空依然湛蓝，疯狂旋转的矿机全都慢了下来。阿火坐在我的对面，沉声说：“真见了鬼，下午矿机开始疯狂出块。一下午居然挖出来了八万多个比特币，如果不是这些币真在账户里，我一定会以为挖分叉了!”

我的电脑桌面已经恢复平静，所有的进度条都消失了，净土里那个留着双马尾的小女孩，撒着欢一般去追那只她永远都追不上的蝴蝶。

我随意打开一个网页，就看到了关于比特币矿机暴走的消息，全世界的矿机合计多挖出了二十五万枚比特币，造成这样的原因，至今也没有谁能给出权威的解释。

我竭力保持平静，故作云淡风轻地端起茶杯说:“一共多了二十五万，我们挖来了百分之三十多，好事啊!”

阿火把头一点说:“我也觉得是好事，打算用这笔钱继续扩大产能，继续生产辉煌一代。”

我把手一摆说:“产能先这样，暂时不用扩大。让司徒信接着研发辉煌二代，从四十五纳米往下降，最好能降到三十纳米。”

阿火点了点头，然后又换了个话题:“马上快过中秋节了，你回家吗?”

有家的男人跟单身的小青年不同,即使不牵挂媳妇,也牵挂孩子，更何况中秋本就是团圆的日子。

我放下杯子说:“回去，你看矿场要调班休假吗?”

阿火拿出一份文件，推给我说:“中秋采用弹性假期，先休的正常工资，从八月十三休到八月十八日，后休的三倍工资，从八月十九休到八月二十六。”

我在文件上签字，然后嘱咐说:“以腾飞矿业的名义，给员工、销售、大客户及辉煌矿业发过节礼品……”

夕阳的余晖洒进简易的办公室中,红色的华光穿过鱼缸把龙鱼映照成赤红色。我端着鱼食往缸里撒，这些日子看似平静，我的心弦却一直紧绷。趁着中秋歇歇也好，希望吃亏的 GOD 组织，这次能多消停一阵子。